Arche-Editionen des Expressionismus
Herausgegeben von Paul Raabe

ZWISCHEN TRAUER UND EKSTASE

Expressionistische Liebesgeschichten

Herausgegeben von Thomas Rietzschel

ARCHE

Lizenzausgabe mit freundlicher Genehmigung
des Buchverlags Der Morgen, Berlin (DDR)

Umschlag: Max Bartholl, Frankfurt (unter Verwendung einer Fotografie
von Ernst Ludwig Kirchner. Fotoarchiv Bolliger-Ketterer,
c/o Henze, Campione d'Italia)
Gesamtherstellung: Wilhelm Röck, Weinsberg
Printed in Germany
ISBN 3-7160-2074-5

Inhalt

GEORG HEYM
EIN NACHMITTAG

Beitrag zur Geschichte eines kleinen Jungen

Die Straße kam ihm vor wie ein langer Strich, die Leute, die an ihm vorübergingen, schienen ihm wie lauter aufgeblasene weiße Puppen. Was wußten sie auch von seiner Seligkeit. Er hatte sie gefragt: »Darf ich Sie küssen?«, der kleine Junge, und sie hatte ihm ihren Mund hingehalten, und er hatte sie geküßt. Und dieser Kuß brannte ihm tief in das Herz hinein, wie eine große reine Flamme, die ihn erlöste, die ihn glücklich machte, die ihn selig machte. Götter, er hätte tanzen mögen vor Seligkeit. Und der Himmel lief über ihn dahin wie eine große, blaue Straße, das Licht reiste nach Westen wie ein feuriger Wagen, und alle die glühenden Häuser schienen sein glühendes Feuer widerzustrahlen.

Er hatte das Gefühl eines starken brausenden Lebens, als hätte er noch nie so gelebt, als schwämme er wie ein Vogel hoch in der Luft, versunken in ewigem Äther, grenzenlos frei, grenzenlos glücklich, grenzenlos einsam.

Und das unsichtbare Diadem der Glückseligkeit lag auf seiner eckigen Kinderstirn und verschönte sie, wie eine nächtliche Landschaft unter dem weiten Aufbrechen eines Blitzes.

»Götter, ich werde geliebt, ich werde geliebt, wie man mich nur lieben kann.« Er ging schneller, er kam ins Laufen, als wäre die gewöhnliche, gemessene Bewegung zu langsam für den Sturm, der in seinem Herzen brauste. Und so rannte er die Straße herab zum Strande und setzte sich an das Meer.

»O Meer, Meer!« und er erzählte dem Meer sein Erlebnis, in einem kurzen Jauchzen, in einem zitternden Flüstern, in dem Taumel einer stummen Sprache. Und das Meer verstand ihn und hörte ihm zu, das Meer, auf dessen blauer, dröhnender Weite seit so vielen Jahrtausenden der Orkan der Freude und das Lallen der Qualen widerhallte, wie ein ewiger Wirbelsturm über einer ewig unberührten Tiefe.

Er behütete ängstlich seine Einsamkeit. Wenn Menschen kamen, sprang er auf, lief er davon und kroch in die Dünen. Waren sie vorbei, so lief er wieder hervor ans Meer, dessen gewaltige Weite der einzige Becher war, in den er die Flut seines unendlichen Übermaßes fortgeben konnte.

Allmählich wurde der Strand belebter. Allenthalben blinkten weiße Kleider zwischen den Strandkörben vor, alte Damen kamen mit Büchern unter dem Arm. Helle Sonnenschirme wippten auf den schmalen Holzgängen, und die Kinder füllten wieder scharenweise die Sandburgen. Ruderboote fuhren aus, an den großen Segelkähnen wurden die Segel gehißt. Ein Photograph watete durch den Sand mit dem Kasten am Riemen über der Schulter.

Er sah nach der Uhr. Noch eine halbe Stunde, noch neunundzwanzig Minuten, dann wird er sie treffen. Er wird sie an der Hand nehmen, sie werden zusammen in den Wald gehen, da, wo es ganz still ist. Und sie werden sich zusammen hinsetzen, Hand in Hand, verborgen im grünen Dickicht.

Aber was soll er zu ihr reden, damit sie ihn nicht langweilig findet. Denn sie ist schon wie eine kleine Dame, man muß sie unterhalten, man muß Witze machen.

Was soll er bloß zu ihr reden.

Ach, er wird überhaupt nichts sprechen, sie wird ihn auch so verstehen. Sie werden sich in die Augen sehen, die werden sich genug sagen.

Und dann wird sie ihm wieder ihren Mund hinhalten, er ihren Kopf leise in seinen Arm nehmen, so, so – er probierte es an einer Ginsterstaude –, dann wird er sie küssen, ganz leise, ganz zart.

Und so werden sie beieinandersitzen im Walde, beieinander, bis es dunkel wird; o wie schön, wie schön, wie unermeßlich selig.

Sie werden sich nie mehr verlassen. Er wird immer arbeiten, dann wird er schnell studieren, und eines Tages wird er sie heiraten. Und das Leben erschien dem Kinde wie eine klare, gerade Straße, die in einem Himmel von ewiger Bläue zieht, kurz, einfach, ohne Ereignisse, wie ein ewiger Garten.

Er stand auf und ging über den Strand durch die spielenden Kinder, die Leute und die Strandkörbe hin. Ein Dampfer legte an, ein Strom von Menschen schwoll auf die Landungsbrücke zu. Es wurde geläutet. Er bemerkte nichts von alledem, alles, was sonst seine Aufmerksamkeit gefesselt hatte, war verschwunden. Sein Auge war nach innen gerichtet, als müßte er alle seine Zeit darauf verwenden, den neuen Menschen zu studieren, der da mit einem Male aus seinem verschlossenen Kern gekrochen war.

Er kam an die Bank, wo er seine kleine Freundin treffen wollte; sie war noch nicht da.

Aber es war ja auch noch zu früh. Es fehlten ja noch zehn Minuten. Sie mußte wahrscheinlich erst noch Kaffee trinken, sicher hatte sie ihre Mutter noch nicht fortgelassen.

Er setzte sich einige Minuten auf die Bank, stand dann wieder auf, lief einige Male in dem kleinen Baumrondell hin und her. Jetzt fehlten noch zwei Minuten, jetzt mußte sie doch eigentlich schon zu sehen sein. Er schaute den Weg herunter nach ihr aus. Aber der Weg blieb leer. Seine Bäume verbargen niemand. Sie standen, sanft vergoldet von der Nachmittagssonne, ruhig in der Windstille, und durch ihr Laub zitterte das Licht auf den Weg wie auf den Grund eines goldenen Baches. Der Laubgang war wie eine große, grüne, stille Halle, und hinten in seinem Tore zitterte ein kleiner blauer Streifen, fern, wo Meer und Himmel ineinander verflossen.

Er zitterte. Er fühlte, wie sich etwas in ihm zusammenzog. »Warum kommt sie nicht, warum kommt sie nicht?«

»Ach, ist das nicht ihr Hut, ist das nicht das weiße Band? Das ist sie, das ist sie.«

Und das Tor seiner Seele sprang auf, er fühlte sich wie von einem Sturme geschüttelt, er lief ihr entgegen. Als er näher kam, sah er, daß er sich getäuscht hatte. Das war sie ja gar nicht, das war jemand anderes. Und in demselben Augenblick war ihm, als würde etwas in ihm erstickt, als sollte er erwürgt werden.

Er hatte plötzlich dasselbe Gefühl, das er einmal gehabt hatte, als er aus einem Hause geführt wurde, in dem er an einem Totenbette gestanden hatte: eine Art Ekel oder Widerwillen vor sich selbst. Dieses eigentümliche besondere Gefühl bemächtigte sich seiner immer dann, wenn ihm etwas Unangenehmes entgegentrat, dem er nicht ausweichen konnte, eine mathematische Arbeit, eine Zensur.

Aber so stark wie eben hatte er es noch nicht gefühlt. Er konnte es beinahe auf der Zunge schmecken, bitter, wie etwas Graues.

Sein Blut schien zu stocken; ihn überkam eine Trägheit, die ihm unheimlich war. Seine Stirn war klein und grau, als hätte jemand sie mit dem Schatten seiner Hand bedeckt.

Er ging langsam nach dem Rondell zurück. »Aber sie wird noch kommen, gewiß.« Sie konnte sich ja verspäten. Wenn sie nur noch käme. Seinethalben konnte sie ja eine Viertelstunde zu spät kommen, wenn sie nur überhaupt käme.

Er sah wieder nach der Uhr. Die Zeit war vorbei, und der Sekundenzeiger lief immer weiter hinaus, wie eine kleine dünne Spinne in einem silbernen Käfig. Ihr kleiner Fuß trat auf die Sekunden, die in kleinen Strichen hinter ihr hinfielen, wie eine Art winzigen Staubes auf einer winzigen Landstraße.

Nun waren schon vier Minuten vorbei, nun schon fünf. Und der Minutenzeiger stieg immer weiter auf den Stufen seiner kleinen Treppe herauf. Er wollte ihr entgegengehen. Aber wenn sie nun von der anderen Seite käme, was dann? Und er schwankte, sollte er bleiben, sollte er gehen? Aber seine Unrast trieb ihn fort. Er lief wieder einige Schritte den Weg herunter, dann blieb er wieder stehen, er kehrte wieder um.

Er setzte sich auf die Bank, sah vor sich hin. Und mit jeder Minute verlor sich seine Zuversicht mehr. Bis um fünf Uhr wollte er noch warten, vielleicht käme sie noch.

Aus der Ferne hätte man ihn für einen alten Mann halten können, wie er da saß. Gekrümmt, in sich verkrochen, wie jemand, über den viele Jahre Kummers dahingegangen sind.

Er stand noch einmal auf und ging langsam noch ein paar Schritte über den Schauplatz seiner kindlichen Tragödie.

Von fern hörte er eine Uhr schlagen, aber das war noch zu früh. Er verglich sie mit seiner Taschenuhr. Sicher, die dort schlug zu früh. Es fehlten noch drei Minuten an fünf.

Und in diesen drei Minuten bäumte sich noch einmal die Hoffnung in seinem Herzen auf, die Sehnsucht, wie eine sterbende Flamme aus einem verlöschenden Brande, wie das Fanal des Lebens aus dem letzten Herzschlag eines Sterbenden.

Jetzt, jetzt war es soweit. Jetzt schlugen alle Türme aus der Stadt hinter dem Walde. Er sah eine Glocke schwingen in der klaren Luft, oben im Schalloch eines Kirchturms. Und bei jedem dieser dröhnenden Schläge war es ihm, als würde ihm langsam, ruckweise, um seine Qual zu verlängern, das Herz aus der Brust gerissen. So, so, jetzt wird es bald draußen sein, dachte er.

Die Türme schwiegen, es wurde wieder still. Und in seiner Brust wurde es ganz leer, es war ihm, als wäre darin ein großes hohles Loch, als trüge er etwas Totes in sich herum.

Es kam ihm so vor, als hätte ihm jemand etwas Dumpfes in sein Blut gegossen. Davon wurde sein Kopf so schwer, davon wurde er so müde.

Über einem sonnigen Teich, der durch die Bäume der Anlagen herüberschimmerte, zeigten sich einige Rauchwolken aus dem Schornstein des Badehauses. Sie verflogen im Wind. Er sah ihnen teilnahmslos nach, wie sie im Lichte zergingen. Ein paar Stimmen wurden hinter den Büschen laut. Ein paar Kindermädchen kamen, die die Kinderwagen vor sich her schoben.

Sie setzten sich ihm gegenüber auf die Bank im Rondell, sie hoben die Kinder aus den Wagen, die sogleich über einen Sandhaufen purzelten.

Da stand er auf und ging fort, langsam, gedankenlos.

Er kam wieder an den Strand herunter. Er ging wieder durch die Strandkörbe. Da saßen noch die alten Damen mit ihren Büchern, da stand der Photograph vor einer Gruppe von Menschen. Er mußte wohl einen Witz gemacht haben, denn alle hatten lachende Gesichter.

Er wurde von seiner Leidenschaft nach dem Strandkorbe hinübergetrieben, in dem er am Mittag den Kuß bekommen hatte, wie ein kleines Schiff, das der Sturm erbarmungslos auf einen Felsen jagt.

Vielleicht saß sie darin. Das war seine letzte Hoffnung. Er schlich sich vorsichtig zwischen den Strandkörben durch, immer näher. Und die rote Fahne schien ihn von dem Dache heranzuwinken.

Nun war er ganz nahe. Eine ungewisse Angst hieß ihn stehenbleiben. Da hörte er ihre Stimme. Sie lachte. Und nun wieder eine andere Stimme, das war eine Knabenstimme.

Er schlich vorsichtig weiter in einem Bogen herum. Er warf sich in den Sand und kroch auf allen vieren vorwärts. Als er so weit war, daß er sie sehen konnte, legte er sich hinter einen Sandhügel und hob den Kopf etwas über den Rand herauf.

Da saß sie auf dem Schoß eines Jungen. Der Junge bog ihren Kopf herunter, gab ihr einen Kuß, dann ließ er ihn los. Seine Hand griff nach ihrem Bein, und fuhr langsam daran hinauf. Und sie lehnte sich an die Schulter des Jungen, weit zurück.

Der kleine Junge zog seinen Kopf wieder zurück und kroch davon, mechanisch ein Bein hinter dem andern, eine Hand hinter der andern.

Er empfand eigentlich nichts, keinen Schmerz, keine Qual. Er hatte nur den einzigen Wunsch, sich zu verstecken, irgendwo hinkriechen und dann ganz stilliegen, irgendwo sich einen kleinen Fleck suchen im Strandhafer.

Als er weit genug war, erhob er sich aus dem Sand, ging er fort.

Auf seinem Wege traf er einen Schulkameraden, er verkroch sich hinter einem Zelt vor ihm. Von rechts kam seine Mutter und rief ihn herüber. Er tat, als hätte er nichts gehört. Er begann zu laufen, über die Strandkörbe und über die Menschen hinaus. Und bei seinem Laufen kam ihm plötzlich der Gedanke, daß er heute schon einmal so gelaufen war, mittags, als er so glücklich gewesen war.

Da übermannte ihn die Qual. Er rettete sich schnell die Dünen herauf. Oben warf er sich hin, das Gesicht in den Halmen. Der Strandhafer nickte über seinem Kopf wie ein Wald, ein paar Libellen kamen summend durch die Halme.

Und das war das erstemal im Leben des Knaben, daß er an einem Tage den Becher der Seligkeit und den der Qual trank, er, der verurteilt war, noch oft von den Extremen der tiefsten Qualen und des wildesten Glücks erschüttert zu werden, wie ein kostbares Gefäß, das durch viele glühende Flammen gewandert sein muß, ohne zu zerspringen.

WALTER RHEINER

MIRAMÉE

Das Verhängnis hub an in einer gläsernen Sommernacht auf dem Boulevard Poissonnière. Eine Dame sank um im Lichtkreis einer Laterne; ich fing sie in meinen Armen auf. Es war Miramée. Ihr Kopf lag an meiner Schulter. Das Antlitz tauchte, einer Insel gleich, traumhaft und weich aus dem Äther ihres Haars. Eine seltsame Schönheit ruhte in ihm, als sie einen Augenblick lang die Augen öffnete und sie langsam wieder schloß. Es war, als sei der lange Boulevard feierlich mit diesem Blick in sie eingeflossen und hinter ihren seufzenden Lippen vergangen. Sie schmiegte den Kopf tiefer zu mir, ihre Hände umklammerten sanft meinen Arm, und sie erholte sich ein wenig. »Es geht Ihnen nicht gut, Madame«, sagte ich leise. Sie flüsterte: »Ach, ich habe zu viel gelitten!«

Ich rief einen Wagen an. Als ich beim Einsteigen half und ihre Schwere einen Augenblick lang trug, fühlte ich, wie eine große gemeinsame Welle durch uns beide schwebte und sich im Fluß der Bäume und Laternen verlor.

Der Boulevard schien sehr schmal und malte hektische Bilder an die fließenden Fenster unseres Autos. Miramée lag groß in den Polstern. Manchmal warf ein Fenster, einem Scheinwerfer gleich, eine Kaskade von Licht auf ihren Schoß. Ihr blauseidenes Kleid glänzte auf. Unendlich hing ihr Blick an mir. Dann kam ein Augenblick, währenddessen ich deutlich begriff, daß ich sie früher schon einmal gesehen, gehalten, geliebt – geliebt haben mußte.

Wo sahn wir uns schon?

Miramée, in der Nacht trafen wir uns quer durch den schlimmen Schlaf der Weltstadt und durch die Nebel der Menschen, die des Nachts aufglimmen und durch die Straßen schreien ohne Stimme. Schon verstrickten uns gnadenlose Fäden, unsre Hände falten sich, und süß ist es, im Meer sich aufzulösen und durch die sieben Morgenröten zu hallen ohne Grenzen!

Dann waren wir in einem großen Hotel, dicht bei der Madeleine, schattenhaft in einem gelben Zimmer. Ein Bett wuchs schwarz, war ein dröhnender Sarg. Der elektrische Kronleuchter, ein böses rotes Geschwür, neigte sich schwer darüber. Sie erzählte mir ihr ganzes Leben, das makabre Wüten ihres Schicksals, mit einer verlorenen Stimme, die die Wände entlangschluchzte.

Soll ich das Lied singen, das zu mir kam, dieses Lied, das sich um den Eiffelturm spannt und wirbelt in einem unsäglichen vivace furioso? ... Das kreißte und Welten aufwarf von schluchzenden Dimensionen? – Apachen vom Montmartre, Studenten des Quartier Latin, Amerikaner auf gewaltigen Schiffen und in schreienden Häusern, die des Abends Tausende von Menschen und Wasserfälle von Licht speien, erglühende Abende im Wald von Compiègne, fürchterliche Nächte in schmierigen und drohenden Hotels an den großen Boulevards, das Gleiten der Seine unter der Qual ihrer grauen Brücken, eine tiefe Liebe voll Angst und Not, steinerne Ärzte mit sachlichen Feststellungen, die feindseligen Betten der Salpêtrière, und, durch dies alles hindurch, im Hunger geträumt, die bestürzende Silhouette des schlanksten aller Türme über Paris im unbegreiflichen Glanz des Morgenhimmels: Silber und Blei, schimmernd und dumpf ...

Ich lauschte, lauschte, und leise bildete sich in mir ihr kleines, unwirkliches Profil, wie es oft gewesen sein mußte auf der schwebenden Höhe in den weißen Falten der Sacré-Cœur-Kirche nach der Beichte. Miramée stieg hinab auf Paris, rein und golden ihr Schritt, eine süße Cirruswolke, die zu uns Menschen kam und verging, verging im Rauch und Schlamm.

Lang blieb ich noch entrückt und jenseits. Dann grinste sich das Hier wieder in mich ein. Ihr Leib lag bloß und weiß im Bett, das mir wie ein endloses Meer schien, hallend und urhaft. Eine bleiche Sonne quoll durch die Gardinen hüstelnd über die Dächer des Madeleineviertels hinein. Koste ihre rechte Brust. Die linke lag böse zerfressen und geschwürig, braun und voll tückischen Lebens. Ihr armer Leib war eine Grotte von faulenden Massen, mühsam verklebt und verbunden. Das rechte Bein, schwarz von sich abschälender Haut, ragte wie ein verbrannter Pfahl in die Luft. Und all diese Stellen, auf die sich ihre furchtbare Krankheit gestürzt hatte, schillerten von einem gespenstischen Leben. Fast schien die Verwesung schon beginnen zu wollen, und je mehr sie fortschritt, um so mehr schien es mir, als ob ein neues

Wesen da entstände, aus ihren Augenhöhlen kicherte und in den Zähnen hinter den toten, hochgezogenen Lippen lebte.

Eine sinnlose Angst faßte mich. Die Glocken begannen zu läuten, lange schleiften ihre wilden Töne über mich hin. Waren es nicht schwere Silben, die sie lallten, langsam und groß: »MI – RA – MÉE, MI – RA – MÉE«? – Paris stand auf und brüllte mich an. Ich stürzte wie wahnsinnig aus dem Hotel, Straßenkämpfe schienen mir zu toben, die Untergrundbahnen brachen auf und kamen empor, ein Bahnhof schwebte in der Luft.

Ich rannte, ohne Hut, ohne Besinnung.

In einer Vorstadt hielt ich an, erschöpft auf einer Bank. Dann verließ mich das Bewußtsein. Als ich aufwachte, hatte man mich in eine nahe Schenke gebracht. Dort reichte man mir Schnaps. Die Pariser Arbeiter umstanden mich in ihren blauen Blusen und diskutierten eifrig. Draußen, auf dem Boulevard Ornano, zitterte die Sonne, Spatzen piepsten, und vom Hof her kam das leise Singen eines kleinen unbewußten Dienstmädchens:

»C'est une belle gosse,
mais une sale rosse,
on ne devrait jamais l'approcher.
O quelle torture
que l'on endure,
quand on a le malheur de l'aimer!«

Ich aber ging, weiße Rosen in der Hand, langsam und leicht den Boulevard Ornano entlang, aus Paris hinaus, in die uferlosen Felder.

FRANZ JUNG
DER WEG ÜBER DEN BERG

In drei Etappen

Der 50. Geburtstag

Frau Päsel feierte ihren 50. Geburtstag.

Frau Päsel wartete in einem Garten mit ihrer Tochter, der Frau König, zwei volle Stunden auf Herrn König, der unter dem Vorwande, einen Bekannten aufzusuchen, sich vom Tisch entfernt hatte und wahrscheinlich in einer Kneipe nebenan ein Wiedersehen begoß.

»Du hättest ihn erst gar nicht gehen lassen sollen«, brummte die Alte.

Die Tochter kniff die Augen zusammen und schien mit Tränen zu kämpfen.

»Nun ja«, besänftigte die Mutter, »vertragen müßte ihr euch schon. Für dich ist es schwer.« Sie seufzte tief auf.

Da kam Herr König.

Er kam tänzelnden Schrittes, machte eine tiefe Verbeugung und rief lustig: »Guten Taaaag!«

Wirklich ein fescher Kerl. So ein Schlingel – –, dachte die Alte und bekam einen dicken, feuerroten Kopf. Dann schrie sie: »So treibst du's wieder, du besoffner Lump.«

Herr König mühte sich, einen Zusammenhang zu finden.

»So muß alles zugrunde gehen«, jammerte seine Frau und beobachtete dabei einen Nebentisch, an dem irgend etwas vorgehen mußte, was Herr König nicht sehen konnte.

Herr König blieb vorderhand ganz ruhig und setzte sich. Donnerwetter, dachte er, und immer leiser: Donnerwetter, die paar Glas Bier und so. Aber es wurmte ihn.

Die Alte redete weiter: »Daß du dich auch gar nicht halten kannst. Gleich wieder den verfluchten Fusel.« Sie wischte sich den Schweiß von der Stirn.

»Du siehst doch, wie sich die Mutter grämt«, warf die andere ein und hatte Verachtung im Blick.

Frau Päsel weinte. Dann sagte sie sanft: »Willst du hier etwas essen?«

»Nein.«

»Aber iß doch, lieber Junge. Wie nett du aussiehst in dem neuen Hut...«

»Fritz, so iß doch was.«

»Halt die Fresse.« Herr König schlug auf den Tisch.

»Ja, was ist denn ––, vertragt euch doch, Kinder.« Frau Päsel zitterte.

Die andere lachte auf. »Laß ihn doch, er ist ja besoffen.«

»Was!? Das sollst du büßen. Warte nur...«

»Aber Kinder...«

»Das geht mir doch zu weit, oh, warte...« Er keuchte vor innerer Erregung.

»Sie hat es doch nicht so gemeint.«

»Oh, die –, das muß sein«, er schnappte mit der Stimme über.

»Alle Leute werden ja auf euch aufmerksam«, flehte Frau Päsel. Sie war leichenblaß.

Die andere riß die Augen weit auf, zog die Schultern automatisch ruckweise rauf und runter und stieß schrille, pfeifende Schreie aus.

Die Alte hielt sie. »Um Gottes willen, was ist dir denn?«

»Der da – der da – der da«, sie schrie weiter.

Er stürzte mit erhobener Faust auf sie zu. »Sie hat wieder was, die Komödie, Aas verfluchtes.«

Die umsitzenden Leute lachten. Ein Kellner sagte zu jemandem: »Was geht das Sie an...«

Frau Päsel rang die Hände und stotterte vor sich hin: »Was ist denn los, um Gottes willen.« Ein entsetzlicher Gedanke fuhr ihr durch den Kopf: Wenn mich hier jemand kennt, um Gottes willen, der Päsel. Dann schrie sie ihren Schwiegersohn an: »Dich kenn ich jetzt.«

Herr König war starr. Er nahm seinen Hut und ging hinaus.

»Was ist denn, Kind?« jammerte die Alte.

Die junge Frau stand hastig auf. »Mutter, er geht. Geh schnell.«

Frau Päsel lief hinaus und erwischte ihn noch an der Straßenecke. »Wo willst du denn hin? Sei doch vernünftig.«

»Ich kann das Frauenzimmer nicht mehr sehen.«

Sie kam hinzu. »Was hab ich dir denn getan?« Sie weinte noch leise.

»Ich will nicht mehr. Schluß. Immer dasselbe.«

»Sprich doch nicht so...«

»So versöhnt euch doch, Kinder. Was muß ich mit euch noch alles erleben.« Sie sah völlig gebrochen aus.

»Mit Kerlen treibt sie sich rum und alles so, und wenn ich dann ...«

»Aber es hat ja niemand etwas gesagt«, mischte sich die Alte wieder hinein.

»Ich will nicht!« Er schrie so laut, daß die Passanten stehenblieben.

Frau König sah hilflos unschuldig aus. Sie schaute zu ihm auf und schien zu flehen: Siehst du, so bin ich. Nimm mich doch.

Aber er hörte nichts. Er freute sich, daß ihm unrecht geschah, und fühlte, wie ein reißender Strom sie von seiner Seite fortriß und entführte.

Die Frauen faßten ihn unter dem Arm und lächelten.

Er merkte, daß er müde war und daß es vielleicht besser wäre, jetzt alles gut sein zu lassen, aber er riß sich mit einem Ruck los, daß Frau Päsel unter den Stand eines Obsthändlers rollte. Er sprang auf eine vorbeifahrende Tram und fuhr davon. Zu seiner Enttäuschung mußte er sich eingestehen, daß niemand hinter ihm her schrie.

Abends auf der Heimfahrt sagte er zu seiner Frau: »Eigentlich haben wir nichts erreicht. Mit dem Pump wird es wohl jetzt nichts werden.«

»Siehst du, die Mutter ist nicht mal mit auf die Bahn gekommen«, schmollte sie, »du bist auch immer so aufgeregt...«

Er grübelte: Ob sie es weiß, daß sie mich betrogen hat, und weiter: Aber der alten Kupplerin hätte ich es mal richtig geben sollen, und später: Wenn wir nur erst allein wären... Sie hatten sechs Stunden zu fahren.

Als sie dann im Abteil allein waren, küßten sie sich.

Nächtliche Szene

Gegen drei Uhr nachts stolperte der junge Bittner die Treppe zu seiner Dachwohnung hinauf. In dem dürftig ausgestatteten Zimmer brannte noch die Lampe. Die Anna Zöpfel lag angekleidet auf dem Bett und schlief.

»So«, schrie er, »hab ich dich erwischt!« Er rüttelte sie am Arm. Sie wachte auf und rieb sich die Augen.

»Kommst du erst jetzt? Ich bin so müde. Mich friert.«

»Was! Du – du, du willst mir Vorwürfe machen? Du –??« Er schrie, daß sie erschreckt sich aufrichtete. »Du –, hä, wo warst du denn? Hä!?«

Sie stammelte: »Ja, was soll das?«

»Ah, ich habe es geahnt, ich weiß.« Er ging im Zimmer auf und ab. »Ich habe dich auf den Knien gebeten, beherrsch dich, ruiniere mich nicht durch deine Unüberlegtheit und Dummheit.«

»Was hab ich denn aber getan?« Es war nur mehr ein leises Wimmern.

»Nichts von heute und gestern. Aber es frißt. Weiß ich –, vielleicht vor einem Jahr und vor Wochen, alles das Kleine, die Verzeihungen ...« Er schnappte nach Luft.

Da merkte sie, daß er betrunken war, und sagte leise: »Geh doch jetzt schlafen.«

Er ließ sich neben sie nieder, ballte die Faust. »Du hast alle gegen mich ausgespielt, ich bin allein, verlacht, du hast mich zerrieben – zwischen Steinen, getreten, bespien und immer noch geschworen, du hättest mich lieb.«

Sie starrte ihn verängstigt an. Er umspannte ihr Gelenk. »Ich habe keine Ruhe mehr, ich bin krank, matt – oh, du!« Er krallte sich tiefer ein. Sie fing an zu jammern. »Ich hab doch auf dich gewartet.«

»Warte nur, du Aas!« Er zog eine Fresse und kniff die Augen zusammen.

»Sieh nur, wie verändert du sprichst«, höhnte er.

Sie weinte. Dann riß sie sich los und schrie: »Laß mich!«

Die Haare hatten sich gelöst, die Miene war straff und hart.

Er krallte sich tiefer ein.

Sie heulte auf wie ein verwundetes Tier und suchte sich seiner mit den Füßen zu erwehren.

Da schlug er sie.

Er schlug mitten hinein ins Gesicht, ruckweise, überlegen, wie ein Schütze, der ins Schwarze zielt.

Ihre Augen zuckten. Immer neue und fremde Gesichter sah er erstehen, und in jedes schlug er sie. Er fühlte, daß er manchen Vorgänger zu töten hätte.

Immer wieder, maschinenmäßig.

Es wurde für Sekunden totenstill. Dann gellten Schreie, kalt, wie hinter dem eigentlichen Menschlichen, sie bohren, fressen. Schreie. Sie stand mitten im Zimmer, das Gesicht verzerrt, schrie. Der Schweiß rann ihm von der Stirn, er stürzte ihr nach, sprach auf sie ein. Er riß an den krampfzitternden Wangen und küßte sie. Die Schreie lösten sich in ein monotones Heulen auf. Er ging wieder zitternd auf und ab.

Unter ihnen wurde geklopft, im Hause gingen Türen, Stimmen wurden laut.

»Sei doch wenigstens jetzt still«, flüsterte er.

Seine Annäherung peitschte ihre Sinne, sie schrie wilder, stoßender.

Es klopfte an der Tür. Hausgenossen lugten scheu herein. Er brummte etwas von einem Anfall, Hysterie.

Der im zweiten Stock wohnende Trambahnschaffner schrie ihn an: »Sehn Sie denn nicht, daß die Frau krank ist!?«

Das Blut rann aus ihren Kratzwunden.

Einige Weiber sprachen ihr gut zu und gaben ihr Wasser. Eine streichelte ihr Haar.

Anna beruhigte sich langsam.

Einer brummte etwas von »Skandal« und »gebildete Leute sein«, die Frauen warfen auf Bittner giftige Blicke.

Dann gingen sie.

Er saß am Bettrand und murmelte vor sich hin: »So weit ist es also gekommen. Alles hat sie sich vernichtet. So weit.« Dann wurde es wieder eine ganze Weile still.

Sie stand in einer Ecke und weinte leise.

Er dachte: Das arme Ding. So dumm und unüberlegt. Soll ich wieder gut sein oder ihr an die Gurgel fahren – für das alles wieder –

Und während er noch so grübelte, ging er zur Tür hinaus. Langsam tastete er die dunkle Treppe wieder hinunter, er hörte die Ketten hinter sich nachschleifen.

Eigentlich bin ich dumm, fühlte er, ich hätte mich versöhnen sollen, wenn auch – und so. Und morgen wird uns der Wirt rauswerfen. Schließlich ist sie doch auch schwanger. Zu dumm.

Langsam sperrte er das Tor wieder auf und ging schleppenden Schrittes in die Nacht hinaus.

Ab und zu fuhr er zusammen. Ein Auto jagte vorüber. Wenn er jetzt darunterläge. Es schrie jemand.

Er schleppte sich weiter. Durch endlose Straßen, Schritt für Schritt. Er dachte nichts mehr. Zuweilen noch zuckte es in ihm nach und polterte dumpf.

Josef

Sie zankten sich.

Er erklärte ihr, daß er sie im allgemeinen nicht ernst nehme, daß er ihre Erregung irgendeiner Krankheit zuschreiben müsse, es wäre ihm im übrigen auch gleichgültig und so.

Sie schrie ihn an: »Pack dich!« Dann bekam sie einen feuerroten Kopf.

»Du blöder Einfaltspinsel!« Sie spuckte aus.

Er entgegnete ruhig: »Du wirst dich beherrschen müssen.« Aber in seinen Worten zitterte etwas Geheimes, Verstecktes, Lauerndes. Er sagte: »Wenn du die Sache satt hast, so geh.«

Sie lachte gereizt: »Das willst du mir sagen, du –, aber warte!« Sie zerriß eine Photographie und warf ihm die Stücke vor die Füße. »So«, sie spuckte wieder aus, »ich geh!« Dann lief sie dem Haus zu.

Er setzte sich in die Laube und dachte: Was ist eigentlich, warum der Streit? Er versuchte sich der Vorgänge zu erinnern, ich habe sie zwar gescholten – vorhin – wegen der Bemerkungen –, aber sie sah mich so feindselig an –, ja, wieso eigentlich?

In der Laube saß Josef.

Er achtete nicht auf ihn.

Josef war der kleine Sohn des Wirtes und auf einer Seite gelähmt. Er fuhr mit dem Finger die Tischritzen entlang und stieß kurze Schreie aus.

Der Mann achtete nicht auf ihn. Er dachte weiter: Da unten liegt sicher mein Bild, was wird sie tun? Was soll das alles? – Er sah sich Jahre zurück, wie er sie liebte, wie er bebte und getroffen wurde. Und schließlich ist sie mit mir verwachsen, fühlte er. Vielleicht ist sie auch über mich hinaus –, er erschrak.

Eine peinigende Angst befiel ihn.

Nein – zitterte es in ihm –, mit dieser Behandlung ist es nichts. Soll ich ihr nach, sie küssen, um Verzeihung bitten wie früher – oder still sein?

Rasender Schmerz fraß an ihm.

Er fühlte plötzlich, wie tief er Josef haßte. Was tut er hier, warum schlägt man ein solches Vieh nicht tot? Nur zum Ekel lebt er.

Er hörte ihre Stimme. Sie stand in einem Kreis von Leuten und schien sehr erregt. Sie schrie und weinte und lachte dann wieder auf.

Josef humpelte scheu aus der Laube hinaus.

Ein kleines Mädchen sammelte Steine in einen Schubkarren. Josef zeigte auf die Steine und schrie.

Das Mädchen lachte und fragte ihn etwas.

In der Luft lag Milde. Die Sonne brannte. An den Kirschbäumen waren die ersten Blüten.

Josef stand mit gesenktem Kopf und lauschte. Dann schleppte er das eine Bein nach und drehte sich auf dem anderen langsam herum.

Josef tanzte.

Die Gartentür fiel ins Schloß.

Der Mann in der Laube fuhr auf. Wenn sie jetzt geht, dachte er, mag sie mich wieder verleumdet haben, bespien, alles wieder breitgetreten – vor den Leuten da, es ist gleich, ganz gleich, und es rang sich etwas empor in ihm, gewaltsam, es war für ihn schon zu spät, darüber klarzuwerden, er schrie verzweifelt: »Du – du –«

Aber es klang hart und rauh und befehlend.

Er schrak zusammen, gestand sich, daß es so weich und mild hätte klingen sollen.

Es war zu spät.

Doch er fühlte sofort: Nein, nicht zu spät. Sie wird wiederkommen, vielleicht wird es doch wirken. Sie wird sich damit beschäftigen. Ich werde sie dann prügeln – wie früher, als sie auf dem Boden lag und ich ihr den Haß aus den Augen schlug. Sie braucht das. Was tut's, ich verliere einige Stunden, was tut's.

Eine quälende Unruhe hatte ihn erfaßt.

Er rief den Wirt und wies lachend auf Josef. Auch der Wirt lachte. Dann ging er zu seinem Sohn und faßte ihn grob am Arm. »Was tust du hier, hä? Habe ich dir nicht verboten . . .!?« Josef hing regungslos in der Faust des Vaters. Er gab keinen Laut von sich, als man ihn in seine Bodenkammer schleppte.

Der Mann ging im Garten auf und ab.

Ich werde sie doch anders behandeln, dachte er, mehr nach außen, mit Liebe. Wenn sie kommt, werde ich vielleicht vorerst gut zu ihr sein.

Er wurde zufrieden und lächelte. Die Stücke seines Bildes hob er auf und verwahrte sie in seiner Brusttasche. Sie wird sich freuen, fühlte er.

Das Mädchen sammelte weiter Steine.

Ab und zu erschien Josef in der Dachluke und stieß schrille, pfeifende Schreie aus.

Es klang wie der Schrei wandernder Affen im Urwald.

Der Wirt bediente lächelnd seine Gäste. »Wenn man ihn totschlagen könnte, dieses Rabenaas«, knurrte er, und bediente lächelnd weiter.

Spätabends kam sie heim.

Er saß im Zimmer und wartete.

Sie beobachtete ihn lauernd und sagte schnell: »Weißt du, wen ich getroffen habe, den T. Es war riesig nett.«

»Laß nur. Eigentlich wollte ich mit dir noch fortgehen, aber jetzt ...«

»Ach ja. Er wird noch warten – im Café –, er wußte ja nicht«, fügte sie schelmisch hinzu.

Er stimmte traurig zu. Eine bohrende Angst quälte ihn.

Nur keine weiteren Worte, fühlte er, und wie gehetzt erzählte er von Josef, dem Tanz und dem Wirt und nannte ihn irgendwie.

Seine Worte bekamen Würde, daß sie erstaunt zu ihm aufsah. Dann schritten sie schweigend durch die Nacht.

JOHANNES R. BECHER
DAS KLEINE LEBEN

Si j'ai du goût, ce n'est guère
Que pour la terre et les pierres.
Je déjeune toujours d'air,
De ver, de charbons, de fer.
Rimbaud

Wir wohnen Quellenstraße 16, III. Stock, bei Frau Cäčilie Naßl, Geflügelhändlerswitwe. Das Haus, sehr alt und morsch, gleicht einem Wrack. Die Höfe qualmen und schallen. Es ist sehr ölig, verworren und dumpf. Wir haben zwei Zimmer. Die Miete, vorauszuzahlen, ist dreißig Mark. Die Einrichtung, bestehend aus zwei Betten, Kleiderschrank, einem Tisch, vier Stühlen, haben wir auf Abzahlung. Das Sofa, Kommode sind von meiner Frau, Gasleuchter, Waschtisch, Bücherregal gehören mir. Unsere Vormieter haben einen bunten Papierofenschirm hinterlassen: alt, durchlöchert, verstaubt. Der große schwarze Vögel mit ungeheueren Schnäbeln, einem hellen Wald zueilend, aufzeigt. In der Ferne starr, unbewegt ein See, der wie Blei aussieht. Das ist das einzige Helle der Zimmer. Die sehr böse sind, heimtückisch, gefahrvoll, geduckt.

»Ich möchte mit dir in einer Kaschemme wohnen, unter der Brücke übernachten, deine Apache, deine kleine Dirne sein – wenn wir nur immer beisammen sein könnten!«

»Unsere Liebe wird uns alles überwinden helfen!«

Wir legen uns, uns umarmend, nieder. Wir schlafen selig ein, eng aneinandergeschmiegt. Stehen umschlungen auf. Essen zusammen. Wir sind immer beieinander. Es wäre erreicht!

Wir sind sehr glücklich.

Heute nacht – wir leben eine Woche so – überfällt mich zum erstenmal und brennend der Gedanke, daß man allmählich bedacht sein müsse, sich Geld zu verschaffen. Es gibt wohl sehr viele Erwerbsmöglichkeiten, aber die liegen, so scheint es mir, für uns alle (und plötzlich!) auf ein und derselben Linie. Meine Frau wälzt sich unruhig neben mir. Sie spricht Unverständliches im Traum. Ich suche irgendwo Rat und Halt. Da ich ihren warmen Körper fühle, bin ich beruhigt. Ich kann nicht länger mehr darüber nachdenken.

Bin ich nicht sehr glücklich?

Das Haus zittert. Ich glaube auf untergehendem Schiff zu sein, auf hoher See. Es ist sehr ölig, verworren und dumpf. Stöße. Rennen. Stimmengewirr. Fackeln flackern. Das Fahrzeug schaukelt wie eine Wiege. Doch die Musik des Sturmes ist sehr süß.

Umschlungen versinken wir.

Am kommenden Morgen will ich meine Besorgnis meiner Frau mitteilen. Doch weshalb sie in Unruh setzen? Ich unterlaß es. Zwei Tage können wir noch auskommen. Sie wird es ja selbst wissen. Aber ich fürchte mich bei dem Gedanken, daß sie das weiß. Weiß sie es denn auch wirklich? Zwei Tage..., das übrige ist mir Wurscht. Wird meine Frau auch so denken? Ich bin sehr in Sorge, sie könne es nicht tun. Es überläuft mich heiß und kalt, wenn ich länger solchen Erwägungen nachhänge.

Nachmittags gehen wir aus, Arm in Arm. Sie bittet immer, sehr dünn: »Faß unter!« Unsere Kleidung ist sehr dürftig, aber es ist Gott sei Dank sehr warm geworden, über Nacht. Wir betrachten uns oft in den Spiegelscheiben der Schauläden. Sie lacht überglücklich dabei auf, mich heftig pressend...

Da sie aber, plötzlich erschauernd, sich an mich schmiegt, weiß ich, auch sie muß also heute nacht darüber nachgedacht haben, daß unsere Mittel bald zu Ende sind, daß wir erschöpft sind. Ich erstaune heftig darüber, daß sie das weiß. Aber es ist eigentlich doch nicht mehr als natürlich. Auch sie hat es mir also verschwiegen. Sie wollte mich nicht verletzen; ja, wahrscheinlich. Sie hat sich für mich geschämt; ja. Ich sollte doch für den Lebensunterhalt meiner Frau aufkommen. Das ist klar. Sie wird mir das ja nie ins Gesicht sagen, dies Selbstverständliche. Aber sie sagt es mir dafür in jedem Blick, sie bedeutet es mir vorwurfsvoll mit jeder Bewegung.

»Nein, Dorka, ich werde dich nie verlassen. Zwei Tage werden wir noch aushalten. Dann..., man verzichtet ja auf das Leben leicht. Nicht? Zwei Tage, Dorka, sind sehr lang. Unser Glück kann noch sehr groß werden...«

Und mir fällt ein: auf der Neuhauser Straße lernte ich sie eines Sonntags, nachts, kennen. Sie ließ die Handtasche lang herunterhängen. Sie schlenkerte. Sie blieb oft herausfordernd vor den hellerleuchteten Schaufenstern stehn, richtete ihr Haar zurecht oder knüpfte ihren Schleier fest. Manchmal drehte sie sich um. Wir haben uns eigentlich nie darüber näher ausgesprochen, ich habe immer so Angst davor gehabt.

»Nun bist du acht Tage lang nicht im Geschäft gewesen. Du, Dorka, vielleicht geht es doch noch. Versuch es einmal.«

Abends besuchen wir das Kino. Alles sitzt da in diesem Raum, umschlungen. Wir legen friedlich die Hände ineinander, unsere Knie berühren sich mit zärtlichem Druck, ihr Kopf neigt sich langsam auf meine Brust herab. Wie schön das ist! Es ist ruhig und andächtig wie in einer Kirche. Dorka schluchzt oft, und auch ich muß mich bezwingen, meine Tränen zurückzuhalten. Eine Liebestragödie wird gespielt. Die Leinwand ist aufs äußerste bewegt. Sie erinnert mich an unseren Papierofenschirm, den unsere Vormieter hinterlassen haben. Es zuckt und rinnt. Die Musik: zittrige Geige, schwaches Klavier, ist sehr süß. Wir sind tief erschüttert. Es ist, als gehe ein Sturm durchs Haus, es braust, und wir befinden uns auf untergehendem Schiff, auf hoher See. Umschlungen versinken wir.

Wir gehen Arm in Arm nach Haus. Wir tauchen aus blendender Lichterfülle, bunt belebt, voll schöner, sanfter Damen, tänzelnder Equipagen, flimmernder Kavaliere, in unser Dunkel wieder, verworren, ölig und dumpf. Die Nacht beschert seltsame Träume, gute und böse. Oft ist es hell, wie es nur am lieben Tag sein mag, oft schwarz, wie es nur unter der Erde sein kann.

Meine Frau geht wieder ins Geschäft. Sie besäuft sich jede Nacht, sie muß sich besaufen jede Nacht. Die Herren geben ihr ziemlich viel Geld, dafür muß sie ihnen schöntun, zärtlich sein, die Arme um den Hals legen, sich streicheln lassen, den Mund geben, ihnen Hoffnungen machen und oft bis spät in den Tag hinein mit ihnen bummeln. Sie tanzt einen Apachentanz, tanzt Twostep, kann Cancan. Sie stellt sich auf einen Stuhl, führt unter allgemeinem Beifall unanständige Gespräche, hält große Reden. Lacht unnatürlich, sehr gezwungen, hell. Hebt die Röcke hoch, dreht sich, nach allen Seiten hin sich bewundernd, vor dem Spiegel. Sie ist ein Karussell. Ich sitze dabei. Das Blut schließt mir die Faust.

Einige Ausländer, neun Schweden, gehören zu ihrem nächsten Verehrerkreis. Sie sind sehr für sie interessiert. Der eine, Andreas Söraas mit Namen, liebt sie. Er ist ein kleiner blonder Junge, zwanzig

Jahre alt, mit blauen Augen. Er hat viel Geld, das er achtlos, sehr elegant für sie verschwendet, indem er sie häufig zu Automobilfahrten, fast täglich zum Abendbrot einlädt. Sie hat immer Blumen von ihm. Er tut ihr bereitwilligst alles, was sie nur will. Begleitet sie oft, oft stundenlang durch die Stadt, wo sie vor allen Schaufenstern stehnbleiben, sich unterhalten, unermüdlich, herzlich interessiert über alle Strümpfe, Unterwäsche, Blusen, Schmuck, Hüte, Röcke. Ich kann das nicht.

Ich warte nachts zwei Uhr, nach Geschäftsschluß, auf meine Frau. Versteckt, im Schatten, an einer Ecke. Ein Haufen Studenten kommt angeheitert, den Dessauer pfeifend, ausspeiend und johlend, sehr langsam daher.

»Bei der ist nichts zu wollen«, flüstert einer, etwas beklommen, im Vorübergehen, »ihr Zuhälter wartet auf sie.«

Ich bin unendlich stolz darauf; kindisch, wie ich es so oft bin, freut mich das.

Oder ich liege unruhig im Bett und warte, bis sie knarrend über die Treppe heraufkommt. Höre sie schon, schwer das Haustor aufschließend, sich verabschiedend von ihrer Begleitung, das leichtere Geräusch der Türschlüssel, das Öffnen der Außentür... Gleiten über den Gang..., und sie tritt zu mir, läßt mich an ihren Blumen riechen, entkleidet sich rasch, umschlingt mich heiß. Wir wälzen uns wie Tiere. Sie rülpst. Sie stinkt immer nach Wein, Tabak, sehr aufdringlichem Parfüm und Sekt. Sie klebt.

Den Tag verbringe ich untätig, meist schlafend im Bett. Oder sehr verträumt. Was soll man auch tun? Und nichts geschieht. Nur die Zeit vergeht, sehr langsam. Wir langweilen uns.

»Man kann ja schließlich, auf die Dauer, nicht von Umarmungen leben, das wird einem am Ende auch fad. Laß mich in Ruh!«

»*Es muß etwas geschehen*. Was Aufregendes, Aufpeitschendes, Aufreizendes. Man benötigt Sensationen.«

Wir mimen der Öffentlichkeit gegenüber Ausländer, Russen. Wir sprechen fließend, obwohl wir nur vielleicht fünf Worte können. Wir halten die deutschen Bürger zu Narren. Das belustigt uns ungemein, eine Zeitlang. Meine Frau gibt sich als Schauspielerin aus. Sie trägt sehr sentimentale Lieder vor, tanzt russische Tänze. Aber auch das wird fad. Auch fehlt es immer an Geld.

Meine Frau ist in den letzten Tagen stark gealtert. Immer müder und gebrochener kommt sie nach Haus. Sie ist stark angewidert. Sie flieht das Leben. Sie ist ganz pathogen konvertiert. Nichts macht ihr mehr Freude. Sie ist satt. Ich bemühe mich. Alles ist umsonst. Ich ringe die Hände. Ich verzweifle.

Moritz Düsterweg, Magistratsbeamter, hat fünftausend Mark aus der Städtischen Krankenversicherung unterschlagen. Mit zweitausend Mark war er für die Schulden der allgemeiner Beliebtheit sich erfreuenden internationalen Transformationstänzerin Lila Lieblich aufgekommen, fünfhundert Mark hat er in einer gemeinschaftlichen, aufs schönste verlaufenen Automobiltour ins bayrische Alpenvorland angelegt, eintausendfünfhundert Mark für Straßendirnen verausgabt, den Rest bringt er, auf mein Anraten – ich treffe ihn, wie es gerade der Zufall will, völlig betrunken gegen Morgen auf dem Bahnhofsplatz –, eintausend Mark bringt er in das Weinlokal S. Früh sieben Uhr beginnt man. Der Klavierspieler Bruno Maria Wagner wird gerufen, meine Frau aus dem Bett gerissen, ich bin zur Stelle... Der Phonograph schnarrt. Und vor einem Glas Bier und einem Paar Weißwürsten, träumerisch zurückgelehnt, genießt der Moritz Düsterweg jenen Anblick: wie sie seinen Sekt versaufen: Dorka, rasch, klirrend, Madame, schläfrig, leicht nippend; die »Kapelle« vornehmlich, mit langen Fingern, den Kopf taktmäßig, hervorgequollenen Augs, überfallender Lokke, herabgeneigt, ich gleichgültig, schlecht amüsiert. Und während man draußen durch den erwachten Morgen eilt: schnatternde Scharen farbiger Schulkinder, runde Haufen bunt durcheinandergewürfelter Fabrikarbeiterinnen, schwarze rechteckige Männer mit kleinen Kugelköpfen, wehklagende Hunde, traurige Pferde, freche Automobile, verträumte Lastfuhrwerke, böse Radler... (und Busenmädchen flattern freundlich, heilige Studenten kreisen singend), während man hereindringt, einen Imbiß zu sich zu nehmen: dicke, listige Chauffeure, grimmige Dienstmänner, während am Fenster Frau Marie Wöbers Kinder die Suppe klirrend auslöffeln, stricken – tanzt man: der Moritz Düsterweg und die Dorka, deren Haare sich auflösen, deren Locken wild fliegen, die sich plötzlich in die Knie läßt, die Hüften beugt, wild vorwärtsdrängt, stampft, aufbraust, hingebend sich zurückbeugt, schiebt: *die böse Dorka!* Doch der sich so ganz vergißt in diesem rollenden Taumel: Moritz Düsterweg: er weint plötzlich. Man bäumt. Der Tanz stockt. Man dreht noch einmal, eine halbe Wendung... einige Schritte... vorwärts, zurück... und noch einmal... eine viertel

Wendung... mit Mühe... gerade noch –: und Düsterweg –: er sinkt um.

Man müht sich: Dorka erweicht, voll zärtlicher Fürsorge, als gelte es einem verschüchterten, einem verstockten Kind, ich ganz uninteressiert, peinlich berührt, verlegen, Madame, von Doppelkinn und Busen arg beengt, heftig prustend, und: indem sie die Vorhänge dichter vor die Fenster zieht: »*Der Wirtin Angelika Hundebald ist erst neulich das Lokal geschlossen worden...*«; die »Kapelle«, zurückgebeugt, traurig, verhalten über das Klavier hinplätschernd...

Düsterweg ist unter Schluchzen eingeschlafen, den Kopf in Dorkas Schoß gelegt, die unermüdlich ihn mit Worten streichelt. Ein Lächeln gleitet über sein Gesicht...

Er erwacht, springt empor, schlägt wild, heftig die »Kapelle« vom Stuhl drängend, die einleitenden Takte eines furiosen Walzers an, gibt das Zeichen zum Beginn des Tanzes. Alle reißt er mit sich empor. Und man tanzt. Bricht wieder zusammen. Tanzt von neuem wieder: und alles, immer dasselbe wiederholt sich...

Um zwölf Uhr ißt man zu Mittag. Die Speisen werden über die Straße gebracht. Die Zahl der zwar ungeladenen, aber doch herzlich bewillkommneten Gäste ist inzwischen auf ein Dutzend angewachsen. Immer neue kommen hinzu. Ein jeder bestellt sich, was er nur will. Heute ist ein Festtag. Was einem jeden zusagt, wird ihm gebracht, eines jeden Wunsch geht heute restlos in Erfüllung. Was braucht man sparen?

Würste dampfen. In Schüsseln werden sie herbeigebracht, aufgerollt gleich dicken weißen Ketten, in lustigem Streit auseinandergerissen. Braunes Bier fließt. Man ist verschwenderisch. Sektflaschen knallen. Dunkler Wein rollt. Tabakgeruch schwängert die Luft. Rauch wie von einem ausgehenden Brand lagert unwirklich und schwer. Musik tönt ununterbrochen. Der Phonograph abwechselnd und die »Kapelle«.

Man betäubt sich. Man schläft wach. Träumt vor sich hin, summend. Sitzt dumpf mit halbgeschlossenen Augen. Es brütet. Fip, die schwarze Katze, auf dem roten Tischtuch dick ausgebreitet, schnurrt. *Ein Schnapsglas daneben steigt wie eine silberne Blume blühend aus rotem Klee.*

Gegen drei Uhr nachmittags trinkt man schwarzen Kaffee. Um sechs Uhr gibt es Tee. Bei einbrechender Dämmerung ißt man zu Abend. Der Geruch aller Getränke, aller Speisen haftet, da weder Fenster noch die Tür geöffnet wird. Fünfzig Personen nehmen schon an den Gelagen teil. Sie glucksen glücklich. Dröhnend verdauen sie. Kreischen. Man gebärdet sich wie toll. Man ist ausgelassen, voll sprühender Lust.

Düsterweg hat, ganz durchhitzt, den Rock abgelegt. Die Hemdärmel aufgestülpt, hochgeröteten Kopfs hastet er wie wahnsinnig umher, den Appetit seiner Gästeschar anfeuernd, eifrig besorgt, daß alle genug bekämen. Eigenhändig gießt er Wein ein, zerschmettert unter hellem Geschrei, lang grinsend, Gläser und Sektflaschen, kindisch sich daran erfreuend; stopft Fleisch, Brot, Gemüse den Fressern ins Maul, die aufbrüllen, ihm ins Gesicht speien.

Gegen zehn Uhr kommen Alois Wurm, der Pferdehändler: groß, aufgedrehten Schnurrbarts, gelb, schnapsdurchtränkt, verschnupft, von Sonne durchsotten, ein wenig später Moses Mies, sein Freund, der Salzagent: klein, dick, rothändig. Beide Stammgäste. Sie reichen Moritz Düsterweg die Hand, sehr gnädig und herablassend von ihm begrüßt.

Düsterweg –: *herrscht er nicht über alle?* Ist er nicht maßgebend? Herrscht er nicht unumschränkt, königlich, maßlos? Er ist in bester Stimmung. Weiß nicht, wohin vor Glück. Fängt, vor Kraft überquillend, mit allen spaßhalber Händel an. Man pufft und boxt sich. Ein Wettrennen über Stühle wird inszeniert. Ein Ringkampf aufgeführt: man stürzt, wälzt sich, steht wieder auf, taumelt, wankt, sinkt um. (Und Moses Mies reibt sich an Alois Wurm.) Man lacht, belustigt sich dabei allgemein.

Gegen Mitternacht zieht der Düsterweg meine Frau näher zu sich, die, schwer benommen, inständig nach frischer Luft ringt. Kindlich bittend wiederholt er breiigen Munds, mit grünen funkelnden Schusseraugen, käsigen Plattfingern seine Anträge; er erklärt wiederholt und flehentlich seine Absichten, nötigt ihr auf den Knien das Treuwort ab, gibt strahlend Dorka das seine hin, spricht lang und erregt von naher Verlobung, baldiger Hochzeit und ist tief beglückt und süß durchronnen, als Dorka endlich, nicht ohne zu zögern, ja sagt. Einen Hundertmarkschein händigt er ihr sofort ein.

Inzwischen rechnet die Wöber ab. Die Schuld beträgt fünfhundertundzehn Mark, von Düsterweg sofort bereinigt. Das Fest setzt sich fort. Und Dorka, Düsterweg zärtlich umschlingend: er sehe aus wie Fip, die schwarze Katze, die auf der roten Tischdecke, dick ausgebreitet, behaglich schnurre. Sie nennt ihn Onkel. Und plötzlich, mitleidig, mit großen Augen: »Onkel, wo hast du das viele Geld her?«

Die Frage, unangenehm, beengt. Man überhört sie.

Ich werde gerufen. Düsterweg drückt mir einen Kuß auf die Stirn, dankbar, daß ich ihn geführt habe. Und selig lächelnd auf meine Frau weisend: zum Glück geführt habe! Ich müsse sie bewachen, bei ihr bleiben, Tag wie Nacht; müsse ihm versprechen, Dorka immer zu behüten während seiner Abwesenheit: Dorka, die sein sei. Und heiter angeregt, gedenkt der Düsterweg der allgemeinen Beliebtheit sich erfreuenden Transformationstänzerin Lila Lieblich, für deren Schulden in der Höhe von zweitausend Mark er aufgekommen war. Und renommierend: »Sie ist faul. Nach fünf Nummern schlapp. Total verbraucht. Unbrauchbar. Ungenügend!« Schallendes Gelächter folgt.

Doch plötzlich ernüchtert, entsinnt er sich: vor drei Tagen habe ich mein Gehalt empfangen: einhundertfünfzig Mark. Und lächelnd versucht er: »Ein... hundert... fünf... zig... Mark.«

Es wird ihm kühl. Es ist, als umwehte ihn Morgenluft. Und sein Messer ziehend, springt er auf: »Meint ihr, ich bin euere Wurzen? Windige Bagage. Ich laß mich nicht neppen von euch, nein! Hurenvolk! Luder, dreckige!«

Und der Wandspiegel wirft ihm sein Bild entgegen: verändert, fremd, vor Wut entstellt, lächerlich... Man versucht ihn zu halten. Er schreit, flüchtet... Doch seine goldene Uhr zerschlägt er, indem er sie mitten in das Glas schleudert, das zerklirrt... *Sein Gesicht platzt entzwei.* Ein großes schwarzes Loch wird sichtbar. Und da alles vor Schreck verstummt, gespannt aufhorcht: »Sich erschießen? Sich in den Mund schießen? Oder etwa, etwas rückwärts, die Pistole angesetzt, fünf Kugeln durch die Schläfe? Einen Tag, eine Nacht..., nein, zwei Tage, zwei Nächte geherrscht zu haben, maßgebend gewesen zu sein, wiegt das nicht alles auf, ist das nicht alles wert? *Man muß sich doch einmal Luft machen!*«... Und »es ist schön«, weiß er: und: »Dorka, Dorka mein!«

Man macht Schluß, pfeift einem Auto. Verabschiedet sich. Frau Marie Wöber drückt dem Düsterweg die Hand, lang, Madame, deren Brust sich um diese späte Zeit immer schwer aus der Bluse zwängt..., und mir vertraulich zublinzelnd: »Das haben Sie brav arrangiert. Sie haben ein artiges Fest gemacht. Auf Wiedersehen.« Von Bruno Maria Wagner, der »Kapelle«, nimmt man Abschied, der, betrunken, mit Händen und Füßen durch die Luft fährt. Von Alois Wurm, der abenteuerlustig unter der Tür sein Geld zählt. Von Moses Mies, dem Salzagenten, der pfauchend in die Nacht entweicht. Und nimmt Abschied mit einem letzten Blick von den unzähligen Sumpfkumpanen, die fluchend unter Stühlen, Tischen, vom Schlaf aufgestört, hinter Bänken, unter Vorhängen und Decken, hervorkriechen, wie aus einer Höhle zum Lokal hinaus, gebeugt, mit schlotternden Knien in die Finsternis sinkend.

Man fährt zum Bahnhof, Dorka den Kopf müde an meine Schulter gelehnt, der Moritz Düsterweg uns beiden gegenübersitzend, etwas sehr dumpf. Die Luft ist anders. Man spricht wenig. Nur der Düsterweg einmal überselig: »Ich besitze...« *Er sieht alt und häßlich dabei aus.* Sein Gesicht verzerrt sich idiotisch. Die kleinen grünen Schusseraugen funkeln, die platten Käsefinger spreizen sich... Man macht eine Biegung. Man fliegt förmlich. Der Düsterweg zählt die Stunden bis zum kommenden Morgen, sorgfältig, immer wieder. Daß er sich nicht verrechne: drei Stunden!... Durchsucht seine Taschen: dreißig Mark! Bis zum folgenden Abend zwölf Stunden!... Ich werde geruht haben; man wird meine Abwesenheit inzwischen bemerkt haben. Man wird die Unterschlagung entdeckt haben, ich werde nichts dagegen, nichts dazu tun, ich lasse den Dingen ruhig ihren Lauf, man wird mich verhaften...

Vom Bahnhof geht es in den Donisl! Es ist drei Viertel fünf. Ich gehe mit Düsterweg zu Fuß voran. Lasse das Auto halten, etwas vom Lokal entfernt. Dorka will es. Man müsse nachsehen, ob X. drin sei. Sie könne X. nicht leiden. Dann fahre man besser gleich heim. X. ist nicht da... Es beginnt zu regnen. Man kehrt um –: Dorka holen. Dorka –: wartete sie nicht hier? Sie ist nicht mehr da. Doch Düsterweg bleibt hier, erstarrt. Er bleibt. Ich etwas unschlüssig, höflich grüßend, entferne mich...

Und aus der Ferne, durch den Morgen, Dorka, meiner Dorka nachstürmend, rufe ich, schallend: »Dorka, die Dorka suche ich...«

Heute treff ich Josef, meinen alten Freund. Er ist sehr erstaunt, mich wiederzusehen. »Ja, Hans, wo treibst denn du dich herum?« Aber ich merke gleich, daß er alles schon weiß. »Hans, du siehst sehr angegriffen aus.« Und er erkundigt sich sehr eingehend, merkwürdig interessiert, nach meinen Verhältnissen und fragt, lauernd und sehr beteiligt, nach meiner Frau. Mir ist das sehr unangenehm, wie immer, wenn darauf die Rede kommt. Ich habe immer irgendwie Angst davor. Ich nehme Ausreden...

Es ist sehr schön, und wir machen einen großen Spaziergang durch den Englischen Garten. Ich trinke tief die warme Luft ein, ich fühle mich glücklich wieder, sorglos und heiter und vollkommen gekräftigt. Die Menschen gehen sehr entfernt. Sie scheinen durch blühende Luftgärten zu wandeln, über der grünen Landschaft gleichwie auf samtenen Teppichen friedlich, engelhaft dahinzuschweben. Der Kleinhesseloher See glänzt, unbewegt und starr, er sieht wie Blei aus...

Ich weiß, Josef hat es immer gut mit mir gemeint. »Vorgestern nacht, Hans, hat deine Frau bei Andreas Söraas geschlafen. Und sie hat es aus Liebe getan...«

Ich zucke zusammen. Aber ich fasse mich gleich. Ich muß zugeben, vorgestern nacht war meine Frau nicht bei mir. Hat sie also wirklich bei Andre geschlafen? Aber, so tröste ich mich, so hat sie es sicher nicht aus Liebe getan, denn sie brachte mir am Mittag zwanzig Mark. Und die Tränen mühsam unterdrückend, mit brechender Stimme: »Josef, bitte, sei ruhig, ich weiß es...«

»Du brauchst dich nicht darüber aufzuregen, Hans, aber du wirst ja selbst wissen, sie ging schon längst, bevor du sie kanntest...«

Und ich, die Fäuste geballt, verhaltenen Zorns: »Josef, bitte sei ruhig, ich weiß alles, ich weiß es.« Ich zittere am ganzen Körper. Ich hatte immer so Angst davor gehabt. Aber es hat mich doch irgendwie befreit. Es ist heraus...

Doch nachdem wir uns verabschiedet haben, mache ich mich langsam auf zu Andre. Andreas Söraas, stud. ing., Schellingstraße 62, III. Ich treffe ihn bei der Arbeit. Mitten in Zirkeln, Linealen, Karten, Rechtecken, Winkeln. Ja, er ist ein kleiner, blonder Junge, zwanzig Jahre alt, sehr kräftig, mit sehr blauen Augen.

»Sie entschuldigen, B. ist mein Name, aber Sie scheinen näher für diese Dame interessiert...«, auf das Bild hindeutend, das unmittelbar vor ihm auf seinem Schreibtisch steht...

Und er sofort: »Ja, sie hat vorgestern nacht bei mir geschlafen.«

»Verstehen Sie: sie ist meine Frau.« Und gesteigert: »Sie werden wissen, was das heißt: meine Frau, Herr Söraas..., haben Sie ihr Geld gegeben...?«

»Was denken Sie, nein.« ... Einfach. Ohne mit den Augen zu zwinkern.

Und mein Blick fällt auf das Bett, das links in der Ecke steht. *Es ist sehr breit.* Das beunruhigt mich... Er scheint sehr zufrieden zu sein. Es ist sehr sauber bei ihm. Er ist sehr gut eingerichtet. Ich denke an unsere Wohnung in der Quellenstraße 16. Und wie wir jeden Abend aus jener blendenden Lichterfülle bunt belebt, voll schöner, sanfter Damen, tänzelnder Equipagen, flimmernder Kavaliere immer wieder ganz ergeben in unser Dunkel tauchen, verworren, ölig und dumpf...

Er ist auch gar nicht aufgeregt. Er lächelt.

Warf sie mir nichts als vor: »Sieh, Hans, Andre tut mir alles, was ich nur will.« Und: »Er begleitet mich oft, oft stundenlang durch die Stadt, wo wir vor allen Schaufenstern stehenbleiben, uns unermüdlich unterhalten über Strümpfe, Wäsche, Blusen, Schmuck, Hüte, Röcke..., du kannst das nicht.« Und: *»Er hat gesagt, er würde mich, wenn ich nur wollte, gleich von dir nehmen, auf immer zu sich, mich heiraten...«*

Ich siede. Und obwohl ich deutlich fühle: ich habe kein Recht dazu, es ist eine Gemeinheit, ja sogar ein Verbrechen, zucke ich nach meiner Tasche, meiner Pistole, hebe sie, ziele, drücke, knalle ihn nieder. Ich bin eiskalt...

Und ich frage mich, nachdem ich das getan habe: Habe ich es denn auch wirklich getan? Und mir scheint die Welt auf einmal verändert. Ja, ich habe es getan, denn ich hörte den dumpfen Knall und dann den Schlag, als sein Körper den Stuhl langsam herunterglitt. Ich habe die Pistole noch in der Hand, in dieser, in dieser rechten Hand. Und ich stecke sie wieder ein... Aber wie, wie bin ich dazu gekommen? Aber ich kann mir mit bestem Willen jetzt, im Augenblick, keine Rechenschaft darüber geben. Es wird später geschehen. Und ich muß mich immer wieder davon überzeugen, daß ich Andreas Söraas wirklich niedergeschossen habe. Ja. Es ist eine Tatsache. *Es ist eine Tat. Wie wohl das tut,* wie reinigend das wirkt: eine Tat. Sei froh! Nein! Es ist keine Einbildung. Man kann nicht daran zweifeln. Man wird daran glauben müssen. Und die Blutlache über dem hellgelben Parkettboden sieht aus wie eine große braunrote, aufgeschwollene Sonne, die spritzt kleine zitterige Strahlen aus nach allen Seiten. Und ich bemerke: *Andre hat blauseidene Strümpfe an!* Die heiße Scheibe glüht wild auf hinter Andres blondem Jungenkopf, der unaufhörlich rinnt. Sie brennt, sie schreit. Und Glocken gellen, Kanonen knallen, Trompeten, Trommeln, das Anmarschieren von Infanterieregimentern, glänzende Kavallerieattacken, Barrikaden, Kommandos, Stille, Schnellfeuer, Sturmlauf aufgepflanzten Bajonetts gegen Bastillen, Explosionen, Pulverwolken: und ich erlebe die ratternde Symphonie des Aufruhrs.

Nun erst bin ich meiner Tat gewiß.

Und ich gehe sehr beruhigt, erleichtert die Treppe herunter. Wie ich das Haustor öffne, *erblicke ich einen älteren Mann, einen Blumen-*

verkäufer, und ich habe das Empfinden, ich müsse ihm was recht Gutes tun. Die Sonne scheint. Und plötzlich fällt mir heiß ein: Ich habe einen Mord begangen! Ich habe einen Mord begangen! Und ich sage es mir immer vor, in einem fort, immerfort, sausend. *Und ich will es dem Alten eingestehn,* er wird ja schweigen und nichts verlauten lassen. Mich aber erleichterte das. Doch ich fürchte, vielleicht könne er mich doch verraten. Und ich sage mir, das kann auch später noch geschehen... *Aber ich kaufe ihm alle seine Blumen ab.* Und ich sage mir: Das ist ein »rotes« Haus. Und ich starre unausgesetzt, die Blumen in den Händen, nach oben.

Und ich brauche lange Zeit, bis ich endlich von diesem Haus fortkomme.

Meine Frau trägt zwei goldene Vorderzähne. Man sagt mir: »Deine Frau ist eine Dirne, die sich bei der Prostitution beide Vorderzähne eingeschlagen hat.« Ich springe dem Schuft an die Kehle.

Man sagt mir: »Deine Frau ist eine Abortgrube.« Ich speie dem Schwein ins Gesicht.

Man spöttelt weiter: »Deine Frau: 'n prächtiges Weib, 'ne schöne Hur..., wer hat diese olle Spinatwachtel nicht schon alles...?« Ich kann mich nicht mehr rühren. Ich bin kraftlos. Ich höre alles mit an, aber ich heule im Innern auf. Ich verblute. Ich sinke in mich zusammen.

Man kennt uns. Wir verkehren im Café F. Wenn meine Frau kommt, meint der ernste Ober: »Herr B., jetzt kommt das Betriebskapital.« Oder: »Gegen Mitternacht steigen die Aktien.« Man macht ringsherum Witze. Ich bin wehrlos. Nur Josef hält mit mir aus. Er hat mich nicht im Stich gelassen. Nur Josef und ich warten oft jetzt nachts auf sie. Wenn sie unter die Tür kommt, ganz rot, meint Josef: *»Sie ist eine Flamme..., es knallt.«* Man deutet mit den Fingern auf uns. Man zischelt. Wir kauern zusammen, geduckt, frierend, zwei arme Tiere vor unserer Tasse Kaffee, in einer Ecke. Und die deutschen Bürger lagern sich immer ringsumher: Sie paffen Ringe durch die Luft, spielen Billard, trinken aus hohen Gläsern Weißbier, tragen Namen wie Ziegler, Zacherl, Beermann, Rind, Küchler, haben breite Stiefel, Platt- und Schweißfüße, einen massiven Gang und lieben es, durch wiederholte Händedrücke sich zärtlich ihren Weibern gegenüber zu erweisen, die, vollgefressenen Spatzen auf Telegraphenstangen gleich, eng an ihre Männer geschmiegt, dahindösen: Schlagrahm weiß in den aufgedunsenen Gesichtern, große Torten verzehrend (fett, doppelkinnig, hängebusenhaft...). Ihrem Beruf nach Pferdehändler, Salzagenten, Buchhändler, Dichter, Maler: kropfig, dickbäuchig, oft aber auch sehr schön, sonnenhaft, langgebartet, goldblond...

Die Instrumente zittern, stöhnen, singen, rülpsen. Es splittert, fließt, knackst... Die Musik: sie ist »dorkan«..., und die runden Marmortische drehen sich, die Kronleuchter knistern, zertrümmern...

Und ganz entfernt sitzt Annie, klein, schwarz und bleich, meine frühere Freundin. Sie lächelt sanft. Sie wünscht nicht meine Frau kennenzulernen.

Ich denke immer an Andre, den toten Andre. Ich wiederhole mir immer: »Ich habe einen Mord begangen! Ich habe einen Mord begangen!« Und ich sage es mir immer vor, in einem fort, immerfort, sausend. Ich werde noch wahnsinnig darüber. Ich verliere den Verstand. Ich denke, Andre habe ich um ihretwillen niedergeknallt. Was habe ich nicht schon alles um ihretwillen getan. Und doch ich weiß, ich lüge, ich belüge mich, ich habe Andre sehr meinetwegen niedergeknallt. Und denke immer an Andre. *Ich liebe ihn fast*... Der kleine blonde Junge, zwanzig Jahre alt; zwischen Zirkeln, Linealen, Karten, Rechtecken, Winkeln... Mit blauen Augen. Wie ähnlich er mir ist! Er hat den Mund sehr weit geöffnet. Er hat blendendweiße Zähne. Die Lippen sind sehr schmal, blutleer, verkümmert fast, nach oben gekrümmt. *Und ich bemerke seine blauseidenen Strümpfe.* Und ich denke an das »rote« Haus. *Und ich starre unausgesetzt, Blumen in den Händen, nach oben.*

Wahnsinnig irre ich umher, voller Angst. Ich kann nicht ertragen, daß meine Frau einem anderen gehört hat. Nur einem, nur einem anderen! Es ist furchtbar, daß mir das der Josef ins Gesicht sagen mußte. Er wird immer über mich lachen. Und trostlos: »Wie verkommen, wie haltlos ich bin!«... Aber Josef hat auch gesagt: »Hans, aber du wirst ja selbst wissen, sie ging schon längst, bevor du sie kanntest...«

Ich begegne der sanften Annie, meiner früheren Freundin, klein schwarz und bleich. Ich verbringe die Nacht bei ihr. Sie sättigt mich. Ich bade.

Ich trete frisch, singend wieder in den blauen Morgen hinein. Ich kehre fröhlich heim. Meine Frau liebe ich unsäglich wieder. Ich habe alles vergessen.

Doch meine Frau ist krank. Sie zerbricht, sie wird älter Tag für Tag. Heute ist Madame bei ihr. Sie bringt Kuchen mit, heftig prustend, von Doppelkinn und Busen arg beengt. Aber meine Frau muß ihre Stellung aufgeben. Sie kann es nicht mehr leisten. *Das freut mich irgendwie.* Aber zugleich dämmert es allmählich in mir auf: Die Türen werden langsam zugemacht. Und kurz vor ihrem Weggehn bemerkt noch wichtig die Wöber: »Moritz Düsterweg hat sich im Gefängnis aufgehängt. An seinen Hosenträgern. Denkt euch nur: Er, der Lump hat fünftausend Mark aus der Städtischen Krankenversicherung unterschlagen...« Und ich sehe Düsterwegs kleine grüne Schusseraugen traurig und sehr aus der Ferne funkeln. Und eine Spinne klebt hoch, unbewegt an einer grauen Wand.

Ich richte das Bett zurecht. Ich putze auf. Ich koche.

Heute haben wir nichts zu essen. Gestern haben wir das letzte Geld im Automat verbraucht. Jemand ließ das elektrische Klavier spielen.

Ich bin zu jeder Arbeit unfähig. Ich brauche stundenlang, um aufzustehen. Ich bin schwer belastet.

»Daß sich Andre nicht mehr sehen läßt?«

Mir schnürt sich die Kehle zusammen. Ich sinke um. Gibt es keine Rettung? Und sie, fern aus dem Bett, ganz darin vergraben, sehr dünn: »Arbeite!«

Ich hatte immer so Angst davor. Und ich sehe ungeheuere Schneemassen, furchtbar, drohend übereinandergetürmt, und ein grüner Bach rieselt vergraben, ganz unten, sehr dünn.

Es geht uns stündlich schlechter. Es ist nichts zum Essen da. Trotzdem hat sich meine Frau etwas erholt. Bei einbrechender Dämmerung entfernt sie sich. Sie hat sich sehr auffallend gekleidet, sorgfältig herausgeputzt. Sie ist stark geschminkt. Sie hat Ordnung im vorderen Zimmer gemacht, das Bett zugedeckt, das Sofa in die Mitte gerückt. Den Waschkrug hat sie mit frischem Wasser aufgefüllt, bei Frau Naßl ein neues, sauberes Handtuch geborgt. Sie ist sehr entschlossen. *Alle Krankheit scheint von ihr gewichen.* Sie steckt die Schlüssel zu sich, betrachtet sich noch einmal im Spiegel: das rote Jackett blinkt, der blau und weiß gewürfelte Rock, ein kleiner brauner Hut, mit roten und weißen Blumen bunt besteckt, gelbe Bluse..., und sie zieht sich straff und geht mit einem Seufzer, etwas schmerzlich lächelnd, und »Adio!« Aber es scheint ihr nicht gar so hart anzukommen. Und ich sage mir: *Meine Frau hat 'ne feine Fresse.*

Mir fällt wieder ein, was Josef gesagt hat: »Du brauchst dich nicht darüber aufzuregen, Hans, aber du wirst ja selbst wissen, deine Frau ging schon längst, bevor du sie kanntest...« Ich entsinne mich, eines Sonntags, nachts, lernte ich sie auf der Neuhauser Straße kennen. Sie ließ die Handtasche lang herunterhängen. Sie schlenkerte. Sie blieb oft herausfordernd vor den hellerleuchteten Schaufenstern stehn. Richtete ihr Haar zurecht oder knüpfte ihren Schleier fest, manchmal drehte sie sich um. Ich denke mir: Jetzt will auch ich recht schlecht werden, und bin froh, daß ich Andre erschossen habe. Wie bin ich froh! Und: *Wir wollen beide recht herrlich untergehn!* Ich höre die ferne Musik des anziehenden Sturmes! Sie ist sehr süß. Umschlungen versinken wir. Aber ich sehe auch wieder ein: ich bin ein großes Kind, träumerisch, voll törichter Rachegedanken, dem Leben abgewandt.

Ich gehe dumpf in mein Zimmer, bleibe im Dunkeln, mache kein Licht, sperre ab. Ich horche gespannt. Jedes Geräusch schreckt mich. Nach zwanzig Minuten kommt sie mit dem ersten. Sie zündet die Stehlampe an. Es ist ganz rot. Und ich denke an Andres Zimmer. Und ich sage mir: Auch das ist ein »rotes« Haus.

Sie wechseln einige Worte. Geld klirrt. Er versucht sie zu küssen. Man sinkt auf das Sofa. Ihre Arbeit beginnt. Ich sehe neugierig durch eine Ritze. Es ist ein großer wütender Kerl, aufgedrehten Schnurrbarts, verschnupft, schnapsdurchdrängt, von Sonne versotten, ein Bierbrauer. Wild, unbarmherzig reißt er sie auf und nieder. Sie ist ganz gleichgültig.

Bis Mitternacht hat sie vier heraufgebracht. Sie belegen sie mit allen möglichen Namen: Marie, Lina, Püppchen, Schlingel, Lümmelchen, Toppsau, Mensch. So verkehrt man mit meiner Frau.

Sie kommt zu mir. Sie klopft an meine Tür. Es ist, als ob sie um Einlaß bitte. Als bettelte sie. »Ich bin sehr müde, Hans, gute Nacht!« Sie händigt mir ein großes Goldstück aus. »Also für fünf Mark...« *Und auf dem Tisch stehen viele Blumen...* Ich aber weine leise in mich hinein. Dorka wimmert laut.

Sie schläft bis gegen Abend. Dann geht sie wieder weg. Auch ich gehe weg. Mir ist das, wenn ich mich prüfe, nie so fern gelegen. Ich »geißle« mich. »Arbeiten!« Am Stachus treffe ich einen älteren Herrn, mit goldener Brille, kleinen grünen, funkelnden Schusseraugen, *der jenem Blumenhändler sehr ähnlich sieht, den ich, vom toten Andre herabkommend, auf der Straße erblickte.* Er schließt sich an. Ich bin guter Dinge. Doch an Dorka denkend, unterziehe ich mich allem gern. Ich demütige, ich erniedrige mich.

Wie ich nach Hause komme, wartet meine Frau auf mich. Wir zählen beide unseren Verdienst. Wir müssen lachen. Wir umarmen uns nach langem wieder, küssen uns herzlich. Wir schlafen beieinander. Doch bald wird ein jedes von uns sehr traurig. Wir ermüden. Wir vermeiden es ängstlich wieder, uns gegenseitig zu berühren.

Es ist verworren, ölig und dumpf. *Wie lang wir die Sonne nicht gesehen haben! Denn erst, wenn es ganz dunkel geworden ist, kriechen wir aus.* Wir sind beide sehr gereizt. Wegen einer ganz geringfügigen Ursache entsteht eine Schlägerei. Ich habe vordem nie ein Weib geschlagen. Ich werfe ihr den Stuhl an den Kopf, daß ihr die Stirn weit auseinanderklafft. Sie gibt mir einen Tritt in den Bauch, daß ich rückwärts taumle. Waschkrug, Spiegel, Teller gehen in Scherben. Die Tür zerkracht. Wir prügeln uns auf offener Straße. Eigentlich ganz ohne Haß. Sehr roh und kühl. Sehr mechanisch. Wie Fuhrknechte auf Pferde einhauen. *Nur um uns gegenseitig etwas zu erleichtern.* Auf einer frisch angestrichenen Bank bearbeiten wir uns beide mit den Fäusten. Die Dorka kratzt und beißt. Sie ist ein böses Raubtier. Die kleinen Augen, meergrün, funkeln. Sie beißt sich in meiner Oberlippe fest, die blutig herunterhängt. Menschen sammeln sich an, halb sich belustigend, halb sich entsetzend. Einer, ein uraltes spinniges Kerlchen, zerbröckelt, grauhaarig, trippelnd, kurzhosig, mit goldener Brille, langbehaart, kleinen grünen, funkelnden Schusseraugen, zählt immer sehr, sehr dünn: »Eins, zwei! Eins, zwei! Eins, zwei!!«

Ein Schutzmann streicht in einiger Entfernung sehr langsam über die Straße.

...»Verlasse sie! Es ist noch Zeit. Verlasse sie, eh es zu spät ist!« Und: »Warum liebe ich sie...«, aber ich kann mir darüber nicht klarwerden. Alles ist verworren, ölig und dumpf. Ihr Gesicht ist eine schwammige Masse, gelb, trüb, immer bewegt. Die Dorka ist immer betrunken. Sie torkelt. Wie irdisch sie ist! Sie zieht mich herab. Sie fällt mich. Ich bin ganz widerstandslos, hemmungslos. Ich muß ihr die Bluse zumachen, die Stiefel zuknöpfen. Ich will mich dagegen auflehnen, die Schamröte steigt mir ins Gesicht. Ich siede. Ich will mich empören; meine Hand zuckt oft nach der Tasche... *Sie sagt nur »Pferd« und streichelt mich, und ich bin wehrlos.* Wieder ist sie lustig und singt. Sucht Gesellschaft auf, um zu wirken. Das Zimmer ist oft ganz voll von Russen, Polen, Franzosen, Italienern. Es wimmelt. Ein Bein streckt sich steil hervor. Sie ist vergraben... »Oh, ich möchte eine große Rolle spielen, ich werde glänzende Kleider tragen, im Englischen Garten jeden Tag früh ausreiten, spazierenfahren, *du kannst immer im Café sitzen ... Du kannst essen, trinken, schlafen, schlafen ... Du ... dann: mein ganz feingemachter Lucki!«* ... Und sie hätschelt kleine Hunde, bewehklagt Bettler, kost ihre Puppe, immer sie streichelnd und in einem fort: »Buberl! Buberl!«

»Verlasse sie! Es ist noch Zeit. Verlasse sie, eh es zu spät ist!« Doch diese Worte, immer und immer wieder mich quälend, bedrängend und ausgesprochen *in einem von oben herab,* sehr blond und in einem langen schwarzen Mantel, sie scheinen mir unermeßlich. Es ist ein Rat, unausführbar. Es brennt.

Mein Körper ist voll böser Flecken. Geschwüren, Flechten, Narben, Nadelrissen. Bevor wir ins Bett steigen, kratzen wir uns gegenseitig wund. Unsere Körper sind Blutäcker. Wir waschen uns den Rücken. Wasser klatscht. Man scheuert Bänke so. Meine Frau hantiert ununterbrochen mit Jod, Irrigator, Schwefelteerseife, grauer Salbe. Es schwelt. Ich renne, während meine Frau sich stöhnend im Bett hin und her wälzt, mit erhobenen Händen gegen die Wände an. Dann kauere ich dumpf in der Ecke nieder. »Gib mir etwas Wasser, Hans«, bittet sie, sehr dünn ... »Halt dein Maul, Luder. Du, du hast mich zugrund gerichtet.« Und aufbrausend: »Verreck, du!« ... Ihre Augen weiten sich. Sie wird sehr ruhig. Es tut mir furchtbar leid, so gesprochen zu haben. Ja, es tat mir schon leid in dem Augenblick, als ich so sprach. Ich falle vor ihr auf die Knie nieder, schluchzend, um Verzeihung bittend. So haltlos bin ich. »Hans, mir ist, als sei eben etwas zwischen uns getreten!« Und mit erhobenen Händen, grell: »Jemand hat uns auseinandergerissen. Wie weh, oh, wie weh das tut!«

»So soll alles umsonst gewesen sein?«

Und stürze, ein Tier, aufheulend, am Bett nieder. Die Dorka wimmert.

Ein Gewitter zieht herauf. Dunkle Vogelschwärme nisten. Ein feuriger Hund läuft über den Himmel. Es bellt.

Die Freier bleiben aus. Es ist eine sehr schlechte Zeit. Sie kann keine Besuche mehr empfangen. Auch müssen wir Obacht auf die Polizei geben, die uns seit einigen Tagen schon gründlich auf der Spur ist. »Wenn man mich erwischt«, meint meine Frau, »werde ich eingeliefert.« Und: »Ich habe schon einmal zwei Monate gesessen.« Und: »Ich habe keine Lust mehr ins Krankenhaus.« Und ich denke an mein Elternhaus. Mein Vater war Arzt. Das Vorzimmer, in dem die Kranken warten mußten, war dicht gefüllt. Sie kamen aus allen Gegenden: die Gesichter zerschlagen, Arme, Beine eingebunden, die Augen fiebrig oder schon starr, ermattet. Ein Kind wimmerte. Ein Gestochener schrie, und in purpurenen Traufen troff ihnen das Blut von der Stirn. Ich aber stürzte in den blühenden Garten hinaus, die Hände geballt, der prächtig untergehenden Sonne nach.

In demselben Zimmer hing auch das Bild der verstorbenen Mutter, ein Mädchen noch, voll blühender Anmut, das Haar gold und wie Feuer leuchtend, die kaum geöffneten Lippen rot, einer halbverschlossenen Frucht vergleichbar, die Augen in Klarheit aufgetan. Und sie, die Wartenden, sie saßen, alle den brechenden Blick flehend emporgewandt.

Die Naßl hat uns heute die Wohnung gekündigt, so leid es ihr tue, aber gestern seien drei Kriminaler dagewesen, die sich auffallend eingehend nach uns erkundigt hätten, auch sei die Wohnung unsauber, Spinnengewebe überall, wir fielen zu sehr auf, die Miete des vergangenen Monats sei noch nicht bezahlt, es kämen zu viele Besuche...

Ich begegne in den Isaranlagen einem Mädchen, rothändig, mit großen Füßen, dürftig angezogen, kurzharrig, im Nacken ausrasiert. Wir sitzen beieinander auf einer Bank, und sie erzählt mir, sie heiße Elly und sei eben erst aus Stadelheim entlassen, wegen Gewerbsunzucht zum erstenmal bestraft. Sie ist ganz und gar ausgehungert, seit drei Wochen hat sie nur auf Stroh geschlafen. Ich hole ihr von zu Haus das letzte Stück Brot und gebe ihr den letzten Schnaps. Meine Frau merkt nichts. Ich gehe mit ihr zu Josef. Er wundert sich, mich mit einem anderen Mädchen zu sehen, doch scheint ihn das irgendwie zu freuen. Er stellt Elly sein Bett zur Verfügung, er selbst übernachtet, in seinen schwarzen Mantel gehüllt, auf einer Bank. Ich schlafe bei Elly. Ihr Körper ist hart, sie gräbt sich tief, überglücklich aufschauernd, in die weißen Kissen, schlägt die weiche Decke ganz über uns. Sie ruht, das Gesicht käsig, doch umrahmt von rotem Haar, dessen Schimmer weit in die Stirn fällt, die Nase platt, eingedrückt, großen Munds, mit kleinen grünen Schusseraugen, ein häßlicher Engel. Da sie friert, lege ich mich auf sie, und wir schlafen, Brust an Brust, Mund an Mund. Oft ist es, als ertöne unirdische Musik, die Erde sinkt, die Wände weiten sich, wir schweben.

Ich erwache. Es ist Tag. Der Himmel ist ein blutiges Tuch. Elly schläft noch. Sie lächelt. Ich drücke ihr einen flüchtigen Kuß auf die

Lippen, ich bemerke, wie ihr Körper entstellt ist, strotzend, aufgerissen, mißbraucht. Ich gehe weg...

Ich irre durch die Stadt, die von roten Meeren ganz verschwemmt ist... »Wo habe ich heut geschlafen...?« Und ich jage durch Wüsten: Straßen, Straßen, Straßen. Neubauten, wo Kalk dampft, unergründliche Grüfte, Vorstadtwiesen, mit Kindern, Hunden und Fußball, ein Friedhof mit plumpem Geläut und schwarzem Zug, ein Fluß, Brücken; und ich gelange endlich in einen Wald und über Exerzierplätze voll räudiger Winselhunde, Krankenhäuser mit Karbolgeruch, Fabriken, Bahnhöfe, wieder zurück. »Wo habe ich heut geschlafen...« Ich bin zerschmettert. Und ich weiß mich, sehe ich mich nur einem Weib gegenüber, unendlich schuldig. Und ich entsinne mich, ich habe meiner kleinen dreizehnjährigen Kusine einmal eine Bitte abgeschlagen, sie weinte, am anderen Tage war sie tot. Und meine Mutter sagte immer zu mir, war ich unfolgsam: »Du bringst mich noch ins Grab.« Und mein Vater sagte das, und alle anderen, alle Menschen sagten das. Und sie alle sind tot. Und ich habe sie, alle habe ich die ins Grab gebracht. Und ich komme eben am »roten« Haus vorüber. Ja, auch Andre habe ich ins Grab gebracht, und ich sehe hoch eine große Spinne kleben, unbewegt, an einer grauen Wand, und Düsterwegs kleine grüne Schusseraugen funkeln, traurig und sehr entfernt. Schlief ich nicht bei Düsterweg heut nacht? Und ich sage mir: Die Türen werden langsam zugemacht.

Meine Frau und ich gehen wieder los. Ich treffe sie jede Nacht. Sie schleicht auf der linken Seite langsam dahin, ich gehe auf der rechten. Ich beobachte sie. Ich traue ihr nicht mehr. Sie läßt die Handtasche lang herunterhängen. Sie schlenkert. Sie bleibt oft herausfordernd vor den hellerleuchteten Schaufenstern stehn. Richtet ihr Haar zurecht oder knüpft ihren Schleier fest. Manchmal dreht sie sich um.

Wenn sie sich einen anderen anschaffte.

Ich wüte. Ich erwürgte sie.

Ich bin vollständig kaputt. Ich versuche loszukommen, ich habe es ja immer schon gewollt, ich war nur zu schwach dazu. Ich habe nur nicht den Mut zu mir gehabt. Ich habe es mir nur nicht eingestanden. Ich fürchtete mich immer so davor. Aber habe ich nicht Pflichten? Geht sie nicht für mich, für mich auf den »Talon«? Und auf den Knien rutsche ich durch das Zimmer, taste mich langsam hinaus, schleppe mich zur Treppe. Ich höre Schritte. Eine Tür klappt. Die Dorka! Und ich ziehe mich hoch, schweißbedeckt, am ganzen Körper zitternd, mit Mühe noch am Geländer empor. Es wird Licht. Eine Gestalt beugt sich nieder. Nimmt mich in ihren Arm. Oh, wie ich sie hasse! Sie hebt mich auf, trägt mich zurück, ich jammernd an ihrer Brust, streichelt meine Wangen: »Buberl! Buberl!« Dann: »Pferd!« Sie ist zärtlich, als sei ich eben erst zu ihr zurückgekehrt, jahrelang von ihr entfernt.

Am folgenden Tag wiederhole ich meinen Fluchtversuch. Bald sehe ich ein, es ist unmöglich. Und: »Ich muß ja, ach, viel, viel Gutes noch tun; denn habe ich nicht meine Frau geschlagen?! Ich will erdulden und alles willig auf mich nehmen, ich habe viel Schlimmes schon getan.« ... Und ich komme so nicht los von ihr. Es ist unmöglich. Was soll ich auch fliehen? Es scheint mir kindisch.

Ich finde die Haustür verschlossen. Meine Schlüssel sind fort. In den Zimmern ist Licht. Ich suche nach Schatten. Es sind viele Schatten. Will sie mich nicht mehr? Hat sie sich einen andern angeschafft? Und ich höre wüste Schreie, Stimmgewirr. Und ich sehe eine schwebende hellerleuchtete, klirrende Schaukel, in der mir meine Welt ins Dunkel entfliegt. Ich werfe die Fenster ein. Alles bleibt ruhig. Das Licht geht aus, doch nichts rührt sich, niemand kommt herab. Und ich erinnere mich, sie sagte oft, stritten wir, sei nur ruhig, ich werde mich schon zu revanchieren wissen., Also, sie hat sich einen anderen angeschafft. Ich warte Stunde um Stunde, in eine Ecke gelehnt. Wenn ich den wenigstens sehen könnte. Die Bogenlampen löschen aus. Der Himmel wird tiefblau. Über den Dächern rötet er sich. Das Gezwitscher der Vögel beginnt. Ich gehe in die Kirche gegenüber. Ich höre die Messe. Ich trete wieder, beruhigt und gestärkt, in den erwachten Tag hinaus. Die Fensterscheiben sind zertrümmert. Ich fahre mit den Händen durch die Luft. Ich drossele sie, und ich habe ..., ich habe die Dorka, die Dorka erwürgt! Ich fühle die Last ihres Körpers in meinen Armen; ich lege sie irgendwo in einem Hausgang nieder. Ich mache mich schnell fort. Ich eile zu Josef. Ich falle ihm um den Hals, ich habe ihm Äpfel und Zigaretten, die ich irgendwo stahl, in Menge mitgebracht. Er schaut mich groß an. »Josef, ich habe meine Frau erwürgt, ich habe meine Frau umgebracht! Josef, leb wohl ..., und ich habe auch Andre umgebracht ..., leb wohl ..., und ich habe auch Düsterweg umgebracht ..., leb wohl ..., und meine Mutter habe ich umgebracht ..., und meinen Vater habe ich umgebracht ...« Und brüllend: »Alle Menschen habe ich umgebracht ..., leb wohl, Josef, sieh, ich bin ein Mörder ..., leb wohl ..., der auch dich noch ...«

Er ringt nach Worten, seine blauen Augen hängen lang herab, ich küsse ihn, ich bin so glücklich: »Ich habe meine Frau erwürgt.« Und ich fühle mich seit langem wieder das erstemal frei. Und Josef: »Ob Dorka das wert war, mußt ja du selbst am besten wissen, ich weiß das nicht... Ich werde überlegen, was zu tun ist, aber bedauern kann ich Dorka nicht...« Auf seinem Tische aber liegt eine Zeitung, ganz zergriffen: »Andreas Söraas, stud. ing., wurde heute erschossen in seiner Wohnung, Schellingstraße 62, III. Stock, aufgefunden. Der Mörder ist bis jetzt unbekannt...«

Am Abend kehre ich, halb fröhlich, halb niedergedrückt, nach Hause zurück. Es wird dunkel. Es war alles ein Traum. Und ich sage mir, eine Tür nach der anderen wird langsam zugemacht. *Das Haustor steht weit offen.* Meine Frau singt, sie ist sehr munter, sie empfängt mich mit guten Worten, sie streichelt mich mit ihren Blicken, sie ist sehr sanft: »Du solltest klug genug sein, um das verstehen zu können. Es waren Schlager...« Und ich: »Ja! Ja!!« Und ich seh zu, ob ich ihr nicht weh getan habe. Ich will alles wiedergutmachen. Ich habe sie gestern so gewürgt. Sie hat ein warmes Abendessen hergerichtet und hat sehr viel Geld. Wir sprechen uns über den gestrigen Vorfall nicht weiter aus, aber ich muß an mich halten, nichts verlauten zu lassen. Sie sagt, sie wollte gestern nachmittag Andre besuchen. Aber es sei alles verschlossen gewesen. Ich triumphiere heimlich. Wenn sie wüßte. Sie sagt: »Hans, liebe mich.« Sie ist sehr erregt. »Du meinst wohl, ich solle dich...?« Sie, aber sehr traurig: »Hans, du bist so roh, bei dir wenigstens möchte ich nichts dergleichen hören, du solltest zart sein gegen mich, ich will nicht mehr deine Apache, deine kleine Dirne sein, ich bin dein ›Franzosenweibchen‹, du mußt dein kleines Frauchen schonen.« Das ist gewiß sehr lieb von ihr gesprochen, aber mir kommt es sehr albern vor. Und ich sage nur: *»Du hast 'ne feine Fresse!«*

Wir essen zu Nacht, am offenen Fenster. Wir sind im Dunkel. Doch die Straße schwimmt im Licht. Wir sind hoch über dieser Welt. Die Glocken läuten.

Seit heute kann meine Frau nicht mehr aufstehn. Wir haben nun alles Geld wieder verbraucht. Wir haben alles versetzt. Man bekommt nur sehr wenig. Übermorgen sollen wir umziehn. Also wieder zwei Tage. Die alte Galgenfrist! Ich kann keine Medizin mehr kaufen. Ich schaue meiner Frau groß ins Gesicht, ihre Augen, die wie Blei aussehen, sind weit: »Weib...« Ich nenn sie das erste Mal so. Es durchschauert mich. Ich lege mich zu meinem Weib ins Bett, sie ruht neben mir mit halbgeschlossenen Augen. Sie kann ihre Notdurft nicht mehr außerhalb verrichten. Alles ist voll. Ich stöhne: »Ach Dorka, du hast ja das ganze Bett ...« Sie dreht nur den Kopf: »Ach, Hans, du lügst ...« Noch einmal schlägt sie zu mir die Augen auf: »Ach, Hans, mein Hans, mach mich tot!« Und ich denke bei mir: Soll das heißen ..., will sie etwa damit sagen ..., ich solle sie jetzt ..., in diesem Zustande ...?! Ich lache wild auf. Ich schäme mich. Wie sie mir leid tut! Sie ist ein elendes Geschöpf, das sich nicht rühren kann. Ihr Gesicht ist ganz schmal, spitz, zermürbt und zermalmt, die Lippen weiß. Sie bedeutet durch eine schwache Handbewegung, daß ich den Papierofenschirm ans Bett heranrücken soll, sie betastet ihn unausgesetzt. Auf ihren Lippen bildet sich ein Lächeln. Ich küsse sie heiß und zart, beides, und am ganzen Körper. Es kostet mich gar keine Überwindung. Ich bin gar nicht angeekelt. Sie phantasiert. Sie spricht Unverständliches im Traum, doch manchmal klar und eindringlich: »Noch 'ne Flasche, oder vielleicht Sekt, Herr Mies, ach, Herr Wurm ..., geh, Schatz sei nicht so fad. Ach, seid ihr schlechte Gäste ... Also, wie du willst, Onkel, ... 'ne Flasche Feist, Frau Wöber! ...« Und sie nennt einen Namen: »Isaak.« Ich weiß, das ist der erste Mann. Sie spricht nunmehr mit ihm: »Lieber Gott«, so nennt sie ihn, »wo hast du mein Buberl?« ... Dann schreiend: »Andre! Andre!« Und mit ihren Händen wild in meine Haare: »Isaak! Isaak!« Und mich inbrünstig küssend: »Liebster!« Und weiter: »Das andere waren ja – ach! – nur schlechte Gäste ... Du bist der beste Gast ... Doch nein, ach nein: du bist ja was viel anderes als ein Gast ... Du bist der Wirt aller Wirte ... Ich habe tüchtig geklaut für dich ..., alle geneppt, ... ich habe viel aufgespart für dich ..., ach, schon vorhin bist du ja herausgetreten ..., auf dich war ich immer am meisten scharf ..., wie heiß ich bin! ... auf dich ... Ich bin krank geworden für dich ... Daß ich so verkommen bin ... *Das Leben ist beschissen* ... Aber, ach, du weißt ja, alle Wege gehen über das Bett! Doch sie sind alle schlecht bei mir weggekommen ...«

Sie biegt sich ganz weg von mir. Als ich sie berühren und zart umfassen will, furchtbar, entsetzlich, drohend: »Laß mich! Du laß mich! Du fremder Mann ...« Die Welt liegt ihr zu Füßen; sie dient ihr. Sie spendet allen. Um ihre Gunst bemühen sich alle ...

Sie lächelt wieder, und ihre Lippen formen immer den einen, sehr sorgfältig, den geliebten Namen: »Isaak! Isaak! ...«

Ein jedes liegt bei sich ganz zerkrümmt. Ich sinke in einen Halbschlummer, ich wandle auf einer Wiese, und Annie klein, schwarz und bleich, kommt mir entgegen, sanft: »Mein großer Junge!« Wie ähnlich sie Dorka wird! Warum Annie nicht eigentlich neben mir liegt? Ich glaube die Dorka nicht wiederzuerkennen. So fremd, so zufällig erscheint sie mir. Ich schließe die Augen, versuche mir ihr Bild vorzustellen. Ich kann es nicht. Sie ist nicht mehr gegenwärtig. Und schmerzlich: »O Dorka, daß ich dich bald vergessen werde! So werde ich immer, Dorka, dein Bild ruhelos suchen müssen. In allem, was mir begegnet: im Café, auf der einsamen Landstraße des Nachts, unter den Gestirnen am Himmel, im Geklimper der Schreibmaschinen, auf der Promenade, beim Tanz, in den Zeitungen, in allen Büchern, im Geklingel der Telephone, in der Tram! Immer werde ich dir quälend nachbeten müssen, Seele, wenn du entschwunden bist! O Dorka ...!«

Wie ich ihre Hand berühre, merke ich, daß sie sehr kalt ist. »Friert dich nicht, Dorka.« Sie aber antwortet nicht mehr. Ich hülle sie in die Decke ein, daß sie ja nicht friert. »Kann ich sie nicht erwärmen?« Und ich denke an Elly. Und ich lege mich auf sie. Brust an Brust, Mund an Mund. Doch sie bleibt kalt und stumm. Ich sage mir, nun sind alle Türen zu.

Es scheint tief in der Nacht. Ein Zitronenfalter flattert im Zimmer. Aber wie ich näher hinschaue, ist es ein Streif der Morgensonne, der über dem Papierofenschirm liegt. Der Himmel ist sehr blau, und die Vögel alle machen eine herzerquickende Musik. Soll ich nicht aufstehn, mich waschen und Josef aufsuchen? Oder soll ich nicht zu der Frau Wöber ins Geschäft gehn und ihr mitteilen, daß Dorka, meine Dorka tot ist? Ich kann das ganz ruhig überdenken. Ich rege mich gar nicht auf. Mir ist wie damals, als ich Andre niedergeschossen hatte, und später, als ich fest daran glaubte, meine Frau erwürgt zu haben. Ich bin sehr frei. Aber ich komme nicht los. Etwas zieht mich immer wieder an ihrer Seite nieder. Ich bin sehr schmutzig. Und es erfaßt mich ein süßer Taumel, und ich fühle mich an Dorkas Seite entschweben, hoch ins Licht gehoben, die grauen Wände weiten sich, die Nebel heben sich, die Erde sinkt, ein Rosenregen fällt, Wolken wehen, Halleluja, Sterne wirbeln, und wir treten hoch aus den Wolken hervor, von allen Engeln des Himmels umschirmt, einer blendenden Gloriole umgeben... »Madonna! Madonna!« und mit dem Wesen, das furchtbar und gütig über allem waltet, dem Ewigen, von Angesicht zu Angesicht...

Ich breite die Arme aus, und meine Hände greifen im Halbschlummer, den jene himmlischen Wonnen selig durchblitzen, den Papierofenschirm, den unsere Vormieter hinterlassen haben. Er war immer das einzige Helle der Zimmer. Ich träume weiter.

Ein Zaubergarten lockt, umgittert. Ein berauschender Duft strömt daraus; himmlische Musik erklingt. Das Tor, das eherne Portal springen auf, öffnen sich. Den Dahinschreitenden umfängt mit sanft bezaubernder Gewalt der schwüle Geruch blühender Hecken. Der betäubende Duft glühender Rosenbeete erfüllt ihn. Schmale Pfade senken sich tief hernieder, breite Wege, rosenbestreut, leiten empor, stürzen wieder jäh ab in die dunkle, zittrige Glut schwüler Gärten oder münden in die glänzige Goldluft, als führten sie in den Himmel. Ein langer dunkler Laubgang, überdacht von rauschenden Zweigen, reich behangen und überschwellend von vielgearteten Früchten, kugelrunden, spitzgestalteten und eierförmigen, zieht sich herab auf eine weite, saftige Wiese, auf der sich allerhand Getier, buntvermischt, friedlich tummelt: violette Zebras, weiß gestreift, die glühenden Köpfe stolz erhoben, liegen im Gras, schwarze Hasen, rotäugig, grüne Pferde, weiße Elefanten, die Rüssel wie Äste hoch in die Luft gestreckt, die gewaltigen Fangzähne tief im Boden vergraben, lagern ihnen zur Seite, silberne Schlangen gleiten klirrend dahin, rote Bären, langgeschweifte Goldfüchse und graue Hunde, gelbe, buschige Katzen lachen und tanzen. Hai und Ala, die beiden steinernen Löwen vor dem Schloßtor, meine ersten und meine besten Freunde, kommen herbei mit heftig wedelnden Schwänzen, ein Zeichen freudiger Erregung, sie schmiegen zutraulich ihre ungeheuren Tierköpfe an mein blaues, lose herabwallendes Gewand, und so wandeln wir dahin, ich in der Mitte, glücklich heiter und schön. Flatternde Kolonnen singender Fische ziehen hoch über uns durch die weiße Luft, ein Riesenvogel, blaugefiedert, durchschneidet mit scharfem Flügelschlag den blassen Äther, einen spitzen Schrei ausstoßend, als erscheine ihm das Glück – wie auch mir, der ich ununterbrochen jauchze oder überselig schweige –, unfaßlich und märchenhaft, so hell, so inbrünstig jubelt er. Die wachsgelbe Scheibe der Sonne deckt fast den ganzen Himmel, ihr flüssiges Goldlicht tropft nieder, honigschwer. Ein Regenbogen wölbt sich, er strahlt in allen Farben. Kristallene Schlösser, rubinrote Paläste, blau aufflammende Burgen, verwitterte Ruinen, paradiesische Gebirge, hängende Wundergärten steigen zur Rechten und zur Linken enorm, unendlich empor. Ich bin körperlos, in alles restlos aufgelöst, ein vielfaches Echo von allem, ganz voll, gesättigt, vollkommen. Es ist wunderschön. Und mir ist, als verstünde ich nun auch die Sprache der Wesen, die ja sonst dem Menschen unverständlich und verschlossen, das Geheimnis der Seele, die ihnen unzugänglich ist. »Wie glücklich bin ich«, brüllt Hai, »wie wohl ich mich fühle«, entgegnet, freundlich brummend, der Kamerad. »Meinen Gruß! Meinen

Gruß!« zwitschert hoch in den sich wiegenden und leise von einem goldenen Windstrom bewegten Zweigen ein kleiner roter Paradiesvogel! »Wo habt ihr das große Kind hergebracht?« Und: »Es geht wohl zum Silbersee?« erkundigt sich eiligen Laufs die flüchtige Gazelle, die soeben in den Wunderwald einbiegt mit den Riesenbäumen, deren Stämme schwarz wie dunkler Marmor glänzen, doch deren Wipfel lauter wie Gold leuchten, blendende Dolche ins Blaue gezückt. Auf einer Anhöhe angelegt, bietet sich ein herrlicher Anblick, tief unten schillert der See, eine sanft bewegte Silberfläche, am Ufer, auf einem smaragdenen, hellblitzenden Edelstein sitzt ein schönes Mädchen und flicht mit spitzen Händen die goldenen Zöpfe, die von flüssigem Purpurgold überquillen, das leuchtend, alles bedeckend, niedertropft. Trunken und selig dehnt sie die wohlgebauten Glieder, breitet voll rührender Sehnsucht die weißen dünnen Arme aus, sie schmerzhaft und voll Seufzer an die volle Brust pressend, streckt sich einer weißen, leicht im Windhauch sich neigenden Blume vergleichbar auf den Boden hin, dem Wasser entlang, dessen klare Wellen heranspülen, den Körper benetzend.

»Der Kaffee, Herr B. Der Kaffee!...« Ich erwache. Alles ist spinnig. Man ruft. Man klopft an die Tür. Und ich, laut und fest: »Gleich, Frau Naßl...« Ich erhebe mich. Ich drücke Dorka sanft zur Seite, schließe ihr die Augen zu, lege ihr ein Tuch über das Gesicht, gelange die Treppen hinunter, unbemerkt, so wie bei Andre. Ich befinde mich schon auf der Straße. Es ist sehr kühl. Es regnet... »Dort oben ist die Höhle, in der wir gehaust haben...« Und es ist ölig, verworren und dumpf. Und die Quellenstraße ist eine »Aschen«-Straße... Ich denke, die Zimmer waren bös wie Raubtiere, sie lauerten, sie waren heimtückisch, geduckt... Mir kommt es vor, als qualmte es. Ich bin ganz durchnäßt. Ein Auto, vorübersausend, halte ich mit geschwungenen Armen auf. Alle Menschen, die mir begegnen, frage ich nach Dorka. Die Dorka –: »Eine Dame hellen gewürfelten Rocks, roten Jacketts, schwarz, mit zwei goldenen Vorderzähnen?!« Man schüttelt die Köpfe. Was stehe ich im Regen, laß mich die Gosse hinunterspülen: in den Fluß, durch den See (und bei See denke ich immer an Dorkas starres, geweitetes Auge, das wie Blei aussieht..., also ist es doch eingetroffen!), durch den See, wieder durch den großen Fluß zum stillen Meer. Und wie ich so oft als Kind gedacht habe, das Wasser der Gosse führt in den Fluß, der wohl in das Meer mündet, dort steigt das Wasser als Dunst auf, verdichtet sich, bildet die Wolken und fällt wieder, dem Gesetz ewigen Kreislaufs folgend, als Regen nieder. Und ich starre immer nach oben. Soll ich hinweggespült werden, verwaschen werden, glatt wie Stein werden, daß die Nase hinschwindet, das Kinn. Ich trete von einem Bein auf das andere. Ich pfeife. Das tue ich immer aus Verlegenheit. Ein altes Kinderlied fällt mir ein. Der Regen singt es. Nun müssen mich doch schon Leute bemerkt haben!

Ein Schutzmann streicht in einiger Entfernung sehr langsam über die Straße, in seinen großen schwarzen Regenmantel gehüllt; die Helmspitze blinkt. Und plötzlich gewahre ich, daß es der rothaarige Lehrer Goll ist. »Herr Lehrer, ich habe wirklich die Schule geschwänzt... Ja, ja, auch das hab ich... Ich träume immer von weißen Windeln, Wolkenfetzen und schwermütigen Wolken..., das alles auf blauem Grund...« Und er: »Gut, daß du wenigstens den Mut hattest, das einzugestehen..., du weißt: das ist sehr gesundheitsschädlich... Tritt näher!... Müller, halt ihn...« Und haut mir eine mit dem Stock über...

Ein Schutzmann streicht in einiger Entfernung sehr langsam über die Straße... Es ist aber mein Vater: »Vater, du Arger, mir graut vor dir. Habe ich dich wirklich ins Grab gebracht?... Laß mich heut. Sei nicht so streng... Bitte...« Und ich denke wieder an das Wartezimmer, an die Kranken, denen in purpurnen Traufen Blut von der Stirn tropft..., und es verbreitet sich in ungezählten Rinnsalen wie rote Fäden auf dem Fußboden, es bleibt an Decken, Tischen und allem Hausgerät haften, es färbt die Wände rot, es erfüllt das Innere des Hauses mit einem unaustilgbaren süßlichen Blutgeruch.

Ein Schutzmann streicht in einiger Entfernung sehr langsam... Es ist aber der liebe Gott! Er aber wandelt sehr langsam durch eine von rotem Duft erfüllte Landschaft einem märchenhaften, hellerleuchteten Wald zu, in den ununterbrochen große schwarze Vögel mit ungeheueren Schnäbeln laut schreiend ziehen. Und ich breche in die Knie, stammelnd, versuchend mich zu rechtfertigen: »Meine Eltern habe ich ins Grab gebracht, das weißt du... Wie vielen Menschen ich sonst noch Schlimmes getan habe... Düsterweg..., du weißt es... Meine dreizehnjährige Kusine..., du weißt es... Habe ich nicht auch Anni unrecht getan... Und die Dorka habe ich geschlagen... Und bei Elly geschlafen... Andre habe ich erschossen... Ich habe meine Frau erwürgt...« Das aber brülle ich, Schaum um den Mund... Und ausatmend: »*Nimm alle* Schuld von mir...«

Ich trete wieder von einem Bein auf das andere... Nein, bei Gott, wahrhaftig, ich komme nicht los. Ich muß mich unbedingt versichern, daß ich noch auf festen Füßen stehe, und trete wieder von einem Bein auf das andere. So stampfe ich mich förmlich in den Boden ein. Ich ringe, beengt, nach Luft. Ich versinke. Ich stöhne: »Luft! Luft!« Mir schwindelt. Ich werfe die Arme empor, ich zerre, ich reiße, aber ich bin wie an Armen und Beinen gefesselt. Doch ich stehe wirklich noch auf meinen Beinen, bemerke ich plötzlich, und konstatierend: Ich bin noch nicht versunken. Und daß ich den rothaarigen Lehrer Goll, meinen Vater und: den lieben Gott gesehen habe, muß wohl auch ein Irrtum gewesen sein. Der Regen klatscht. Der Wind reißt an den Dächern. »Oder soll es vielleicht doch wahr gewesen sein? Man weiß das ja nie so genau.« Mein Kopf schlägt knallend auf das Pflaster. Ich zucke zusammen, auseinander schnelle ich, die Hände gekreuzt, die Arme gerungen, die Beine empor, doch ich erhebe mich. Ich bemerke niemanden. Ich fühle mich sehr frei. Nur auf meinem Kopf lastet ein dumpfer Druck. Als sei ein Meer über mich hinweggeschritten. Alle Einzelheiten habe ich vergessen. Josef kommt auf mich zu, in einen großen schwarzen Regenmantel gehüllt, sein Haar ist sehr blond. Ich erkenne ihn nicht. »Guten Morgen, Hans, ich suche dich schon lang, du stehst scheinbar schon lang hier. Du bist ganz durchnäßt!« Das alles aber kommt sehr unwirklich und von oben herab. Und ich: »Mein Herr, Sie entschuldigen, aber Sie scheinen ein Engel zu sein, also führen Sie mich zu Gott.« Er nimmt mich unter den Arm. Ich folge ihm willenlos. Wir gelangen zum Bahnhof. Er ist ein Engel: er führt mich zu Gott. Und er kurz: »In zehn Minuten geht unser Zug nach Berlin.«

Wir sitzen im Zug. Ich rege mich nicht. Ich habe so Angst. Ich bin ganz eingeschüchtert. »Ich fahre zu Gott.« Josef schaut mich fest an. Ich presse mich dicht an ihn. Es pfeift. Der Zug setzt sich in Bewegung. Da wird mir plötzlich wieder alles bewußt. »Das ist kein Engel.« Und aufkreischend: »Josef! Josef!« So muß doch alles ein Irrtum gewesen sein, und nur das Böse bleibt wahr. Und ausbrechend: »Ich kann, nein, ich kann diese Stadt nicht verlassen. Sie ist mein Schicksal. Du wimmerst. Du bist die Stadt, von roten Meeren ganz verschwemmt, krank und schwül. Du verschlingst alles. Wie rot du bist.« Und aufgelöst, in Tränen: »Überall ist dein Name, im Flattern grüner Bäume, im Gedröhn der Automobilhupen, im Tanz der Alleen, in allen meinen Bewegungen: Dorka! An allen Haltestellen stehst du, an allen Straßenecken wartest du, du bist Schauflug, das Wettschwimmen, meine Heimkehr in der Nacht, das Lied des Soldaten beim Nachhauseweg, das einsame

Gartenhaus des Freundes, Wachtparade bist du und Eislaufbahn, Militärmusik, glitzernde Abendpromenade und Geplätscher der Springbrunnen, du wächst empor, du erstreckst dich, du breitest dich aus, unendlich. Alles bedeckst du. *Du tauchst des Nachts empor hinter den grauen einförmigen Mauern der Kasernen, über den blitzenden Kuppen der Paläste stehst du, hinter den fernsten Gebirgen erwachst du, des Abends, auf Säulen, Statuen, Kirchturmspitzen thronst du. Aus allen Fenstern lugst du. Du hockst, du schreitest aus, vermessen, riesenhaft, mit der Sonne, mit den Sternen fliegst du. Dein Mantel sind die Wolken, der Äther dein Leib.*«

Ich höre, ganz fern, unwirklich und von oben herab: »Sie hat Andre geliebt, sie hat Düsterweg geliebt, sie hat Moses Mies geliebt, sie hat Alois Wurm geliebt, Bruno Maria Wagner hat sie geliebt, dich hat sie geliebt, alle hat sie geliebt, sie hat alle geliebt.«

Ich frage mich wieder, hat sie schuld? Und immer: Sie ist schuldlos, sie ist rein, ich bin die Hur, sie ist das Kind! Und ich sehe mich mit zwei Gesichtern, das eine halb verwest, das andere voll Müdigkeit. Ich sage mir: »Ich fahre doch zu Gott.« Und: »Ich war ein Büßer.« Ich fühle mich ganz voll. Ich könnte zerplatzen. Etwas saugt mich auf. Oh, geschähe es! Etwas reißt in mir, und es ist so schmerzlich, daß es nicht zerreißt. Das tut furchtbar weh. Wir entfernen uns rasch. Ich jammere wie ein kleines Kind: »Ich kann, nein, ich kann diese Stadt nicht verlassen.« Und sie schlägt immer um sich, sie tobt, sie ist eine rauschende Revolution. Sie kreist in meinem Blut.

Ich liege in den Armen Josefs. Ich behalte die Augen zu, obwohl ich wache, denn die Sonne, einer Glorie vergleichbar, versendet einen magischen Glanz, der stark blendet. Ich suche nach Worten, ich finde keine. Endlich, aufgelöst, stammle ich: »Leb wohl, Andre! Leb wohl Dorka!«, und ich erinnere mich an alles wieder, kühl und sehr entfernt.

Und ausbrechend: »Alles ist Rückzug, Verfall, Flucht. Kanonen am Weg, Brust, Bauch, Hirn durchschossen. Brennende Horizonte. Äcker, von Geschossen zerwühlt. Geheul der Irren. Abulie. Sterile Dissoziationen. Überlebte Staatsverfassungen. Zerbröckelte Leiber, Verrat, Mißbrauch der Persönlichkeit. Enttäuschung ist alles, Ekel bleibt. Was will man mehr?! *Aber ich werde wiederkommen, die Augen klar, die Muskeln Stahl, die Brust ein Panzer, der Körper gebräunt, allen Anstrengungen, Gefahren, Strapazen gewachsen, die Beine gestrafft, elastisch, vibrierend: ein fabelhaftes, ekstatisch-heroisches Nerveninstrumentalorchester.* Ich werde sechsfacher Träger euerer Nobelpreise sein. Sätze werde ich bauen, unendlich kompliziert, rasend gefügt, stahlsaitenhaft, dogmatisch, unverrückbar, im brausenden Rhythmus wimmelnder Cafés, toller Kapellen. (O Scigo: Primas: Tönemäher!): euch alle berauschend. Ich werde glänzende politische Reden halten. Meine Plakate, grell, exzentrisch, superb, werden euch zur größten aller Revolutionen begeistern. Erfinden werde ich den rapidesten Aeroplan, das phänomenalste Auto werde ich ausdenken. Diplomatisieren. Splendide Verträge abschließen, Frieden zwischen den Völkern stiften, Pole werde ich entdecken, den Fermatschen Satz lösen, die Unzulänglichkeit aller Einrichtungen restlos erweisen. Meine Tragödien, gekintoppt, werden zu Millionen sprechen, werden Millionen bewegen. Negerstämme, Fieber, tuberkulös-venerische Epidemien, intellektuell-psychische Defekte werde ich bekämpfen, bezwingen. Die große physische Abstinenz werde ich euch lehren. Verkünder des intellektuellen Koitus, des enorm sublimierten Geschlechts.

Ich falle in einen letzten Schlaf. Als ich erwache, ist voller Sonnenschein. Wir sausen durch Wiesen, an Hügeln vorbei, auf denen Windmühlen stehn, deren Flügel sich rasch drehen. Ein kühler Luftzug geht davon aus. Das erfrischt. Die Landschaft ist von einem weißen Duft erfüllt. Ein alter weißhaariger Bauer steht hinter seinem Pflug. Ein blonder Knabe holt Wasser aus einem Brunnen. Ein Mädchen plätschert in einem Weiher, der leicht vom Wind bewegt ist. Ich möchte Gras fressen. Die Erde ruft. Ein Weib sitzt irgendwo am Weg, ein Kind an der Brust. Rauch zieht, dunkel wie ein Vogelschwarm, über den Wald. Und eine Frauenstimme, sehr dünn, erhebt sich, schwillt an zu einem klaren Gesang.

KASIMIR EDSCHMID
FIFIS HERBSTLICHE PASSION

Brigitte: Und begreifst du nun das Leben?
Ulrich: Jetzt begreife ich den Tod. Carl Sternheim

Und niemals wieder war Liebe so sanft, demütig und rein,
so voller Musik wie da . . . Ernst Stadler

Die Straßen mit den tagmüden, grauen Trottoirs wurden gesprengt, und die schweifhaften, breiten Güsse, die den säenden und starken Gesten der Männer entflogen, legten sich klatschend und eigenwillig auf den Boden. Es wurde Abend. Die Weiden und Eschen der Gärten schwebten scheu und flimmernd vor der ungeheuren Ruhe des opalenen und tiefgelben Himmels. Und wie das Wasser das Irisierende aus der Luft sog, schritten die Menschen über die Straßen wie über Bilder von Signac oder Croß: Eine Viertelstunde brannte die Stadt in einer stillen Glut von gelbem Getupf.

Brandfeuer rannen in dünnen Strähnen dann in die Stadt und mischten sich mit Glockengeläut und dem grausamen Drang einer fressenden Dämmerung. Wie Schlünde tagelang entfeuerter Kanonen brachen die Schloßfenster über die auslöschenden Häuserquadrate, feierlich, hart und alt, eine Zeit noch hinaus.

Dann sprangen die Laternenreihen die Straßen hinunter und erreichten, leichtes Geknatter der Zündung zurücklassend, den Platz, der mit rasender Wucht an tausend Ecken, Schnüren und Windungen von Licht geborsten und aufgerammt war und über den ein tiefdunkler, sterndurchlochter Herbsthimmel schräg und kühl heraufwuchs.

Fifi erschien auf dem Podium.

Von den Schießbuden klang schon das Hämmern der Treffer, die Spielorgel setzte ein. Aber aus dem rechten Ausgang der Baracke trat ein herkulischer Mann, winkte ungeduldig mit der Achsel, die Orgel schwieg. Fifi setzte die Spitze des rechten Fußes nach hinten auf, stellte die Arme wie Henkel auf die Hüften und wartete. Der Große fing an zu schreien. Seine Arme ruderten durch die Luft, sie umschrieben die gewagtesten Figuren, hemmten sich gegenseitig und warfen sich in gelungenem Überschwall auf das Publikum, weit geöffnet, hinaus. Ein verknickter Hut saß auf dem Kopf. An den Griffstellen glänzte er. Der Rock war zerdrückt und hing um den Körper, dessen Fleisch schwammig und unangenehm schien. Es ist zu betonen, daß die Figur herkulisch war, um die Augen zu verstehen, die, wenn die Brust und die Gebärde sich herausspreizten und mit pompösen Auftakten in die Höhe stiegen, klein und feig dies alles wieder leugneten und ängstlich wie Wassertropfen von einer öligen Fläche an dem angesammelten Publikum abliefen. Sein Mund rief heisere Worte hinunter. Er schrie. Er warf geifernde Reden den Leuten ins Gesicht. »Seht«, rief er, »auf Fifis Tanz. Kommt herein, alle«, und er winkte, »nur Erwachsene dürfen kommen: Plastische Darstellungen... pikante Szenen...« (Es war, als zerdrücke er etwas Klebriges im Munde.) »Der König von Griechenland haben uns beehrt in Wien. Höchste Herrschaften drückten ihre Bewunderung«..., und so sehr lief eine Welle von Ekel von seinen Sätzen und dem wissenden Winken seiner plumpen Hände aus, daß zwei forsche Unteroffiziere selbst sich brüsk wandten und gingen. Über der Baracke stand rot auf blau: Pariser Relief!

Der Alte hob die Hand, die Orgel schlug an, und vor dem in einem Teil aus dem Strudel wieder zusammengeschlossenen Publikum trat Fifi in ihren Tanz ein.

Zwei junge Leute waren inzwischen gegenüber eingetreten in »die Schönheiten des Orients«. Vor der Bude standen zwei Palmen und ein dickes Weib, alt, voll Vergangenheit, mit bösen weißen Augen. Sie war die Frau des Athleten; Orient und Paris lagen gleich zwei Rachen auf den beiden Seiten der Meßstraße und bissen sich Opfer heraus. Doch ging der Orient besser, und Paris sank von Stadt zu Stadt. Fifi hatte feine Fesseln, aber Lizzy, genannt Luise, hatte Hüften wie ein Dynamo. Und an ihren Zoten gingen die beiden Männer vorbei, schauten durch runde Gläser eine Photographie von Dschiseh und traten, indem sie einen Teppich zurückstießen, bei Lydia ein, der Dame ohne Unterleib, die, in grünem Samt, in einem Sesselstuhl saß und rote entzündete Augen hatte.

Der eine der Herren zog seine Handschuhe an, und nach dieser symbolischen Handlung traten sie rasch den Rückzug an. In Jena hätten sie Ringkämpfe aufgeführt mit den Studenten, rief ihnen Lizzy nach, genannt Luise.

Gleich einer unangenehmen Luftschicht fiel dies hinter sie zurück, und sie traten hinaus in das Erregte des Platzes, in dem die breiten, musikbeladenen Karusselle schwammen und sich überrasten und Geglitzer von Spiegeln, Lichtschnüren und bunten Mädchen vorüberdrehten und auf dem ein Meer von Menschen schiebend, erregt und drükkend sich schaukelte, über denen Schüsse knallten, Schreie hin und her zuckten und laute Glocken dunkel aufzitterten.

Da wandte sich Franz plötzlich herum und zog den anderen mit. Sie brachen durch den Strom, und indem sein Gesicht sich erhellte, zeigte Franz auf Fifi und sagte: »Die leichten Bogen dieser Beine sind entzükkend schön...« Sein Gesicht hatte eine vollendete Güte, die das Kühne und Auffallende dieses Profils in einen seltsamen Adel steigerte.

Und wie er dies sprach, die Lippen nur wenig bewegend, fielen Fifis Blicke plötzlich auf seine Augen, und die Blicke hingen sich ineinander, bis die Orgel mit einem aufflammenden Stoß plötzlich schwieg. Der Herkulische trommelte rasselnd auf einem Schild, Fifi war zurückgetreten, er winkte zum Eintritt, aber nur ein Einziger folgte, die Menge schob weiter.

Und Franz und sein Freund wurden weitergedrückt, als sie sich der Strömung übergaben, vorbei an dem grünbemalten Gerüst, in dem Menschenfresser hausten. Drei Cowboys, mit roten Blusen, kokett, über die eine ganze Prärie unbändig eine halbe Woche lang eitel brüllendes Gelächter wäre, schossen zeitweise Revolver prahlerisch in die Luft. Ein echter Mexikaner hielt eine Harpune hoch mit rotblänkerndem Fleisch. Überall lief der Witz, daß die Menschenfresser – Krokodile seien, und weil das Volk voraus wußte, daß es geleimt sein würde, zog man in Scharen hinein.

Dann kam die große Bude mit den »Fliegenden Menschen«, zwei Mädchen in blauen Trikots mit Silberschnüren: die eine blond und mit dem Anfang der sich wölbenden Formen, die eine sonderbare Sinnlichkeit aussprühten, und die andere mit ziselierten, knabenhaften Gliedern, schwarz, das Gesicht Toulouse-Lautrecs Durchschnittsmodell (breit, gemein, verworfen) mit einem unheimlichen Gerank von Feinheit, Seele und Keuschsein darüber. An der Galerie entlang stand die Familie, sechs Menschen, und bliesen Blechinstrumente, und die Mädchen oben wiegten in das Derbe, Kommune der Straßenwalzer das Gezitter ihres Tanzes. Ihre Bude war ganz voll. Immer!

Und als Franz dem Strom entkam und wieder zurückeilte, sah er, wie Fifi, mit einem Stoß herausgedrückt, aus der leeren Baracke taumelte, rasch sich faßte und anfing zu tanzen, mühselig, müd und fein und beschwingter, als sie Franz erblickte. Nur kleine Truppen blieben stehen, die Masse strömte zu den »Fliegenden Menschen«.

»... Augenstern ...«, rollte es von unten herauf.

Es war spät geworden. Die Orgel schloß. Fifi verbeugte sich. Der Athlet rief den Beginn der Vorstellung aus. »Soeben Beginn ...«, rief er und schnalzte. Aber niemand stieg auf. Er schrie. Niemand. Da ging er, von der Leere beschämt, verlegen einmal über das Podium, verschwand ins Innere, lauerte, bis die Gruppe sich ganz verlaufen hatte, und trat wieder vor. Fifi schlich wieder heraus. Wie eine große Spinne hing der Herkulische auf seinem Podium. Franz stand beiseite, beobachtend, den Kopf schief aufgelegt. Und wie eine Truppe nahte, fing der oben an, Schlüpfriges zu reden, ein Wink, die Orgel: Fifi ...

Die Leute hielten, schoben ab, es wurde später, das Gesicht des Alten rötete sich, er suchte die Uhr. Immer wieder verschwand Fifi, immer begann der Spektakel, rascher, hastiger wandelte Szene auf Szene: das Greifen und Locken nach spärlichen Passanten, das Weitergehen, das Versinken Fifis und die bleierne Schwere ihres Tanzes, angezündet manchmal und heftiger im Erblicken von Franz. Dann ward es zehn Uhr. Polizei drängte mit Seilen vor, die Pfeife des Dampfwerkes heulte, die Menge lief ab.

Über den leeren Platz, durch einen schmalen Gang, den Schutzleute frei hielten und um den Gruppen Neugieriger standen, kamen nun die Artisten, zum Teil mit Mänteln, die sie über das Bunte und den Flitter gehängt hatten und die so zwischen den Angestellten, den lichtlosen Buden und mit ihren anders gewordenen Gebärden plötzlich desillusionierend und doch noch von dem erregenden Arom ihrer Gewerblichkeit umwittert, in die Straße hineinströmten. Zuerst kamen, großspurig und in der starken Lüge der hohen bespornten Lederschuhe sich wiegend, die Cowboys aus Dresden und Garmisch.

Ihre Sombreros hingen im Genick. Die Hand stak in der Revolvertasche, so daß Dienstmädchen erschauerten und in Knaben dramatische Perspektiven sich loslösten.

Hinter der bewußten Brutalität der Ringkämpfertruppe mit dem haarlosen Bär schritt die Besatzung der Schießbude links ganz hinten. Sie hatten alle halblange Röcke an und Kleider, welche schöne und zierliche kleine Blumenmuster trugen, im pfingstlichen Stil mancher Bauernkattune, und wie sie, zu zweien links und rechts der ebenso gekleideten und schön aufrechten Mutter eingehängt, die Köpfe gebeugt, zierlich zu ihrem Wagen tippelten, erschienen sie wie eine Porzellangruppe aus einer kleinen, bürgerlich-graziösen, deutschen Manufaktur.

Dann: Leere... und Fifi... Schmal, doch köstlich in einen gelben Gummimantel gehüllt, fröstelnd, den Platz mit Adel ausfüllend, kam sie auf den Ausgang zu. Mit der dünnen linken Hand krampfte sie den Kragen über die Brust vor dem Hals zu wie mit einer weißen Agraffe. Die Lippen waren rot und merkwürdig wie mit feinem Lack auf das bleiche Gesicht aufgetragen. Sie stieß kurz vor der Straße mit den anderen zusammen. Die Alte trug einen Milcheimer. Der Herkulische schlappte unangenehm her, schrie ihr etwas zu, Lydia – ein dickes aufgeschwollenes Tier – ging idiotisch, faul nebenher, ohne Umhang in grünen Samthosen. Lizzy lachte mit allen Herren. Mit gierigen Augen schloß sich der Mexikaner von den Krokodilen Fifi auf der anderen Seite an, daß sie zwischen ihm und dem Athleten um so reiner erschien.

Schräg auf der Holztreppe, die in den großen gelben Wagen hineinlief, in dem sie wohnten, wandte Fifi den Kopf und sah somnambul verklärt nach der Stelle, an der Franz stand (den sie nicht – dies war auffallend und seltsam zugleich – gesehen haben konnte) mit dem Bruchteil eines Lächelns, während der Mexikaner in lüsternem Scherz sie, mit auf ihre Hüften aufgesetzten Händen, ins Innere drängte.

Worauf sie mit schmerzlichem Aufziehen der Achseln reagierte.

Später glitt der Mexikaner aus dem Wagen. Eine Zigarette drehend, mit der Eleganz des Romanen alle Glieder bewegend, schlenderte er zur Artistenschenke. Franz, der noch lange den Wagen umkreiste, sah Licht aus den schmalen Luken dringen und hörte keifende Stimmen das Innere des Raumes hin und her zerreißen. Dann nahten mit schwerem, gleichabgetöntem Schritt die Patrouillen.

Es ward spät. Er ging.

Alle Tage tanzte Fifi. Es war kühler geworden. Ungeheuer gewölbt spannte sich der Himmel. Sinnlose Monde stiegen über die Nächte hin. Franz sah sich aus allen Beziehungen zu Welt, Gesellschaft und Dingen herausgerissen und in die Aura dieses Tanzes mit allen auffassenden Fiebern hineingerissen. Bei den »Fliegenden Menschen« stieg täglich der Kassensturm und die Sensation. Der »Orient« verdiente gut an reiferen Herren. »Paris« brachte es von acht bis zehn abends manchmal nur auf eine Vorstellung. In den Pausen tanzte Fifi. Der Alte winkte, schrie, ward gieriger, je später die Zeit hinlief. Verkündigte Anfang der Vorstellung, er öffnete die Vorhänge, Fifi tänzelte ins Innere. Niemand kam. Manchmal vielleicht zwei Herren. Und dann packte der Alte Fifi mit seiner Tatze an der Schulter und schleuderte sie hinaus. Die Orgel hob an, Fifi hob die Füße, hinten der blaue Horizont der Draperien gab ihren Bewegungen Haltung und Relief, und die müden Schwingungen ihrer Arme und Beine waren wie das kurze Geflatter einer Libelle, die, in der Luft anhaltend, über einem schönen Gewässer erblitzt. Langsam, im Fortschreiten des Abends wurden ihre Gesten müder, von einer schmerzlichen, bleihaften Schwere überhaucht. Franz hörte das Pfeifen ihres Atems. Und wenn sie, leicht gerötet die Wangen, schloß, fiel die Kühle des Herbstes auf ihren Schweiß.

Einige Tage blieb Franz an der Peripherie des Zuschauens von Mitleid und schmerzlicher Bewunderung angefüllt. Manchmal schien es, als müsse der nächste Pas sie stürzen, in sich zusammensinken lassen. Doch sie blieb. Ihm aber widerstrebte es, auf diese leichte Weise an sie heranzukommen, die unter den Augen des klebrigen Athleten oder mit dem Beigeschmack der gewohnten leicht erotischen Anknüpfung sich vollziehen mußte. Er fühlte, daß er Inhalte in sich trüge, die in ihrem Wesen auf dieses Kind abgestimmt seien, und die Schwere dieses Bewußtseins nahm ihm den Mut zur Leichtigkeit. Ihre Blicke trafen sich hin und wieder – nicht oft –, aber in einem berückenden, außerweltlichen Zusammenhang.

Sie waren schon tief ineinander gewöhnt, als sie ihre Stimmen noch gar nicht kannten.

Dann kam jener Abend. Donnerstags.

Es war ein schöner Abend, mit bunter Kühle, sternhart, der Park voll gärendem Geräusch. Er zog sich wie ein Strom durch die Stadt, englisch, überdunkelt und alt im Sommer, winters bereift, immer schön. Die Lichtgurte ganzer Grenzstraßen warfen sich in ihn hinein, schimmerten im kleinen Teich, aber er gab kein Dunkel wieder zurück. Nahm alles auf mit großer, tiefer Selbstverständlichkeit. Stand geborgen, bergend, unberührbar, geschlossener Komplex von Vornehmheit, asylhaft wie ein Zentrum, um das die Stadt mit Geleucht rotierte. Donnerstags abends…

Es war schön.

Zwischen sieben und acht, genauer: Eine Uhr im Schloß hakte ein: Fünf Minuten bis halb acht Uhr! Franz ging langsam zur Messe, die acht Uhr begann, die vorher um sieben aufgehört hatte: Zeit, in der die Artisten aßen. Seine Gedanken gingen langsam, gemächlich, nichts erwartend, ohne Tatkraft um das innerlich abgespiegelte Bild von Fifis

Tanz sich bewegend, Erklärungen ersinnend, von einer leisen Sehnsucht aufgelockert und beschwingt gemacht. Da knirschte es, und noch ehe ihm durch sein Geträum das Bewußtsein heftiger Schritte und haschender Bewegungen ins Gedächtnis stieß, hieb mit einem unendlich scharfen Akzent ein Schrei in ihn hinein, warf ihn herum. Er lief über ein Grasrondell, stolperte, stieß an ein Gitter, sprang darüber. Sein Hut war verloren, der Ärmel geschlitzt, seine Brust zitterte. Er stürmte um ein eingezäuntes Denkmal, mußte umkehren, lief in einen dunklen Weg, packte einen Mann am Genick und schmiß ihn zurück, daß sein Körper krachend an die Staketen knallte und an ihnen wie eine dumpfe Masse niedersank. Hinten im Weg leuchtete der rote Kopf einer Zigarette auf, bewegte sich her. Neben ihm selbst stand Fifi, die Arme noch schräg aufgehoben, die Augen ganz groß in der Form und schalenhaft, in die nun plötzlich ein beinahe bläulich erglänzendes Licht floß. Zwei schimmernde Kreise, standen die Augen in ihrem Gesicht.

Und so die Hände haltend, ungeschickt, doch ganz sich in der Geste erfüllend, tat sie einen unnennbar müden und langsamen Schritt auf ihn zu, das Gesicht transparent, mit zwei schimmernden Hostien. In diesem Augenblick lief das Geknatter rasch folgender Schüsse neben ihnen hin, und wie sie umschauten, war es nur noch Fifi, die sah: sah, wie Franz dem Hingesunkenen den Revolver aus den Fingern riß, ihm den Kolben gegen die Schläfe hämmerte und ganz groß auf sie, die zitternd harrte, zuging.

Doch ehe er sie erreichte, war die Zigarette heraufgekommen, zwischen sie gesprungen und löste die Luftströme los, die zwischen ihnen liefen.

Es war der Mexikaner. Er fragte rasch, schrie es: »Verletzt?« Franz zeigte den Revolver; er deutete auf den Klumpen am Gitter. Der Mexikaner riß sein Gesicht in Falten, fauchte, trat dem Klumpen in den Bauch, schnippte das Bein hoch, daß der Körper herumfiel, senkte seinen Kopf dicht neben den Liegenden und sog heftig an der Zigarette, daß ein roter Kreis auf die Erde fiel, in dem mitten ein asketisches, von vielen Narben und Stichwunden durchbohrtes Gesicht auftauchte.

»Der Fakir...«, schäumte der Mexikaner. »Man sollte ihn peitschen«, ... und fing an, ihn mit den Füßen zu bearbeiten. Wie Franz ihn hinderte, fiel sein Blick auf Fifi.

Sie war ganz verändert. Ihr Gesicht war ein weißer Fels, über den in zuckhaft raschen Stößen rote Wallungen strömten. Blitzhaft wechselten Hell und Rot und drohten, den Hals zu sprengen.

Und während sie wieder auf Franz zuging, als trüge sie alles gegen ihn, zitterte ein Klang, rauh, gegenströmend, in ihrer Kehle auf, und wie alle Glieder zu ihm drängten, hielt sie ein Schluchzen zurück; sie warf den Kopf zur Seite, gewaltige Erschütterungen lösten sich aus, und gleich einer Verurteilten ließ sie sich gegen den Mexikaner fallen, der sie verwirrt aufnahm, der nach Franz schaute, wieder auf sie, maßlos erregt und erstaunt schien. Dann plötzlich, aber mit unverstehender Achselbewegung seinen Mund auf ihren warf und in langem Kusse sie wegzog.

Franz stand noch eine Weile.

Dann drehte er um.

Hinter ihm stand der Fakir. Er bat um seinen Revolver. Er sagte es englisch.

Nichts schien Franz selbstverständlicher wie diese Folge fremder Laute. Er gab ihm den Revolver.

Der Fakir verbeugte sich, ging. – –

Fifi erhielt Faustschläge, weil sie zu spät kam. Der Herkulische beulte auf sie los, und sie erschien unter seinen Händen wie ein feines Tuch Spitzen in der wringenden Faust einer grobknochigen Wäscherin. Sie gab keinen Ton. Sie tanzte den Abend, daß es vier Vorstellungen gab. Sie tanzte, daß ihre Beine glühten wie die wundgespielten Saiten einer schönen Violine, während die Kühle auf ihre Brust drückte, aus der in langen, keuchenden Stößen ihr Atem rang.

Franz kam nicht.

Sie tanzte die Abende des Freitag und Samstag rasend und aufglühend herunter wie Spulen, die ihre Füße abtraten. Es wurde kälter; erbarmungsloser drang der Herbst ein. Fifis Mantel trug nun Luise, eigentlich Lizzy, unter dem ihren. Als Fifi danach fragte, schrie der Alte sie nieder. Das dicke Weib mit den weißen bösen Augen keifte, sie solle mehr verdienen, und wies mit einer vergleichenden und stolzen Gebärde auf den einträglichen Busen der Dame ohne Unterleib.

Sonntag tanzte sie den ganzen Tag.

Das Landvolk strömte in die Stadt, schob sich, in Keile zusammengepreßt, über den Platz, der staubte, den eine am Tag mitleidlose Sonne zusammenbrannte, auf die die Kühle so unmittelbar folgte, wie das Dunkel plötzlich und hastig vorsprang.

Um sieben lief Fifi torkelnd nach dem Park, streichelte das Gitter, an dem sie damals gelehnt, kniete nieder dicht neben der Pfütze, wo

Franz gestanden, und berührte mit den Lippen den Boden. Dann lief sie weiter, kam durch ein Tor, eilte durch eine Straße und stand wieder auf einem Platz mit stillen Bäumen.

Mitten drin stand ein rundes Kuppelhaus, zu dessen Tür viele Stufen führten, über der Fahnen hingen und in gewaltigen Lettern das Wort erglühte: »Deo«, das sie wohl nicht begriff, das sie aber sänftete und hineinzog, wo sie Weihwasser nahm und in einer Nische unter einem in vielen Farben erstrahlenden Fenster sich auf das Dunkele der Steinfliese warf und so weinend ein Vaterunser schluchzte, daß von zwei vorübergehenden Damen eine erregt und voll Neid über diese inbrünstige Stärke höhnisch auflachte, wie von der schrillen Einfachheit irritiert oder eine (schon im Klang der Stimme voraus desavouierte) Überlegenheit heuchelnd und darstellend.

Fifi aber rief aus einem immer wilderen Weinen heraus, Böhmisch, das die Leute nicht verstanden, aber an dessen Lauten sie dennoch wie angeseilt hingen, rief mit lauter und klarer Stimme, die aus allen Seiten der Kirche wieder auf sie zurückströmte, ein Gebet.

Der Schweizer war herbeigelaufen. Er wollte der Störung nachgehen, die Weinende, deren heftige Andacht sich über jene der anderen Gläubigen übermäßig und sie gering machend auftürmte, beruhigen, sie hinausweisen..., aber er blieb wie gezwungen an einen Pfeiler gelehnt stehen, Staunen und nicht begreifendes Wunderbare über sein wenig gescheites Gesicht gestreut, wie hingewiesen und in diese Position gebannt von dem seltsamen Geläute dieser Stimme.

Aus dem klaren und in langen tönenden Linien verschwebenden Glanz ihrer Sätze aber lief in verströmenden Untertönen ihre Qual. Und ihr Gebet begann mit dem dunklen Schmerz ihres Zimmers im gelben Wagen, das ganz ausgefüllt ward von dem breiten Bett, in dem sie zu dritt schlafen mußten: sie und Lydia und Lizzy, genannt Luise. Und wo ihr Körper hinausgestoßen liege auf die äußerste Kante, wo wenig Decke sei. Aber das alles sei wenig und tief im Herzen sehr gering gegen die Reden von Lizzy und jenen Abend, an dem der Alte den Teller, voll von heißer Suppe, ihr auf die Brust warf, als sie beten wollte nach einer durchquälten Nacht. Und so in dem Gedanken daran sprangen alle Ventile der Angst und Unterdrückung weit auf, und in einem köstlichen und befreienden Erguß strahlte sich ihr verjochtes Leben heraus, wie eine lang im Tiefen der Rohre gehaltene Fontäne sich in einen späten Sommerabend mit starker und doch resignierter Kurve erhebt. Und in ihren Worten glommen die Namen der beiden auf, zwischen denen ihr Leben in den letzten Tagen ein hin und her gerissenes Spiel war: Franz und der Mexikaner, den sie Partufa nannte. Und der Klang ihrer Stimme sank etwas zurück in der schmerzlichen Erinnerung der Abende, an denen jener bei ihnen eindrang, begrüßt vom entsetzlichen Gelächter Luises, den tierisch und röter aufblinkenden Augen Lydias und ausgezeichnet durch das indolente Nichtbeachten des Alten, in dessen schmierigen Beutel die Hälfte von dem floß, was die Krokodile einbrachten. Indem sie den Kopf im höchsten Schmerz tiefer senkte, dachte sie an das Gefletsch und den Schaum um den Mund des Partufa, wenn er sich von Lydia und Luise wegwandte zu ihr, die, den Kopf gegen die Wand gedreht, dieses nicht sehen wollte, und wie sie kalt blieb und im Gebet sich beruhigend, wenn die anderen Mädchen (O über Lizzys Gelächter und schmutzige Reden!) sie bewegen wollten, auch diese Dinge nur anzusehen ... und wie Lydia aus Wut sie eine ganze Nacht hindurch mit Nadeln stach. – Doch ihre Silben mäßigten sich wieder zu einem verklärten Rhythmus, als ihr Gebet an den anderen stieß, den mit dem gütigen Gesicht und den Sonnenaugen, und sie dankte Gott tief und herrlich errötend für die Nächte, die er im Traum diese Augen über ihren Schlaf wie hütende Gestirne verteilte und so die Nächte zu einem Berg erhob, den kein Schmerz und keine Demütigung des Tages berennen konnte. Und wieder und immer wieder dankte Fifi dafür, daß der Herr ihn, Franz, den Gütigen in ihre Not sandte, damals, wie der Fakir im Park sie überfiel, um dann wie vor einer Mauer und endlos erregt vor dem Wunder stehenzubleiben (während ihre Stimme fast erlöschte), wie sie damals plötzlich und wie von einer Macht, die aus ihr selbst heraus allen ihren Wünschen entgegenströmte, sich in den Arm des Mexikaners warf und die kalte Übelkeit seiner Lippen auf den ihren fühlte und den anderen stehenließ, gleich einer begnadeten Heimat, die man verläßt für immer und deren letzte Feuer, hoffnungslos für den Ziehenden, langsam am Ufer verbrennen. Und sie sann mit flackernden Worten über den Sinn dieses Ereignisses und die Ursache dessen, was einen Menschen zwingen kann, die höchste, nie erhoffte Sehnsucht, wenn sie erscheint, liegenzulassen ..., nein – nicht nur dieses: sie zu verschmähen – o vieles mehr –, sie zu höhnen und zu begeifern schier, sie zu schmerzen mit einem strengsten Schmerz. Und wie sie sich forschend, weinend, in Verzweiflungen wälzend um diese Fragen wand, erschien es ihr, als ob es eine Angst vielleicht oder ganz gewiß gewesen sei, die sie vor dem plötzlichen Glück überwältigt und ein Unbesonnenes hätte tun lassen, und sie schrie auf, wie sie dieses Entsetzliche – sich selbst in den Armen des Partufa – erblickte. Aber dann kam es ihr, daß es nicht die Angst gewesen sei. Sie erkannte etwas, das einer Schuld ähnelte, in ihrer Brust und glaubte nun betend und es so versichernd, daß es Trotz gewesen sei, nicht Angst; daß es Aufbäumen gewesen sei aus der allzu großen Tiefe dieses vergangenen Lebens vor der plötzlich viel zu strahlend aufgereckten Perspektive jener höchsten Erfüllungen. Aus diesen hin und zurück schwankenden Gefühlen brach dann der Haß gegen den Mexikaner hervor, und nachdem sie in schrillen und ekstatischen Rufen ihn hervorgestoßen hatte, fiel sie wieder in ein beruhigtes Beten zurück, fühlte, wie diese gläubige Erschöpfung sie umfaßte, welche all diesen Entladungen zu folgen pflegt, und lag dann eine Zeitlang ausgestreckt auf den Steinen, bis Menschen ihr zu Hilfe eilten, im Glauben, daß sie ohnmächtig sei. Da sprang sie auf und eilte durch Straßen und Park zur Messe. Sie kam zu spät. Der Alte trat ihr mit dem Fuß in den Bauch.

Aber sie spürte es nicht.

Tanzte, wie sie nie getanzt hatte, groß, vorwurfsvoll, in Tragik und Schmerz vertieft und einem brennenden Feuer zugebracht. So erblickte sie Franz, der heute wieder unter dem Publikum stand.

Sie tanzte schöner, fühlte, wie eine Süße den Leib ihr hinanstieg, alles löste und ihren Augen Glanz gab und Glauben. Sie tanzte nun, um den starren Blick des da unten frei und klar wieder zu machen, und all ihr Sinnen stand danach, die Güte dieses Auges neu zu erwecken. Ein berauschender Glaube überfiel sie, daß der noch so sehr Enttäuschte und Erstaunte nun alles begreifen müsse: daß es zuviel gewesen sei für sie damals, daß sie ängstlich, trotzig vor dem Schicksal gewesen sei. All dieses tanzte sie nun. Und sah in seine Pupillen und lauschte auf die Wirkung, wie einer an Abenden hinter der Ebene den Mond über dem Strich der Wälder sucht. Sie glaubte nicht mehr, daß alles verloren sei, wieder überbrandete sie die absolute Zuversicht, jener da unten begreife allmählich, was, als alles zu ihm allein zog, sie auf die andere Seite warf. Sie fühlte, wie jene Schauer des Glücks, das Widerstreben in ihr gezeitigt hatte, weil es sie wie eine Keule überfiel, nun in langsamen Zügen wiederum in sie einzogen.

Sie tanzte sich in einen leuchtenden frommen Glauben hinein, der sie erschimmern machte, aber noch blieb das Gesicht von Franz (doch sie sah dies nicht, sah nur die Wandlung, an die sie glaubte) kalt und hart.

Eine erdrückende Luft schob über den Platz, gleich Wellen stießen die Anstürme der Menschen gegen die Wände der Buden. Alle Baracken hatten heut eigene Orchester, die sich ineinanderwirrten. Kinderballons stiegen in die Höhe. Das spitze Geknatter von den Schießbuden, das Gedudel der Karusselle und das Geschrei übertönte das Geblitz der Revolver und das Stampfen und Pfeifen der Maschinen.

Fifis Augen strahlten, bettelten, wurden groß und erzählten alles, was sie wußte noch von der dumpfen Dämmerung einer Wiese, die irgendwo in ihrem Hirn aus der Kinderzeit brütete, bis zu der Liebe zu ihm, dem Gütigen. Sie riefen um Verzeihung, wurden stolz in seinem Verstehen, das sie deutlich erstrahlen zu sehen glaubte, und dankten ihm.

Aber er verstand sie nicht.

Ihre Beine bewegten sich immer rascher in gewölbten Bogen, ihre Hände schienen etwas zu glätten, sie tanzte weiter. Ihre Augen wurden immer linder, ihr Gesicht ward durchsichtiger und kleiner, die Beine hatten ein Tempo der größten Ekstase erreicht, ohne daß sie etwas zu merken schien. Dann fielen sie langsam in einen dumpferen Rhythmus, die Blicke strahlten überirdischer, ein leises Lächeln zog dankend für seine Güte nach seinem immer noch unbewegten Gesicht, in das sie viele Wunder hineinschaute..., und so tanzend, geklärt und eine merkwürdige Leisheit erregend, die kurz eine Sekunde sich über den Platz verteilte, losch sie, während die Rohre der Dampfmaschine plötzlich lautlos Säulen weißen Dampfes gegen den Himmel stießen und ein großes Haus hinter dem Platz wie grundlos von einer hellen Strahlung mächtig aus dem Dunkel herausgerissen aufflammte... losch sie, sich in sich selbst verströmend, tanzend, zusammensinkend, hin wie ein seltsames und gutes Licht.

PAUL BOLDT

DER VERSUCH ZU LIEBEN

Eine Novelle

Wilhelm kannte das hübsche Mädchen ein paar Monate. Es erfuhr alles.

Sein Kleid war von einer Damenhand geschmückt, die Schuhe oft gewöhnlich. Es lächelte maßvoll, man konnte nicht zu schnell schreiten – aber es sagte: »Ich bin nicht grazil, ich bin fett...«

Sein Name war langweilig. Die Freunde hörten es Stefa Frühling nennen und nahmen Wilhelms Einfall hin; das hübsche Mädchen wurde gewöhnt, andere Worte zu hören.

Als sie spazierengingen und Wilhelm sagte: »Ich hab dich gern, aber ich küsse die Mädchen nicht«, lächelte Stefa Frühling mit rot geöffneten Lippen, drohend: »Das sag ich meiner schönen Schwester!«

Sie gingen oft spazieren. Sie drangen unbesorgt in verlassene Gärten ein. Es war noch Winter da draußen vor der Stadt. Stefa Frühling erzählte, wovon sie nachts geträumt hatte, »vom Verreisen ans Meer«, »von einem Himmel ohne Häuser« – und wurde Schwatzliese gescholten. Alsbald schrie sie mit großer Kunst wie eine Elster, wurde gelobt und echote alle Vogelrufe nach.

Abends fror Stefa Frühling; Wilhelm trug sie in seinem Paletot. Das große Wickelkind krallte die Hände in sein Haar, eine ungesunde Zärtlichkeit.

Er ging nach Hause: sie ist nicht fett; das ist nicht präzis. Sie ist prick. Wie sie schrie, die pricke Drossel.

Stefa Frühlings Familie lud ihn ein. Während man plauderte, saßen auf dem Sofa blond und schwarzhaarig Mutter und Mädchen. »Dame und Damenjunges«, dachte Wilhelm.

Dann war der Winter zu Ende. Die Tage fielen auseinander, und Wilhelm verließ die Stadt.

Ihr braun gesiegelter Brief lag morgens zwischen dem Teeporzellan. Er gab ihn seinen Fingerspitzen zum Spielen. Das Format der Umschläge differierte, aber das graphische Bild auf den Briefen hatte photographische Ähnlichkeit. In gleichem Tempo schrieb sie ihre groben, flüchtigen Buchstaben über kleine und große Kuverts.

Im April reiste Wilhelm zurück, durch die Wälder. Die Sonne glänzte und schwankte. »Ich werde in der Stadt eine Postkarte schreiben: ›Ich bin hier, ich freue mich. Wir wollen spazierengehen.‹«

In den Straßen fühlte er das Tupfen von Luft und Sonne in seinem Gesicht. Alles erwartete ihn hier. Alle Müdigkeiten und Ansammlungen waren fort.

Das Zimmermädchen brachte die eingegangenen Briefe. Wilhelm sah nach der Handschrift und bog einen zwischen den Fingern: er würde lächeln bei der Lektüre. Da fiel Stefa Frühlings Photographie dunkel über die roten und grünen Tropfen der Briefmarken auf den Schreibtisch.

Am gleichen Nachmittag sagte Stefa Frühling: »Ich werde heiraten.«

»Natürlich«, sprach er, »wirst du das.«

»Aber ich werde mich zunächst verloben und dann diese Spaziergänge aufgeben.«

»Wenn du verlobt bist, gratuliere ich dir. Ich habe auch ein kleines Geschenk. Denke an mich, solange es vorhält.« Er hatte einen Karton Konfekt in der Tasche.

Sie sah ihn an. Die Größe seines Gefühls während der Reise machte ihn verlegen. Werde ich mich morgen grämen? dachte er. Ich liebe sie, wenn sie fort ist; wenn ich sie sehe, tue ich sonst nichts mehr.

Er sagte zögernd: »Ich habe dich nicht geküßt. Ich wußte niemals, ob wir uns liebten. Ich weiß es wieder nicht.«

»Hattest du nicht Angst, daß ich dich verlassen könnte?«

»Ja, im Grunde war ich feige.«

»Und jetzt, da ich dich allein lasse, küssest du mich jetzt?«

»Vielleicht.«

Sie redeten; sie gingen achtlos mit den Worten um; sie infizierten sich mit ihnen.

»Wenn wir uns die Hände geben, sehen wir unsere Augen später nicht mehr?«

Stefa Frühlings Stimme veränderte sich: »Ich bin doch so unschlüssig. Ich muß jetzt allein sein. Ich muß mich entschließen. Ich werde alt. Heiraten, das ist wenigstens etwas Neues. Das andere wäre freilich schöner, was ich nicht bekomme. Wir kriegen es ja nicht fertig.«

»Ja«, sagte Wilhelm, »wir würden auch nicht mehr vollbringen als heiraten: Anekdoten zusammentragen, das Zufällige annehmen, weil es neu ist.«

»Wenn ich es nicht brauchte, wenn ich etwas anderes hätte; ich würde mich freuen, wenn ich nicht zu heiraten brauchte. Meine Mutter rät mir dazu. Sie hat Furcht, ich könnte wieder ausbrechen. Sie meint, wir sollen jetzt nicht zusammen sein.«

»Heirate«, sagte Wilhelm mitleidig und sah sie an und sah ihren Mund: Sehr hübsch, sehr hübsch, dachte er – – –, aber was für Gefühle sonst!

Unterwegs zu den Häusern der Stadt begann er die Trennung zu erleben. Das Gesicht der Tage alterte.

Er fand in seinem Zimmer die Lampe ohne Öl. Es war niemand mehr in der Küche. Da setzte er sich an den Schreibtisch und roch an Stefa Frühlings Briefen. Die Sekunden stachen ihn. »Heute kann ich sie nicht mehr sehen!« sagte er. Es wurde Schmerz in ihm.

Er machte Spaziergänge mit seinen Freunden und spielte abends Schach. Er bat sie in halbem Scherz, ihm eines ihrer Mädchen zu überlassen: »Ich altere frauenlos. Ich bin jähzornig geworden. Suizid drängt sich auf. Ich begreife nicht, daß ich keine Frauen habe.«

»Wir haben auch nur unser Auskommen, keine Rede von Ausschweifung. Uns allen fehlt das Tierherz des Zuhälters.«

»Was soll ich tun?«

»Dich um nichts kümmern. Die Frühling heiraten lassen, wen sie will. Wie wolltest du sie lieben, da es Liebe nicht gibt!«

»Ist also mein Gefühl Schwindel? Ich bringe es nie heraus.«

»Pah, möchtest du mit ihr schlafen? Du lügst, wenn du nicht geil bist!«

Das Gespräch ging weiter, doch Wilhelms Gedanken versteckten sich hier. Er verlangte Hilfe von der Skepsis gegen die Leidenschaft.

In der Nacht fand er keinen Schlaf. Sein Körper blieb heiß. Die Vorstellung seines Verlustes wurde maßlos. Trotzdem wußte er: »Ich liebe sie nicht«, und hatte Stöhnen in der Kehle.

»Die schlimmen Tage werden nicht heilen!« Er versuchte es mit Sexualität, aber die Fleischesjugend einer Kokotte erlag seinen seelischen Strapazen. Er holte sich Ekel und nervöse Tränen und saß den Rest dieser Nacht halluzinierend am Schreibtisch.

Am dritten Abend besuchte er eine Gesellschaft. Das Haus leuchtete wie ein fremder Stern.

Stefa Frühlings Mutter wurde ein wenig verstört, ein wenig böse, als sie ihn sah, sagte: »Herr Kreißler, wir wollen uns aussprechen wie ein Mensch zum andern«, sagte: »Die Kleine ist zu Hause und weint.« – – Er sagte: »Ah, das Kind einer Dame!« Zitternd. Freudeweiß. – –

Er ging in der Straße. Seidener Fluß Erotik! Luft, die Frauen mit den Brüsten gepreßt hatten, fiel auf ihn. Im Café schrieb er ihr.

»Bleibe meine Freundin! Ich habe niemanden. Ich gehe zugrunde, wenn du mich verlässest. Ich altere frauenlos. Ich kenne die Dirnen aller Stände, aber ich bin kein Tier mehr. Meine Güte wurde jähzornig nach und nach. Du hast mein Herz geboren, nun herze es – du junge Mutter!«

Sie treffen sich. Mondabends. Der Garten ist grün und die Luft hell. Wilhelm redet nicht mehr. Alles ist entstellt. Er sieht ihr Gesicht und empfindet Schweigen und Haß. Er sitzt schmerzmüde bei ihrer Angst. Er beobachtet die Mädchenangst in ihren Augen. Er spricht freundlich mit ihr und küßt sie nicht. Er genießt die Vergeltung für das, was er an drei Tagen gelitten hat. Seine Grausamkeit erfrischt ihn. Er hilft ihr nicht, sieht ohne Mitleid, daß ihre Liebkosungen täppisch und jungfräulich bleiben, und bekommt einen Schluck Küsse über die Lippen. Ihr Kuß ist mager und hat den Geruch von Tränen.

Es dauert eine lange halbe Stunde, dann sagt Wilhelm: »Wir wollen gehen.«

ALFRED WOLFENSTEIN
DIE KÜNSTLICHE LIEBE

Felix hatte sich in einem Zeitpunkt seines Lebens verheiratet, in dem er der Frauen überdrüssig geworden war.

Er besaß Geld, er wollte nicht arbeiten, darum hatte er zur einen Hälfte seines Daseins sich mit Kunst, zur anderen mit Liebe beschäftigt. Hiervon ermatteten beide Hälften..., die Gedanken verquollen in seinem von Nächten schwülstigen Kopfe..., das dringende Dunkel der Zärtlichkeiten entfärbte sich nach jedem durchdachten Tage mehr. Von unlustigen Dämmerungen ward er ausgefüllt..., entleert.

Er ahnte wohl, woran es lag. Die Sonne, die auf sein Buch schien, der Mond durchs Fenster auf das Bett, diese Lichter hatte er nie als brennende, mit Willen und Aufopferung brennen wollende und steigende Gestalten bemerkt, sondern als Selbstverständlichkeiten. Leben war ihm ein Zustand. Und wie die Umwelt hielt er auch sich selbst für eine Selbstverständlichkeit. Er las, er sah und liebte. Doch er vermehrte sich nicht und wünschte sich nicht weiter. Er fühlte sich schließlich wie ein umgekehrter Berg, der unten von allem Anfang an schon seinen Gipfel hatte.

Er war ein Arbeitsloser.

Aber er wurde nun auch genußlos: Auch seiner Fähigkeit, zu nehmen, schwand der Atem. Und da heiratete er, nach unruhigem Grübeln über Mittel zur Erhaltung seines Lebens... Wenigstens spüren, wie ein *anderer* Mensch genoß!..., nachdem er selbst keinen Genuß mehr spürte: Das war sein Grund. Und das bog ihn sogleich in eine halbe angenehme Spannung..., seit langer Zeit zum ersten Male wieder in die Spannung: Wie wird es werden? Denn werden würde etwas...

Seine Frau hatte ebene Gesichtszüge (und so war ihr Charakter), aber einen abwechselungsvoll gegliederten Körper. Ihre Bewegungen schwollen von Bewegung; sie waren sichtbar und selbst um sich blikkend, waren voll Umwelt und hatten immer ein Ziel. Wenn sie allein war, benahm sie sich nicht anders als im Beisammensein mit anderen;

instinktiv wie zur Übung war sie immer sie selbst. An der Ehe überraschte sie nicht nur die Liebe, sondern alles; obwohl sie alles gekannt hatte. Jeder Monat unterschied sich ihr vom vorigen dadurch, daß sie den vorigen empfunden und aufgenommen hatte und, um seine Hilfe gesteigert, sich dem nächsten noch voller darbieten konnte. So kam sie der Möglichkeit, sich abzustumpfen, mit jedem Male der Umarmung ferner. Sie schuf Süßigkeiten aus nichts. Sie raubte der Umgebung der Liebe (Bett, Zimmer, Lampe, Nachtluft) die angeborene Eigenschaft, Materie, fremde Natur zu sein, und machte alles durch Blick, Gebärde, Gegenwart zu ihrem eigenen Produkt.

Sie war eine Schöpferin.

Aber auf ihren Mann kam nichts von diesem Können. Die sanften Erregungen eines ihm gehörigen Weibes wären ihm vielleicht nachfühlbar gewesen. Dünne Bäche von Sinnlichkeit hätten zu den spitzen Mündungen seiner Nerven gepaßt und sich herüberleiten lassen. Er sah sich aber mit einem schallenden Fall von Liebe überschüttet, und seine laut sich schließenden Sinne fingen nichts davon ab... Seine Absicht mit dieser Ehe drohte unerreicht zu bleiben. Er erschrak, schämte sich, betäubte sich, spielte den überlegen Abwartenden. Bald mußte er einsehen, daß die Beschaffenheit seiner Anlagen, die er so selbstverständlich gefunden hatte, ganz versagte; er wohnte dem Schauspiel ihrer Lust unbeschäftigt bei..., und weil dieses nicht mehrere Szenen eines einzelnen Spielers verträgt, so war zu fürchten, daß auch die Frau in kurzem aufhören würde.

Darum faßte er inmitten der Faulheit seines Wesens den Entschluß, etwas anderes aus sich zu machen. Oder wenigstens den Anschein eines anderen bei ihr zu erwecken, einen Partner zu markieren. Wenn er auch daniederlag, daß weder sein Denken noch sein Lieben scharfe Wege nehmen konnte, so konnte er doch aus den Resten beider Fähigkeiten die Mischung einer neuen herstellen. Seine Erfindung war: ... sich die Möglichkeiten, Bewegungen und Orte der Liebe in *Bilder* umzudenken, die das Künstlertum seines Kopfes und seines Blutes reizen sollten. In Romanen findet sich der Fall, daß unglücklich Verbundene während der Umarmung sich statt des gegenwärtigen den wirklich Geliebten vorstellen. Sie tun es, um die Wahrheit ihrer Seele notdürftig zu schützen, gegen den anderen sich zu *wehren*, abzuschließen. Seine Erfindung in dieser Novelle aber besaß ihre anders gerichtete Qualität: Jene, die er umarmte, suchte er im Gegenteil nur deshalb zu vergessen, um sie *lieben* zu können.

Also bemalte er seinen Willen mit Vorstellungen der Kunst. Er legte sich in die Kissen wie zur Lektüre eines weich machenden Buches auf prachtvollem Papier. Eine Luft gleich den Farben präraffaelitischer Gemälde empfing ihn. In sein Ohr drang das Scherzo der F-Dur-Symphonie. Striebige Bewegtheiten, Seufzerfurchen, glatte Flächen, Unruhe von Punkt zu Punkt wie auf Landschaften des tief wahnsinnigen Malers. Nach seinen sehr verschiedenen Inseln, bewohnt von Gesang, raffinierter Zauberei, nymphischer Seelenfülle, blinder zyklopischer und scharf schlürfender Gier, trieb ihn ein Meer der Odyssee. Es reizte ihn (und er vermochte es), schwindlerisch wie der Marquis von Keith nach allen Seiten doch zu beglücken; – verdurstend die Wüstenhitze mit seinen willigen Makedoniern zu erobern; – als Antaios den Körper der Erde zu berühren und mit erneuter Kraft die Arme auszustrecken; – die Notwendigkeit eines Selbstmords sich vorzuspiegeln vor übergroßer Leidenschaft zur gleichgültigen Lotte; wie mit einer Wunderlampe den Brunnen zu betreten, der im Versiegen seine Schätze offenbart. Mit rastloser Anspannung, mit Sinnlichkeiten der guten Absicht gab er sich daran: Und es gelang. Es gelang ihm, seine Frau ahnungslos zu lassen, ihr soviel Widerstand fühlbar zu machen, wie ihre Wünsche brauchten...

Dennoch..., der Sinn seiner Ehe sollte dies ja nicht gewesen sein. Er hatte ja, eigener Lust beraubt, wenigstens die ihre erleben wollen. Nun war es nur so, daß er die ihre wußte – aber nicht herüberfühlte. Diese Erkenntnis durchschmerzte ihn klar, während er mit fast tobendem Eifer seinen Vorsatz ausführte; sie konnte ihn aber nicht mehr hemmen. Er, der Arbeitslose, Entwicklungslose, Leere, war auf diesem Wege immerhin ein Mensch mit einem Berufe geworden. Zu beglücken, dieses Bewußtsein, ungenießrisch, selbstlos bis zur Abstraktheit, war ihm jetzt willkommen und genügte ihm jetzt, wie er meinte. Er sah seine Frau weiter glühen, bei ihm, dem Unfähigen, dem solche *Wirkung* doch möglich geworden war. Er geriet außer sich vor Anspannung und Wunsch, ein anderer zu sein.

Nicht Liebe war gekommen, auch nicht Empfindung der Liebe der Geliebten – doch Talent.

– Aber ich füge zum Schluß hinzu, daß er bald starb. Einsam zu sein, wie er war, solche grausame versteckte Ungeliebtheit einer Seele wird auf keinen Fall lange ertragen.

ALFRED LEMM
FIAS HOCHZEIT

Sie wanderten nun schon eine Woche zusammen durch den Sommer. Sie hatte sich die Hochzeit so gewünscht: eine lange Wanderung mit ihm allein, und die letzte Nacht, die große, in dem Forsthaus mitten im Walde zu verbringen. Die ganzen letzten Tage über hatte die Nähe des anderen beide angefüllt gehalten mit schwingenden, erdenthobenen Rhythmen, die ihren Füßen die Schwere nahmen.

Sie gingen eines gütigen Nachmittags längs eines Grabens, der zwischen Wiesen lief. Auf der einen Seite wandelte Fia, das Gesicht weich in die Wolken geschoben, auf der anderen ging er, voller Gedanken; über dem Graben hielten sie sich an den Händen.

»Ich habe das Bedürfnis, mit dir über uns beide zu sprechen«, brachte Berthold plötzlich schwer heraus. »Vor dem Schritt, den wir tun wollen, ist Klarheit in allem vonnöten.«

»Ja«, antwortete sie.

»Nie sprachst du davon, was ich für dich bin, wie du mich und unser Verhältnis siehst. Du weißt nicht, wie ich mich sehne, Worte, richtige Worte über das zu hören, was doch den größten Raum in meinem Sein einnimmt.«

Sie schien ihre Gedanken zu sammeln. Sie ging so selbstverständlich über den unebenen Boden, als ob sie das Gelände genau kennte, während ihre Füße mit Bewußtsein den unbeweglichen Körper trugen. Er dachte: »In der Stadt geht sie viel unsicherer.«

Als sie noch nicht begann, sagte er: »Du darfst nicht annehmen, daß der morgige Tag mir so wenig bedeutet, wie es wahrscheinlich bei den meisten Männern der Fall wäre. Vielleicht ist das auch etwas von dem Mädchenhaften in mir, das man immer an mir fand. Ich verstand dich so gut, daß du diesen heiligen Tag nicht mit städtischen Festlichkeiten in Gegenwart vieler Fremder verbringen wolltest.«

Unvermutet stieg in ihm ein Gefühl auf, als ob er nicht ganz ehrlich wäre. Er hatte doch eine wahre Empfindung geäußert? Gewiß, aber er hatte wohl an seine frühere leichte Art zu leben denken müssen, an die nicht geringe Anzahl von Mädchen, mit denen er im Verlauf einer frohen und unbekümmerten Studentenzeit in sehr nahe Berührung gekommen war. Er hatte den morgigen Tag schon in den verschiedensten Formen erlebt. Er wurde ernst. Mußte er sich etwas vorwerfen? Er hatte sich niemals viel nach Mädchen umgesehen, aber wenn sie kamen und andeuteten, daß sie ihn haben wollten, hatte er sie genommen und sich ihnen gegeben – wie es jeder Mann tat. Er hatte ja immer ganz gut gewußt, daß sein gefälliges und liebenswürdiges Wesen – alle sagten ihm, daß sie sein Lachen besonders mochten – und sein glühendes Temperament, welches alle Dinge gleich als die eigensten Angelegenheiten verfocht, die Kameraden wie die Frauen zu ihm zogen – noch dazu, wenn er sich ein wenig Mühe gab. Er hatte wirklich, gerade was die Mädchen betraf, niemals über Recht oder Unrecht nachgedacht, sondern sich ohne weiteres für befugt gehalten, auf diesem Gebiet ebenso das Schöne zu genießen, wie er an guter Musik, an wuchtigen Bildern, an einer vorzüglichen Mahlzeit seine Freude hatte. Harmlos und ohne an Böses zu denken, hatte er die Herrlichkeiten der Welt in jeder Form als sein Feld erklärt.

»Übrigens, Fia, du nimmst vielleicht an, daß ich ebenso ... allein gelebt habe ...«

»Es geht mich nichts an«, sagte sie unbeteiligt.

»Nun also«, dachte er. »Damit ist das alles erledigt.«

Nach einer Pause wieder bei seinen früheren Gedanken: »Nun will ich aber auch etwas von dir hören. Du sprichst dich so selten aus – tue es heute einmal, mir zuliebe.«

Ihre Lippen bewegten sich ansetzend.

»Was wolltest du sagen?« rief er schnell.

»Es war nichts«, sagte sie verstört.

Er wurde unwillig. »Du wolltest mit mir diese Tage allein sein! Was hat das aber für einen Zweck, wenn du nicht sprichst? Man kann sich nicht näherkommen, ohne Gedanken auszutauschen.«

Der Ton quälte sie. Sie wollte seinen Unmut verscheuchen. Sie machte deutlich Anstrengungen.

Er klagte, fast wie ein kleiner Junge schmollend: »Stets habe ich dir von mir erzählt – was ich auch immer fühlte –, du aber schweigst ...«

Sehnsüchtig sah er über den Graben nach ihrem Mund.

Sie stand an den Sonnenuntergang gelehnt, der in dem blühenden

Gelb von Seerosen zerfloß. Ein Kornfeld schüttete volles Gold um ihren Kopf. Der war von Nachdenken schwer, daß der mattgelbe Hals sich bog. Ihr andächtiger Leib war rings umstrahlt.

Er weckte sie. Zornig: »Ich weiß nicht, ob du klug bist oder dumm!«

Schmerzhaft getroffen kniffte sie die Stirn über den Augen. In ihrem Antlitz taten sich Erschütterungen kund. Sie wollte ihm geben, was er verlangte. Ihre Arme setzten zu Bewegungen an, wie um nachzuhelfen. Sein Gesicht verzog sich vor Spannung, büßte an Jugendlichkeit ein. So standen sie sich gegenüber. Beide stöhnten.

Das Kornfeld um ihr Haupt erlosch. Das Wiesengrau der Dämmerung schob sich zwischen ihn und sie. Es schien ihm, als wenn sie immer mehr zurückträte... Nun verschlangen die Wiesen sie ganz. Allein stand er da.

Berthold beschloß in diesem Tage, gleich nach der Rückkehr den Verkehr mit seinen Freunden, den er etwas vernachlässigt hatte, wieder aufzunehmen. Er nahm in den folgenden Stunden nicht mehr so ernst, was sie sagte, und lächelte gutmütig, wenn sie in dem Bestreben, möglichst viel von sich auszudrücken, in ihrer schweren Redeart die Begriffe nicht genau innehielt.

Sein Lächeln schmerzte sie. Sie dachte traurig: »Er wird mich wohl richtig erkannt haben.«

Der letzte Tag der Wanderung kam.

Sie hatte sich die Blumen, die er ihr gebracht hatte, wortlos an die Brust gesteckt. Sie gingen über spitzstoppelige Wiesenreste, die grau und gelb waren von der Sonne. Korn stand senkrecht und hohl vor Hitze zur Seite und war, als ob die Trockenheit damit gemildert werden sollte, mit nassem Mohn besprengt.

Fias Gesicht war verschlossen. Ab und zu wand sie den Körper in den Kleidern, die ihr zu eng geworden waren. Sie begann den flüssigen Mohn zu pflücken. Schwer in den Ähren schreitend, tasteten ihre Hände nach den roten Kelchen, wie wenn sie die gewohnte geliebte Hand neben sich suchten. Einen nach den anderen brach sie die zarten Stengel, deren dünne Blättchenköpfe sofort sanken. Fias Arm war schon mit einer roten Garbe müde sich faltender Blätter gefüllt.

»Höre doch auf!« sagte Berthold nervös, »du hast ja genug.« Sie pflückte benommen weiter. Es war, als ob das Pflücken Unruhe verdekken sollte. Sie schien sich schützen zu wollen. Sie bewaffnete sich mit den Blüten.

»Es ist zu heiß hier, Fia«, mahnte er, »wir müssen in den Wald«, und dachte befremdet: »Ich bekomme sie nicht fort von dem Mohn.«

Zwischen den trockenen Ästen des Forstes hing holzfarbene Mittagshitze in langen, unentwirrbaren Spinngeweben. Der Wald war dicht verstrickt in Sonnendunst. Der hatte das Laub der Gebüsche, deren ewiges Sommergrün schon widerwärtig zu werden anfing, mit einer Staubschicht überzogen. Immer mühseliger mußten Berthold und Fia vorwärts dringen. Der versengte, knisternde Boden brannte durch die Sohlen. Äste brachen unter ihnen mit dem röchelnden Geräusch versagender Organe. Von Traum und schweren Fäden war Fia ganz umhüllt und zog, immer voraus, ihn hinter sich her. Er ließ die Augen nicht von ihr ab. Sie wurde nicht müde.

Das gurgelnde Geräusch des mittäglichen Waldes betäubte beider Sinne. Die rötlichen Nadeln stachen Fia in die Füße. Böse starrten die Borsten der abgerissenen Tannen. Dicker wurden die Sonnenwolken.

Berthold und Fia sehen sich kaum noch. Schlinggewächse legen sich dicht um Fia. Sie weiß nichts mehr von Bertholds Nähe. Auch nicht, daß sie an einer Lichtung stehen bleibt und von der Sonne um sich selbst gedreht wird. Berthold kommt heran. Beide stehen von der Sonne eingemauert. Fia fällt schwer ins ausgelaugte helle Moos. Der Mohn verblutet an ihrer Seite.

»Ich muß sie tragen«, denkt er noch. Dann liegt er neben ihr. Sofort sind beide eingeschlafen.

Zusammen wachen sie auf. Sie ist schon wieder auf dem Wege. Die Unruhe hat nur zugenommen. Sie hat den Waldpfad erkannt: er führt nach dem Forsthaus. Er begreift heute nichts von ihr.

Die Sonne wütet und kreist bleiern. Sie lastet auf Berthold und setzt in sein Hirn unwillkommene Andeutungen eines grauen Ernstes. Er will sich von ihnen, für die er keinen Anlaß weiß, frei machen. Er ruft Fia eine scherzende Bemerkung zu und fragt: »Nicht wahr, Fia?« – wie man ein Kind fragt, über dessen bejahende Antwort alle Umstehenden lächeln.

Sie sieht ihn an, daß er verstummt. Er weiß nun, daß er diesen Ton zu einigen seiner kleinen Freundinnen in den Universitätsstädten anzunehmen pflegte. Er schwört sich, sehr ärgerlich über sich, nie wieder diesen Ton ihr gegenüber hören zu lassen. Sie ist längst wieder mit sich beschäftigt. Ihr Fuß schreitet unsicher, als ob sie Sumpfboden fürchte.

Die Luft war überfüllt und klumpig und drängte gegen die ausgetrockneten Hälse. Mächtig geballtes Grau lag über den Köpfen und wollte jeden Augenblick herabstürzen. Fia und Berthold mußten einen Abhang hinauf, der mit knorrigem Nadelholz niedrig bestanden war. Unter ihnen lagen die Wiesen, über die nur noch halbe Sonne kroch. Das Gelb der ehemals fröhlich hingespritzten Blumen war fahl wie Schwefel. Auf dem Boden lag viel bläulichrote Erika – wie Verwestes.

Hinter dem Abhang mußte das Forsthaus liegen.

Fia stand, die Arme gleichmäßig halb gehoben, wie ein Wegweiser. Mit geschlossenen Augen hört sie aufmerksam auf das Strömen ihres Blutes, das sie nicht verstehen kann. Schmerzhaft knittert sich ihre seidene Stirn.

Berthold mußte unvermittelt denken: »Was ist das überhaupt für ein Mädchen?« Und: »Ich sehe sie heute das erstemal.«

Plötzlich riß ein sausender Windstoß Fia die Blumen von der Brust. Zu gleicher Zeit begann sie zu laufen. Den großen Abhang gerade hinauf. Schwer und gleichmäßig, doch sehr schnell bewegte sie die Beine – als ob Gefahr nahe wäre. Er stand starr. Rief ihr zu. Sie antwortete nicht.

»Fia, Fia, was hast du?« schrie er angstvoll. Er konnte nicht ihr Gesicht sehen. Sturm eilte ihr voraus und folgte ihr, die weichen Zwergtannen zu Boden schlagend. Unaufhörlich lief sie in die Höhe.

Tief beunruhigt stieg er ihr nach. Es wurde heute alles so bedeutungsvoll! Er mußte sich ab und zu besinnen, was Wirklichkeit war. Solche Empfindungen waren ihm ganz neu. Sosehr er auch mitgerissen wurde, hatte er seinen Erlebnissen stets beherrschend, zugreifend, freudig gegenübergestanden. Viel klarer und selbstverständlicher war immer alles gewesen.

»Was sollen denn diese mystischen Stimmungen?« dachte er ärgerlich.

Die Schattenriesen, die noch eben träge der verschwindenden Sonne nach über die Wiesen geschlichen waren, wälzten sich in verhundertfachtem Tempo über die grau und mattgelb gestreiften Fluren. Sie umschlangen sich, entliefen sich wieder, fielen aufeinander; immer wilder wurde ihr Tanz. Die flach sich streckenden Halme zitterten unter dem Druck ihrer Leiber. Dumpfes Drohen klang aus der Höhe.

Den Abhang hinauf lief Fia, vibrierenden Körpers. Ihre Augen hatten die Farbe verändert. Die Erde leuchtete phosphorbunt. Ein Wimmern tönte aus dem Boden.

In dem Augenblick, als die Schattenriesen auf den Wiesen sich zu einem einzigen dunklen Leibe paarten, fuhren die Wolken krachend auseinander und ließen das Heer der brüllenden Donner und kreischenden Blitze hindurch.

Wie ein Tier, das sich losgerissen hat, von entsetzlicher Angst gepeitscht, jagte Fia. Der erste Blitz hatte sie aufschreien lassen. Sie lief im Zickzack, um den gelben Beilen auszuweichen, welche in schnellem Niedersausen die violette Erde zerhackten. Sie schnellte unter den Donnern hoch, wollte sich nicht von ihnen treffen lassen, wand sich zwischen dem Gehölz. Sie streckte den Kopf tief in die niedrigen Tannen, wenn die hellen Streiche über sie herfielen. Als sie Bergung vor dem Donner unter einem Felsen suchen wollte, antwortete ihr der mit Gebrüll, daß sie zurücksprang und ohnmächtig umschlug. Aber gleich ist sie wieder auf und flieht weiter mit taumelnden Füßen.

Berthold ist in großer Entfernung.

»Fia!« ruft er. Und in plötzlicher Furcht: »Fia, laß mich doch nicht allein!«

In nie gekannter Hilflosigkeit denkt er: »Wenn meine Mutter nur hier wäre!«

Dann reißt er sich zusammen, denkt wütend: »Was habe ich denn nur? Ich bin nicht bei Verstand! Wozu habe ich studiert? Man weiß doch, daß ein Blitz die natürliche Entladung zweier mit Reibungselektrizität geladener Wolken ist – ebenso wie das Donnergeräusch längst erklärt ist durch die komprimierte Luft, die wieder zurückströmt.« Er lächelte über seine alberne Angst. »Unser Geist hat der Natur ihre Schrecken genommen.«

Mit letzter Kraft kämpfte Fia gegen die von allen Seiten auf sie eindringenden Gewalten. Der Donner, der sich nicht bändigen wollte, ließ sie fast umbrechen. Die tobenden Blitze trafen sie unbarmherzig mit ihren scharfen messingenen Spitzen. Besinnungslos wurde ihre Flucht. Ohne einen Laut keuchte sie den Berg hinan.

Schwach stand sie einen Moment oben, während das Gewitter ferner tönte.

Dann warf sie sich auf das grüne Plateau und drückte zitternd jeden Teil ihres Leibes an die Erde, und ihre Tränen flossen zusammen mit dem erlöst herabströmenden Regen.

Berthold stand vor dem abwesend zuckenden Mädchenleib. Er hatte nicht den Mut, sie anzurufen. Der Regenstrom band ihr das Haar im Nacken zusammen und floß ihr in den Rücken. Ab und zu leuchtete noch ein schwacher Blitz – wie ein Aufschluchzen nach großem Schmerzensausbruch. Dann lief durch Fias Körper ein Schütteln. Die letzten Donnertrümmer rollten hinab.

Warm und feuchthauchend fiel der Regen herab. Die Sträucher, welche sich in der unerträglichen Gespanntheit der Luft zusammengebogen hatten, um Berührung zu fühlen, schnappten gierig nach dem Naß. Die verstaubten Poren der Blüten und Tiere, die nach Füllung gejammert hatten, atmeten erlöst. Mit tausend fleischigen gewölbten Lippen schlürfte die Erde das Köstliche ein, fiel fürs erste gesättigt, in Ruhe zurück und ließ die laue Flüssigkeit wohlig von sich abtropfen.

Ohne Berthold noch angesehen zu haben, war Fia eingeschlafen.

Rechts und links rauschten schmale Bäche über die Wiesen bergab. Der Regen mischte sich mit den Quellen der Erde. Rings um Fias Schlaf flossen die Wasser.

Die beruhigten allmählich ihren zusammengekrampften Leib, daß die Glieder leichter wurden und sich streckten. Das nasse Rauschen kühlte ihren heißen Atem. Der wurde tiefer und genießender. Die Quellen schienen durch sie hindurchzufließen und sie rein zu spülen.

Berthold setzte sich sehr müde neben sie. Warum fühlte er sich so krank? Sie lag, die eine Wange in die nassen Gräser gedrückt. Käfer und Schnecken krochen durch ihr Haar, über das Gesicht, in Nase und Ohr.

Als Fia erwachte, sah sie Berthold sofort lächelnd an, wie wenn er mit in ihrem Schlaf gewesen wäre.

»Bei ihr ist kein Unterschied zwischen Schlafen und Wachen«, dachte er, ohne zu begreifen. Sie erhob sich in süßer Geklärtheit. Mit einem Anflug von Lächeln griff sie nach seinem Arm. Den Blick geradeaus, schritt sie mit ihm hinunter zum Forsthaus.

Er betrachtete sie unruhig von der Seite. Ihr freier Gang quälte ihn unerklärlicherweise irgendwie. Er wollte sich seiner Unfrohheit erwehren. Wie anders hatte er sich diese Stunde vorgestellt! Aber warum setzte sich immer wieder dieses unklare Schuldgefühl ihr gegenüber in ihm fest?

Das Zimmer im Forsthaus war für sie bereitet.

Sie mochte sich nicht in seiner Gegenwart entkleiden. Während er im Garten auf und ab schritt, füllten unangenehme Empfindungen ihn immer mehr an. Und plötzlich hatte er den deutlichen Gedanken: »Ich wünschte, ich hätte auch noch keine Erlebnisse hinter mir.« Gleich aber schalt er sich wegen seines unbeherrschten Gemüts, das ihm die herrlichste Stunde seines Lebens vergällen wollte. Was er getan hatte, war von der Natur selbst vorgeschrieben. Kann etwas schlecht sein, was natürlich ist? Nein, was notwendig ist, ist berechtigt und in der Ordnung. Und während er dachte: »In der Schöpfung ist schon alles gut eingerichtet; die Welt ist schön«, ging er hinauf. Er kam nicht über die Tür hinaus. Er wagte keinen Schritt mehr. Weit öffnete sich sein Gesicht.

Er sah Fia in der Mitte des Zimmers. Weißes elektrisches Licht machte jeden Teil ihres Körpers überdeutlich. Ihre glatten Schenkel von marmorstumpfer Haut waren in den Boden gerammt. Breit waren die starken weißen fruchtbaren Behälter der Hüften zum Empfang gebuchtet. Unbegreiflich bewegte sich ihr opfergezeichneter Leib auf und nieder, wie etwas Lebendes. So stand sie, die Beine breitgestellt. Ihre Brüste tropften vor Fülle.

In Berthold ist nur ein einziges Gefühl, das alle anderen plötzlich völlig verdrängt hat: »Ich kann sie nicht anrühren.« Seine bewegungslosen Augen sind in ihr eingebohrt.

Die Arme nach ihm erhoben, will Fia auf ihn zu. Die Finger sind klein, hart und regelmäßig wie nach dem Lineal gearbeitet. Ihre Bewegungen halten sich in der Schwebe, bleiben immer innerhalb des Zimmers, brechen scheu in der Mitte ab, als wenn sie sich fürchtete, zu viel von sich zu lassen. Die schläfrigen Beine von leblosen Formen tappen sich vorwärts. Platt wie ein Ding aus weißem Fleisch mit vielen Kerben liegt nach jedem Schritt der Fuß auf dem Teppich.

Die Wand entlang weicht Berthold vor ihr zurück, ohne daß er dagegen kann, langsam, während seine Augen nicht von ihr ablassen.

Fia merkt nichts davon. Sie faltet ein wenig die kurzen Arme auseinander; zarte Fruchtknoten in dem geöffneten weißen Kelche blühen ihre Brüste. Der helle, dicke Strang des Oberarmes lebt schlinggewächshaft. So schlürft sie in ihrem plumpen Gang näher.

Schritt für Schritt zieht Berthold sich von ihr zurück. In ihm ist ein tiefunglückliches, flehendes »Nur sie nicht anrühren!«.

Sie scheint jetzt Fremdes zu spüren – wie den matten Widerschein einer ganz fernen Erkenntnis. Ihr Gesicht füllt sich mit einem Lächeln der Entschuldigung – und auch ein wenig der Verwunderung über sich selbst. In den noch knöchernen Vertiefungen der Schulterblätter hatte sich die letzte Mädchensüßigkeit gesammelt.

Bertholds Angst steigt, je näher sie herankommt, ins Riesenhafte, als ob er davorstünde, ein gräßliches Verbrechen zu begehen. Schon fühlt er hinter sich das Fenster, wo er nicht weiterkann. Dann muß er stehenbleiben.

Sie will das Hindernis zerstreuen. Er soll glücklich sein wie sie. Sie gibt ihm ein umarmendes Lächeln im voraus. Und die letzten Schritte trägt sie ihm ihre überfließenden Brüste, welche die hindernden Male sprengen wollen, entgegen.

Da ließ der alte Lebensdrang das Gehirn Bertholds, der nicht mehr ausweichen konnte, in dem Bruchteil des Augenblicks, der noch übrig war, sich noch einmal verzweifelt nach einem friedlichen Ausweg nach allen Seiten vorstrecken. Gleich aber durchschlug der Gedanke »Flucht um jeden Preis« als einziges Mittel ihn mit unwiderstehlicher Kraft. Er riß sich zum Fenster herum.

Sie stand noch, die Arme gestreckt, mit ihrem halboffenen Lächeln, als seine zusammengeschnellten und ineinandergeschobenen Glieder auf den Steinen des Hofes im letzten Kampfe zuckten. Die gebrochenen Augen inmitten des noch jugendströmenden Gesichts waren nach Fias Fenster gerichtet und entließen verhalten schreiende Anklage, bis sie zu gläserner Masse verstummten.

GUSTAV SACK
DER RUBIN

Um die Zeit, in der an der Küste die Linden blühen, saß der Einjährig-Freiwillige Wiekannmannur rittlings auf der Mauer, die das Kasernement umschloß. Denn außer dem dreitägigen Arrest und der Degradierung zum Gefreiten bestand seine Strafe, die er sich wegen einer handgreiflichen Äußerung moralischer Dekadenz zugezogen hatte, in der Einkasernierung: Darum mußte er sich allmählich aus der Stube, in der er mit den Leuten seiner Korporalschaft schlief, herausstehlen, mußte sich sachte über Flur und die hallenden Treppen und durch die lauernden Schatten des Kasernenhofes schleichen und dann sich über die Mauer ins Freie schwingen. Dort erwartete ihn die blonde Madelon, mit der er eilig in seiner Wohnung verschwand. –

Knarrend zog die alte Uhr Luft in ihre rostigen Lungen und rief zwölf rasselnde Schläge in die Nacht, und hart und dumpf tapsten die nägelbeschlagenen Stiefel der patrouillierenden Posten auf dem Pflaster oder glitten langsam und tückisch über den knirschenden Kies. Ringsum aber breitete sich in weißen Lachen und Seen der Nebel, aus dem gleich wulstigen Echsenköpfen die Wipfel der Ulmen und Linden ragten und die Lichter einer Bahn wie rote Kakerlakenaugen glotzten; und mitten aus der sternleeren Nacht hing der Mond wie eine blankgescheuerte Messingampel herab. Eine Handvoll verlorener Klänge kam durch die Luft und flatterte träumerisch zwischen den rotbraunen Gebäuden und versank gerade wimmernd in den traurigen Nebeln –

Halt!

Mit einem brutalen Griff packte ihn eine rote haarige Faust am Fuß und zog ihn herab. Aber fluchend riß er sich hoch, trat dem Kerl mit Wut ins Gesicht, daß er zurücktaumelte und Helm und Gewehr auf die Erde kollerten, und schwang sich herab.

O Madelon!

In dichten Wolken quoll aus den Lindenblüten der Duft in das Zimmer, von dessen Decke braune Schattenfransen in das rote Licht herabhingen, das da zwischen den vier Wänden lag wie ein riesiger Rubin. Und willst du den Rubin gelten lassen, so wirst du die zitternd graue Rauchwolke, die aus einer bläulichen Aschenschale hochstieg, sich schirmartig verbreitete und in phantastischen Akanthuskapitälen und krausen Arabesken sich auflöste, als einen vertikalen Riß oder eine Trübung des Steines ansprechen dürfen. Und nicht mehr als Trübung, sondern als das innerste Geheimnis, als das Herz des Edelsteines wirst du die Karaffe öligen Weins bezeichnen müssen, in der es zuweilen in einem tiefen Purpur aufleuchtete, als sei es eben das pulsierende Herz des roten Rubins. Aber eine hohe weiße Flamme, den brennenden sehnsüchtigen Geist des Steins, muß ich Madelon nennen, als sie in unbekümmerter Nacktheit an das Lager trat, auf das sich ihr Geliebter hingeworfen hatte. –

Willst du dich nicht ausziehen?

Nein, denn du siehst weißer und seidener aus neben dem stumpfen Blau und dem knalligen Rot und den grellblanken Knöpfen dieses – ach, dieses Echsenrockes! O Madelon!

Dann zog er sie an sich und bat sie, sich rittlings auf seine Brust zu setzen. Darauf faßte er ihre Hände und suchte ihre Augen und versenkte sich in ihrer strahlenden Bläue wie in ein immer grundloseres Meer.

Hast du gesehen, wie draußen der Mond in der sternleeren Nacht hing, wie eine einsam leuchtende Ampel, wie ein vergessenes Licht? So hänge auch ich in meiner Welt, ratlos und einsam in ihrer unbeschreiblichen Sinnlosigkeit und ihrer ewigen Brutalität. – Ich habe dieser Welt nicht fluchen können, ich bin viel zu klug zum Fluch; denn ich weiß, mein Fluch wäre bedingt und bejahte irgendein Gespenst, ein fernes irrlichternes Ideal. – Ich baue mir auch nicht auf diesem Fundament und trotz diesem Fundament von Sinnlosigkeit und Brutalität ein hohes helles Haus; ich bin viel zu schwach zu diesem »Trotz«, und mein Wille zergeht in dem Licht meiner Augen. – Ich gehe abseits und vergesse die Welt im Rausch, in dem rigorosen Wegsehen von Allem und dem inbrünstigen Untertauchen in deiner roten Liebe und deinem seidenen Leib.

Du schöne gischtende Welle, die der Sturm da draußen ins Leben rief und brausend weiter treibt und sie nicht ruhen heißt, bis sie den Felsen, den sie umschäumt und umstrudelt und umkost Tag und Nacht, in ihre weichen Arme sinken sieht. –

Ist es nicht wie in einer Kirche, in deren dämmernden Bögen und Nischen sich Weihrauchwolken und Orgeltöne verfangen? – Willst du nicht trinken? Sieh, der Wein ist so rot, rot wie die Knäufe deiner stolzen Brüste.

O Madelon, in deiner Liebe liegt für mich die Möglichkeit, die Welt anzuschauen als ein Gemälde, an dessen Buntheit und Farbenreichtum ich mich erfreue, ohne nach dem Zweck, dem Schöpfer und der Zusammensetzung der Farben zu fragen. Du süße Aster, du roter Wein und seidener Leib, o du gischtende Welle, du letztes verlorenes Glück und veilchenblaues Lächeln im Winkel, du – mein – Gott!

Da rieselte es über ihren Leib und sie sank über ihn so, daß sein Kopf zwischen ihren Brüsten zu liegen kam. ––

Als der Einjährig-Freiwillige Wiekannmannur am nächsten Tage vom Feldwebel aus dem Bett geholt wurde und erfuhr, daß er mit zehntägigem Arrest und Verlust der Schnure bestraft werden würde, nahm ihn einer seiner Kameraden beiseite: Ich verstehe Sie nicht – ein Mädchen, das Sie notorisch betrügt! Ich habe noch heute morgen gesehen, wie sie von Ihnen drei Häuser weiter zu einem andern auf die Bude stieg. Und da Sie auch des Nachts erst um zwölf zu Ihnen kommt, nicht wahr? Und Sie nicht wissen können. ––

Da ging der Einjährig-Freiwillige Wiekannmannur auf seine Wohnung, entkleidete sich gemächlich und legte sich in die Kissen, die noch die Wärme ihres Körpers trugen. Dort wartete er, bis die Patrouille kam, die ihn abholen wollte, und in dem Augenblick, da sie die Tür aufrissen, schoß er sich die Kugel in den Mund. –––

Wirst du nun zugeben, daß du mit ihm verkehrt hast? Wirst du?

Und da sie schwieg und sich nur wimmernd vor ihm krümmte, fuhr wiederum die Peitsche klatschend über ihren Rücken.

Es ist ein Skandal! Sich wegen so einer Dirne zu erschießen! Gib es wenigstens zu! Hörst du?

Und da sie immer noch schwieg und sich nur wimmernd vor ihm krümmte, fuhr wiederum die Hundepeitsche klatschend ein-, zwei-, dreimal über ihren entblößten Rücken. Dann ließ er ihre Hand los, daß die vor ihm Knieende zusammenbrach und mit der Stirn auf die Stuhlkante schlug; und so blieb sie liegen.

Er aber lief schnaufend in dem Zimmer umher, in dem eine saure Bier- und Tabaksatmosphäre brütete, fuchtelte mit der Peitsche und warf sie schließlich mit einem »Du Aas!« auf den striemenbedeckten Rücken der blonden Madelon. Dann trat er an das Fenster, öffnete es und wischte sich den Schweiß von der Stirn.

Da flog zitternd die Nachtluft herein und streichelte Madelons zerwühltes Haar und hielt vor ihre schluchzenden Augen das Bild von dem dunklen Rubin und seinem purpurnen Herzen. –

Als aber dieser Musensohn ihren Hauch auf seiner zerhauenen Stirn fühlte, riß er seinen Mensursäbel von der Wand und warf sich in Fechterpositur und begann mit dröhnenden Quarten das Ofenrohr zu bearbeiten.

Da verlor Madelon den roten Rubin und vergaß zu weinen und fing an, leise in sich zu lächeln, und als der Unermüdliche den Säbel polternd in die Ecke warf, einen Kasten Flaschenbier an das Sofa zog und zu trinken begann, ließ sie ihre Augen leuchten und wartete nur auf das »Na, Kind, wir wollen uns wieder vertragen.« Und wie es endlich kam, rutschte sie auf den Knien zu ihm und umfaßte mit ihren Armen seinen trunkenen Leib.

Dann zog sie ihm Stiefel und Strümpfe aus und drückte ihre Lippen auf seinen Fuß –

Am nächsten Morgen um neun lag die Sonnenglut auf der Straße wie ein böses weißes Tier, das mit seinen gläsernen Tatzen und seinem stickenden Atem jeden ansprang, der aus der nächtigen Kühle der Wohnungen trat; dann preßte es ihm die Lungen zurück, griff beißend und brennend in seine Augen und hängte sich ihm schwer wie Blei an die Füße. Und je höher die Sonne stieg, desto größer wurde das Tier und desto weißer seine gläserne Haut; desto höher kletterte es an den Häusermauern hoch und stieg durch die Fenster und wälzte sich in die Zimmer, faul und schwer und schwül. Am wohlsten aber fühlte es sich und blähte sich vor Vergnügen in dem Zimmer, in dem neben dem zerbeulten Ofenrohr und den geleerten Bierflaschen der schartige Säbel an der Erde lag. Da sog es in tiefen Zügen den Schweiß- und Bierdunst ein, erwärmte ihn glühend in seiner Brust und hauchte ihn mit einem teuflischen Grinsen über die beiden Schlafenden wieder aus.

Davon erwachte Madelon. Und da sie den hellen Tag und das weiße Sonnentier sah, wandte sie sich um und weckte ihren Geliebten und ließ über sein rotgedunsenes Gesicht, seinen halbgeöffneten Mund, aus dem sauersüßer Alkoholschwaden stieg, und seine verschleimten Augen die ihren in ihrer blauesten Zärtlichkeit streifen. Dann preßte sie sich an seinen warmfeuchten Leib und fühlte, wie plötzlich ein klebriger Schweiß aus allen seinen Poren quoll –

»O Liebling, nun bist du nicht mehr böse –.«

Da hallten ein, zwei, drei Salven durch den Morgen – –

»Nun haben sie ihn begraben« –

Aber sie schüttelte mit lächelndem Unwillen ihr Haar, ein Sturm süßer Zärtlichkeit flog über ihr feines Gesicht, und während sie den behaglich Grunzenden fiebernd umklammerte, flüsterte sie in seine roten Eselsohren: »Warum habe ich dich nur so lieb?«

GUSTAV SACK
IM HEU

Es ist Juli, und in dem weiten Kessel liegt die Sommerglut so heiß, so drückend schwül und heiß, daß die bewaldeten Ränder dieses Kessels in der milchigen Bläue des Himmels schier verschwinden, so zittert und bebt die Luft vor ihnen auf und nieder. Und in dem Kessel steht weder Baum noch Haus, es ist eine glatte, wie auf einer Töpferscheibe gedrehte Mulde, von deren Rand sich Ackerstück an Ackerstück, Vierecke an Vierecke in nicht ganz konzentrischen Kreisen, in nicht ganz radialen Streifen in die Tiefe ziehen – gleißend gelbe Roggenfelder, bräunliche Kartoffel-, buntscheckige Buchweizen-, hellgrüne Haferfelder, in der Mitte aber, in dem Tiefpunkt der Mulde liegen die Wiesen, so fette grüne Wiesen, daß auf ihnen sogar die Sumpfdotterblumen und schwarzpurpurnen Sumpfblutaugen wachsen mögen; aber grau wie ein ungeheurer Flechtenbelag sind die Wiesen heute anzusehen, und ein betäubender Geruch, ein süßer Geruch von welkem Ruchgras steigt von ihnen zu den Rändern des Kessels hoch – die Dichter würden sagen, blutige Sensen haben Milliarden Kinder Floras hingemordet, aber es ist nur Heu, gutes, saftiges Heu, das da unten in der Mulde zum Trocknen liegt, und ein berauschender Duft. Und mitten in diesen betörenden Klee- und Thymiangerüchen, mitten in dem ungeheuren Kessel von Schweigen und Glut bewegen sich zwei Menschen hin und her, und blicktest du von der Höhe und dem schattigen Waldsaum herab, so würde es dich anmuten, als ob dort unten zwei winzige Magnete sich anziehn und fliehen, anziehn und fliehn.

Es ist der Bauer Buchenkamp, der da oben hinter dem Walde im Osten seinen Hof hat, und seine Tochter Marie. Er – fünfundvierzigjährig, groß, hager, in seinen Augen, die nicht gemacht sind, in eine idealistisch verbrämte Welt alias Tiefe zu sehen, liegt eine herbe Grausamkeit, und in seinen Armen, die sich niemals jubelnd verrückt ausgebreitet haben, ist eine arme Eckigkeit; aber sein Haar ist stark und sein kurzer Bart dicht und kraus. Er ist Witwer, denn seine Frau ist im Kindbett gestorben, und seitdem liefen fünfundzwanzig Jahre ins Land, fünfundzwanzig Jahre ohne Liebe und ohne Genuß – wenn es überhaupt einen anderen Genuß als die Liebe gibt und wenn man das satte Ruhen nach schwerer Arbeit und das Bewußtsein des Erfolges schwerer Arbeit nicht als Genuß gelten lassen will – denn von den Hanswurstgenüssen der Ästhetik und Philosopohie konnte bei Buchenkamp nicht die Rede sein. Im übrigen ist er geachtet im Lande, und seine Knechte und Mägde nennen ihn einen guten Herrn. Und sie – fünfundzwanzigjährig, fünfundzwanzig Jahre ohne Liebe und nur mit dem einen Genuß des Ruhens und verträumten Sehnens, wenn man ein solches verträumtes und sich selbst befriedigendes Sehnen nicht als den feinsten Genuß bezeichnen will. Und beide lebten in Arbeit und einer flachen Wunschlosigkeit, die ihnen aber als solche nicht zum Bewußtsein kam. Mariens Liebesleben übrigens den sie zahlreich umwerbenden Burschen gegenüber, bestand in einem lässigen Dulden einiger bäurischer Handgreiflichkeiten, die sich so regelmäßig wiederholten, wie die Feste und Wallfahrten kamen; von etwas anderem oder gar einer bestimmten Neigung war nicht die Rede – aber ihr Haar ist schwer und feurrot, und ihre Brüste sind üppig und breit.

Und die ruhelose Arbeit geht fort, denn der glühende Tag muß ausgenutzt werden, und die Wiese ist groß, und sie nur zu zweit, um mit langen Rechen die duftende Überfülle hin und her zu wenden, sie in langen flachen Reihen aufzuhäufen und diese immer wieder umzuschichten, damit die Sonne auch den letzten Tropfen Lebens aus den Halmen zieht; es ist eine lustige Arbeit, die Augen blinken, und die Röcke fliegen. Und wenn sich Vater und Tochter begegnen, lachen sie sich an – »Es ist heiß, Marie.« – »Ja, Vater, es ist heiß.«

Aber es ist eine Lustigkeit eigener Art, eine Lustigkeit, die tiefer sitzt, und die Blicke, durch die sie spricht, haften seltsam aneinander, denn es ist stickend heiß, die Luft ist schwer von Duft, und die Körper, die da wie im glühen Raume hin und wider kreisen, brennen vor Glut und Schweiß, und darum ist ihre Lustigkeit eigener Art, denn die Augen leuchten nun nicht mehr, sondern glänzen starr und stumpf vor sich hin, ins Weite, einer am andern vorbei – sie fiebern, und das Blut hämmert in den Schläfen.

Es ist stickend heiß, und die Milliarden aufgewirbelter Staubpartikel der toten Gräser machen die Kehle trocken und lassen die Augen schmerzen, und der Schweiß fließt. Er fällt in dicken Tropfen von der Stirn und rinnt kühlend die Brust herab; er bricht aus allen Poren aus, so daß die ganze Kleidung, Hemd und Rock am Leibe klebt. »Es ist heiß, Vater.« – »Es ist heiß, Marie«, und sein Blick klebt an ihrer Gestalt.

Da lassen sie Rechen fallen und entledigen sich der Kleidung, soweit sie sich ihrer entledigen können, und arbeiten fort und wenden und harken und wenden, nähern sich, entfernen sich – alles bis auf Hemd und Rock hat sie fortgeworfen, und wirbelt sie nun einen Ball der glühenden Halme gegen ihr pralles, oft bis über die Knie entblößtes Bein, so steigt ein wildes Prickeln fiebernd an ihrem Leibe hoch. Und sie fühlt, wie er – denn sie sagt in Gedanken »er« –, wie er ihr folgt, wie sein Blick auf ihrer halben Nacktheit liegt, deren strotzende Fülle das eng am Leibe liegende Hemd kaum umfassen kann; sie fühlt es, aber sie hat nur das eine Gefühl: es ist mir gleich. Und es ist ihr gleichgültig, daß er mit einem Ruck sein Hemd vom Körper streift und sich auf den Rechen stützt und sie mit langem Blick betrachtet, während sie die Hand unter ihr Hemd führt, um das feuchte Tuch von ihrer Haut zu lockern, und es ist ihr gleichgültig, daß sie beim Zurückziehen ihrer Hand die Brust entblößt; sie verhüllt sie nicht, sie führt streichelnd über die pralle Fülle und enthüllt sie ganz, und atmet tief, wie sie sich unter einem leichten Lufthauch kühlt und strafft. Aber ihren weitausladenden Armbewegungen und den ruckhaften Bewegungen der rechten Schulter unter dem feuchten Hemde dürfte die Neugierde zu Grunde liegen, ob es ihr nicht gelingen möge – –, und es gelingt, denn nun quillen ihre beiden Brüste nackt aus dem Hemd hervor. Ihr Blick aber fängt an, den seinen zu suchen und zu meiden, wie sie ihn aber zum zweiten Mal gefunden hat, läßt sie den ihren langsam an ihm niedergleiten; bis er plötzlich vor ihr steht und neben sie tritt, scheu, mit gesenktem Blick.

Dann aber legte er seinen Arm um ihre Hüfte – »Marie!« – und ging mit ihr fort, geradeaus, ins Blaue hinein; und seine schwielige Hand tastete wie verstört, wie verzückt über die Fülle ihrer Brust. Sie finden kein Wort, aber es genügte ihnen, daß sie ihre Hüfte an die seine schmiegte. An einer kleinen Bodenwelle legen sie sich nieder; ihr Hemd ist tief geöffnet, und ihre Nüstern sind gebläht, und brandrot leuchtet ihr Haar, ihr Blick aber flackerte lechzend in den Himmel, in die Sonne, irgendwo hin; und da ihre Bekleidung nur aus einem Hemd und einem knielangen Rock bestand und da sie sich so niedergelassen hatten, daß er am Grunde der kleinen Bodenwelle lag, auf deren Höhe sie mit hochgezogenen Knien ihm gegenüber saß, bot sie ihm freigebig den unbehinderten Anblick ihres letzten Reizes dar. Er aber vermochte dieser Lockung nicht zu widerstehen, sondern warf sich vor ihr nieder und streifte ihr, während sie sich hintenüber fallen ließ, mit einer Zartheit der Bewegung, die man dieser verarbeiteten Hand nicht zugetraut hätte, Rock und Hemd bis über den Leib hoch und preßte seinen Kopf in ihren Schoß.

Als sie aufwachten – denn die Sonnenglut hatte sie bald in einen tiefen Schlaf gedrückt –, war die Luft klar geworden, klar hob sich die bläuliche Linie des Waldes an der Höhe gegen den nun schon wieder dunkelblauen Himmel ab, und ein ferner, turmgekrönter Berg drohte mit seinem Finger in die Luft, während im Osten ein Wolkengebirge aufgetürmt war, das, wie von seiner eigenen Schönheit berauscht, unverändert, unbeweglich stillestand. Denn als die Sonne im Westen hinter den Horizont gefallen war, verschwand die dunklere Nachmittagsbläue des Himmels und ward zart rosenrot, welche Färbung aber im Osten einer violetten wich, der im Westen eine leise meergrüne gegenüber glummte; in jenen violetten Dunst aber hinein hatte sich das Gebirge aufgebaut. Da waren zuvorderst drei Türme, als hätte eine Hand von oben drei Riesensäulen eingepreßt, aber elastisch bäumten sie sich in üppigen Windungen gegen den Druck hoch, gleißend weiß, die Schatten der Windungen bläulich rot, und ihre stolzen Ränder rot wie die Blätter der Hagebuttenrosen; hinter ihnen jedoch starrten zerrissene Klippen, zahllos, rot wie Korallen und zerklüftet und steil wie die Riffe eines Dolomitenstockes empor, schieferblau und wuchtig fielen die Schatten der drei Säulen hinein in dieses tiefe Felsengewirr; aber hinter allen und alle überragend lag weit fern, so fern, daß die Schatten der Säulen und Dolomiten nur auf dem krausgewellten Fuße dieses Berges lagen, eine Bergkuppe, majestätisch geformt wie der Gipfel des Kilimandjaro; die war flamingorot und stach mit ihrer unsäglichen Reinheit blendend ab von dem violetten Dunst des himmlischen Hintergrundes. Und unbeweglich stand dieses Gebirge, so vollkommen, so vollkommen wie das Glück selbst.

Aber sie sahen es nicht, sie sahen auch nicht den Glanz, den die Röte des Abendhimmels über ihre Glieder gebreitet hatte; sie sahen nur ihre derbe Nacktheit, fühlten ihre wollüstige Müdigkeit und sagten sich, während ihnen ein wenig die Sinne schwindelten, daß alles dieses Nackte ihnen zugehörte; im übrigen aber sahen sie nur, daß eigentlich für heute die Arbeit nicht getan war: für solche Menschen ist eben ein Wolkengebirge nicht da, sie sind eben zu dumm. Aber sie müssen es doch in sich aufgenommen haben, so daß es in ihnen weiterwirkte, denn sie ließen die Arbeit liegen, kleideten sich an und gingen, Hand in Hand, schweigend wie Verliebte heim.

Da entbrannte über ihnen der Himmel in einem roten Leuchten, und das Gebirge im Osten blähte sich stolz und düsterrot – still ward die Welt, denn es gab keinen Klang für sie, keinen Ton, in dem sie ihre Schönheit zusammenreißen und in einer Fanfare in das Nichts hätte austönen lassen können. Aber die beiden Menschen trieb die Heiligkeit dieses Schweigens wie mit roten Ruten heim, so daß sie hasteten und eilten und atemlos in ihren Hof sich retteten. –

Vom nächsten Tage an, denn in dieser Nacht lagen sie irgendwo, bezogen sie ein gemeinsames Schlafgemach und lebten zusammen wie Mann und Weib. Als aber der Herbst kam, der die Folgen ihres Verkehres sichtbar machte, und es ihrer Sinnlichkeit nicht einfiel, diese zu verbergen, denn sie ließ vielmehr ihre veränderte Gestalt als immer heftigeren Reiz und neue Lockung wirken, gelang es irgendwem, den Arm der Justiz auf ihn zu lenken, und nur in letzter Stunde vermochte er diesem durch einen raschen Selbstmord in den Weg zu fallen. Sie aber duldete es nicht, daß die Verzweiflung sie übermannte, sondern ließ ihre Frucht reifen und brachte zu ihrer Zeit einen Knaben an das Licht der Welt. Und da der Vormund dieses Kindes ein Rechtsanwalt war, der folglich anderes zu tun hatte, als uneheliche Kinder zu erziehen, überließ er ihr die Erziehung ihres Knaben, den sie nach dem Vorbild ihres Vaters zu einem Bauern und in geeigneter Stunde zu einem zweiten Ödipus erzog; aber sie gebar kein Kind von ihm, ihr Anwesen wuchs, und sie starb nach langen Jahren geachtet und geliebt und verrufen als die blutschänderische Schlußfigur dieser absichtlichen Geschichten.

KARL OTTEN
UNZULÄNGLICHE OPFER

Eine Familienblatt-Novelle

I

Die große Stadt troff von Regen. Die Basare und Kasernen, die Tore und Paläste schwammen. Wie durch Glas glitzerten Automobile und Wagen. Alles wirbelte mit den Tropfen, die niederhüpften, feurig und behend. Als seien sie glücklich, ihr Los zu erfüllen. Schwarze Kuppelschirme reihten sich wie ein Zug schwankender Schildkröten aneinander. Die Blumen und Gesichter, die Federn und Pelze der Frauen fröstelten. Die Kleider waren traurig verschlungen. Gelb knirschte Schleim auf den Wegen. Lachen spritzten gelb vor Rädern auseinander. Viel Papier trieb durch die Gossen in die Unterwelt der Kanäle. Wie bunte Leichen. »Man war dem Ende nie näher«, murmelten die Misanthropen in den Bart. Die Hoffenden aber sammelten sich vor dem Wetterhäuschen. Ein Mann mit rotseidenem Kragenschoner sagte plötzlich zu einem Fremden mit goldener Brille: »Ich werde meinen Sohn veranlassen, daß er den Laubfrosch oben auf der Leiter festbindet.«

»Wenn Ihr Sohn das nicht aus sich tut, nützt es nichts, Herr Doktor.«

Der errötete bis in seinen Kragenschoner und sagte gefaßt: »Ich will ihn ja gar nicht zwingen, meine Ideen zu realisieren, aber er hat eine glückliche Hand. Einmal zog er ein Los des Heimes für gefallene Mädchen. Da hab ich zweihundert Mark gewonnen.«

»Hoffentlich kommt er nicht später in die Lage, sie den gefallenen Mädchen mit Zinsen zurückzuzahlen.«

Dort erwarteten Katharina und Maria die Tram und hörten das Gespräch. Katharina rückte den Mantel über ihren schweren Leib zurecht.

»Ich kann es noch nicht fassen«, sagte sie, »ich will nicht. Ich denke im Bogen um das Haus herum. Wenn nur die Tram käme.«

»Den einen trifft es wie die anderen. Die Frau Goldstaub hat

Glück. Wie sie wütend war, wenn Franz dich besuchte. Und wie sie hantierte, wenn dieser liederliche Fetzen in ihrer Kammer lungerte. Dann Kaffee, Braten, Schnaps, Wein. Am andern Tag war sie gelb und blau wie ein abgegriffener Schmetterling. Ich habe dieses Weib gehaßt. Man hätte dem alten Kerl einen Streich spielen sollen, nur um dich zu rächen. Was wird Franz tun, wenn du niederkommst?«

»Ich weiß es noch nicht. Er ist ein guter Mensch. Aber manchmal könnte ich ihn über den Haufen schießen. Diese Manie, mich für den Lohn aller Schlechtigkeit auf Erden zu halten. Als ob ich das fühlen könnte! Wenn ich mich vor dem Spiegel anschaue, packt mich die Wut, weil doch alles gegen seinen Willen spricht. Als ich ihm sagte, daß ich seit drei Monaten schwanger sei..., er wackelte mit dem Kopf von rechts nach links und juckte sich auf der Glatze. Das war scheußlich. Dann sahen wir uns nicht an – wohl zwei Stunden, sprachen nicht, es war eine ungeheure Last, so zu sitzen mit allen Gliedern und Augen und Zunge. Nur das Herz schlägt. Das war eine furchtbare Zeit, nicht Zeit, nein, es war so alles nur furchtbar getränkt mit Herzeleid. Alle Welt war da. Jedes Brett im Boden ein Unglück. Jeder Stuhl, jede Blume, der Vorhang und die Lampe Mord und Totschlag. Und plötzlich fragte er mich, wie alt ich sei. Er wußte das genau. Und wenn er dieses halbe Jahr irgend etwas sagte, dann merkte ich: dieser Feigling, diese Angst, und ich dachte, es muß in mir aufstehen und schreien, daß er ein schlapper Hund ist. Ich sagte ihm einmal, wollen wir nicht von der Brücke springen? Da sah er mich an (weißt du, so ein Mann kann einen mit den Zähnen und dem Schnurrbart ansehen) und packte mich um den Leib und küßte mich. Heute weiß ich, daß er doch im letzten ein Hund ist und mich nicht heiraten will.«

Maria hörte zu und dachte, sie hat Fieber. Das wird bald zu Ende sein. Ich muß mich hüten, keiner ist sicher, nur der Wache. Die Tram kam durch den Regen geschwommen, blau und klirrend. Die beiden Mädchen drückten sich fest aneinander. Katharina stöhnte bei den Stößen des Wagens. Sie war geduckt unter ihren Hut, den kleine Rosen umblühten, als zöge sie den Kopf aus der Schlinge. Maria sah gerade vor sich hin, starr. Irgendwie war es ihr peinlich, da zu sitzen. Sie hatte ein Gefühl von Schuld. »Aber das bin doch ich nicht; was hat das Ganze mit mir zu tun.«

Sie fuhren eine Haltestelle weiter, gingen zurück. Beide preßten sich wütend und entschlossen, ja lächelnd durch das eiserne Tor zwischen kleinen Blumenrabatten. Der Kies knirschte.

»Ich fühle jetzt erst, in dem Gärtchen, daß ich mich von jenen draußen löse. Man zählt mich dazu, weil mein Vater mit ihnen lebt, weil ich ein blaues Kleid trage und einen braunen Mantel. Wie alle. Aber ich ziehe mich jetzt so zusammen, daß ich ihnen absterbe. Ich schäme mich nicht. Was vorher war, bleibt so in mir – ich habe Franz eigentlich dazu gebracht, sich ganz aufzulösen, und jetzt findet er sich nicht mehr und verläßt mich. Ach, Marie, es ist so leicht, wenn man weiß, daß die Nächte bei ihm schöner waren und stärker als alles; das ist dann doch nur Dreck, und wenn es noch so voll goldener Eleganz daherfährt.«

Man sah ihr nicht mehr an, daß ihr Vater Maurer war und zwischen Frau und sieben Kindern in einem dumpfen Loch fast verhungerte. Sie hob sich nicht höher als ihr Kind, das noch schlummerte, aber daß sie die Liebe kannte und ersehnte bis in das innerste Gehirn, das stieg auf.

Und sie blähte die Nüstern, als der Arzt fragte, wie sie heiße.

Eine Nonne kam und führte sie fort. Lächelnd reichte sie ihrer Freundin die Hand.

II

In der Küche erzählte Maria. Sie log, erklärte, Katharina – habe geredet, um irgend etwas fortzuschaffen. Das sei herzlos. Man habe doch Erfahrung genug, um zu wissen, daß es keine Kleinigkeit sei. Frau Goldstaub hörte zu und strich an ihrem Rock entlang, als reibe sie ihre Hände ab.

»Gott«, sagte sie, »sie hätte wissen können, daß es sehr schön, aber auch sehr gefährlich ist«, und lächelte mit den Goldplomben. Kessel zischten mit weißen Dämpfen. Die andern Mädchen mit roten Händen und weichen dicken Gesichtern schnüffelten lüstern herüber. Einige kicherten. Maria ging auf ihr Zimmer, legte sich auf die Chaiselongue und betrachtete das Bild ihres Vaters; der war Bäcker in einer kleinen Provinzstadt und schickte ihr am Ersten und Fünfzehnten je fünfzig Mark. Sie pflegte das Geld schnell auszugeben für irgend etwas. Wenn sie ein paar Mark besaß, war sie sich nie klar darüber, was damit tun. Strümpfe, Hemden, Ringe, Schuhe – dann war nichts mehr da. Dabei hatte sie noch gelogen und ihrem Vater gesagt, sie verdiene nichts, müsse Wohnung und Essen zahlen. Unmutig wandte sie sich ab und zog die Schuhe aus, übersah aber ein Loch im Strumpf. Dann streifte sie den Rock hinauf, krümmte die Beine und schlummerte ein.

III

Werner Lebchen war Student. Er unterschied sich von den Theologen und Juristen dadurch, daß er Medizin studierte. Als er aus dem Caféhaus trat, rückte er den hellen Mantel mit den Schultern empor und hielt sie hochgezogen. Sein Kragen war nicht ganz frisch, und dabei sah es auch amerikanisch athletenhaft aus.

Lebchen war ein moderner Mensch. Er hatte keine Ahnungen. Höchstens die, daß der Schluß des Monats unerquicklich sein würde. Er mußte seinem Vater schreiben und um Geld bitten. Der war Ziegeleibesitzer und Mitgründer des Ringes. Durch billigere Lieferung hatte er sich eine große Kundschaft gesammelt und sie bei der Verteilung trotz Protestes kleiner Firmen auch behauptet. Die mußten zum Teil fallieren. Vater Lebchen kaufte sie auf und vereinigte in den Generalversammlungen der Aktionäre und Besitzer drei Zehntel aller Simmen auf seine Anlagen. Dadurch bekam der Alte eine Art finanziellen Größenwahns und eine überragende Stellung in der Familie. Ja, er behandelte alle Leute seiner Bekanntschaft so, als sei er ihr familiäres Oberhaupt. Diese Überlegenheit des Vaters leuchtete dem Sohne ein. Er benahm sich auch väterlich. Eines Tages, er vergaß ihn nie, es war sein Triumphtag, ging er zu schönen Mädchen. Er mußte warten. Da ging die Tür – sein Vater. Werner dachte, das Zimmer fliege auseinander – Spiegel, Fächer, roter Plüsch und Kavaliere. Der Alte grinste und setzte sich in eine andere Ecke. Wartete. Da kam die Madame und bat Werner lächelnd einzutreten.

»Ach, mein Herr«, er verbeugte sich gegen seinen Vater, »würden Sie vielleicht vorangehen, Sie haben sicher weniger Zeit.« Werner erschien eher und wartete im Vorzimmer. Sie unterhielten sich, und er erntete Lobsprüche, weil er es fertiggebracht hatte, drei Mark herabzuhandeln. Vater Lebchen bewunderte ihn seitdem als eine Art Don Juan, der in der Liebe Finanzpolitik treibe.

Der Abend war sanft und müde vom Regen. Kristallklare Bläue schnitt durch das Tor. So daß die Bremer Lampen des Warenhauses sich grämten. Werner blieb vor einem Fenster stehen und grinste über die Wachsmodelle, die oben Busen und Korsett und unten Holzbügel waren. Da stand ein Mädchen bei der Blumenfrau am Eingang und kaufte ein Sträußchen Maiglöckchen. Steckte es an die Jacke. Sie ging an den Droschken vorbei und streichelte plötzlich ein Pferd über die Stirne. Das fiel ihm auf. Sie streichelte ein Pferd, einen dummen, blöden Droschkengaul. Also ging er ihr nach. Sie war so groß wie er und schmal in den Hüften. Aber als sie die Röcke hob, sah er ein Loch im Strumpf. Da sprach er sie an, lud sie in die Lichtspiele ein. Er machte ein Wortspiel und sprach sehr hochdeutsch, eine Leistung für einen Sachsen. Namentlich seitdem er ein Jahr gedient hatte, sprach er fast, als ob er aus Berlin sei, obwohl sein Regiment in Halle an der Saale lag; er liebte aber diese Stadt nicht und spöttelte über die Walfische, die es dort gäbe. Werner hatte keine Ahnung, was aus einer Begegnung werden kann. Seinem Vater war es ebenso ergangen. Er hätte genausogut irgendeine andere Frau treffen können. Hätte dann andere Kinder gehabt. Hätte andere Spiele der Liebe von seiner Frau verlangt. Aber die Gegenwart war maßgebend.

»Wissen Sie, weshalb Sie mir auffielen?« fragte Werner im Kino. »Ich bin nämlich Mediziner, man hat einen Blick. Weil Sie das Pferd streichelten.«

»Ach, das Pferd lächelte; es hat so geregnet, da waren Blumen, ich kaufte mir Strümpfe, da stand ein braunes Pferdchen und lächelte. Und da mußte ich es streicheln.«

Werner kicherte und sagte, sie leise mit dem Arme drückend: »Sehen Sie, die Frau bleibt außen. Das steht fest. Sie wollten einfach etwas streicheln. Was aber streichelt man? Was man liebt. Sie haben aber niemanden. Daher das Pferd.«

Ein Herr mit einer Brille sagte nebenan halblaut zu einer reiferen Dame: »Oder den Esel –«

Das Mädchen wandte sich entrüstet um, und leise flüsterte er ihr ins Ohr: »Dieser Spießer.«

Dann waren beide ganz vertieft in das Drama, das rund flirrte. Leute brüllten lautlos, lächelten, man pflückte Blumen – eine Dame wurde von einer Schlange gebissen. Ah, die Prophezeiung – – – Es schien geschrieben.

»Nanu«, sagte Werner, »welche Prophezeiung?« Ein Herr gebärdet sich rasend, winkt Ärzte mit Bärten herbei, hoffnungslos, rätselhaft! schütteln die Köpfe.

»Gibt's ja gar nicht, ausbrennen, saugen, Milch –«

»Milch ist für viele Menschen der einzig richtige Zustand«, knurrte der Herr mit der Brille.

Ein Inder mit Ketten und Schlangen. Die schöne Dame mit der Vergiftung schaudert, will sterben.

Nur der Biß dieser Schlange – – –

Werner ärgert sich und sieht nicht mehr hin. Spricht kein Wort mehr, in der Pause schaut er das Mädchen genau an. Sie hat warme verschleierte Augen und einen roten geschwellten Mund. Den Kopf lehnt sie etwas linkisch von ihm ab.

Übernächtigt und verfilmt traten sie aus dem Kinematographentheater.

»Das ist wie ein Traum, der einen einschläfert«, meinte das Mädchen. Werner schlug eine Wirtschaft vor, um Abendbrot zu essen. Er aß frech drauflos, grinste einigen Bekannten zu und trank drei Glas Bier. Sie saß da und rutschte mit dem Messer vom Teller ab und wurde feuerrot.

»Ich habe sie ja so in der Hand –«, dachte Werner. Dann gingen sie Arm in Arm, leise wankend, über die weitentleerten Straßen. Er las Lichtreklamen vor. Da gab es irgendwo ein so gemütliches Lokal. Mit Wein allerdings. Man saß in kleinen Kabinen. Werner hob mit dem Knie ihr linkes Bein hoch und kniff hinein. Sie schrak zusammen. Der Speichel drückte ihn im Halse. Ein ekelhaftes Gefühl der Aufregung entnervte ihn. So trank er einige Glas Wein; sie schluckte, würgte.

»Es ist natürlich seltsam, daß wir hier sitzen, als kennten wir uns schon seit unserer Kindheit und feierten Verlobung. Dabei weiß ich nicht mal Ihren Namen.« Er lauerte, was da wohl komme.

»Ich weiß doch auch nicht den Ihren.«

»Werner Lebchen«, sagte er, weil ihm rechtzeitig die Visitenkarte an der Tür einfiel. Sonst pflegte er Leberecht Allenstein zu sagen.

»Werner«, lächelte sie freudig, »so heißt doch mein Bruder.«

»Und Sie?«

»Ich –«, sie zögerte das so hin, als fiele ihr schwer, den Namen zu sagen, »Regina Laasen.«

»Regina ist hübsch, Königin – Königin meines Herzens –«, flüsterte er selig. Würde sie Kleopatra oder Schwanhilde gesagt haben, hätte er auch nichts gemerkt. Sehr spät fuhren sie im Auto nach Hause. Regina war schon im Wagen, als er dem Kutscher seine Adresse sagte. Dabei wiederholte er zweimal: »Dritter Stock.« Er war schon ziemlich betrunken. Als sie in seinem Zimmer standen, war er rasch gefaßt und umschlang sie. Sie sträubte sich nicht, war aber etwas enttäuscht, da sie Felle und einen Spiegel mit Goldrahmen erwartet hatte. Und vor allem ein Bett mit seidenen Vorhängen. Werner dagegen spähte in den Spiegel über der Kommode und hakte ihr dabei die Taille auf.

Als er am Morgen erwachte, war er ganz fern und dumm. Er wandte sich und sah plötzlich in ein wirres Knäuel blonder Haare, die scharf rochen. Er erhob sich und bemerkte auf dem linken Oberschenkel Reginas ein Muttermal in Form eines Sternes.

Sie besuchte ihn dann noch einige Male, obwohl ihm diese Anhänglichkeit peinlich war. Dann reiste er nach Hause, weil seine Schwester heiratete, blieb die Ferien dort und bezog in der Universitätsstadt eine neue Wohnung in einem ganz anderen Viertel. Er mußte jetzt auf der Frauenklinik arbeiten, die ziemlich weit vor der Stadt lag. Trotz alledem erreichte ihn eines Tages ein Brief, der nachgesandt war. Er zeigte eine gehäkelte, ihm fremde Handschrift auf schlechtem Papier. Er zuckte die Achseln und warf ihn ins Feuer. Darin befolgte er die Regeln seines Vaters.

IV

Werner spezialisierte sich schon zum Frauenarzt. Vielleicht weil er, ahnungslos, vor nichts zurückschreckte, lange Hände und starken Bartwuchs hatte. Vielleicht auch, weil sein Vater es als sehr aussichtsreich hingestellt hatte. Jedenfalls verstand er sich gut mit seinem Professor, der Spezialist für Entbindungen war, und er genoß schon eine Art Ruf bei ihm, weil er rigoros und kühl agierte.

Man stand eines Morgens in dem sehr hohen und schmalen Zimmer, wo die Patientinnen vorgeführt wurden. Das Zimmer war weiß und hungrig; man hatte, durch die Höhe und lächerliche Schmalheit verführt, den Eindruck, als müsse man eigentlich auf den Wänden gehen. Oben jedoch sammelten sich die Schreie in Echo. Denn es stand hier nur ein Schrank voll schöner Etuis und langer Nickelzangen. Hier pflegten die komplizierten Fälle erledigt zu werden. Außer dem Stuhl war heute noch ein großer Operationstisch aufgestellt. Werner witterte Blut und flüsterte zu Philipp: »Kaiserschnitt.« Der Professor sprach. Kurz und weltfremd. Vielleicht war es äußerste Objektivität, die über allem Schmerz urteilte. »Seit drei Tagen Wehen. Schon Fieber. Doch hilft keine Massage. Na, Sie werden sehen.« Er klingelte. Zwei Wärter mit behaarten Händen in gestreiften Anzügen rollten auf einer Bahre eine Frau herein. Ihr Gesicht war verhüllt. Werner drängte sich vor. »Ja, Herr Lebchen«, nickte der Professor, »kommen Sie her, Sie werden helfen müssen.« Die Schwangere stöhnte, ihre gefesselten Arme quollen aus den Riemen, rotglühend, als blase sie der Schmerz auf. Da erblickte Werner am linken Oberschenkel der Frau ein Muttermal in Gestalt eines Sternes. Er ward bleich und zitterte.

»Na, was ist Ihnen denn? Sie dürfen nicht zittern, die Maske bitte.«

Werner schlug das Tuch vom Gesicht der Frau zurück und stülpte die Maske mit Chloroform darauf; er sah einen furchtbaren Blick, ein gesprengter Mund verzerrte Worte zu dumpfem Röcheln. Er rückte die Maske über die Augen. Die schlossen sich, und der Blick verknirschte über die aufgedunsenen Züge, die sich im Schlaf entspannten und geordnet lagen um die gipsige Maske. Regina! Sein Herz hämmerte, stanzte ihm das Wort in Fleisch und Knochen. Aber er half ganz ruhig. Durch Blut und Schweiß hob er seinen Sohn ans Licht. Die Mutter wachte nicht auf. Es traf ihn wie ein Fußtritt. »Sie ist hin – tot – ich Vater –« Er raste hinaus zu Philipp! Man muß reden! Sich besaufen! Er erzählte ihm die Geschichte.

»Irrst du nicht? Muttermale wie Sterne gibt es eben wie die Sterne. Ich habe selbst so eins. Und das Gesicht war so verzerrt und verschlagen und zerkratzt –«

Sie gingen zusammen ins Bureau der Klinik und fragten nach dem Namen des Mädchens. Nummer 763.

Der Wärter blätterte umständlich: »Maria Wollmayer.«

»Ha, siehst du; deine Regina denkt nicht daran, ein Kind zu haben. Erst recht nicht von dir.« Werner schwieg. Dann lachte er böse und stolperte über seine eigenen Worte, die irgendwo tief unten auftauchten: »Da hat mich das Luder ja belogen.« Auch Philipp lachte.

Zu Hause riß Werner die Visitenkarte von der Türe. Des Nachts sprach er auf der Straße ein Mädchen an mit einem Madonnengesicht. Er betrank sich, hieß Eduard von Kellermann. Das sagte er ihr aber erst, als sie in seinem Zimmer stand und sich auskleidete.

ALFRED LEMM
DIE HURE SALOMEA

Die Studentin der Medizin Salomea saß in ihrem gewohnten Café, das inmitten der Stadt über der Hauptgeschäftsstraße hing. Dort schlief sie auch die Nacht, wenn es ihr zu umständlich war, aufzustehen. Von ihrem Fenster konnte sie in die Häuser der gebildeten Gesellschaft sehen, in den[en] junge Leute an kunstgewerblich ausgestatteten Tischchen saßen und lächelnd in den reizenden Lederbändchen mit Goldschnitt, unseren klassischen Philosophen, blätterten, von denen alle Woche neue geschmackvolle Liebhaberausgaben erschienen. Salomeas länglicher weißer Kopf beobachtete aufmerksam ihre Umgebung, doch senkte sich stets nach wenigen Minuten des Hinhörens ein grauer Schleier vor ihre Augen, hinter dem sie sich, träge und fern, nicht mehr beteiligte.

Ab und zu stieg sie hinunter zu den Anatomiesälen. Diese hatten zu Anfang in der eben vom Gymnasium Kommenden bei jedem Besuch einen neuen kreischenden Riß gezogen; sie hatte nicht gewußt, daß man Menschenschenkel so sauber mit dem Messer auseinandernehmen und Stirnen zerfasern konnte. Sie hatte dieses Studium gewählt, weil ihr Vormund – ihre Eltern, spaniolische Juden, waren tot – behauptete, daß sie mit ihrem Kopf unbedingt was anfangen müsse, und weil sie selbst gehofft hatte, auf diese Weise der chronischen Langeweile, an der sie von der frühesten Schulzeit an litt, abzuhelfen. Sie war nach dem ersten Semester versuchsweise zur Literaturgeschichte übergegangen, aber, nachdem sie ein achtstündiges Kolleg des beliebten Literaturprofessors gehört hatte, in dem der streng wissenschaftliche Nachweis geführt wurde, daß das Liebesverhältnis des Altmeisters deutscher Dichtung, welches er in seinem Gedicht an Leonore P. so schön verewigte, nicht bis zum geschlechtlichen Genuß geführt hat, blieb sie bei der Medizin und nahm das neugierige Grauen und kalte Leiden, gemischt mit Interesselosigkeit, wodurch ihr Verhältnis zu dieser Wissenschaft bezeichnet wurde, hin. Hatte sie doch bei den meisten Dingen die

Empfindung, daß sie nicht zu ändern seien. Sie sah in der Folge alle Menschen auf der Straße nackend, kontrollierte in Tabellen die eigenen Unlusterregungen und instinktiven Abwehrbewegungen und hörte, wenn sie den Kopf zurückwarf, die Gehirnlappen aufeinanderklappen.

Gelegentlich traten Studenten zu ihr und hielten an ihrem Tisch wichtige Sitzungen ab. Sie einigten sich mit ihrem Rektor dahin, die letzte bestehende Verbindung aufzulösen gegen das Recht, sich in den »Offiziellen Stellennachweis für Einkommen über fünftausend« einschreiben zu lassen.

An den Nebentischen saßen die letzten lebenden Künstler und diskutierten darüber, wie der geistige Gehalt eines Kunstwerkes in Gleichungen zweiten Grades ausgedrückt werden könne.

Es kam vor, daß Salomea, wenn sie die Augen aufschlug, am leeren Tisch saß.

Des Sonntagnachmittags, wenn der Kuchengeruch stärker heraufstieg, zogen viele Menschen unten vorbei nach dem Denkmal des Nationalheros, des Verlegers der ersten demokratischen Weltzeitung, welches gegenüber dem des alten vaterländischen Helden, der den Staat zur Einheit geführt hatte, errichtet worden war. Das Riesenmonument – den verdienten Mann darstellend, wie ihm auf dem Wege zur Redaktion jenes Motto »Wahrheit über alles« einfiel, welches später auf den Titelseiten aller seiner Blätter gleich unter den Insertionspreisen stand –, das neue Wahrzeichen der Stadt, war deutlich von Salomeas Platz aus zu sehen. Dort trafen sich allwöchentlich Angehörige aller, auch der ehemals so aufsässigen Parteien mit ihren Familien und intonierten, zu zwei und zwei formiert, unter dem seligen Lächeln des an seinem Fenster erscheinenden greisen Oberhaupts des Staatswesens den Choral: »Wer nur den lieben Gott läßt walten«, so die Stimmung des gesamten Volkes zum Ausdruck bringend.

In das Idyll gut verlebter Abende drang plötzlich eine Störung. Zweifellos stellte sich ein vermehrter Zustrom nach dem Mittelpunkt der Stadt ein. Es sammelte sich dunkel unter Salomeas Café. Aus den Seitenstraßen flossen beständig Menschen zu.

Eine ungekannte Aufregung zog durch die Stadt. Es wühlte schwarz in ihren Därmen und wurde gegeneinandergetrieben.

Stärker scholl das Stimmengeklirr herauf. Einzelne Rufe lösten sich. Gleich einem riesenhaften Mollusken zog sich die wimmelnde Masse gefährlich zusammen, große kahle Stellen auf dem Asphalt lassend, und breitete sich unvorhergesehen schnell wieder aus. Um auffallende Leute rollten sich wilde Rudel, die sich um den ersten Platz schlugen. Dazwischen prasselten Autoomnibusse, vor Eile mit den Hinterteilen schlenkernd, daß die Chauffeure in großem Bogen von ihren Sitzen geschleudert wurden.

Das umgewandelte Volk wich nicht mehr von der Straße. Die Cafés und Geschäfte wurden nicht mehr geschlossen. Die Lampen blieben auch am Tage brennen, und die Lichtreklamen, welche man abzustellen vergaß, sausten gleich Raketen zwischen die wirrwogende Menge. Auf der einen Seite standen seit mehreren Tagen dicht gepreßte Haufen und schrien: »Lebehoch! Lebehoch!«, auf der gegenüberliegenden riefen andere: »Nieder! Nieder!« – obwohl niemand sagen konnte, worum es sich handelte. Dann wieder platzten die Menschenballen nach allen Seiten auseinander. Auf den Dämmen zwischen den sich überstürzenden Bahnen fuhren die Wagen kopflos gegeneinander und verhakten sich fest. Die Menge brandete mit ungeheuerer Gewalt vorwärts, riß kleine Droschken um und zerstampfte Kinderwagen, Kioske und Polizisten. Tag und Nacht tönte das Brüllen der Massen herauf. Die hohen Bogenlampen schrien im Traum. Gegen Morgen hörte man die überanstrengten Straßen aufstöhnen unter dem fortwährenden furchtbaren Druck; schon aber begann die neue Erregung des Tages.

Bereits ertrugen schwache Gemüter es nicht mehr. Vornehme Damen drehten sich ohne Grund um und riefen: »Wo? Wo denn?« Es verbreitete sich die Nachricht – Eingeweihte sollten es gesagt haben –, es sei ein neuer, sechster Erdteil entdeckt worden. Er hätte nicht mißzuverstehende Lichtzeichen gegeben.

Salomea erwachte. Sie beugte sich über das Fenster.

In rasender Eile schäumten die unerlösten Massen durch die Steinstraßen. Von der zusammengeballten, unerhörten Spannung wurden die Häusermassen auseinandergesprengt und krachten zusammen. Die Bremsen der Autoomnibusse versagten vor den wehrlos sitzenden Führern, und die Wagen fuhren auf den Bürgersteig in die Menge.

Dann hieß es, der Präsident von Amerika sei mit der größten französischen Tragödin flüchtig geworden, und sie hätten zusammen den Liebestod gefunden.

Und dann war der große Krieg da.

Salomea stieg hinunter und streifte neugierig durch die verjüngte Stadt. Vor den Kasernen standen die jungen Leute und baten, glühend vor Beredsamkeit ihre Körperkraft anpreisend, die gelassen prüfenden Offiziere um Einlaß. Sie sahen sich dankentzückt nicht mehr nach ihren Müttern und Schwestern um, welche sie begleitet hatten, wenn ihnen erlaubt wurde, sich in die Schanze zu schlagen.

Auf den weiten Exerzierplätzen, in deren öde Sandmassen Jahrzehnte derselben mechanisch wiederholten Übung sich eingesackt hatten, bemühten sich die Freiwilligen mit den scharfen Kriegsmaschinen. Sie schleppten heiligen Eifers die schweren Kanonen und versuchten sich an den ungefügen Pferden, die mit drei der sie am Maule haltenden leichten Jünglinge in die Höhe gingen. Hufe schlugen gegen junge Köpfe. Eisenräder zerquetschten zarte Knochen – die Kameraden wurden glänzenden Auges nichts davon gewahr.

Es hob sich in Salomea etwas. Sie wurde unruhig.

Man sah Fähnriche an der Spitze kleiner Trupps leuchtend durch die Straßen marschieren, um die Fahnen zu holen; große noch pastellfarbene Jungens, die gerade aus dem Kadettenhaus gekommen waren und das erstemal kommandierten. Sie sahen nichts vor Stolz über den Auftrag, die frische Uniform und den hohen Kragen. Sie wußten nicht genau, ob sie richtige Kommandos gaben, und fragten durch die Zähne die älteren Soldaten, aber ihre harten Knabenstimmen gaben nicht einen Augenblick in dem Tone klingender Sicherheit nach.

Salomea schrieb ihren Verwandten, mehreren Familien, denen sie nur Gutes zu verdanken hatte, ganz unvorhergesehene Briefe, daß sie die Beziehungen zu ihnen hiermit abbräche. Sie warf wertvolle Sachen aus ihrem Besitze, einige teure Kleider, Bücher fort, zum sprachlosen Erstaunen ihrer Zimmerwirtin, die, nachdem sie sich erholt hatte, die Dinge gut verkaufte. Dann traf Salomea plötzlich fieberhafte Vorbereitungen für eine Hochtour ins Gebirge, die sie jedoch nicht ausführte. Schließlich erinnerte sie sich, daß sie Medizin studierte, und meldete sich als Krankenschwester.

Das Lazarett stand unter der Leitung eines älteren Sanitätsrates mit weißen Händen und weichem Bart. Er war gerade beim Frühstück: Haferbrei mit einigen Scheibchen gerösteten Brots.

»Unsere jungen Freundinnen, die sich unserer Anstalt zur Verfügung stellen«, sagte er, »beschäftigen sich bei uns nicht so lau und aus oberflächlicher Neigung wie vielleicht in anderen Lazaretten, sondern widmen sich mit der vollen Kraft ihres angeborenen weiblichen Liebesinstinktes ihrem Berufe.«

Die Oberin war ein adliges Fräulein, eine lange, noch sehr junge

Person mit scharfer Nase und mächtigen Händen. Sie überragte alle Soldaten und nannte jeden »mein Junge«. Sie ging täglich früh und abends zwischen den Liegenden, welche die verpackten Glieder nicht bewegen konnten, hindurch, strich über ihre Köpfe und lächelte ihnen mütterlich zu. Die Soldaten dachten: »Wenn wir erst wieder allein laufen könnten!«

Die Schwester, unter der Salomea arbeitete, hatte bei Beginn des Krieges ihren Verlobten verlassen und trug seitdem keinen anderen Gedanken, als den Verwundeten möglichst viel Güte zukommen zu lassen. Sie selbst wurde kaum im Soldatensaal gesehen, aber sie arbeitete sich hager für sie. Ihr Mittagbrot überließ sie den kräftigeren Leuten, welche immer Hunger hatten. Sie schleppte sich, bereits äußerst geschwächt, nur noch schwer und litt an Ohnmachten. Doch blieb sie bei der gleichen liebeverströmenden, zarten Aufopferung und konnte sich nur erzürnen, wenn der Sanitätsrat von Rücktritt wegen ihrer schlechten Gesundheit sprach.

Dann war noch eine Anzahl frommer Schwestern da, die, ohne einen Laut von sich zu geben, Tag und Nacht unermüdlich in ihren großen dunklen Faltentrachten durch die Korridore flogen. Sie hatten bei Kriegsbeginn ein Immediatgesuch an den König gemacht, man möchte sie aus der Gesellschaft der weiblichen Personen ausscheiden lassen, sie beabsichtigten, ein neues selbständiges Geschlecht zu errichten; hierbei versprachen sie sich durch ihre verwandtschaftlichen Beziehungen zu den Spitzen der offiziellen Gesellschaft Erfolg.

Salomea versuchte ihre Arbeit mit der gleichen Hingabe zu tun, die sie bei ihrer Krankenschwester sah. Sie empfand zu diesem sanften schönen Mädchen warme Zuneigung, die von jener, soweit es ihr angestrengtes Dasein zuließ, erwidert wurde, bis Salomea eines Tages ihre aufs äußerst erschrockene Stimme hinter sich hörte: »Um Gottes willen, was ist mit Ihnen? Sie sehen ja ruhig zu, wie die armen Menschen die Gesichter vor Schmerz verziehen, ohne ihnen zu helfen.!«

Salomea machte eine Handbewegung, um den dichten Schleier, in dem sie sich befand, zu zerreißen.

»Sie sind vielleicht krank?« sagte die Schwester gütig. Aber der Beobachtenden fielen hier und da ähnliche Augenblicke bei Salomea auf. Sie gab ihrer Mißachtung unverhohlenen Ausdruck. Salomea versprach sich fest, sich peinlich zusammenzunehmen. Sie wollte alle Kraft anwenden, um sich zu vernünftigen Empfindungen zu zwingen, und zwickte sich oft heimlich mit den Nägeln, um sich an Mitleid zu erinnern. Doch auch die Soldaten konnten zu diesem immer schweigenden und sie prüfenden Mädchen keine Zuneigung gewinnen. Wenn sie eintrat, hörten sie zu lachen auf. Die Schwester sagte traurig zu Salomea, während sie in einer ihrer dienstfreien Nächte kleine Geschenke für die Soldaten nähte: »Menschen, die nicht lieben können, brauchen ja keine schlechten Menschen zu sein – aber zu diesem Beruf hier eignen sie sich nicht.«

Salomea ergriff ihre magere Hand. Die Schwester müsse noch etwas Geduld haben. Zwar habe sie niemals im voraus gewußt, wie eine neue Umgebung auf sie wirken werde. Manches sei auch für sie selbst überraschend. Aber sie hätte doch die Absicht, bei der gemeinsamen Sache zu helfen – da würde es schon gehen.

Bis eines Morgens die Oberin in den Saal stürzte: »Heute nacht hat ein Schwerverwundeter viele Male geklingelt, und Sie sind nicht einmal aufgestanden! Sie verlassen sofort das Lazarett!«

Salomea dachte nach.

»Ich habe es doch gehört«, sagte sie, sich schwer erinnernd und gequält. »Ich las...« Sie konnte es sich auch nicht erklären. Sagte nur mit etwas Trotz: »Manchmal ist man bei der Sache und manchmal nicht!«

Die gütige Schwester zog ihre zum Abschied gereichte Hand so schnell wie möglich wieder zurück. Ihr graute vor Salomea.

Der Sanitätsrat saß gerade beim Mittagbrot: Täubchen und warme Milch.

»Sie sind talentiert, aber sehr herzlos. Gehen Sie mit Gott«, sagte er.

Salomea setzte sich wieder in ihr Café. Die unangenehme Erinnerung, wie schlecht sie sich bewährt hatte, deprimierte sie tief. Sie erzählte niemand von ihrem Versuch. Ihre offen bewiesene Energielosigkeit traf sie schwer. Die Frage: »Warum konnte sie nicht, was jeder gewöhnlichen anderen eine Leichtigkeit war?« beschäftigte sie immer von neuem.

Sie zog sich wieder hinter den Vorhang ihrer Augen zurück und ließ das Treiben der Stadt in unklarer Ferne vorüberschwimmen. Unter der dünnen Schicht ihrer Gleichgültigkeit aber bewegten sich ihre großen weißen Nasenflügel verdächtig.

Eines Nachts ritten Kürassiere hinter dem Hause durch eine Seitengasse vorbei. Sie hörte im Halbschlaf das Auf und Nieder der

Hintern auf den Sätteln und das dunkle Knacken der Rüstungen. Sie eilte hinunter. Die Nüstern der Pferde glühten blutig im Schatten der wenigen Laternen. Die Mäuler schäumten blank und weiß wie die Waffen. Ab und zu stöhnte ein Pferd röchelnd vor Lust.

Salomea schnellte sich an einem Soldaten in die Höhe, küßte ihn und ließ sich wieder fallen. Dann sprang sie am nächsten hoch. Die Reiter griffen sie um den Leib, hielten sie, um sich küssen zu lassen, und ließen sie wieder heruntergleiten. So sprang sie die lange Reihe der trappelnden Pferde entlang, welche, die nassen, braunen Hälse mutig gebogen, stürmisch wieherten und sanft duldeten, daß Salomea sich auf sie stützte – die Nacht über, sich hochreckend, niederfallend.

Auf den Eisensträngen, welche die Stadt sternenartig nach allen Richtungen durchliefen, fuhr Zug um Zug. In den Öffnungen der mit Laub besteckten Wagen lagen die Soldaten. Alle Straßen waren voll singender grüner Zweige. Die Knaben auf den Dämmen fielen ein. Die Stadt rauschte von blonder Jungenkraft, die sich einsetzen will.

Salomea dachte zornig: »Ich will keine kleinen Handreichungen mehr tun! Ich kann nicht in die Salons gehen ...« Sie versuchte mitzusingen, aber vor dem Mißton, den sie hören ließ, brach sie ab, und ein Mund voll wehmütigen Grimmes stieg in ihr auf, daß sie Mühe hatte, aufrecht zu bleiben.

Es zog sie nach dem militärischen Stadtviertel. Aus allen Teilen des Landes kamen hier die Freiwilligen durch. Auf den Trittbrettern und Dachleitern der Waggons saßen junge feinäugige Menschen mit schaukelnden Beinen, Zigaretten zwischen den Lippen. Sie standen auf den Bahnsteigen, reckten die Arme von der langen Fahrt in die frische Morgensonne. Die schlanken Hälse waren gebräunt. Nur Hemden umschlossen die edlen Säulen der Brustkörbe, die unter dem Leinen lebten und sich spannten. Ledergamaschen, die kühne Form der Waden festigend, machten ihr Stehen mutig und wie eingepflanzt. Die Füße traten leicht, wiegend und wohlbewußt, daß sie ja diesen Brustkorb zu tragen hatten, der geschnitzt war aus geschweiften Stäben von menschlichem Lendenmaterial – ein Stoff, der durch Vergleich auch mit dem köstlichsten nur verlieren würde – und Schutzbedeckung bildet für das Herrlichste ...

Salomea hatte plötzlich eine Vision, und an ihrem starrstehenden Kopf bewegten sich, in äußersten Schrecken versetzt, die blauen Schläfen heftig. Sie sah die jungen Mannesleiber in ihrem Anatomiesaal, plump zerlegt zur Präparation, zerrissen und blutig. Die weichfesten

Muskeln waren in strähniges, ochsenhaftes Fleisch der Schlächterläden verwandelt. Dunkelbraune Höhlungen, Obdach für Maden, stanken die zähfasrigen Rippenbuchtungen. Die Arme hingen einzeln ungeheuer lang mit gekrümmten Fingerstöcken am Haken. Die blinden Gallertaugen schwammen schon unter Glas in der Farbe blassen Zahnfleisches – Salomea schrie!

Federnden Fußes stiegen die Männer auf die Gipfel der Wagen. Scherzrufe herabrufend, fuhren sie weiter.

Salomea ächzte: »Ich will nicht mehr sitzen und für mich tun! Ich will Nebensache sein!«, rief fast: »Ich bin auch ein Mensch!«

Und die vielen jungen Abschiede zu jeder Stunde! Alte Väter schleppten sich mit dem schweren Gepäck für ihre Ausziehenden, welche keine Gefahr merkten und nicht verstehend, doch nachsichtig auf die Mütter sahen, die hastige Blicke nach der Lokomotive warfen, immer noch einmal die Händedrucke wiederholten und nach der Richtung des Offiziers baten, nicht wissend, an wen sie sich sonst wenden könnten.

Auf dem Bahnsteig näherten sich freudige Geräusche. Auf Kanonen sitzend, die sorgsam in reiches hellbraunes Leder gekleidet, die kupferglänzenden Hälse schräg in die Luft stießen, glitten erhöht blonde Kerle mit unbekümmerten Gesichtern langsam vorüber. Die Hemden weit offen, blauäugig und offenbar wissend, wofür sie die Brust hinhielten, ritten sie lächelnd in die Schlacht.

Salomea stand und konnte die angeklammerten Blicke nicht lösen. Uralte Leidenswindungen waren in ihre weißen Züge gegraben. Im Inneren der Steinform ihres Gesichtes aber überstürzten sich die Leidenschaften, einander verdrängend: »Es sollen keine Stücke aus euren weißen Bruststäben gebrochen werden! Ich werfe mich vor den Zug! Ich will mich hinhalten...« Und wildanklagend: »Sie halten nicht an! Niemand hört mich! Schon fahren die breiten, wühlenden Messer heran! Wo Hilfe?...« Sie schluchzte furchtbar auf, daß sie taumelte. Verzweifelt vorwärts stoßend: »Ich dulde es nicht! Ich decke die zarten tönenden Wölbungen mit meinem Leibe! Ich liebe euch!«

Weiche Ströme fielen über sie, hoben ihren Mund zu schmerzlicher Öffnung. Sie wimmerte, ohne es zu wissen, die Lippen vorgestreckt in qualvoller Bitte: »Nehmt mich doch.«

Reiter an Reiter schwebten, in den Himmel gerichtet, vorüber, während alle Zurückbleibenden sich tief beugten und die Hüte zogen.

Angst, zurückgelassen zu werden, ließ Salomeas Atem fliegen. Der

Aufruhr in ihrem Blut stieg ungeheuer an. Sie legte den Oberkörper weit nach vorn, als ob sie sich über die Erde wälzen wollte. Die Zähne gekrampft, hämmerte sie mit dem Kinn beschwörend: »Tun! Tun!«

Es brüllte in ihr: »Nicht ihr allein! Ich! Ich! Ich!« Sie fühlte sich von Wirbeln vorwärtsgestoßen.

Dann lief sie in schreiendem Aussichherausbrechen, sich sinnabwesend die Kleider herabreißend, in die Kasernen. Und den lechzenden Körper entgegenwerfend mit einer Wucht, die ihr die Augen schloß, vergab sie sich tausendarmig.

»Endlich!« fühlte sie, während sie sich verschenkte, sooft es verlangt wurde. »O ihr Jünglinge«, sagte sie und öffnete sich weit. Sie umschlang ihre Köpfe, die vor Aufwärtswollen rauschten, und küßte sie, als ob sie ein ganzes Volk küßte. Sie bettete die edlen, zweiteiligen, mit Menschenhaut überzogenen Schalen, Behälter für Unsagbares, auf weiche Kissen, daß sie ja keinen Sprung erhielten! – der kleinste könnte unverhältnismäßig Entsetzliches verursachen! Die jungen Ritter, ungeborener Träume schwanger, lagen vor ihr auf den Knien und dichteten Liebesschwüre auf Ewigkeit.

Die stillen Männer mit den blonden Bartanflügen, welche freundlichen Blickes hinauszogen, um ihre großen Körper entgegenzustellen, nahmen sie behutsam in ihre starken Hände und dankten ihr, zum Lächeln ansetzend. Einige entschuldigten sich bei ihr vielmals. Bald warteten sie schon am Eingang auf sie ... Und wenn sie ging, sang es hinter ihr.

Sturm läuteten die Nächte in den weiten Mannschaftssälen. Durch die breiten Kasernenfenster schwangen die blauen Sterne. Es ging ein niemals absetzendes, immer in der gleichen Höhe bleibendes Strömen der Erdenthobenheit wie ein unaufhörliches Stöhnen durch die kahlen Räume mit den eisernen karierten Feldbetten.

Salomea eilte von Kaserne zu Kaserne und breitete aus, was sie hatte. Sie verstand nicht die Zoten der treuen Derben, denen sie ein gutes Essen war. Sie scheuten erst vor ihren seidenen Kleidern. Dann aber dröhnten die hölzernen Böden unter ihren Hufen, die gegeneinanderstampften, wer zuerst zugreifen könnte. »Du zerbrichst ja, wenn man dich anpackt«, lachten sie. Wenn sie Salomea an den Gelenken faßten, waren ihre Hände nicht mehr zu sehen. Salomeas schmaler, beweglicher Leib bäumte sich zurück. Doch nur eine Sekunde – dann bot sie versinkend sich wahllos. Die Plumpen brachten ihr verstohlen Geschenke, bunte Öldrucke ihrer obersten Kriegsherren, feste Schinken. Andere schlugen sie, um ihre große Liebe auszudrücken, mit den Fäusten, daß ihre dünnen weißen Arme weinten. Die »jüdische Hure« nannten sie sie allgemein.

Salomea erschien unvorhergesehen einmal hier, einmal am entgegengesetzten Ende der Stadt. Die Posten ließen sie überall willig ein, wußten sie doch, bald würden die Kameraden sie abzulösen kommen und sie in die Schlafsäle lassen.

In Salomeas empfindliches Hirn ätzen sich die vielen Männerkörper, die die Nächte über von ihr aufzuckten, als helle Striche ein und berührten sie mit der weichen Lust der Erlösung. Die Soldaten der Stadt sprachen von nichts als von ihr. Das Leben in den Kasernen erhielt eine unterirdische Bewegtheit, die sich die Vorgesetzten nicht erklären konnten. Das Schwerste leisteten die Soldaten willig am Tage mit dem Gedanken an den Lohn der Nacht. Die feinen Stadtsöhne regierten spielend die größten Waffenkloben, und die ins Feld Ziehenden sandten heimliche Grüße in die Luft nach ihr.

Gerüchte von Salomea drangen über die Kasernen hinaus zu den Stadtbewohnern. Eine Anzahl von Frauen beschwerte sich beim Bürgermeister, unbefugte Einmischung fürchtend, so daß dieser mit Maßnahmen umging.

Salomea fuhr mit einem abrückenden Regiment, von Soldaten in einem ihrer Wagen versteckt, hinaus an die Grenzen des Landes. So konnte sie ihnen bis zum letzten Augenblick vor dem Verteidigen nahe sein.

In der Etappenstadt staute sich die Zufuhr an frischem Leben und unerhörten Instrumenten, davon beständig in die fernrollende, fressende Schlacht geworfen wurde; hierhin spie diese die verbrauchten Teile, unförmlich zermahlt, zerrädert und verdorben zurück. Im offenliegenden Hirn des Ortes trafen sich unzählige Bündel elektrischer Klingeln, sich einander überschneidend; ohne abzusetzen stieß das harte Takken der befehlenden Telegraphen dunkle Menschenballen durch die schwarzgebrannten Straßentrümmer. Zwischen gepeitscht aufbäumenden viereckigen Pferden keuchten die Autos, auf den Steinen springend. Auf den Plätzen krachten abgehetzte Soldaten hin und schliefen zwischen Haufen blutiger Beutel und sandiger Eisen mit offenen Mäulern, laut im Schlaf Abwehrworte rufend gegen das unirdisch gefährliche Rollen, welches, niemals aussetzend, die Bewohner des Ortes zu Irrsinnsausbrüchen trieb, weil sie, wie sehr sie sich auch die Ohren verbarrikadierten und im Kreise flohen, an keiner Stelle ihm entweichen konnten.

Salomea verteilte sich mit fieberhafter Kraft. Im Aufgelöstsein der Umarmungen wand sie sich plötzlich in Schmerz, betete: »Euer starker Leib Gekröse, das der Diener auf den Tisch wirft! Tonkugeln mit dummen Löchern und Schnitten eure Köpfe, die singenden Seelen! Eure wunderfarbene Haut – Fell, kann zum Gerber kommen ...«

»Was murmelst du?« fragten die Soldaten. »Bist du eine Hexe?«, und froh: »Herrliche Hexe!«

Sie sah die jungen Regimenter aus den Zügen steigen: sie sollten von hier gleich ins Feuer geführt werden. Wie ein Rudel feinhäutiger Rehe, auf die von den verschiedensten Richtungen her Befremdung eindringt, wandten sie hier und da ganz plötzlich und schnell die Köpfe, wechselten unsicher oft die Beine. Doch taten sie, wie auf Verabredung, als ob es die Seite, von der das dumpfe Geräusch wühlte, nicht gäbe. Wenn Blicke sich trafen, lächelten sie aneinander vorbei. Dann riß die Trommel die unvorschriftsmäßig ausgeschwärmten Sinne zurück, schloß die ganze Truppe in eins, und wieder ganz bereit, einzutreten, marschierten sie in die Kanonade.

Lohenden Herzens ergab sich Salomea den Jüngsten, deren letzter Gedanke vor dem Abmarsch noch dem Freunde galt; welche die alten, mit Blut geschriebenen Knabenpakte auf Ungebeugtheit und Tapferkeit in der Brusttasche mitnahmen.

»Wie weiß die Körper mancher wilden Krieger sind!« lächelte Salomea. Die machten die Augen weit auf und ließen sich von ihr führen.

»Denkt Euch nur«, schrieben sie an ihre Eltern, »was für ein großes Glück kurz vor dem Hinausgehen uns doch widerfahren ist! Leider können wir Euch nichts Näheres mitteilen; aber uns ist, als ob ganz neue Sonnen aufgegangen wären. In einer Stunde hat sich die Erde ungeheuer erweitert. Wir hören allerlei fremde Laute und haben Gerüche, die wir vorher nicht kannten. Wir weinen in dem Gedanken, daß wir vielleicht ohne alles dies in den Tod hätten gehen können. Nun haben wir hineingesehen in das große Wirkliche. Schöne Welt! Falls wir zurückkehren, werden wir nichts anderes tun, als sie preisen und noch mehr von ihr zu erhalten versuchen. Einige von uns sind schon gefallen. Aber sie merkten nicht, daß sie getroffen wurden, weil sie von dem Neuen träumten.«

Das immer drohende Zuspät der nächsten Stunde trieb Salomea in fliegender Eile von einem Arm in den anderen. Die Soldaten, des harten Ungeheuren gewärtig, tranken sich an ihr voll und gingen noch in seligem Rausch von ihr in die Schlacht. Sie lächelten dem Feinde zu.

»Es wird nicht aufgepaßt!« riefen die Offiziere unwillig.

»Wir sind noch befangen«, dachten die Soldaten kopfschüttelnd.

In dem Elend des langen Sterbens und der unmöglichen Anstrengungen sehnten sie sich nach Salomea. In den Lazaretten war sie der erste Gedanke der Erwachenden, noch bevor diese erkannt hatten, daß sie im Leben waren. Zu ihr flüchteten sich die sanften Augen derer, die scheu und unverstehend nach der Stelle sahen, wo ihnen früher ein Glied gesessen hatte.

Eines Tages wurde sie von Kameraden zu einem Leutnant, der Geburtstag hatte, geholt. Er saß in seiner Stube allein, hell umleuchtet, vor seinem Tisch. Er war das erstemal an seinem Geburtstag von zu Hause fort und hatte sich seinen Geburtstagstisch aufgebaut, wie seine Mutter es immer getan hatte: eine Anzahl Lichter im Kreis auf einen Teller in den Sand gesteckt, in der Mitte das Lebenslicht.

Salomea zählte die Lichter. »Siebzehn«, sagte sie und ließ Liebkosungen über ihn gleiten. »Du bist noch sehr jung. Aber was kann ich dir anderes geben?«

Er war feindlich, gab seine Verachtung zu erkennen. Aber als ihre weichen Hände durch seinen schlanken, gestählten Körper drangen, begann er plötzlich nicht mehr genau zu wissen, ob Todsünde oder Gotteswunder über ihm hing. Darüber füllte sich sein langes, zartes Gesicht mit Schrecken. Er wurde zornig auf den Verursacher solcher niemals vorher gekannten Bedenken, und als der wohlig anschwellende Strom ihn ganz auszufüllen drohte, klagte er hilflos und noch trotzig wie ein Kind. Als er dann in erster, ganz frischer Glut mit unpraktischen Bewegungen nach ihrem Körper griff, warf sie sich an ihm hoch.

Er ließ sie nicht wieder von sich, war nicht mehr auf der Erde. Er wollte sie gleich dem obersten Offizier vorstellen. Er wollte sie heiraten. Sie sollte der Truppe voranmarschieren und die höchsten Orden erhalten. »Wir siegen«, jubelte er. Sein schrankenloses Glück ließ ein wenig davon in sie überfließen.

Den Soldaten, die die Stadt passierten, stand ein behördliches Café zur Verfügung. Es sollte den Truppen ein kleines Amüsement zur Ermutigung geboten werden. Damit das unaufhörliche dunkle Geräusch nicht gehört wurde, war Befehl, daß beständig Musik spielte.

In dem Qualm des erhitzten Raumes saßen, auf ein Podium aufgebaut, von elektrischen Lichtreklamen abwechselnd grün und rot beleuchtet, mehrere Reihen ausländischer theaterfarbener Dirnen, welche die Behörde hierherkommandiert hatte. Der Wirt, ein übermächtiger, gutgemeinte Zoten fluchender Unteroffizier, stand am Eingang und regulierte den Verkehr durch Verteilung von Blechmarken und Abrufen der Nummern. Die Kapelle türmte ein klirrendes Stück auf das andere. Auf einer Estrade abseits des Raumes, vor der das Plakat hing: »Weinabteilung, reserviert für durchreisende Offizierswitwen«, saß eine größere Anzahl Damen in Trauerkleidern mit schwarzen Federhüten wie Vögel dicht beieinander am Geländer, ohne sich zu unterhalten. Wenn die Instrumente den schweren Rauch für einige Minuten in Fetzen gepaukt hatten, erschienen in den Lücken das Tomatenrot feister Soldatenköpfe, verwickelte Muskelstämme, schwarze Glasaugen herausfallend und Fühler vorgestreckt nach der eben zugewiesenen Lustbarkeit. Zwei Bürgermädchen aus der Stadt, Schwestern, die vom Feinde vergewaltigt und etwas verstümmelt worden waren, tanzten, noch aufgequollen von Tränen, juchzend die Gänge entlang. Die Tische zu beiden Seiten befaßten sie und reichten die wohlig Aufkreischenden weiter. Sie rochen noch nach Chloroform. Dann gingen sie mit einem Teller herum sammeln.

»Es wird im Takt gesungen«, kommandierte der Wirt.

Zwischen hölzernen Heldengesichtern, die, froh des Todes, vor ihrem dreißigsten Bier hingehauen ragten, saß ein altes Ehepaar, stille, einfache Leute. Sie waren in die Stadt gekommen, um das Grab ihres Sohnes zu besuchen. Aber sie hatten es nicht gefunden. Soviel sie auch herumgelaufen waren – man bedauerte überall, ihnen keine Auskunft geben zu können. Auf ihrem Tisch stand eine kleine Holzstatue, ein segnender, ziemlich traurig blickender Christus mit der Inschrift »Im Glauben treu«. Wer sich an ihren Tisch setzte, dem erzählten sie die Bewandtnis: »Wir haben Karl verloren. Wir sind schon Jahr und Tag hier. Wir fahren nicht mehr nach Hause. Wir wissen nicht, was wir zu Hause tun sollen. Es war unser Einziger. Wir haben uns nicht vorbereitet auf so etwas. Ja – und das ist das kleine Grabdenkmal für Karl, das wir mitgebracht hatten. Wir haben es bei dem berühmten Holzschnitzer machen lassen, es hat uns sehr viel Geld gekostet. Aber es ist auch schön, nicht? Uns ist es mit der Zeit so lieb geworden – wir müssen es immer ansehen! –, daß wir uns jetzt gar nicht mehr von ihm trennen wollen. Das ist komisch, nicht wahr? Ja ...«, sie lachten leise, »so ist man.« Allabendlich saßen sie im behördlichen Café.

Wenn die Musik leiser spielte, hörte man von der Straße her den Takt von Marschtritten, in die deutlich das Nachschleifen der begleitenden, vor Schluchzen nicht mehr mitkommenden Weiber auf den Steinen eindrang. Dann warf der Kapellmeister seine Geigenstriche wütender über die lauter wiehernden Nachtköpfe, bis der Lärm nichts mehr von draußen hereinließ. In die tobende Musik kreischten die ausgelassenen Dirnen, welche festgebacken mit Soldaten vom Lande schunkelten. Die schwarzen Offizierswitwen sahen mit Lorgnons über den Rand der Balustrade in das Treiben hinunter.

Zwischen zwei Soldaten mit aufgepflanzten Seitengewehren saß ein standrechtlich verurteilter Infanterist, der sich, damit ihm ein letzter Wunsch gewährt würde, hier noch einmal nach Herzenslust satt essen sollte. Er war auf Vorposten eingeschlafen angetroffen worden. Ein bleichsüchtiger Mensch mit Zwicker, wohl ein Akademiker.

»Das fünfte Gericht! Poularde mit Sauerkraut!« kommandierte der Wirt. Der Delinquent klagte schon das dritte Mal, daß er keinen Appetit hätte. Er kniff ab und zu die Stirn, wollte offensichtlich in Ruhe über seine Situation nachdenken. »Ich war doch so furchtbar müde«, murmelte er. Die Posten verschlangen seine Portion.

Die Soldaten grölten patriotische Märsche im Takt von Trinkliedern; die Mädchen trällerten Walzer daraus. Die Matrosen schmetterten, sich zurückbiegend, die blauen Eisenfäuste auf das schwere Holz. Mehrere Soldaten hatten mit den Mädchen die Kleider gewechselt und spielten »Dame«, indem sie sich unter dem Gebrüll der Zuschauer bäurisch die Röcke über die Knie hoben und »sich zierten«, bis unvorhergesehen einige von ihnen zu weinen begannen. Die Mädchen in Soldatenkleidern stellten sich in eine Reihe und übten Parademarsch über Stühle und Tische, daß die Biere umkippten und die braune Soße über die Uniformen der vor Lachen außer sich Geratenen spritzte und auf den Boden klatschte; die, welche nicht mehr fest sitzen konnten, fielen nach, während von draußen wieder der Marschtritt der Kolonnen eindrang – bis alles unter dem Kommando des Wirtes zusammengepaukt wurde von der rasselnden, schellenden, schlagenden Musik.

Krampfhaft wurden die Bewegungen der nach allen Seiten sich verschleudernden Salomea. Sie stürmte von Leib zu Leib der hinausziehenden Männer. Tumult fuhr in die Köpfe, wenn es hieß, die »jüdische Hure«, die sie alle im geheimen erwarteten, sei in der Nähe. Die Vorgesetzten gönnten den opferschweren Menschen das Glück. In dem Krawall ankommender und zurückstürzender Truppen, unter dem ewig furchtbar hereinragenden Getrümmer des Donnertodes; in der letzten großen Station vor der Vollendung, wo junge Offiziere ihre gleichaltrigen Soldaten umschlangen und, die Arme um den Rücken des anderen verschränkt, nach vorn gingen, als ob sie auf dem gemeinsamen Weg zur Schule wären; hier, wohin noch die kurzen Angstrufe der »Neuen« drangen, wenn sie das erste Mal über die kalten nächtlichen Felder in die Feuerstellung geführt wurden – die Älteren schlagen sie mit den Kolben über die Köpfe, damit sie selbst nicht auch dem Feinde verraten werden –, im Sichkrümmen und Verrecken der dem Unfaßbaren Entronnenen, verschwendete Salomea ihren jungen weißen Körper in maßloser Liebe und mit der brechenden Inbrunst ihrer letzten Seligkeit.

Eines Tages lief mitten in einem der Verwundetenzüge, die sich von Zeit zu Zeit langsam wie die Atemzüge Schwerkranker unter das zersiebte Dach des zusammengefallenen Bahnhofs schoben, ein Coupé erster Klasse ein. Sofort sprang, in die Hände klatschend, sich die Schnurrbärte putzend, die photographischen Apparate aufknackend, eine Schar Journalisten heraus.

Sie suchten Motive für die Rubrik »Heitere Momentbilder vom blutigen Völkerringen«. Sie sahen in die Verletztenwagen und besichtigten die Speisungsstelle unter freiem Himmel, zu der alles in größter Eile, humpelnd, springend, sich an langen Stangen vorwärtsschwingend, hinstrebte. Die Journalisten photographierten einen Sanitäter, der einen Soldaten huckepack trug. Sie fragten einige ältere Leute: »Nun, mein Sohn, wie lange dienst du schon?«, und legten den Schwerverwundeten, die noch bewußtlos vorübergetragen wurden, Exemplare ihrer Zeitung mit einigen Artikeln vom Kriegsschauplatz auf die Bahre.

Der herumführende Offizier machte sie lächelnd auf Salomea aufmerksam.

»Endlich ein Motiv, das unser Publikum interessiert!« riefen die Berichterstatter und traten auf Salomea zu. Sie hätten inoffiziell schon viel von ihr gehört und seien froh, einmal den Blättern über sie berichten zu können. Sie baten sie um die Erlaubnis, sie umgeben von einigen Soldaten – die sie auf die Schultern heben könnten – aufnehmen zu dürfen. Sie könne sicher sein, daß man für eine trotz aller Pikantheit dezente Form der Veröffentlichung sorgen werde. Selbst die simpelsten Familienblätter würden ihr Bild bringen können.

»Das Publikum«, sagte einer, »will auch einmal freundliche Eindrücke vom Kriegsschauplatz übermittelt erhalten, und es hat nach dem vielen Nervenerregenden, das ihm seine Blätter heutzutage bieten, wohl ein Anrecht darauf.«

Ein zweiter erbat die Genehmigung, ihren Vornamen ändern zu dürfen; er beabsichtige, ein Feuilleton »Soldatenelse« zu schreiben. Das Publikum liebe nicht die ausgefallenen Vornamen. Auch lägen ihm gerade die biblischen heute nicht mehr nahe.

»Das Publikum«, sprach ein anderer, »will mit seinem Berichterstatter nicht nur die Mahlzeiten einnehmen und das harte Kriegerbett teilen – es will ihm auch in seine, nun sagen wir, persönlicheren Erlebnisse folgen. Halten wir ihm seine kleine Schwäche, genannt Neugier, zugute! Allerdings – noch mehr könnten wir dem Publikum mitteilen, wenn...«, sie schüttelten sich unter lustigen Blicken vor leisem Lachen.

»Wir gehen wohl nicht fehl«, sagte ein vierter, »in der Annahme, daß hier, wie meistens, ein beiderseitiges Interesse an der Mitwirkung der Blätter vorliegt.«

Der Zug sollte weiterfahren. Die Journalisten standen plaudernd und Stöcke schlenkernd mit gekreuzten Beinen an die abendlichen Bahnhofsreste gelehnt. Sie hatten Sporthosen und auf Taille gearbeitete Joppen an; ein berühmter Dichter, hieß es, sei unter ihnen.

Im letzten Augenblick machte sich von einem der Verwundetenwagen, sorgfältig das verbundene Bein beim Herabstellen schonend, ein Soldat im Nachthemd los und hopste, so schnell er konnte, auf dem brauchbaren Bein in das nahe Gebüsch. Das blaukarierte Hemd war in der kalten Dämmerung deutlich aufgefallen. Der Boden war schwarz und kleinsteinig. Nach wenigen Sekunden kam er in eiligen Sprüngen wieder zurück, zog sich, auf den Trittbrettern kniend, hoch und verschwand in seinem Wagen.

Die Berichterstatter hatten die humoristische Situation noch festhalten können. Sie standen am Fenster ihres Coupés und warfen Salomea Kußhände zu, bis der Zug, vorsichtig seine empfindliche Last weiter balancierend, nicht mehr zu sehen war.

Erst durch die heimatlichen Familienblätter wurde den höheren Stellen das Treiben Salomeas bekannt, Feldpolizisten verhafteten sie und sperren sie in das Ortsgefängnis.

Es war Salomea nicht unlieb, daß sie lange Tage in Ruhe liegen konnte. Sie hatte in der letzten Zeit unter Schwindelanfällen und Erbrechen zu leiden gehabt. Ihre Augen waren ihren Bewegungen, die matter wurden, vorausgeflackert.

Eines Morgens wurde sie in einen Verhandlungsraum geführt. Sie stand in einem hellen Saal vor einem in regelmäßigen Abständen im Halbkreis verteilten Kollegium scharfer und vornehmer älterer Herren.

»Treten Sie nicht so dicht heran«, hörte sie den Vorsitzenden sagen, während sie ein graues Pincenez auf sich funkeln fühlte.

Ein hochgewachsener junger Herr sagte schnell und gleichgültig, wie wenn er abläse ...: »Der zur Sprache stehende Fall liegt so klar zutage, daß sich jede weitere Beweiserhebung erübrigt. Die Angeklagte hat gewerbsmäßige Unzucht getrieben in einer Anzahl von Fällen, welche die Anklagebehörde auf 242 veranschlagt. Nach § 331, Abschnitt 4, Kapitel 3, Absatz 1 ist die Angeklagte zu verurteilen zu einer Gefängnisstrafe nicht unter ..., wobei ich bemerken möchte, daß auch unser höchster Gerichtshof«, er entblößte den Kopf, »in diesem Sinne ...«

Der Vorsitzende sagte zu Salomea: »Antworten Sie laut und deutlich, und gebrauchen Sie keine Fremdwörter.«

Ein Beisitzer stand auf. »Die Schwierigkeiten der Rechtsprechung liegen hier, wie meistens, nicht in der Sache selbst – über den Charakter unserer Stellungnahme sind wir uns alle von vornherein einig –, sondern in der Frage: Wo haben wir den Fall einzuordnen? Nach Aussage der Angeklagten will sie bei Begehung ihrer Straftaten nicht die Erlangung materieller Vorteile bezweckt haben. Sie bestreitet somit den Standpunkt der Anklagebehörde, welche das Delikt unter dem Gesichtswinkel der Gewerbsmäßigkeit betrachtet. Der Gerichtshof, welcher sich aus Angehörigen des reiferen Alters zusammensetzt, muß sich in dieser die tiefsten Nachtseiten der menschlichen Gesellschaft ans Licht kehrenden Angelegenheit aus naheliegenden Gründen für unkompetent erklären und ist deshalb zur Ladung von drei Sachverständigen geschritten, welche aussagen sollen, ob sie nach ihren diesbezüglichen Erfahrungen die Behauptung der Angeklagten für glaubhaft halten. Es sind dies der Referendar von Müller, ein Vertreter der Jugendblüte unseres Volkes, ein bekanntes tonangebendes Mitglied unserer jüngeren gesellschaftlichen Welt, die ja Gott sei Dank noch genug leichtes Blut in sich fühlt, um ihre besten Jahre nicht im Kloster zuzubringen; ferner den wissenschaftlichen Sachverständigen

Gerichtschemiker Professor R. und als Standesvertreterin Fräulein Lona, Sekretärin der ›Freien Organisation der Berufsmäßigen‹.«

Von Müller sagte: »Bei meinem vielfachen persönlichen und gesellschaftlichen Zusammentreffen mit dem Auswurf der Menschheit habe ich die Erfahrung gemacht, daß hier, wie schließlich überall in der Welt, das Moment des Mammons die bei weitem größte Rolle spielt. Dennoch kann man bei diesen Mädchen nicht mit jener hochentwickelten logischen Folgerichtigkeit rechnen, die wir als unser höchstes Gut von Kindheit an unser eigen nennen, sondern man muß auf Überraschungen gefaßt sein. So bin ich selbst mehr als einmal, wie ich mir schmeicheln kann, der Gegenstand von Zuneigungen von bewußter Seite gewesen, welche die Rücksicht auf pekuniäre Vorteile völlig außer acht ließen und auch sonst, was Grad und Dauer anbetraf, unverständlich waren.«

Professor R. erklärte: »Das Liebeszentrum muß nach dem heutigen Stand der Wissenschaft als Kraftquelle angesehen werden. Diese reicht, wie uns die Empirie lehrt, zur Ausstrahlung über eine bestimmte Anzahl von Menschen, wie sie durch Verwandtschaft und freie Wahl umrissen ist. Daß die Liebesenergie für eine solche Quantität der Objekte, wie sie hier vorliegt, als speisende Kraft aktuell war, erscheint unmöglich. Eine solche Aufspeicherung von Liebeskalorien kennt die Wissenschaft nicht.«

Fräulein Lona sagte aus, daß sie allerdings Mädchen kenne, die kein Geld nähmen, aber das seien gemeine Schweine – natürlich »Unorganisierte«, die das Ansehen des Standes untergrüben und mit anständigen Mädchen des Berufs nicht in einem Atem zu nennen seien. Überhaupt hätte die neue Generation in dieser Beziehung nicht mehr die soliden Anschauungen, die zu ihrer Zeit als unumstößlich gegolten hätten. Wenn sie sich einen Vorschlag erlauben dürfte, so sei die Dame dort mit Zuchthaus zu bestrafen, denn man müsse einmal jene Individuen, die glauben, sich über die Forderungen des beruflichen Zusammenhalts und der Gemeinsamkeit hinwegsetzen zu können – und sie begann in so starken Ausdrücken zu fluchen, daß sie entfernt werden mußte.

»Sehen Sie, junges Mädchen«, sagte der Vorsitzende eindringlichen Blickes, »selbst Ihre Kollegin wendet sich von Ihnen ab!«

Der Anklagevertreter erhob sich. »Der zur Sprache stehende Fall liegt so klar zutage, daß sich jede weitere Beweiserhebung erübrigt. Die Angeklagte hat gewerbsmäßige Unzucht getrieben in einer Anzahl von

Fällen, welche die Anklagebehörde auf 242 veranschlagt. Nach § 331, Abschnitt 4, Kapitel 3, Absatz 1 ist die Angeklagte zu verurteilen zu einer Gefängnisstrafe nicht unter ..., wobei ich bemerken möchte, daß auch unser höchster Gerichtshof«, er entblößte den Kopf, »in diesem Sinne ...«

Der Beisitzer sprach: »Angenommen, der Gerichtshof schlösse sich den beiden Sachverständigen an, die, weil sie im Leben selbst stehen, besondere Beachtung verdienen und in ihrer Erfahrung gleich glaubhaft sind, so hätte er die Straftaten der Angeklagten unter dem Gesichtswinkel der Ausschweifung schlechthin zu betrachten. Sie fielen somit unter jene berühmte, schon klassisch zu nennende Entscheidung unseres höchsten Gerichts«, er entblößte den Kopf, »welche besagt: ›Unsittlichkeit ist alles, was außerhalb der Ehe geschieht.‹ Nun hat allerdings der Gerichtshof neuerdings sichere Nachrichten, daß auch in besseren Bürgerkreisen die Sinnenlust außerhalb der Ehe auftritt. Hier wäre jedoch die Aussage des wissenschaftlichen Sachverständigen anzuziehen, der ein Mitwirken des Liebeszentrums in der vorliegenden Quantität für unmöglich hält, so daß – immer die Urteile der Sachverständigen zugrunde gelegt – nach den obwaltenden Umständen das Delikt unter die Unsittlichkeit einzuordnen wäre.«

»Schlagen Sie die Beine nicht übereinander, Angeklagte, das schickt sich nicht für Ihr Alter«, sagte der Vorsitzende.

Der Anklagevertreter erhob sich. »Ich fasse die wesentlichsten Gesichtspunkte meiner Rede kurz zusammen: Der zur Sprache stehende Fall liegt so klar zutage, daß sich jede weitere Beweiserhebung erübrigt. Die Angeklagte hat gewerbsmäßige Unzucht getrieben in einer Anzahl von Fällen, welche die Anklagebehörde auf 242 veranschlagt. Nach § 331, Abschnitt 4, Kapitel 3, Absatz 1 ist die Angeklagte zu verurteilen zu einer Gefängnisstrafe nicht unter ..., wobei ich bemerken möchte, daß auch unser höchster Gerichtshof in diesem Sinne ...«

Salomea war in diesem Augenblick unter den schnell aufeinander folgenden Feststellungen, die wie Holzhämmer auf sie niederfielen, so weit gekommen, daß sie begriffen hatte, worum es sich handelte, als sich plötzlich der gesamte Gerichtshof so gleichzeitig, als ob er unsichtbar miteinander verbunden wäre, erhob und verkündete: »Die Angeklagte hat in einer Zeit, in der alle Männer und Frauen des Volkes keinen anderen Gedanken kennen, als wie sie dem Lande, das sie lieben, dienen könnten, sich der schamlosesten Ausschweifung ergeben, in einem Maße, welches das bis jetzt auf diesem Gebiet Bekannte erheblich übersteigt. In derselben Stunde, in der Tausende ihrer Brüder den Heldentod sterben, ging das Trachten der Angeklagten nur darauf, ihre geradezu tierische Brunst zu befriedigen. Wir hätten ihr mildernde Umstände zugebilligt, wenn sie die Unzucht aus Motiven des Erwerbs geübt hätte. Grundlos aber, mit keinerlei Absichten, die immerhin verständlich wären, heute das ungezügeltste Triebleben zu führen, ist nicht nur unsittlich, sondern offenbart auch in Anbetracht, daß die Angeklagte weite Kreise des Volkes mit sich gezogen hat, eine im höchsten Grade feindliche Gesinnung gegen ihr und unser Vaterland – wobei wir ganz absehen wollen von dem Verdacht, daß sie im Dienste einer feindlichen Macht gehandelt hat, wie es bei der Zugehörigkeit der Angeklagten zur jüdischen Religionsgemeinschaft, deren Geschäftstüchtigkeit ja sprichwörtlich gebraucht wird, durchaus nicht von der Hand zu weisen ist. Angeklagte wird daher wegen Unsittlichkeit, kombiniert mit vaterlandsfeindlichem Verhalten zu der höchst zulässigen Strafe von sieben Jahren acht Monaten Gefängnis verurteilt.«

Hiermit entfernten sich die Herren, ohne noch nach Salomea zu sehen, der jetzt einfiel, was sie hatte sagen wollen.

Salomea sollte nach einigen Tagen in das Innere des Landes abgeschoben werden. Da sich bei der immer schwächer Werdenden eine zeitweise Lähmung der Gliedmaßen und Sehstörungen bemerkbar gemacht hatten, wurde sie einem der Verwundetenzüge übergeben, die nach der Heimat fuhren. Man sperrte sie in einen Güterwagen, der gedrängt voll lag von schwerverletzten Gefangenen und Verbündeten, Russen, Kroaten, Slowenen und ähnlichen Volksstämmen.

Ein beißend scharfer Tiergeruch von Eiter, ehemaligem Menschenblut und schweißgetränkten Stoffen wehte ihr aus der braunen Höhle entgegen. In der Dämmerung des grauen Strohs glänzten Augen aus weiß verbauten Gesichtern. In einer Reihe nebeneinander lagen Pakken menschlichen Fleisches, das an manchen Stellen frisch blutete und sich, zuweilen, wie versehentlich, bewegte und wimmerte. Im Kot lagen die mächtigen Slavenleiber, wie die Schlacht sie zerstückelt hatte. Ihre Ausläufer, gipsweiße Stämme, an deren Ende riesenhaft geformte Zehen über einer geschwärzten Fußplatte standen, streckten sich schwer über die dünne Streu. Stumpf waren die gelbbraunen Gesichter an der neuen Genossin festgesaugt.

Vor Salomea auf dem Rücken lag ein kleiner schwarzhaariger

Kroate. Armes kurzes Hemd bedeckte das übriggebliebene Stückchen des Körpers. Stöckelchen waren seine Beine. Er verzog unaufhörlich das Gesicht, wandt sich das wenige, das er sich bewegen konnte, hin und her; schon begannen seine gehetzten Züge sich bedenklich zu verändern. –

Salomea schob sich zu ihm hin. Auf den Knien sammelte sie von den Seiten Stroh, legte es ihm sanft unter den Rücken, immer dicker, daß er weich, ganz weich läge – und deckte ihn, sich ihm gebend, zu. Des Kroaten Gesicht glättete sich, und in der kargen Lust vergaß er seine Schmerzen. Stumm vor Dankbarkeit sah er sie an.

Wie schneidend scharf war der Knochenrand seiner Schienbeine, wenn Salomea über sie strich! Wie dünn, gleich Armen, die Schenkel – so daß die Kniegelenke sonderbar dicke weiße Kugeln bildeten!

Salomea tastete sich weiter. Unvermittelt neben stinkenden Klumpen floß aus aufgeschlitzten Uniformen prächtig und weich das Fleisch des Bauches. Unter den haarigen Decken trennten sich die starken Schenkel unterhalb verbrannter Leiber und antlitzunähnlicher Köpfe herrlich von ihrem Treffpunkt, dem Geschlecht. Trotz Dreck- und Wundenkrusten blühte auf ihnen ganz zarter blonder Flaum.

Salomea umfaßte einen zerschossenen Knochenleib, küßte ihn: »Das ist mein Leib«, küßte die fieberstarren Augen. »Meine glänzenden Menschenaugen!«, und reichte sich allen den zerfetzten fremden Riesenleibern. Im schwachen Liebesrausch preßte sie sich an sie, wie wenn sie mit ihrem Körper die Qualen der Männer herausdrücken wollte.

»Leid, Leid, ist ausgeschüttet über euch alle«, hauchte sie. »Ich will euer Leid auffangen.«

Von einem zum anderen kroch sie durch den Wagen. Der Zug rollte in langer vorsichtiger Fahrt. Die Männer zuckten, für kurze Zeit beruhigt, nur noch ab und zu. Hier und da fühlte Salomea die Glieder unter ihr sich klamm um sie legen und löste sich ruhig und ohne Schrecken von den Kaltgewordenen, deren Gesichter von ihrer vergehenden Schönheit mit hinübernahmen.

Müde und schlaff setzte sich Salomea in eine Ecke. Wenn die Schmerzen die Männer überkamen, sahen sie fest nach ihr, damit sie es ertrügen. Das gelbe Stroh erhellte die trübe Dämmerung. So fuhr sie unter dem Ächzen und Lallen der Fiebernden. Wenn sie die Augen öffnete, mühte sie sich zu einem gütigen Lächeln, das die Sterbenden beglückte, deren gläsernes fernsichtiges Starren nach ihr gerichtet war. Vor Ermattung schlief sie ein.

Da hob mit einem Male in plötzlichem Erkennen der kleine schmutzige Kroate die verlassenen Hände und legte sie langsam nach Salomea hin zusammen. Er wußte jetzt: Das war ja seine Schutzheilige, die heilige Anna, die in seiner heimatlichen Dorfkirche vorn in der dämmernden Holznische saß! Der er so oft seine Bittzettel und Blumensträußchen hingelegt und die ihm immer geholfen hatte – damals, als alles noch friedlich war und er munter auf seinem Ochsenwagen durch die Gehöfte kutschierte! Noch am Tage seiner Aushebung hatte er ihr ein großes Herz aus Goldpapier, auf dessen beiden Seiten heilige Handlungen schön dargestellt waren, und zwei der stärksten Kerzen, die man haben konnte, gebracht. Dafür war sie mit ihm gewesen im Kriege, hatte ihn beschützt, daß er nicht gestorben war, und war nun zu ihm niedergestiegen, um ihn über die Beine zu streicheln und ihm Gutes zu erweisen in dieser großen, großen Not. Andächtig wie ehemals, betete er zu der Gnadenreichen, während sich seine Lippen leise bewegten.

Die anderen Verwundeten sahen es und erhoben wie er die schweren Hände. Das war ja ihre Schutzheilige, wie sie jeder die ganze schlimme Zeit mit sich getragen hatte, im Herzen und in der kleinen Kapsel auf der Brust! Sie stammelten, ohne noch ganz begreifen zu können, fremde Laute. Viele Namen, Olga, Katharina, Sophia tönten durcheinander. Die gewohnten Formeln der Verehrung lösten sich von ihren Mündern. Diejenigen, welche die Hände nicht zu rühren vermochten, bewegten den Kopf, sooft sie konnten, auf und nieder. Fromm vergehende Blicke sanken von allen Seiten über Salomea.

Vielleicht gar – sie konnten die Frau so schlecht sehen, weil sie sich ja nicht aufrichten konnten – war es die Mutter Maria selbst, die ihnen erschienen war im blutigen, stinkigen Güterwagen zwischen Grauen und Schmerzen? Inbrünstig lobten sie, jeder in seiner Sprache, die Gebenedeite.

Salomea saß mit breiten Beinen auf dem Wagenboden, den Kopf an die Wand gelehnt. Ihre Kleider waren noch offen. Sie war hohl und häßlich geworden. Ihre Brüste formten sich kaum noch angedeutet. Die Schenkel knochig. Durch die Wangen zogen sich schwarze Gräben. Ihr feines dunkles Haar war strähnig und hart geworden, wie bei Weibern von der Landstraße.

Die Räder sangen unabgesetzt in ihren Schlaf.

Die ganze Nacht beteten die Verwundeten mit heißen Lippen zu der zerfallenden »jüdischen Hure«, die im Traum eine schmerzliche Gebärde machte.

CLAIRE STUDER
DIE SCHNEIDERIN

Die hübschen Wachsmädchen hinter den Vitrinen lächelten ihr Lächeln von gestern in die Hauptstraßen. Elegante Frauen wühlten mit gierigen Blicken in Schaufenstern und Läden. Hundert Reklamesterne gingen wie immer über den Häusern auf. Irgendein Mund schrie und warb für Cabarets und Varietés, in denen man sich frivol über den Tod hinweglachte. Arme Frauen boten blühende Gärten in ihren Körben feil, und in einer Ecke froren die kleinen ewigen Mädchen mit den Schwefelhölzern aus Andersens Märchen. An den billigen Himmeln der Kinos gingen bunte Sonnen auf, und Christus leuchtete in roten Flammen als neuer zugkräftiger Film über dem Eingang in die Sensation. Da und dort stürzten sich aus den Cafés Töne eines Pianolas oder rotmaskierten Orchesters auf die Straße und zerhackten den Abend. Ein überlebensgroßer blauer Geck verkaufte für irgendeine Firma sein verführerisches Lächeln von einer Häuserwand herunter. Die bunten Zettel der Plakatsäulen überschrieen sich im Anbieten von Vergnügungen. Autos zerschnitten hochmütig die Straßen.

Bunte Menschenknäuel jagten aus dem Untergrundbahntunnel in die Oberwelt. Der Smoking wanderte neben dem Kittel. Der Weg machte keine Unterschiede. Zwischen Seidenkleidern schleppten zerlumpte Gestalten ihr Elend heim. Man übersah sie ebenso, wie man das Leid hinter den Fenstern, wie man die Verwundeten, die Krüppel und die Toten übersah. Man wollte den Krieg vergessen. Das Leben und die Stadt waren mächtiger als der Tod.

Die Frau des Zuschneiders Sedlatschek ging schnell, ohne zu sehen und ganz in sich gebeugt, nach Hause. Sie war Schneiderin. Den ganzen Tag saß sie in fremden Häusern, nähte für fremde Menschen. Man setzte sie gewöhnlich im schlechtesten Zimmer aus, denn die Herrschaften wollten so wenig wie möglich an sie erinnert sein. Eigentlich war sie Tag für Tag lebendig begraben zwischen vier Wänden. Aber davon wußte sie nichts. Ebensowenig wie sie wußte, daß es eine Welt gab.

Wenn sie abends müde und frierend nach Hause kam, in die Leere ihrer kleinen Wohnung, dann schrieb sie mit zerstochenen Fingern einen Brief an den Mann, der draußen im Felde stand. Dieser Brief und seine Antwort waren ihr Leben. Dafür nähte sie, dafür erlitt sie den Hochmut der Reichen.

In das Gold der üppigen Kleider stickte sie ihre Sehnsucht nach ihm. Durch alle Säume der Roben, die ihre Armut nähte, liefen ihre Träume. Alles Geld wurde zu Liebesgaben für ihn, die sie unaufhörlich ins Feld schickte. Ihre Liebe zu ihm war das Größte an ihr und ihrem Leben. Sie hob sie hinaus über Raum und Zeit, über die fremden Menschen und Zimmer.

Jeder Tag war für sie ein Stich, der sie ihm näher bringen würde, und sie lebte einen um den andern geduldig ab, ohne zu klagen. Ihre Briefe waren ganz aus Liebe, duftige hellrosa Vögelchen, ein Stückchen Morgenröte in die Nacht des Krieges. Krieg! Dies Wort glitt an der Oberfläche ihres Gemüts vorbei. Sie war zu gut und zu naiv, um sich darunter etwas vorstellen zu können. Der Gedanke, daß ihren Mann auch eine Kugel treffen könnte, zerbrach beim ersten Auftauchen an der Mauer ihrer Liebe.

Sie ging schnell und voll Andacht nach Hause. Dort verschloß sie ihr Zimmerchen fest vor der Stadt, um ganz mit ihm allein zu sein. Die spitzen Rufe der Trams, das gläserne Knirschen der Wagen, die grellen Schreie der Glocken zerbrachen an den geschlossenen Fenstern.

Ihre Seele öffnete den Briefkasten. Da hielt sie eines ihrer eigenen hellrosa Vögelchen in Händen, das ihn nicht gefunden hatte. Ihre Hand zitterte ein wenig. Und ihr Herz zitterte noch mehr. Und am anderen Abend lagen wieder zwei rosa Vögelchen da, auf denen stand: Gefallen auf dem Felde der Ehre; außerdem ein Brief von ihm aus irgendeinem Lazarett, der Abschied nahm.

Sie hielt sie alle in der Hand, soviel Liebe, die nichts gegen den Tod vermocht hatte. Es war, als hätte sie ein Eisstückchen verschluckt, das sich langsam in ihrem Körper ausbreitete. Zuerst schlugen ihre Zähne aufeinander, dann schlotterten die Hände und der Leib, und zuletzt tanzten die Füße einen wilden Tanz gegen den Boden. Da fiel ihr Blick auf den schwarzen Torso der Kleiderpuppe, die jetzt der Inhalt ihres Lebens war, und sie klammerte sich wie eine Irre an das fühllose Holz, das einen Menschen imitierte. Jetzt wußte sie plötzlich, daß der Krieg ein schwarzer Rumpf war, ohne Arme und Beine, ohne Kopf, der nichts am Menschen ließ als einen verkohlten Leib ohne Herz, den man mit bunten Kleidern umhing.

Hilflos und ächzend stürzte sie vor der Puppe in sich zusammen.

Als sie erwachte, war alles dumpf und schwarz um sie. Sie schleppte sich durch die Nacht an den Tisch. Wie ein bleicher Mond ging die Lampe am dunklen Horizont des Zimmers auf.

Sie kramte mit blassen Fingern seine welken Briefe vor. Das Blut ihres Herzens färbte sie rot. Sie holte die Andenken aus dem Spind, die Erinnerungen lachten, und die Locke aus seiner Kindheit wellte sich um ihren Schmerz. Sie schlug das Photographiealbum auf dem Tisch vor sich auf. Dem verblühten Samt wurde rot und heiß unter ihren Lippen. Sie öffnete die Postkartensammlung. Da waren die Plätze und Dörfer, die sie mit ihm gesehn, um die seine Hände kleine, schlechte Frühlinge gemalt hatten. Ihre Liebe atmete den jungen Geruch der Knospen ein. Und da lag der Segensspruch, sein letztes Geschenk, mit den Engeln, die so sehr von ihrer billigen Buntheit gerührt waren, daß sie laut für sie zu beten schienen. Ganz umgeben von ihm, lächelte sie sich einen Augenblick weit fort von seinem Tod.

Da fiel ihr Blick auf die schwarze Puppe in der Ecke, die wie ein böser Dämon zusah. Die Täuschung vor ihr fiel zusammen in dem einen Wort: tot. Tot. Krieg. Nie wieder. Vergraben. Irgendwo. Und morgen wieder mit der Marionette dort leben müssen? Nein! Sie sprang gegen die Puppe, warf sie um, zerbrach sie, zersplitterte sie mit ihren Füßen, riß Hut und Mantel über sich und rannte mit zerspringendem Herzen hinaus auf die Straße – dem Tode nach.

Bleich und verloren taumelte sie auf der Hauptstraße durch die Nacht. Die Sterne wuchsen wie gefrorene Eisblumen aus dem Himmel. Es war alles wie gestern. Die Straßen tanzten auf und ab im Zucken der Lampen. Die Wachsdamen boten ihr Lächeln feil und trugen in einer manierierten Pose das neueste Kleid. Und das hatte gestern noch ihre Existenz bedeutet! Das Vergnügen rauschte um sie. Es war alles wie gestern. Es war alles, wie es morgen sein wird. Das war möglich! Nichts verändert. Nur ihr Mann war tot.

Die Frau stand vor jedem Laden still. Sie sah nichts. Das Glas trennte nicht nur ihren Körper, auch ihren Blick von den Auslagen. Die große Sonne eines Cafés blendete ihre entzündeten Augen. Beinah bewußtlos ging sie zum erstenmal darauf zu. Da war noch irgendein kleiner Lebenswille, der Zeit und Mut gewinnen wollte, und flüsterte: Noch einmal das Gefühl der Menschen, des Lebens haben.

Sie hatte kein Heim mehr. Aber ein Café, das war ja wohl so eine Welt, die Einsame sammelte, wo jeder sich aus einem Tisch eine Heimat machte.

Sie setzte sich mitten hinein in den Lärm. Verzweiflung machte sie sehend. Hier saß man also um irgendein Nichts, wie sie vorhin um ihren Toten. Hielt für zehn Pfennige eine Zeitung – den Krieg und die Welt – in der Hand, und ihr Mann war tot. Hier lachten Frauen, die genug Geld und Einfluß hatten, um sich von Leid und Krieg freizukaufen. Ihre Männer kämpften von sicheren Plätzen aus. Ihr Mann, der war arm, gewöhnlicher Soldat, deshalb war er tot. Der Schmerz gehörte nun einmal zu den Armen. Er war ihr bester Freund. Draußen hungerten und froren Menschen wegen einiger Groschen in den Straßen, und hier gab man das Zehnfache für einen Tango aus. Hier bewarf man sich mit Worten und Blicken wie mit bunten Konfettis im Karneval. Schleuderte sich gelbes Gelächter wie unechte Steine zu. Hier war man noch sein eigener Clown und Harlekin seines Unglücks. Lustspiele der Verführung wurden gespielt, während hinter den Kulissen des Krieges gestorben wurde. Ehebrüche wurden begonnen und beendet. Engel und Teufel verbündeten sich hier. Worte fielen wie Nadeln aus dem Mund, und Händedrücke waren wie Messerschnitte.

Rauch brach wie eine Wolke aus dem betäubenden Himmel einer Zigarre, die neben ihr saß, und hüllte sie ein. Sie fühlte den gekauften Duft als das einzige, was sie mit den Menschen um sie herum verband, dachte im Vergleich zu diesen lebenden Puppen an die zu Hause, schluchzte trocken auf wie ein Kind, das sich ganz verraten sieht, und stürzte mit einem endgültigen Entschluß hinaus.

Sie taumelte. Wehte haltlos umher. Rannte durch die Täler zwischen den Häusern, die wie Gebirge in die Nacht wuchsen. Ab und zu fiel aus den Fenstern Helles herunter, und sie klammerte sich schon von weitem daran fest. Sie rannte immer im Kreis umher, die Häuser hielten sie wie ein steinerner Käfig gefangen. Ihr Herz zerstieß sich daran, und ihr war, als ob es in tausend Scherben zerbräche. Die Stadt lag in der unheimlichen Stille des nächtlichen Starrkrampfes. Die Laternen flatterten als einziges Leben dazwischen wie glitzernde Libellen. Die Frau flog immer wieder darauf zu wie ein irrender Nachtfalter. Ein blonder Mond lächelte spöttisch auf sie herunter. Er sah jede Nacht auf hunderttausend Verzweiflungen, und sie rührten ihn nicht mehr.

Sie sah hinauf. Es gab also immer noch Mond über der Welt, es gab also morgen wieder Tag und Auferstehung. Nur er kam niemals wieder!

Sie lief von neuem dem Tod nach. Es schien ihr, als könnte sie ihn nie, nie einholen. Nur fort von dem Licht, das sie immer wieder gefangennahm, hinaus, hinaus aus der Stadt. Der kleine Lebenswille jagte sie, ohne daß sie es wußte, und sie rannten gemeinsam vor dem Tod davon. Während sie lief, spürte sie ihren Körper, das warme Leben. Gärten standen plötzlich hinter kunstvollen Gürteln von Gittern auf und näherten sich dem Himmel. Sie öffnete sich weit ihrem Duft, der sich berauschend in ihr ausbreitete und sich wie eine schäumende Barrikade von ihrem Entschluß erhob. Bewußtlos und betäubt lief sie um die Wette mit dem Morgen, zurück in die offenen Arme der Stadt, den Menschen, dem Lärm und dem Leben entgegen.

Der Tag warf sie ziellos umher. Sie hatte völlig vergessen, daß sie irgendwo ein Heim hatte, denn das war ihr mit ihrem Mann gestorben. Der ging neben ihr und forderte sie. Sie war ihm den Tod schuldig oder vielleicht noch mehr; ihr Leben. Die Stunden zerrieben sie, und als der Abend in sie hinabsank, war sie so morsch, daß sie nichts mehr denken konnte. Lichter, Worte und Gelächterfetzen prallten an ihr ab, rollten unter ihre Füße, und sie trat darauf und fühlte sich nicht mehr. Der Gram machte sie schön und schwebend. Sie sah aus wie eine jener Heiligen, die nur noch im Schmerz und nicht mehr im Leben sind. Sie tanzte zum zweitenmal wie ein Schmetterling vor dem Untergang über den Asphalt.

An einer Straßenbiegung holte sie eine Stimme ein, forderte auf. Sie begriff sie kaum. Dann – als sie ihr ihren ganzen Zorn zuschleudern wollte, sah sie in das Gesicht eines jungen Offiziers. In dem Augenblick fuhr ein tückischer Gedanke aus einer fremden Welt durch ihren Schmerz und verwandelte ihn. Der kleine Lebenswille flüsterte: Leben, leben für die Rache. Sie lächelte kunstvoll und verführerisch wie eine Geübte. Folgte ihm. Sie hätte nicht sagen können, wohin er sie führte. Sie wußte nichts von allem, was mit ihr geschah. Sie wußte nur noch das eine: Rache.

Von nun an lockte sie jeden Abend. Der Haß wurde ihr Lehrer. Sie gab sich den Schlechtesten inbrünstig hin, um zu ihrem Ziel zu kommen. Als ihr Arzt nach mehreren ergebnislosen Besuchen sagte, daß sie krank sei, lächelte sie ein boshaftes und verzücktes Lächeln: »Ah – die große Krankheit, endlich!«, und sie sprang, von seiner ehrlichen Verachtung beworfen, hinunter in das neue Leben. Sie zog die Schminke, die sie leichten Mädchen ähnlich machte, über das Leid ihres Gesichts, um sich nicht zu verraten. Sie hatte gelernt, daß man die Seele verbergen mußte, um anzuziehen. Und sie rächte ihren Toten, rächte ihn an den Männern, in denen sie seine Henker sah. Bestahl durch ihre Krankheit deren Frauen. Sie stahl sie ihnen, nicht durch den Tod, sondern durch das Leben. Sie verheerte sie. Ihr Haß war unermüdlich.

Auch ihr Körper verbrauchte sich, sie gab ihn nach und nach für den Gestorbenen hin. Als sie schwindsüchtig, mit verfaultem Leib, in das Krankenhaus eingeliefert wurde, schrieb sie noch eines der hellrosa Vögelchen an den toten Mann, legte zwei Tränen und ihr Herz hinein und starb mit dem gesättigten Lächeln der Rächerin.

CARL STERNHEIM
ULRIKE

Ulrikes beflaggtes Elternhaus, Schloß Miltitz, stand unter Föhren in einem Blachfeld der Uckermark. Trat von der Anfahrt und geharkten Wegen man zur Seite, sank der Fuß durch Sand auf Grund. Manchmal stak eine Stange, saß wo ein Rabe im Park; sonst war Acker. Latten fehlten Bänken, Rabatten das Mittelstück. Am Haus des ersten Stockes viertem Fenster eine Scheibe.

Von Blei schien meist der Himmel. Blaue Fahnen klafften kaum hinein, häufig aber strich Regen schräg und mengte aus Erde klebriges Gelb, durch das ein Wagen sich vors Haustor wälzte.

In das trat Paschke, der Diener, stracks und gab allem, was ankam, den Arm. Die Kinder warf er wie Bälle zum Flur, wo Graf Bolz, der Vater, mit dröhnendem Willkomm empfing. Aller Mahlzeit Beginn und Schluß hieß Gebet. Brot, Schwein und Kartoffel lagen inmitten. Das und die Familie war protestantisch. Preuße der liebe Gott.

Evangelisch war Magd, Knecht und Vieh und alles sehr in den Herrn gekehrt. Über der Gemüter fader Landschaft lag in Kindern und Gesinde des Hausherrn Zufriedenheit als Licht, wie Sturm und Gewitter sein Unwille. Auf seine Person war alles Begreifen gedrillt, der Hosen Sitz, des Bartes Schmiß früh allemal Symbol.

Ulrike von Bolz sah in des Vaters Blick und war mit Ruck ein Bündel Angst. In Gewohnheiten und Erfordernisse tauchte sie, ohne den Sinn zu wissen. Wuchs als Teil eines Ganzen, das Bolz hieß und Rang vor der Umwelt hatte. In der es Bolzburg, Bolzmühle, Bolzweg gab und bürgerliche Bolze durch alle Dörfer balgten. Hier lebte aus dem Geschlecht ein Sproß, ohne sich weitläufig zurechtfinden zu sollen. Denn überall ging durch Mensch und Landschaft seine Blutspur, und am besten lief wie der windende Hund er der Nase nach.

So machte an Ulrike sich alles selbst. Zum Knie wuchs der Rock, zur Wade, zum Schuh. Haar floß in längerem Blond, Brust sprang zu Kugeln vor, und es rundeten sich mählich die Beine. Sie reichte dem

Obst in die Äste und mußte, es zu pflücken, nicht mehr klettern. Sechzehn Jahre war sie alt und wußte nicht, wie sie's geworden.

Pastor Brand blieb tabakbestäubt, kalt feiertags die Kirche, im Saal des Harmoniums F im Diskant verstimmt. Und immer noch schwang der Graf, war er mißlaunt, die Hand der Tochter um die Löffel. Nur überm Knie hatte sie ihm letzthin nicht gelegen und seine Faust nicht auf sich gefühlt. Doch konnte das stündlich wiederkommen.

Im Stall führte sie der Kühe Melkung. Morgens um fünf, schlief sie noch halb, sprang das Litermaß ihr ins Bewußtsein. Wie oft würde sich's heut unter den Eutern füllen? Würde trocken die Spreu, Rübe verdaulich und warm, mehlig und schmackhaft die Kleie sein? Ob Hände, Schleuder und Buttermaschine die Mägde gespült haben möchten, und durch Klee und Luzerne die Tiere nicht im Pansen gebläht wären, daß, ehe der Vater vom Gräßlichen wußte, mit dem Trokar sie das Schlimmste verhüten müßte.

Auch die Hühner waren ihr anvertraut. Sie machten kaum Pein. Mit Futter und Frohsinn hielt sie sie bei Laune, daß emsig sie legten. Keins hatte letzthin den Pips oder wäre sonst zu heilen gewesen.

Liebe und Ehrfurcht, die für Pflege das Vieh ihr bot, bewegten in Ulrike ein Gegengewicht zur Unterwerfung unter Vaters Willen und der kränkelnden Mutter Nörgelsucht. Von den Brüdern, denen sie im Weg war, setzte es Püffe zwischen die Schenkel. Zog sie abends Kleider aus und legte sie auf den Stuhl am Bett, war sie blau davon. Später wurden in Silber und Grün mit Litzen, Schnüren und Tressen die beiden Husar und Ulan. Fleißiger sparte man zu Haus, daß Dietrich und Horst im Regiment sein konnten.

Im Herbst blies in Lebens Blaß mit Jagden schmetternder Auftakt. Tagsüber flimmte das Korn in den Kimmen, knallte Pulver im Hag, und kleine Leichname lagen abends, in Parade gestreckt, an der Terrasse. Geröckte Förster hielten Fackeln, und Gäste kamen groß daher.

Ulrike aber zog ein weißes Kleid an, das zwischen Strumpf und Hose Knie sehen ließ, und strich mit gekniffenem Lächeln unter Männern, die nach Schweiß rochen und sie auf den Schoß holten.

Nachts war Türenschlagen. Das weibliche Gesinde, sonst mit den Hühnern im Bett, huschte durch die Flure und hatte in Mundwinkeln Feuchtigkeit. An ihres Stübchens Gegenwänden hörte Ulrike der Fremdenzimmer Betten seufzen und fürchtete sich melancholisch.

Als sie Pelzmantel und Federhut bekommen hatte, fuhr mit den Eltern sie nach Berlin. Vor der Abfahrt war der Pastor dagewesen, hatte wie ein Menetekel geflammt und sie bis ins Blut erschüttert. Nein, ihr würde die Fahrt nichts anhaben! Die gleiche Ulrike wollte ihrem Seelsorger wieder zufliegen, und ihres Busens fromme Himmel sollten nicht wechseln. Sie war getrost und hatte mit Tränen den Kopf geschüttelt. Auch wußte sie gar nicht, was Brand wirklich meinte.

In Berlin war alles elektrisch. Schon am Bahnhof hing Kuppel an Kuppel vom Plafond wie in Miltitz der wächserne Mond. Man flog durch Straßen, Treppen im Hotel hoch, indem man kurbelte und Knöpfe drückte. Auch in den Zimmern ging alles auf Druck und Zug; aber wie jedermann mit Blitz entsprach, mußte der eigene Geist sich tummeln. Schnell sollte zu Aufträgen man ausholen, wo aller Auge wartete.

Durch üppige Mahlzeiten triefte der Leib vor Saft und wuchs zu Außerordentlichem. Ihre Glieder sah Ulrike flitzen. Schon wenn mit Schwung das Bein sie morgens aus dem Bett warf, Wäsche, Kleid, Frisur im Sturm vollendete, mußte sie ihrer Flinkheit staunen. Hier, wo Bilder an Wänden des Daseins Reize priesen und mit Liebesszenen und Schwelgereien den Augenblick zum Verweilen luden, erfüllte sich in Wirklichkeit der Sinn der in Miltitz in Holzbrand prangenden Weisheiten unaufhörlich: Was du tun willst, tu bald. Und: Doppelt gibt, wer schnell gibt.

Von früh bis spät war sie purpurne Eile. Herz und Backen brannten in Angst. Wichtiges zu versäumen. Auch die Eltern, die nörgelnde Mutter selbst, holten mit Schritten aus, und mit gespreizten Beinen sprang Ulrike an ihren Armen. Nach links, rechts klopfte der Zopf, flogen die schlürfenden Augen. Nie gesehenen Ausdruck der Gesichter, überraschende Haltung der Figuren, der Linien, Kreuzungen und Schnürungen gab es überall, Geräusche festzustellen und bei Gerüchen zu schaudern oder lustigem Kitzel zu wehren.

An Soldaten, die im Helmbusch mit paukendem Klamauk stampften, sah das Mädchen Mannes Strammheit ein und daß in Miltitz die Knechte lümmelten. An den Frauen, die beim Regen Röcke hoben, stellte sie einer freien Wade heftigen Reiz anders fest als bei Mägden, die arbeitend Beine ganz entblößten. Selbst eines Pferdes Stallen auf der Straße wirkte bei stürmender Wagen allgemeiner Hast als schallende Sensation.

Panoptikum und Zoologischer Garten schlossen in Ulrike die Vorstellung des brodelnden Topfs, in die sie geworfen war. Doch ließ auf einmal Spannung nach, in sich brach sie zusammen und war nur matt und schlapp. Im Dom der Gottesdienst, bei dem ein feister Geistlicher, das Ordensband auf dem Talar, zur Andacht rief, konnte ihre Sehnsucht nach Miltitz' Kühen und Hühnern, dem Himmel von Blei und Pastor Brands schlechtduftendem Rock nicht mehr beschwichtigen.

Doch bis sie nach Haus kam, blieb noch zu erleben: eine Aufführung des Wilhelm Tell, in der Rudenz die Federn prachtvoll vom Haupt schaukelten, man vom Parkett aus Trude Stauffachers Strumpfbänder sah und in der nach Tells Schuß der Apfel auf seines Knaben Scheitel geduldig liegenblieb. Das war in dieser Stadt, die in eilenden Treibriemen kreischte, das erstemal, daß eine Nummer versagte. Tiefen Eindruck machte das Ereignis auf Ulrike, und sie ließ in ihrem überanstrengten Bemühen nach.

Das Schadenfeuer in des Hotels Nähe packte sie nicht ganz, weil ein andres, das man im Kino gezeigt, plastischer gebrannt hatte. Insbesondere konnte auf der Leinwand ein von Dämpfen Betäubter mittels sinnreicher Anstalten noch durchs Fenster ins Freie gebracht werden, während in der Wirklichkeit Schreie hinter Rauchgardinen schlimmen Ausgang verrieten.

Doch war endlich für den nächsten Morgen der Aufbruch angesagt. Am Abend gab im kleinen Saal der Graf den Freunden noch das Abschiedsessen, und Ulrike mußte dabeisein. Die Herren, eines Sinns und einer aus gleichen Quellen bechernden Fröhlichkeit, prosteten mit roten Antlitzen zu weißen Haaren. In vorgerückter Stunde trat unter die Zecher groß, wuchtig, mit gutgemachtem Glatzkopf ein Mann. Auf seiner Brust am Frack hing ein Stern.

Augenblicklich hatten wippende Stimmen sich befestigt, Köpfe sich zurechtgerückt; Ulrikes Nachbar aber dem Nebenmann zugeraunt: Spät kommt er, doch er kommt, der Jude.

Dem flog des Mädchens Spannung zu. Nicht der Weltstadt fehlender Glaube und Miltitz' unverlierbare Liebe zu Gott zeigten ihr den Abgrund zwischen der Heimat und der neuen Umgebung schneidend, aber wie dort zu Blum, dem Pferdehändler, Berge gesellschaftlichen Abstands der Vater türmte und hier alter Preußenfamilien Abkömmlinge vor diesem Fremdblütigen sich zusammennahmen, bewies Ulrike, Berlin könne ihre Welt nicht sein, und unberührt und geprüft sei sie sich selbst zurückgegeben.

Noch manches hatte auf der Rückfahrt der Vater von diesem Mann gesagt, den wie ein Dutzend seiner Glaubensgenossen man bei wichtigen Sitzungen nicht mehr missen konnte. Bedeutend hatte die Mutter genickt, und es ward Ulrike durch der Frau gepreßte Zustimmung dieser Männer Kraft gewisser als durch des Vaters Beweise. Es besaß also der wie ein Araber gemachte Mann Eigenschaften aus seines Blutes Wucht, die Führer wie den Vater zwangen, ihn trotz unverhehlten Abscheus an ihrer Seite bei Geschäften zu dulden, deren Sinn Ulrike dunkel war, von denen sie aber spürte, ihretwegen spielte sich alles nach außen gerichtete Leben ihres Volkes ab.

Doch zog vor dieser Erkenntnis sich das Herz noch mehr zusammen, und als an der Station man in den Wagen sprang, schwur mit Schwung das Mädchen, tiefer in sich und Gefühle fliehen zu wollen, die keiner Elektrizität und brausender Eile, aber auch Berlins nicht und keiner Juden bedurften.

Brand war seines Zöglings froh. Statt erzogener Neigung für den Erlöser entspannte der jungen Brust sich so warme Hingabe, daß ein Blühen über Miltitz wuchs, wohin Ulrike kam. Nicht mehr nur Pflicht war ihr Erscheinen, sondern mit dem Notwendigen gab sie den Armen noch ihrer Güte Licht, kleidete die Kleinen und küßte sie, Kraft vergießend, auf die kümmerlichen Backen; drückte Ströme guter Hoffnung mit dem Geldstück den Wöchnerinnen in die Hand. Über ihre Tiere hinaus schuf unter Menschen sie helle Gesichter und blieb ihnen Versicherung, Gott meine es gut mit ihnen.

Nur zwei-, dreimal im Jahr bei festlichen Anlässen schien sie noch eine Bolz, und der Spruch über der Haustür:

Doch im Herzen starr der Glaube:
Wer den lieben Gott läßt walten,
Und rassiger Trotz und Treue zum Thron
Haben sich wunderbar erhalten.
Wo ein Turm in sandige Wüste ragt
Am Tor das alte Wappenschild –

Zwischen Elbe und Oder liegt das Land,
Wo Luther und Hohenzollern gilt.

dünkte, als sie erwachsen war, sie beschränkt. In ungehemmterem Sinn war Ulrike Christin.

Eifrig glaubte sie, auf gleicher Freuden und Leiden brüderlicher Gemeinschaft mit aller Umwelt beharren zu müssen. Eigenes Glück dürfe von den übrigen sie nicht trennen, Vorrechte kein Leben erleichtern. Wolle sie sich auszeichnen, möge an des Menschenstroms Spitze sie der trotzenden Wogen Gewalt brechen. So war aus ihr die Brücke zu allem Menschlichen geschlagen, Himmel und Landschaft nur noch Staffage allgemein kreatürlichen Gedeihens.

Schlichte Tracht, bescheidener Hunger und Wunschlosigkeit machten sie zur angenehmsten Hausgenossin, und Vater Bolz hatte Beifall zu ihrem Wandel längst in die Anrede gelegt, mit der er sie grüßte: Jungfrau Märtyrerin; in der er anfangs das letzte Wort betonte. Doch als Ulrike älter und der zwanzigste Geburtstag ein Weilchen gefeiert war, glitt in des Vaters Mund der Ton deutlicher auf das erste Wort. Und mit den Jahren so entschieden, daß endlich das Mädchen den Sinn zu fragen begann. Stellte vor aller Welt und mehrmals am Tag man ihren ledigen Stand ausdrücklich fest, war er eine Eigenschaft, die allmählich zu denken aufgab; und so wurde Ulrike dahin geführt, die Möglichkeit zu überlegen, das Elternhaus und ihr ausgefülltes Sein einst mit einem neuen vertauschen zu müssen, von dem jede Vorstellung fehlte.

Denn sie sah die bessere Kraft nicht, die aus einem Mann sie mehr beglücken sollte, als die aus des eigenen Lebens Wurzeln sie täglich überraschte. War himmlischer Rundlauf aus ihr zur Welt und in sie zurück nicht offenbar, und wo gab's in diesem Strömen ein Halt, Ursache, es nach vorwärts, rückwärts oder irgendwohin zu verbreitern? Las aus allem Blick, zu jeder Tat sie nicht Bejahung?

Wo war der irdische Mann, in dessen sichtlich größere Gewalt sie ihren Drang hätte senken sollen, daß steiler der Strahl der Liebe sprang und ihres Daseins Sinn sich gründlicher erfüllte? Keiner, den sie gekreuzt, hatte an Demutswillen mit ihr gewetteifert, und war sein Tun und Predigen tausendmal gesegnet, auch Pastor Brand nicht.

Aber Kandidat Kittels Barmherzigkeit wuchs ganz aus Ulrikes feurigem Anstoß. Lau war, als er gekommen, seine seelsorgerische Lust gewesen, und brach seine Nächstenliebe nun wie Fall zu Tal, empfing von ihren Gnaden er die treibende Kraft.

Auf dem Friedhof die Kapelle bauten sie nach gemeinsamem Plan und wählten den bläulichen Stein, die Gläser gedämpft ihrer gegenseitigen milden Neigung füreinander gemäß. Ton, der aus des Jünglings Brust mit evangelischen Schwingen zu dem Mädchen fuhr, blieb unverändert fern und zart.

So wünschte Ulrike Leben nicht geändert. Wie war in dieser Welt jede Wegstation ihr fröhliche Ankunft, gesegneter Aufbruch aller Abschied. Viele Schicksale füllten sie, und mannigfach war schon erdiente Erfahrung in ihr, die begann, in die jungen Züge zu schreiben. Sie hoffte, es müsse der Vater begreifen, an so entschlossener Führung sei nicht zu deuten. Geworfen sei ihr Los, und was zu hoffen blieb, sei, durch höhere Ereignisse möchte das Maß des durch sie zu lindernden Elends gesteigert werden. Das war auch ihrer Gebete Sinn.

Der sich erfüllte, als die europäischen Kriege kamen. Nach des Rauschs und der Panik Tagen fand, aus friedlichem Wirken geschleudert, sie sich in kaltem Gemäuer, wo auf Stroh verstümmelte Rumpfe lagen, die von ihr begossen, gewickelt und entleert sein wollten und deren stinkenden Abfall sie den Gossen zukehrte, bis die sich mit teigigem Schlamm verstopften. Zu der Front Gebrüll drang Fluch, Gestöhn und letzter Seufzer so gewaltig zu ihr, daß Einzelnes sie nicht mehr unterschied und ohne Besinnen nur faulige Jauche der Blutströme und des massenhaft Amputierten in gurgelnde Kanäle goß. Erst nach Wochen stockte der pestende Auswurf und begannen Gesichter durch Krach und Qualm in ihre von Schreck gesperrten Augen zu blinzeln. Nun schickte sie sich, Fälle und Namen zu merken, an und schied von allen übrigen die Männer ohne Arme und Beine, die ihrem Beistand auf Gnade und Ungnade verfallen waren, und gehörte ihnen ganz. Bestrich lindernd Stümpfe und durchgerissenes mürbes Fleisch, flog mit Gefäßen so hurtig herbei, daß Wind der Schürze Segel blähte. Dazu schoß aus brennenden Lichtern sie ihrer Hast verheißende Blicke voraus. Mit Schwung hob sie Kissen und ließ Decken wie Watte flattern, daß zage Häute von ihnen keinen Druck mehr spürten. Der Ärzte Strenge fiel durch ihrer Mienen Sieb wie Trost an der Duldenden Ohr, und zu Leid und Qual schwang Gelassenheit und frisches Zutraun allmählich durch den Saal. Blume erschien erst einzeln, dann in bunten Reihen vor den Fenstern, ein Bild hing plötzlich da, und Tücher blühten frisch und weich.

Hatte sie abends letzte Bedürfnisse überall gestillt und fiel ein Auge nach dem anderen zu, gab sie menschlichen Lächelns, sanfter Bewegung Reiz den Müden mit in den Schlaf. Ohne Nahrung, in verschwitzter Wäsche stürzte sie in die Matratze und trank aus verwunschener Ruhe Kraft für den neuen Tag.

Innig schlossen in liebeshungrige Herzen sie die Männer. Mit kupierten Leibern waren sie doch galant und gaben sich in den Kissen mit gewolltem Schick. Mußte ein Peinliches sein, sagten sie gleich Pardon und erröteten wie Knaben. Das Ungehörige war vor dem Engel ihnen gräßlich, und noch lange nachher wußten sie vor Scham nicht aus noch ein. Von ihres Lebens besten Dingen sprachen sie und suchten aus der Erinnerung schon fleißig nach feinen Worten, ehe die Pflegerin sie riefen. Deren Bitte war mehr Befehl als des Vorgesetzten Weisung, und den Widerspenstigen zu zähmen, genügte des Kameraden Ruf: So will's Ulrike aus der Uckermark!

Nahmen die meisten aber ihre Güte wie geschuldeten Ausgleich finsteren Schicksals, gab es andere, die in Schwärmerei fielen und an ein Himmlisches mit ihr glaubten. Die hatten morgens Blicke wie ins Trockene schnappende Karpfen, bis die Schwester Glück des besonderen Hinsehens ihnen schenkte. Bald vermochten wie auf Rollen sie den Körper in die gewollte Lage zu schieben, dem angeschwärmten Mädchen Last zu sparen, und lachten übers ganze Gesicht, fand das sie in der neuen Stellung, deren Zustandekommen es sich nicht deuten konnte.

Einer von den Soldaten, August Bäslack, war nur noch Rumpf mit einem Arm. Niemand wußte, zu welchem Ende Gott das Paket noch verwahrte. Er selbst aber, nachdem er tagelang in Morästen gefault, schien auf Stroh unter Dach und Fach sich wohl zu befinden. Kam Ulrike, riß er Mund und Nase auf und starrte sie an, als sei sie Theater. Erst sprach er nicht, schlang nur Speise und Trank ein. Tränen flossen ihm in den Teller, die nicht Leid, sondern Entspannung waren. Unter dem Leintuch trommelte oft Sturm der Leib; oder Schweiß brach in Bächen aus, und wie ein Kessel dampfte der Mann.

Allmählich aber dichteten sich Fugen, und der Musketier ward ein Saalinsasse wie die anderen. Nun blieb auch bei ihm Ulrike und zog in Gesprächen das Schicksalhafte aus ihm. Ein Unhold war vor dem Krieg er gewesen, in Gefängnissen häufiger Gast, der nur zugesehen hatte, wie unter seelischen Erregungen, die er nicht missen wollte, jeder Tag mit Diebsabenteuern und Schlimmerem für ihn verlief. Putzige Grundsätze hatte er, behauptete, aller Menschen Absicht ginge auf Raub aus, und seine Art sei nur die einfältigste und schäbigste von allen. Doch reiche zu höherer sein Verstand nicht hin. Ulrikes sittliche Einwände hörte er höflich dann mit Ermüdung an; meinte, sie seien auch darum überflüssig, weil der alte Beruf für ihn ohne Beine und Arm nicht tauge.

Als das Mädchen sah, hier fiel zum erstenmal ihr Wort auf Stein, flammte Bekehrungseifer auf. Häufiger stand sie an Bäslacks Bett und öffnete ihrer Gründe Schleusen weit. Während sie den Liegenden mit

Bibeltexten überschwemmte, brannte das gute Herz bis zu den Backen und erleuchtete den Verstockten. Doch wies der sich auch als kein schlichter Gauner, sondern verteidigte begeistert sein feindliches Verhältnis zur Menschheit, das mit Moralbegriffen er nicht zu messen doch natürlich fand und das er politisch nannte. Wie sie denn Christentum den Greueln verbinde, mit denen gerade ein Erdteil kreise? Ob es nicht peinlicher sei, in des Erlösers Namen unter besiegten Völkern brennen und sengen zu müssen als nach eigenem oder der Obrigkeit Willen? Er wenigstens spüre Genugtuung, bei solchen Anlässen nicht jedesmal erst seelische Turnkunststücke vor seinem robusten Gewissen wie die Kameraden machen zu müssen, sondern das Befohlene und anscheinend Notwendige mit Humor und wirklichem Genuß ausführen zu dürfen. Schema rede sie und betäube sich mit Gang und Gäbem. In folgende Dinge etwa solle sie sich hineindenken: Und nach knappen Fakten, die er verbürgen wollte, malte er kaustisch die geschaute menschliche Demenz.

Er lüge, schrie Ulrike ihn an, lüge infam, und für solche Geschichten wolle sie ihn zur Verantwortung ziehen. Doch knickte Bäslacks Geschiel ihre Entrüstung und entformte sie zu Zweifel und Angst. Immerhin hatte am anderen Morgen sie Haltung genug, mit Überzeugung wieder bei ihm zu sein; und aus ihres Glaubens Kraft bliesen zwei Menschen sich fiebrig an, bis des Mannes Gewalt aller geschändeten Kadaver Gesamtheit vor sie hintürmte und ihr seelisches Gleichgewicht stürzte, daß als Pfeil ihr aufrecht im Herzen ein Finsteres stand. Da hatte Ulrike Ringe um die Augen, und über den Kiefern lagen Schatten in des Fleisches Teichen. Hielt sie sich äußerlich vor Bäslack steif, sah sie, er kannte ihren Bruch und werde sie nicht aus den Fängen lassen.

Zu den übrigen floh sie und suchte aus ihrem Glauben Mut. Alle Soldaten im Saal haßten Bäslack, der sie wie betrogene Betrüger maß und Zähne zeigte, sangen unter Ulrikes blonder Führung sie:

> Rußland, o Rußland,
> Wie wird es dir ergehen,
> Wenn du die deutschen Soldaten wirst sehen?
> Deutsche Feldsoldaten
> Schießen alle gut
> Wehe dir, wehe dir, Rußlands Blut!

oder übers ganze Gesicht lachte, folgte laut das gemeinsame Nachtgebet.

Übrigens neigte jäh sein Zustand zur Krise, und eines Morgens stand der Tod so nah bei ihm, daß vom Sterbenden selbst er nicht mehr mißkannt sein konnte. Da schlug Bäslack Ulrike den Blick wie mit dem Hammer ins Herz, daß platt an ihm sie festsaß, und goß mit heimlich obszönen Bewegungen ihr eine Flut unflätiger, alle menschlichen Ideale schändender Worte ins Ohr, wozu er selig, fast verklärt, wie zu lösender Beichte lächelte.

Als befleckt Ulrike eine Gebärde des Abscheus machte, ließ er sie, die Decke lüpfend, seines zertrümmerten Leibes Grauen noch einmal schauen, warf mit letztem Schwung ihr das Gesäß entgegen und verschied.

Nach einjähriger Arbeit an der Front ließ Ulrike sich in die Etappen holen. Auf ihrer Station fand sie Kittels Schreiben, der als Feldgeistlicher das Eiserne Kreuz erworben hatte. Sein Brief war Begeisterungsschrei. Mannschaft, untere und obere Führung – alles prachtvoll. Schlacht und Sieg folgten sich wie in Bilderbüchern. Der Soldat rief halleluja wie hurra und fiel angemessen schlicht. Zum Schluß schrieb Kittel, wie oft ein Zwang ihn fasse, selbst die Waffe zu nehmen und mit den Stürmern in des Qualms geballteste Wolke sich zu werfen. Einmal habe er nicht widerstehen können: Als bei einem Angriff des Bataillons sämtliche Offiziere gefallen waren, habe den erstbesten Degen er geschwungen, und unter seiner und des Stabsarztes Führung sei frisch die Attacke bis in die feindlichen Gräben geschwenkt worden. Gewiß, sie spüre voll und ganz, welch unvergleichliche Zeit ihnen mitzuerleben vergönnt sei, drücke als ihr ewiger Bruder in Christo, Kittel, er ihr die Hand.

Ulrike sah ihr Leben in Schläuchen sickern, die nicht mehr dicht waren. Kittels Brief stimmte zu Bäslacks Bekenntnissen wie der Jugend hübsches Einerlei zum heutigen Chaos. Doch merkte sie plötzlich Krieg und Krüppel unmittelbarer und jetzige Zustände den Menschen der Epoche gemäßer als alles, was im Frieden gewesen und das ihr nun wie von einem ironischen Konditor verzuckert schien.

Gelang es mit Standesgenossen noch, deren Sprache zu sprechen, fand sie sich bald in zwei Wesen gesprengt, von denen eins den alten Text geduldig sprach, ein anderes jedes Wort von den Lippen fing und in ihm allemal einen fatalen Gegensinn feststellte. Erschreckend fand Ulrike das Gespenst, belustigte sich aber mit ihm über die andere Ulrike aus der Uckermark, wie die Soldaten sagten.

Durch Erschütterungen entrundet, tat im Lazarett sie mechanisch ihre Pflicht. War mit gähnendem Maul nun Pflegerin wie die anderen, schlürfte durch Bettreihen und schien den Kranken wie Trank und Arzneien bitter.

Doch ekelte sie Unlust zur Arbeit. Kühe und Hühner hätte sie wieder füttern, mit Leuten vom Land deren Notdurft bereden mögen, um nicht bei jeder Handreichung wachsenden Widerstand beugen zu müssen. Das Härteste war, des Zerfalls Ursachen zu nennen und aufzuklären, erlaubte sie sich nicht. Als sie die Verwandlung erkannt, hatte sie sogleich jenen unwiderstehlichen Geist in sich gespürt, der auch im Elternhaus manch Überkommenes belächelte, mit Stolz und Absicht aber weiterschleppte, als hingen Geltung und Leben davon ab.

So ging wie geköpft sie durch die tolle Zeit. Und als in Reden und Schriften der Unsinn kraß wurde, groteske Ereignisse lärmender prasselten, rettete vor Not sie sich in äußere Zerstreuung. Fand vor europäischer Nacht Licht bei exotischen Kinobildern. Jede freie Stunde, die aufgrund bevorzugter Geburt sie sich jetzt unbedenklich verschaffte, saß sie in der besetzten Hauptstadt Lichtspielsälen, in derem gepflegtesten Krankenhaus sie seit kurzem wirkte. Aus dem Film rollten Geschöpfe in Situationen, die zwar kaum noch wahrscheinlich waren, aber Kanäle zu ihr vertrauten Empfindungen offenließen. Wilde gab's im Busch, zur Rache gekämmte Indianer auf dem Kriegspfad, Schakale in der Jagden Rausch; doch immer konnte der Besucher an der Kreaturen Gewalttätigkeit begreifend teilnehmen. Es blieb gewissermaßen der Gott sichtbar. Nicht Christus gerade, doch Jehovah, Mohammed oder ein Fetisch, der die Dinge in höherem Sinn lenkte. Im Mord war Vergeltung, Hunger im Raub, vor Urteil Verbrechen. Es klang die im Orchester gemachte Musik aus den Ereignissen mit. Von feurigen Wassern solcher Abenteuer gewaschen, vermochte Ulrike den täglichen Dienst gefaßter zu verrichten.

Aber mit der Ereignisse Folge schlug Sucht nach eines Herzens Umgang endlich zügellos aus ihr. Von Bekanntschaft sprang zu Bekanntschaft sie nach dem erlösenden Zeichen, mißachtete Schnurrbärte und Monokel und ersehnte vor Essen und Trinken ein einziges Wort, wie sie Bäslack in Katarakten vom Maul geflossen waren. Ihn sah sie innerlich wieder, seiner Blicke klirrenden Fluch, die blanken Verdammungen. Und wie in Rotguß erschien die mit dem letzten Atemzug ihr präsentierte Plastik wieder. Durch Gassen lief sie, stöberte im Gesindel nach kühnen Visagen, drängte in des Mobs Zusammenrottungen und fand auch da zu Brei gewälzte Phrasen, denen noch die Druckerschwärze vom Morgen nachstank. Ein Menschengewühl, über das man Kübel Kleister gestürzt hatte.

Am Ort, wo mit Bekannten sie saß, saß ein Landsmann, der durch sein Äußeres auffiel. Da er mit Herren an ihrem Tisch sprach, hörte sie manches von ihm: ein Maler, Hilfsarbeiter im Gouvernement und Jude. Man sprach halber Zurückhaltung zu ihm, nicht gerade wie Vater Bolz einst zum Pferdehändler Blum, doch weiter noch von der feindlichen Hochachtung entfernt, die am festlichen Abend in Berlin jenem Besternten gegenüber Ulrike einst bei den Ihren bemerkt hatte.

Als unterspült und Hemmungslosigkeiten preisgegeben, sie durch die Welt den Blick nach Hilfe schickte, blieb er manchmal bei jenem Mann, der wie aus Quarz die Kinnlade, gestielte Augen trug und auf der Bank wie in sie hineingetrieben saß. Mächtige Schlucke und Bissen tilgte er und schwang aus stählernen Gewinden. Oft auch entzischte ihm Feuer wie aus Gasgebläsen, das Ulrike versengte.

War ihr adelige Struktur auch bis zum Grund gelockert, hielt Vorurteil sie doch reichlich ab, diesen Menschen als aus ihrer Welt zu sehen. Tauchte seine Vorstellung auf, wuchs vom Hals zum Fuß ihr eine Gänsehaut. Wie einen Orang-Utan nahm sie ihn, aber nicht, ohne daß wie vor solchem Tier sie allmählich Schauer kühner Gewalt und urfremd elementarer Art bewehten. Ihr Leben, das sich eben gegen eine Welt gesträubt hatte, suchte sich nur vor dem Nachdenken über die männliche Bestie, die die Freunde Posinsky riefen, zu bewahren, und zum erstenmal fand sie sich eine richtige Bolz, vor einem Lebendigen absichtlich mit geblähten Nüstern stelzend.

Eines Tages in Regengüssen bot er einen Schirm an; sie trat zu ihm, und gleich pfiff er ein so besonderes Lied, daß mit allen Sinnen sie horchte. Merkte sie auch, er führte über Straßen und Plätze sie kreuz und quer, mochte sie ihn nicht hindern und betrat an seinem Arm schließlich eine Wirtschaft.

Ellbogen auf den Tisch gestemmt, hieb er dort so erbarmungslos in das Gerüst der Welt, daß einzelne Zusammenbrüche sie nicht mehr merkte, nur sah, wie mit besessener Kraft und besserem Wissen er zuschlug. Als tränke sie Punsch und sei irgendwie wieder köstlich warm, hatte sie ein Gefühl. Und als er gegangen war, hielt aus seinen Worten eine Wolke sie noch schwebend.

Da waren ihres Urteils mit Mühe verriegelten Schleusen geöffnet.

Begriffe in des Gedächtnisses Schacht wechselten Farbe, und in ihrer Erkenntnis war vor Taifun jüngster Tag. Mit schärfstem Mikroskop in der seelischen Brille stand sie vor der Schöpfung und erbrach ihrer Erziehung frommen Betrug auf einmal.

Nun sehnte mit Posinsky sie das Wiedersehen herbei, daß seine guten Gründe ihr das Entdeckte stützten. Doch war das zweitemal er ein anderer. Gut gelaunt und sanft, wies das Zeitgenössische er überhaupt von sich und begann von Dingen ganz außerhalb heutiger Vorstellungen zu sprechen. In Afrika war er gewesen und erzählte von Negervölkern. Auf des Kaffeehaustisches Platte zauberte er Tropenlandschaft und, im Sturz des Lichts, ein scharlachenes Paradies. Von dieser Einfachen Treiben sprach er so dringlich, daß Luft um ihn vor Vergnügen sich rötete und Hitzschauer durch Ulrikes Wäsche liefen. Europas Veitstanz ließ er hinter sich und buchstabierte ihr begeistert einen schwarzen Kanon.

Bei späteren Zusammenkünften fuhr er damit fort, und in des Cafés Winkel riß er sie und sich vollständig aus Wirklichkeit. Um rotes Sofa blühte der Brotbaum, kieselten durch Urwälder Stromschnellen und schwitzte der schwarze Kontinent seine ganze leckere Fruchtbarkeit. Unter Bambus und Bananen, Früchten und Orchideen verschwenderischer Natur sahen in blauen Winden sie ebenholzenen Rassen beim Schaffen zu. Wie Balubas, Hussahs und Watussis rinderweidend, auf der Jagd oder webend, töpfernd und stickend den schlichten Tag hinbrachten, der seit Karthagos Zeiten dauerte. Das war Posinskys Trumpf, des Negers klassische Beständigkeit in jahrtausendelanger Reibung mit den Weißen zu zeigen. Aus ihrem Blut allen Lockungen der Zivilisation trotzend, erhielten sie sich der Götter zauberisch parfümiertes Eiland, um das ein Wall von Eis, dörrender Glut, Wüste und zu dichten Wäldern gekeilt, sie vor eiliger Beweglichkeit schützte. Aber diese Wilden wies er ihr ohne Philosophie mit handfesten Begriffen, ohne Kunst bildnerisch, fromm ohne Dogmen. Wie ihre Handlungen, aus Trieb unmittelbar aufspringend, die Welt nicht zu Entwicklungen vorwärts stoßen, sondern das Glück am Feuer bewahren wollten, sie sich erobernd nicht ausgebreitet und versprengt, sondern kraftstrotzend am immer gleichen Platz ihre eigenen Weiber mit seßhaft gewilltem Samen gefüllt hatten.

Aus Ulrikes Brust schoß groß und dunkel eine Blume, die sie mit Lebenssaft begoß, und als deren Schöpfer sie Posinsky ohne sein Wissen liebte, wie man das sich Offenbarende verehrt. Holz- und Elfenbeinskulpturen der Sudanneger besaß er und wollte sie ihr bei sich zeigen. Sie folgte dorthin und bestaunte die kubischen Hölzer; durchblätterte seine afrikanischen Skizzen, in denen er die feurig edle Gestikulation ihr anmerkte. Sie, aus uraltem Stamm, sagte er, habe oft eine Neigung des Kopfes oder der Beine Drehung, die ihn an schwarze Weiber mahnte.

Bald darauf zeichnete er sie vor seinem Tisch. Plötzlich wischt er Kragen und Krawatte fort; man sieht, wie ihn Begeisterung packt. Aufrecht stellt er sie, und mit Rucken zieht Zeug und Wäsche er ihr von den Hüften, daß in Bluse und Schuhen sie nackt vor ihm ist. Dann fegt mit Faustschlägen aus dem Pinsel er des Schenkels Kontur auf den Malgrund.

Modell und Geliebte war sie ihm, wie er sie wollte. Aus allem Sonst war sie in ihn und auf eine Spirale gerollt, aus der er sie schnellte und sich ducken ließ. Bald stand sie hoch auf Podien, und er renkte ihre Maße in seines Bilds Erfordernisse, daß das Getast unter seinen Griffen bäumte und Gesait zu spitzen Tönen aufschrie oder in Geheul verseufzte. Pedal war sie, von ihm getreten, und englische Stimme, durch ihn gelockt. Doch in raumloser, zeitloser Fülle gebar sie sich fortwährend Himmlisches.

Aus gekappten Rändern lief sie ganz in ihn aus und war nur noch Teig, an dem er aß und satt wurde. Da er sie afrikanisch wollte, schickte sie sich an, Trope, schwarzer Beischlaf, halbtierische Schwellung und Geruch von Negerbeize zu sein. Alles Wirkliche war so von ihr gespült, daß Geschosse, die oft genug in die Stadt fielen, ihr von draußen schreckliche Gegenwart nicht mehr vermitteln konnten.

Aber auch Vergangenes ward apokryph. Kam es ihr selten in den Sinn, glaubte sie an Traum und Sage. Das arme Mädchen, das das alles erlebte, mußte einer fremden Rasse angehören, deren Aufnehmer welk und verblüht waren. Manchmal summte Ulrike eine Strophe, die ihr exotisch klang, wegen der Worte, an Schnüre gereiht:

Gouvernante, Stundenplan,
Knicks, Pflicht, Ordnung, lieber Gott!
Taube, Impfung, danke schön,
Polizei und Magistrat.

und tanzte dazu, indem sie den Bauch kugelig und immer runder rollte.

Mit Posinsky lebte sie auf einem Flur, und ihre Stuben liefen ineinander. Vorhänge hielt sie geschlossen und ging, ihres Dienstes ledig, kaum noch zur Straße. Tag war Vorbereitung für ihn, kam er nach Hause und wollte verschnaufen.

Im großen Wohnzimmer hatte an Pfählen sie den Kral aufgemacht, unter dem auf einer Löwenhaut sie die grellgeschürzten Lenden, fleischige Beine spreizte und einfachste Vorstellungen hatte. Quelle war sie, in die, sich zu nässen, er tauchen sollte, und hielt sich rein und von anderem Verlangen ungetrunken. Kaum gab dem Licht sie mehr nach, das durch Gardinenschlitze nach ihr leckte, sondern war ohne ihn aus aller Wahrnehmung in einen lächelnden Halbschlaf geschält und hörte das Murmeln ferner Meerbusen.

Trat er aber ein und es klirrten des Himmels Soffitten, entschränkte sich das ausgeruhte Weib, renkte Gelenke an Ketten hervor, und motorisches Pochen klopfte aus allen Gliedern schon den Boden. Dann war Kilimandscharo, keine Zeit und heißer Wind im Halbdunkel, eine polierte Magd und ein saftiger Häuptling. Fast nur ein starker behaarter Affe und die berauschte Äffin.

Von Entwicklungen tropfte Ulrike sich frei und schabte Ursprüngliches, in Geschlechtern verschüttet, aus sich heraus, bis sie blank und ihr dichtestes Ich war. Jahrtausende hatte sie rückwärts eingeholt und wünschte das späte Paradies nicht herrlicher.

Lächelnd ließ von Posinsky sie sich noch die Häute bemalen und tätowieren; zu tiefem Schwarz das Haar färben. Lippen und Zitzen spitzte sie selbst mit Zinnoberrot.

Ganz im Glück hatte sie nur noch Gehorsam. Peitsche kam von selbst, nach der sie schwank und fröhlich tanzte.

Der Mann aber fühlte sich auch behaglich und verbrauchte zu seinem Einkommen eifrig Ulrikes Rente. Seiner geschmeichelten Eitelkeit gelangen sogar beträchtliche Bilder.

Oft kam er sich erhaben vor, schleifte vor ihm das berückte Fleisch, das eigentlich eine deutsche Gräfin war. Manchmal war er auch traurig darüber und wußte nicht, warum. Immerhin schien er schließlich nicht unglücklich, als Ulrike einen Knaben entband und in der Geburt mit verzückten Grimassen starb.

Da das Kind mit aufgekippten Lippen ihm widerlich schien, gab er es an ein Findelhaus, nicht ohne vorher auf der wichtigsten Leinwand seine Umrisse der unter Palmen schlafenden Ulrike in den Schoß gemalt zu haben.

Das Bild heißt »Nevermore« und hängt in öffentlicher Sammlung.

CARL EINSTEIN
DER UNENTWEGTE PLATONIKER

Dies ist es. Die Wahrheit müßte aus mir hervortreten wie die eckig geschwollene Ader einer erzürnten Hand. Sie sollte sich beweisen, daß die Abende mein Gesicht tragen und verharren im Anschauen des Gleichen und sich Gemäßen; die Nächte sich in ihrem Licht sammeln; gedrängt, betäubt. Dieses schmähliche Wirtszimmer übt immerhin die Pflicht einer Stube, wenn auch die fadigen Vorhänge mich kaum vor der spielerischen Dämmerung wahren; denn ich muß die Augen falten, um die Wahrheit unberührt im Schrank zu erzeugen. Die lügnerischen Flüsse, die nebelzugigen Berge muß ich streichen; bewahren muß ich mich vor den Schritten der Nachbarin. Ich vergesse die Tage, Monate, Jahre und weiß, daß sie lügen. Ich vergesse die Rot, Grün, Blau, Gelb und weiß, daß sie verbergen. Vielleicht erlaube ich das Schwarz und Weiß. Ich vergesse die Worte, den flüchtenden Atem und weiß, daß sie zerspalten. Ich halte den Atem, um mich eng zu verschließen und nicht mit der Weite kupplerisch zu zerflattern. Ich drücke Kopf, Arm und Beine zusammen, um den dunklen Kern zu pressen und zu bebrüten. Was ich tat, ersticke ich und verleugne selbst den Ekel des Getanen. Ich bin leer, unmerkbar plötzlich schlägt das Bleibende hervor. Betrügend wachsen die Bäume und bleiben nicht gleich; und so spült der Strom und verstreut sich.

Das Erwünschte erhob sich Laurenz nicht, und er ängstigte sich vor dem schluckigen Dunkel. Schreie der Kinder öffneten ihm die Tür. Eine Frau zögerte an der Stiege.

»Sie gehen auch aus? Ich fürchte mich in der unbekannten Stadt. Sie sind gütig, wenn Sie mich begleiten.«

Diese Stimme enthielt die unsicheren Gläser, nachts getrunken, die von gewohnten Umarmungen heiseren Morgen.

Sie durchzogen die alte Stadt, die Laurenz beunruhigte, da ihre Häuser, Türme und Brunnen die Kraft der Zeit prahlten.

»Es erfrischt mich zu gehen«, sagte Frida, »man spürt sich, erfährt, daß man rasche Beine hat, die zu den besten Dingen tragen, und griffige Hände, um Leuchtendes zu fassen.«

Das überreizte Licht der Auslagen hielt sie lange. Frida sah gierig in die geblendete Scheibe, was dringlicher zu einem Geschenk aufforderte als eine gesprochene Bitte.

Laurenz frug: »Wollen Sie ein Halsband?«

Sie zweifelte an seinem Ernst: »Oh, ich bewiese mich dankbar.«

Er sagte sich; ich nahm Abschied, man muß die Dinge von sich forthetzen. Er kaufte und dachte in Angst vor seinen Wünschen: ich werde in diesen Tagen einen Menschen haben, ich kaufte ihn; vielleicht verpflichtet sie das.

Die Beine schwankten, sein Kopf schwindelte, und die Augen schmerzten in der Wahl der Edelsteine. Frida glitzerte in den Steinen und schwamm in ihrem engen Wasser.

Was muß ich ihm wert sein; er ist reich und verliebt. Dann fiel ihr bei, vielleicht auch irrsinnig, und sie hielt sich von ihm entfernt. Er setzte sich auf eine Bank. Vor dem erstandenen Kollier verfinsterte sich die Reklamestraße.

»Ich kann nicht mehr gehen, bin müde.«

»Ich brauche Bewegung. Sie sind krank, ich werde Sie pflegen. Sie sollen nicht allein sein. Sie sind nicht kräftig.«

»Ich darf es nicht sein; Gedanken, die ein Abtöten verlangen.«

Frida lachte: »So was Romantisches; was Spleeniges, wie interessant. Ich hatte einen Freund, einen Klavierspieler –«

»Sie sagen richtig, alles Absolute ist Spleen.«

Sie hatte genug und war fast beleidigt, daß er sprach, was sie nicht verstand.

»Ich muß zu einem Bekannten. Bringen Sie mich; aber Sie sind müde. Kutscher, auf Wiedersehen.«

Durch die Häuser, die bewegten Menschen, unter dem Licht, das die Straßen durchkreiste, floh er nach Hause, gepreßt von der beschrieenen, überfahrenen Stadt.

Er stieg auf das Zimmer, dessen Tür er verriegelte, und warf sich zu Boden.

»Hier liege ausgestreckt; du verleugnest deinen Willen; ich bin nicht würdig.«

Die Dunkelheit betäubte ihn, und er begann das Gleiche aufzudenken. Lang lag er unbewegt; bis er erstickte; er sprang hoch.

»Die Gedanken der Menschen sind geschieden. Das Denken verstärkt ihre Trennung. Ich müßte Abschied nehmen, um ihm nachzugeben, und schied mich mir. Das sollte die Wahrheit sein. Was ist nicht wahr, wenn es allein ist, ohne vielspürigen Zusammenhang. Drum, verlogen ist es, machtlos. Ich sollte Krüppel werden, um unbeirrt zu sehen. Ihr reißt mir die Augen aus.

Ich versteinere, die Haut blättert ab, wie ich auf den *einen* Punkt zu Boden mich bücke.

Ich weiche ab, und die geschnäbelten Gedanken höhlen mir die Augen.

Im Blut, den Lidern entrötend, schwimmen mir Untiere zu mit spinnigen Schlüssen und einer endlosen Wahrheit, den geblähten Hals umschattend, enger, spitzer.

Meinen Händen lastet das Gewichtlose; armes Gehirn, eingelärmt zwischen den Motoren der Ohren.

Du ermattest, mein Denken, da deine Gänge verschütten; was wehrst du dich? gegen *nichts.*«

Er spannte in bewußtloser Angst den Regenschirm auf; die Hängelampe durchstieß klirrend den Stoff.

»Sie dringen durch«, schrie er und schnellte gekauert über den Boden hin.

Damit man ihn nicht fasse, duckte er in der Ecke; er glaubte nie mehr aufzustehen.

»Das Denken sollte nicht allein sein in der Leere, sondern gewaltsam die Dinge reißen und pressen. Aber ich wurde schwach.«

Ein Blitz durchfuhr das Zimmer und warf ihn auf den Gang, wo Frida ängstlich umherirrte.

»Wachen Sie bei mir, ich ängstige mich.«

Er folgte ihr und stellte sich in eine Ecke. Beruhigt ging sie ins Bett und schlief ein. Er wurde feige vor den Gedanken, die ihn umbellten; eine menschliche Hand mußte er fassen; er flüchtete an das Bett und drückte ihren Arm.

»Was wollen Sie?« schrie sie.

»O Gott«, stöhnte er.

Ein Blitz zerriß das Zimmer; sie streichelte ihn.

»Lassen Sie mich; ich muß für mich bleiben.«

»Seien Sie doch ruhiger«, sagte sie und schaute auf nach der Zimmerglocke neben dem Bett.

Das widerte ihn an.

»Sie wollen mich umbringen«, lachte sie.

Er drückte stärker.

»Kommen Sie herein, Sie zittern ja.« Sie hob die Decke; denn sie sagte sich: er ist reich und harmlos. Man muß die Verpflichtung erledigen. Laurenz kroch, vor dem Blitz rückgewandt, in die Ecke; Bogenlampen erbleichten unter den höllisch offenen Wolken.

»Sonne meines Kopfes, friß die Flamme, brenne einwärts, übertriff sie.«

Das Zimmer eine geöffnete Kiste. Frida stöhnte. In Laurenz trat die Wahrheit nicht hervor. Die Kräfte hatte er kraftlos gerufen. Frauen, die sich fürchten, werden mit dem Mann sicher, dem sie durch Angst überlegen sind. Laurenz sah; der Feind des Nötigen ist die Frau, die außer der Reihe der Gedanken fertig daliegt. Vielleicht, wenn er eine tötete, der Wahrheit zum Opfer, und er öffnete das Leben.

Der Blitz warf ihn gezackt auf Frida, die auseinandergerissen wurde an Händen und Füßen. Der Donner fuhr ihr in den Leib und bestrich die Fußsohlen.

Er griff ihren Hals; die Nacht bedeckte seine Hände; das Blut sollte sein Inneres lebendig machen; noch einmal versuchte er den Krampf des lebendig Lügenden zu spüren und im Mord zu widerlegen. Der Blitz ließ ihn seine toten Hände sehen; Frida warf ihn neben sich.

»Du liebst mich zu sehr.«

»Ich hasse dich; ich wollte dich töten.«

»Du scherzest.«

»Es ist die Wahrheit, die ich jetzt besitze.«

»Kannst du das schriftlich geben?«

Er wollte es: damit besaß er, daß er ein Äußerstes versucht habe, zur Wahrheit zu dringen. Er schrieb: »Ich, Laurenz Ehmke, habe Frida Eschwege zu erwürgen versucht, um der Wahrheit endlich mich zu nähern. Laurenz Ehmke.« Mit Datum, Ort, Stunde versehen.

»Kleiner, ich habe das schriftlich; ich kann dich jede Minute einsperren lassen. So, jetzt sei vernünftig.«

Er sah, bei ihr nützte nichts; sie legte ihn fest. Noch einmal wartete er eine Zeit und dachte verkrampft, erfolglos, ob dies Opfer nütze, und murmelte. Er ging in ihr Bett. Sie gedachte des Kolliers; denn jeder gerät in das Entgegengesetzte, weil unser Leben, vom Unendlichen gestreift, sinnlos ist und sich aufhebt.

Die Wände, das Zimmer wurden den Gelagerten dramatisch, endlos entfernt. Die Decke hob sich ihnen, bis zwei Kadaver durchschweißt verleimten. Laurenz erwachte unter dem einfahrenden Licht.

»Ich log und vergaß. Warum ist das Ewige in uns nicht ewig und gleich?« Er wurde in die Erlebnisse Fridas gezogen, die er als vorläufige mitmachte.

Man frühstückte. Er dachte an Gott, da er eine Semmel verlangte, und die Teetasse entsplitterte seinen vor Scham unsicheren Händen.

»Ungeschickter Bub«, streichelte ihn Frida fast entzückt.

Eine in die Länge gezogene Freundin trat hinzu, lachend; denn unter schadenfrohem Grinsen pflegten Frauen befleckte Kleider anderer und zerbrochenes Geschirr zu entschuldigen.

»Er denkt zuviel, der Kleine. Ich glaube, er ist Pfarrer. Er wollte mich schon dem Herrgott auf dem kürzesten Weg zuführen.«

»Du hast ja am Nacken rote Flecken, trag doch einen Schal.«

»Folgen der Theologenleidenschaft.«

Verzerrt krümmte Laurenz sich im Gartenstuhl. »Ich darf nichts hören, ich darf sie nicht sehen; wie wich ich von dem Erwünschten. Diese entzweigerissene Flucht.«

»Gehen Sie zum Rennen? Brown reitet heute zwei Starts.«

Laurenz sagte: »Wenn es Frida Vergnügen macht.« Er gedachte einer glockenrunden Stummheit, damit das Gerede seinen Ohren vergehe.

Doktor August Schmidt und ein Mädchen kamen. Sie hatte unbestimmte Züge, aber bereit und fordernd, vor dem äußersten Schrecken sie zu spannen oder in angeflogenen Gedanken zu verschäumen. Ihre muschlig barocke Schulter bog sich gewalttätig.

»Kara, Sie glauben nicht, ich frühstücke mit meinem mißlungenen Mörder.«

Frida bedurfte es, neben Kara, deren erregbare Kraft und schwere Person sie nicht besaß, auf sich Fremdartiges, ja Erschreckendes zu beziehen, um in einem äußerlichen Gleichgewicht sich zu halten.

»Mörder«, erwiderte Kara, »dann ist es ein Mensch, der Sie sehr liebt oder dem Sie ganz gleichgültig sind.«

»Schwindel«, grölte Schmidt, »wer wird sich 'nen Wonnefundus einfach wegrasieren! Herr, ich bitte, denken Sie an den Nebenmenschen. Frauen sind nie persönliche Angelegenheit, Objekt weiter Nutznießung. Frida, laß faule Witze.«

»Ich habs schriftlich.«

»Zum Teufel, Herr Ehmke«, knallte Schmidt wütend.

Kara sagte: »Seien Sie doch ruhig, manchmal mordet ein Mensch, um nicht verrückt zu werden. Weil ihn ein Schmerz faßt, den er allein nicht aushält. Dann geht der Schmerz weiter auf einen anderen und tötet beide.«

»Sie meinen, wie gesagt, ich soll mich hängen, wenns irgendeinem schlecht geht?«

»Eigentlich ja«, erwiderte sie ruhig und sicher.

»Netter Gefühlskommunismus.«

»Sie glauben doch nicht, daß etwas mit Gütergemeinschaft getan ist. Darum geht es doch nicht; Jesus starb an unserer Trübheit.«

»Wahrscheinlich, weil ihm sehr helle war; außerdem«, lächelte er überlegen, »der symbolisierte nur.«

»Aber die innere Genialität sollte etwas verbreiteter sein; Hunderte spielen Klavier.«

»Sollten sie sich vielleicht auf den Kategorischen trainieren?«

»Von solchen Dingen zu reden ist sinnlos. Auf die Bekehrung kommt es an, auf den furchtbaren Gegensatz, der das Vorleben streicht«, sagte Kara.

»Kann denn Zeit zu *nichts* werden?« frug Ehmke.

»Frida, nicht, darum kümmern wir uns nicht. Was wollen Sie denn, Herr Ehmke? Sind Gefühle berechenbar? Sind Gedanken meßbar? Sie reden von Dingen, die nur Wert besitzen, wenn sie in Tatsachen sichtbar werden. Was aber diesen Tatsachen zugrunde liegt, werden wir nicht einsehen.«

Frida leuchtete dies ein; der Mann war eben brauchbar. An ihm war nichts dunkel, unübersehbar. Nur glatte, saubere Leistung.

»Ich wüßte nicht, warum wir Tatsachen etwas glauben sollten. Wozu führen sie denn?«

»Zu Resultaten, mein Herr.«

»Ich weiß, daß alle Tatsachen unwahr sind; sonst könnte ich nie leben, und ich lebe«, schrie Kara bedroht, ängstlich.

Laurenz sah auf.

»Alles Anständige ist Verneinung ihrer Tatsachen.«

»Frida, was sagen Sie zu den Herrschaften?«

Die Wagen fuhren zum Rennen. Einer trat den anderen vor sich hin.

Die Augen spannten sich, den kurvigen, kurzgeschorenen Platz einzukreisen; ermüdet mußten sie den Beinen der Pferde vertrauen, die den Rasen abstoßen; der Peitsche des Jokeis, dessen Leben von dem Ehrgeiz gehalten wird, keinen Pferdeschwanz vor sich zu sehen.

Laurenz und Kara gingen in das Restaurant. Der Abend färbte auf den Tischtüchern, die Sonne lag in der Wasserkaraffe.

»Ich bewundere Frida«, sagte Kara.

»Ja, der gesunde Erfolg eines pfiffigen Idioten.«

»Aber sie packt sich ihre Menschen und weiß, wo sie zusammensinken muß; wäre es nur wegen eines Stücks Papier.«

Die Nacht flachte die Hände in den Tisch; nur Augen saßen, die sich ungefähr bewegten.

»Ja, das ist gut und sicher, ich weiß, mir wäre besser, ich hätte ein Stück davon. Schon, wenn ich mit Frida zusammensitze, werde ich angesteckt.«

»Mit dieser Lebhaftigkeit bringt man einander ins Unglück.«

»Immerhin, jede ihrer Bewegungen hat ein gestecktes, erreichbares Ziel. Wir fallen müde, gewichtlos, nach einer Seite gezogen, herunter und neben weg.«

»Ja, die Frauen«, belehrte er; »entweder sie treiben im einzelnen erfolgreich, verbrecherisch; nichts achtend als die profane Anekdote, oder verstarren überkocht in einer unfruchtbaren Gemeinplätzigkeit.«

»Das ist furchtbar, und davor ängstige ich mich; man muß durch die Schweinerei, sonst wird es platt.«

»Gehen wir, die Leute sind längst fort.«

Er begleitete sie. Sie lud ihn in ihre Wohnung. Sie lebte allein, ohne die Familie.

Ihr Zimmer war fast kahl. Kleine Gegenstände, deren Bedeutung ein Fremder nicht verstehen konnte, standen auf zwei schmalen Tischen.

Sie schämte sich zu sprechen; allein in der Wohnung.

Kara sagte: »Ich weiß, wir werden uns erst kennen, wenn wir zusammen waren. Wir wollen nicht von unseren geheimen Zuständen reden, damit ich Sie dann umarme. Ich kenne einen durchaus dummen Menschen, der auf mich versessen war. Die Gier machte ihn fähig, jedes von mir Gesprochene zu verstehen; ja, der Mensch hatte eine so zuhälterische Fähigkeit zu erwidern, daß er geradezu durch seine Gier sich verfeinte und Gedanken bekam. Als er mich aufs Bett legte, sahen ich und er, was er war. Er erschreckte, sich wiederzufinden, er ging nach kurzer Zeit weg, und ich merkte, daß mich nichts anderes betrogen hatte als der sogenannte Geist, der mich übel hineinlegte. Der Mensch mied mich dann und war wieder der alte. Und ich liebte ihn so, wie ich keinen Menschen mehr lieben werde. Dieser Dummkopf machte mich fast produktiv, ich war ihm in manchem über und kam mir vor wie verkehrt. Darum seien Sie sicher, ich habe eine Angst vor geistigen

Menschen, die, wenn andere Dinge an die Reihe kommen, nie den schamvollen Takt des Rohlings besitzen, sondern uns kassieren wie ein Honorar für eine Stunde.«

»Sehen Sie«, sagte Ehmke, »darunter leide ich. Gedanken verlokken mich dahin, wo der Wahnsinn beginnt. Dann flüchte ich in irgendeine Gemeinheit. Suche die tristesten Frauen. Die wissen fast, worum es sich handelt, und morden mich, sind schweinig, daß man nichts spürt. Wie ichs auch deute, das Leben erscheint mir möglich, wenn man sich einmauert. Ist die einzig gegebene Anständigkeit. Wollen wir aber lebendig leben, dann ists ein Sichverlieren, ein Sichverringern. Im Grunde ist niemand so groß und stark wie ein Kind. An der Grenze der starken Zustände eines Erwachsenen steht die Hingebung, das Opfer, der Tod. Der Mut zu der richtigen Folgerung, dessen bedarf es. Und hiervor flüchten wir immer. Oder vielleicht, um uns nicht zu töten, morden wir einen anderen. Ich komme immer darauf, wir sollen füreinander sterben, dann kann einer seine wichtigen Geschäfte zu Ende führen.«

Kara stand auf und richtete ihr Bett zum Schlafengehen.

»Ich weiß nicht, ob Sie bei mir bleiben dürfen oder ob Sie gehen. Jedenfalls, ich liebe es nicht, in ein unordentliches Bett zu gehen.«

»Sehen Sie, ich glaube, kluge Männer erledigen ihre Angelegenheiten mit Frauen prompt. Sonst gibt es Komplikationen, man verwirrt sich und philosophiert. Mit einer Frau zusammen zu denken macht idiotisch, bringt aus der Form. Sie ist nicht mehr auszunisten und sitzt im Denken. Um sein weibisches Gefasel weiter zu treiben, hält man sie. Man heiratet sein eigenes Gehirn, teilt es mit einem anderen Gedanken; beischlafen ist vielleicht wirkungsvoll, aber gemein, zweifellos.«

Kara schluchzte: »Sehen Sie, ich weiß es ganz gut, wir leben von den Männern, die aber werden durch uns kleinlich und gemein. Wenn die Frau Mann wird, ist es noch schlimmer.«

Laurenz sagte zusammengekniffen: »Die Frau ist gemein genug, daß sie mich verführt, solch gefährliche Dinge zu besprechen, um ihre Position zu retten; sie ist gemein und schlau, ihr eigenes Geschlecht zu beschimpfen. Selbst der gemeinste Mann täte das nicht.« Ehmke stürzte nach seinem Hut.

»Mit jedem Worte zwingen Sie mich zu lügen«, schluchzte Kara. »Sie bringen mich in Sätze, die verwirren. Ich will Sie nicht sehen.«

Der Mann sagte: »Nun gerade nicht.« und setzte sich: »Sie luden mich ein, Sie werden Ihren Gast nicht davonjagen.«

Kara schaute wohlweislich zur Seite.

Ich will sie nicht als meinen Feind zurücklassen. Sie wird mich bei Frida anschwärzen, sie ist schon mein Feind.

Kara sagte sich, ich bin des Mannes nicht sicher, ich muß ihn halten. Lächelnd wies sie nach dem Bett.

Sie wußte, ich werde ihn gänzlich verwirren, zwei Frauen ist seine Gemütskraft nicht gewachsen. Sie dankte im Herzen ihrer Rivalin.

Ehmke dachte, zwei Frauen, das hebt sich auf. Ich werde nach dieser Nacht im Gleichgewicht sein.

Er legte sich zu der Frau, wie man eine Medizin nimmt. Daß es rasch, aber wirksam eingehe.

»Kommen Sie zu Bett«, sagte Kara. Nach ihm zog sie sich aus. Er wollte ihr helfen.

»Ich werde allein besser fertig«, sagte sie kühl.

Sie ließ ihn lange warten und hantierte mit den Toilettesachen. Sie legte sich ins Bett.

»Da liegen wir nun«, meinte sie, »bitte.«

»Sie machen nicht das Licht aus«, sagte der Platoniker Ehmke.

»Das brauchen Sie, wenn Sie sich anziehen.«

»Sind wir Schweine?«

»Glauben Sie denn anders?«

Das ertrug er nicht. Er war gezwungen, entweder diese Frau zu beschimpfen, sie zu verlassen oder sich zu zwingen, etwas Liebenswertes an ihr zu finden. Wenn er sich nicht gänzlich erniedrigen wollte.

Kara weinte: »Was muteten Sie mir zu. Bin ich denn so schlecht?«

Diese antiquierte Betäubung, diese Laken, weißer als die Haut; aber die Brüste, durch die Kissen aufgehöht.

Ehmke nahm von seinen Gedanken Abschied; wir fühlen uns wieder, ihr seid zu gut, um diesem Akt beizuwohnen. Dann lag er inhaltlos gestreckt, verlassen von sich und seinem Besitz, als einziges in der abgeschlossenen Stube diese Frau. Mußte er nicht von ihr hin sein; er konnte auch ruhig bleiben.

Aber Kara wollte in einem Rekord von Fixigkeit ein genaues und intimes Verhältnis gewinnen. Während der Waschtisch aufdringlich klapperte, sagte sie: »Es ist vorbei. Wir können zu ernsten Dingen übergehen. Stehen Sie auf. In meiner Tasche liegt der Hausschlüssel.«

Ehmke rührte sich nicht.

»Was ist Ihnen?«

Ehmke stöhnte, ohne sich vom Fleck zu rühren.

Kara warf sich über ihn. Man geriet in die gänzliche Banalität körperlicher Ekstase. Die Körper sausten wie Goldfische, die Bettmonumentalität des erotischen Kunstgewerbes unterwarf sie. Kara war peinlich; er erkannte sie als Schwester, als das Parallelmädchen.

»Was hast du, tat ich dir weh?« frug sie mit hingesenktem Busen, der den Daliegenden beängstigte.

Ehmke stand auf. »Wo sind meine Unterhosen?«

»Hier, Geliebter.«

»Gute Nacht.«

Ehmke pfiff durch die Nacht. Er wollte sich Kraft einlügen. Paar nächtliche Matronen sprachen ihn an. Vor der Hoteltür knickte er zusammen. Er schämte sich vor dem verschlafenen Portier. Er saß auf seinem Zimmer. Frida kam herein.

»Wo stecktest du heute nacht? Wir suchten dich«, schimpfte sie.

»Vielmehr, warum ließest du mich sitzen.«

»Willst du nicht etwas zu mir herüberkommen.«

»Was ist denn aus Schmidt geworden?«

»Ah, du weichst aus, willst mich beschuldigen.«

»Meine Ruhe will ich haben«, tobte er.

»Komm zu mir«, sie setzte sich auf seinen Schoß. Die eine sollte ihn von der anderen reinwaschen. Die erste Frau hatte ihn für die zweite präpariert. Er erzählte Frida seine Gedanken, die ihr nicht mißfielen, da diese den Mann merkwürdig erregten. Aber er brach im Zimmer aus.

»Meine Augen«, stöhnte er, »nie mehr sollt ihr sehen, meine Ohren, ihr sollt verschlossen bleiben.« Er stach sich ein Messer in die Schenkel. Das Blut floß nicht. Er riß sich Haare aus. Er lag lange auf dem Fußboden. Anderes vermochte er für seine Gedanken nicht zu leisten; denn er wußte sie nicht mehr. Sie waren ihm toter Drang geblieben. Frida trat wieder herein. »Du glaubst mir durchgehen zu können. Gut.«

Laurenz blieb liegen. Dieser Tag schleppte an den Füßen. Die Uhren standen still. Man konnte besser nicht vorhanden sein.

Kara stand im Zimmer.

»Sie müssen mir 500 Mark geben. Ich brauche sie.«

»Natürlich.«

»Glauben Sie mir, die sind nicht für mich.«

Ehmke gab. Vor dem Hotel wartete Schmidt.

»Ich danke Ihnen.«

»Bitte, kein Grund.«

Frida kam. »Also, du bezahlst Schmidt, daß er Kara beschläft. Hast du keine anderen Pflichten?«

Kara trat ins Zimmer.

»Du«, sagte Frida, »meinst du, es paßt mir, daß Ehmke deine Verliebtheit bestreitet? Wer nicht Bargeld hat, soll nicht lieben, Kleine.«

»Es ist noch lange nicht ausgemacht, ob du alle Rechte auf Ehmke hast. Bei uns wird doch nicht monopolisiert.«

»Das laß dir gesagt sein, Kara, solang ich wo auch nur den Nagel vom kleinen Finger stecken habe, hat keine andere was zu suchen.«

»Du glaubst wohl einen Menschen mit Haut und Haaren pachten zu können? Da gibts noch lange komplizierte Dinge, die du nicht verstehst.«

»Jedenfalls, ein Mann wird bei mir nicht durch erschwindeltes Gefasel belästigt. Da bleibt man nüchtern, aber weiß auch, was man hat.«

Kara knickte um. »Frida, ich weiß, bei dir ist alles im Gleichgewicht. Ich werde krank, wenn ich in solche Geschichten komme.«

Frida streichelte die Hingelegte: »Dann laß deine Finger davon, keiner zwingt dich.«

»Frida, ich muß mit dir reden.«

Die Frauen ließen Ehmke stehen.

Schmidt stand im Zimmer.

»Sie verzeihen, aber ich muß Sie um hundert Mark bitten.«

»Aber ich sah, wie Ihnen Fräulein Kara Geld gab.«

»Nun ja, ich weiß schon; aber Sie machten mich sozusagen stellungslos. Wenn Sie mir die Weiber ausspannen, müssen Sie mir eine Entschädigung geben. Was soll das heißen.«

»Sie lassen sich von den Frauen aushalten?«

»Aushalten; ich muß doch auch leben, wenn mich die Weiber absorbieren dürfen. Außerdem, ich krepierte, wenn die Weiber nicht irgendwie was täten. Eine Frau, die nicht arbeitet, ruiniert den Mann. Krepiert sie aber in der Sorge um ihn, dann lernt sie ihn schätzen, wenn sie ihre Mühe beachtet. Eine Frau, die nicht täglich für den Geliebten Wasser schleppt, ist tödlich. Sehen Sie, all die Amorosos können mir keine Konkurrenz machen; sie lieben für mich; für mich die Unterröcke, die Brillanten und die Sträuße. Bei mir gibt es keine seelischen Komplikationen. Alles ist klar. Ich kanns Ihnen sagen, Sie sind nicht der Mann, der mirs übel nimmt, eher danken Sies mir; Sie zum Beispiel langen für die Mädels nicht aus; Sie fälschen das Zeug nur zurecht. Ich muß die Mädels kurieren; wenn wir nicht wären, alle Weiber wären schon verrückt und die Männer aufgefressen.«

Ehmke wurde schlecht von diesem Menschen.

»Sie dürfen so nicht sprechen; ich weiß schon, die Frauen sind schlimm, aber Sie müssen sie eben meiden.«

Schmidt lachte und zeigte seine guten Zähne.

»Die Frida, sehen sie, überspannten Sie; das Mädel kam zu mir gelaufen. Die Kara, der mußt ich heute nacht die Literatur austreiben; sie heulte auf der Straße herum.«

Ehmke wurde ernst. Er sprach mit Schmidt über bessere Dinge; er hatte es nötig, die fast vergessenen Gedanken zurückzurufen.

Schmidt hörte zu; er beugte sich zu den Lippen Ehmkes; er begriff, hier wurde ihm eine wertvolle Waffe ausgeliefert, diesen Menschen in die Finger zu bekommen.

Ehmke redete: »Sehen Sie, ich suche die Form, die stärker ist als die einzelnen Erlebnisse. Ich weiß, man wird darüber die Welt verlieren.«

Schmidt knackte um; er machte Stirnfalten und markierte den Jünger; Ehmke freute sich, auf der Reise zum kahlen Wahnsinn einen noch so dürftigen Begleiter zu finden; robust genug, daß ihm nichts widerfahre.

Schmidt apostrophierte: »Wir hatten in einer Nacht die gleichen Frauen, in der Sünde näherte ich mich Ihnen.«

Ehmke sagte: »Sie geben mir den Mut, das Äußerste zu wagen.«

Ehmke ging mit Schmidt durch die Straßen vor die Stadt. Man redete. Ehmke leerte sich aus. Das sicherte ihn ein wenig vor den Gedanken. Aber es erschöpfte; Schmidt hörte zu. Er sah seine Eigenart, seine Chancen wachsen. Ehmke agierte und vermochte kaum auf den Beinen zu stehen. Schmidt sah und schätzte den Mann ein. Ein Mensch fällt einer alten Sache zum Opfer, die er nicht ausfüllen konnte. Was dies sei, interessierte ihn nicht; wohl aber war er Ehmke überlegen, da er als praktischer Mensch die schwierige Lage des Mannes auffaßte. Ehmke schwankte mit seinen fanatischen Ideen über die Baustellen, von ihnen hin- und abgeworfen. Der kräftige Schmidt war versucht, den schwachen Mann zu führen, dem Gedanken die Beine zittern machten; der oft Minuten stehenblieb, seinem leeren Wunsch ausgeliefert.

»Dieser Himmel wird vor mir flüchten, diese Fläche wird vor meinem Wunsch nach Ruhe zusammenkrümmen. Diese Häuser werden sich ihrer Sinnlosigkeit schämen und einfallen. Wie gering diese ausgestochenen Sterne. Die Dunkelheit, ein Zugeständnis unsern Gedanken. Aber diese gesteckte Welt malt aus Angst ihre Sterne. Diese Häuser, sie sind nicht mehr; die Wände fielen.« Schmidt raste hinter dem Eilenden her, der sich an einer Häuserwand fast den Schädel einschlug.

»Ahmen Sie mich nach, Jünger, ich schwöre Ihnen, diese Steine sind heuchelnde Pappe.«

Ehmke stolperte und fiel. Das blitzartige Schwanken des Augenbildes erschien ihm als ein Einstürzen des Himmels; daß er fiel, merkte er kaum.

»Sie merken es, es flüchtet sich vor dem Gedanken der reinen Welt, die Unwahre zuckt in den ihr gegebenen Tod, in den von mir gedachten Tod.«

Schmidt wollte den Liegenden aufheben.

»Ich kann nicht stehen; die Sterne werden mich nicht tragen; sie stürzen zusammen, um ihren Feind zu zerbröckeln.«

Die Stadt schien den beiden mit den Lichtern ins Gesicht. Schmidt mußte lachen.

»Herr, rappeln Sie sich auf!« Eine Droschke fuhr vorbei. Er stieß geniert Ehmke hinein. »Sternhagelvoll, toller Suff«, sagte er zum Kutscher.

Ehmke jubelte: »Die Zelle meiner Gedanken umschließt mich.«

Frida und Kara saßen auf der Hotelterrasse.

»Was hat der Mensch, Schmidt, was hast du denn mit ihm angestellt. Ich sagte dir doch, er verträgt nichts.«

Schmidt äußerte kühl: »Seine Idees fixes meistern ihn; er wird ihnen unterliegen; er hat keine zähe Haltung.«

Die Frauen sahen Schmidt erstaunt an; er ward zur Mitte des Vorfalls.

»Ehmke, Sie müssen ruhen; gehen Sie herauf«, sagte Schmidt; »ein bißl kalten Tee und einen Umschlag, dann gehts vorbei.«

»Sie, Sie glauben also, ich sei krank.«

»Nein, das nicht, aber Ruhe.«

Die Frauen bewunderten Schmidt. Der Fall war für Kara flagrant. Außerdem hatte sie 500 Mk. verschafft.

Frida rannte in Ehmkes Zimmer. »Du Trottel, deinetwegen läßt man mich allein.«

»Gehen Sie, ich spreche mit anderen, ich wache mit anderen.«

»Du taugst zu nichts«, schrie sie und eilte Kara und Schmidt nach.

Diese Nacht blieb Ehmke in der Stube stehen und schlug sich Augen und Ohren. Am Morgen war er weit genug, nichts mehr zu sehen und zu hören. Frida sperrte die Tür auf.

»Du weißt, du hast mich morden wollen, wir gehen zur Polizei.«

Ehmke schwieg verstummt. Sie sah, diesen Mann werde jeder Polizist für unzurechnungsfähig halten. Andere Mittel mußten versucht werden.

»Dir nützt dein Geld doch nichts. So oder so gehst du drauf. Du hast mich Kraft gekostet, du hättest mich getötet. Wo ist dein Geld; dir schadets doch nur.«

Der Platoniker blieb ruhig.

»Also du sagst gar nichts? Eben weil du ein Hund bist.«

Sie durchsuchte die Taschen, nahm das Portefeuille, worin sie Banknoten fand, und stöberte griffig in den Hosentaschen das Kleingeld auf. Man muß wissen, warum man Zeit verlor.

Sie war noch anständig genug, die Hotelrechnung Ehmkes zu bezahlen. Die Kellner lachten. »Der Herr wird dann auch nicht mehr lange bleiben.« Schmidt saß mit Kara im Rauchzimmer. Er wollte den Ausgang der Geschichte sehen. Frida zeigte ihm das Geld. Kara wollte ihr an den Hals springen.

»Ne, Kleine«, sagte Schmidt gemütlich, und schlug ihr eine ins Gesicht, daß ihr das Blut über den Mund lief. »Finger weg!«

Kara sprang zu Ehmke. »Sie haben mich betrogen, Sie wissen, wie nah wir zueinander stehen. Sie antworten nicht!« schrie sie den versunkenen Ehmke an, »Sie würdigen mich keiner Antwort. Ich zeige Sie an, Sie haben mich vergewaltigt, Sie versuchten einen Mord, Sie lassen sich von einer Hure die Rechnung bezahlen.«

Kara schlug Ehmke und die Türe zu.

Ehmke spürte von all dem nichts.

Frida packte mit Schmidt rasch die Koffer. Der nahm gelenkig die Brieftasche an sich.

Unten auf der Straße bettelte sie eine junge Frau an, die ein Kind trug.

»Das Kind ist wohl kein Vergnügen.«

Das herausgeworfene Dienstmädchen heulte los.

»Geben Sie es uns«, sagte Frida.

Das Dienstmädchen warf ihr das Kind auf den Arm und war verschwunden.

Frida rief einen Dienstmann. »Gehen Sie rauf, Zimmer 14, dem Herrn bringen Sie das Kleine. Er ist Philanthrop, und außerdem gehörts ihm.« Der Dienstmann trug erstaunt das schmutzige Paket in das Hotel. »Dem Herrn von 14 sein Kind soll ich abgeben.«

Sechs Kellner legten höflich Ehmke das Kind auf den Tisch und gingen leise aus dem Zimmer.

Ein Brief lag bei: »Kleiner, du bist mir noch nicht ausgewachsen genug. Ich möchte dich nicht schädigen, du verträgst mich nicht gut. Das Kind ist ein liebes, süßes Andenken von mir auf Vorschuß. Frida.«

Schmidt und Frida fuhren zum Bahnhof. »Fahren wir ans Meer«, sagte sie, etwas wie eine Leidenschaft bedeutend.

»Zwei Billetts nach Monte Carlo.«

Frida bewunderte den starken Mann, der sich beherrschen konnte.

Im Zug klopfte sie Schmidt auf die Beine. »Normal muß der Mensch sein, gesund.«

Schmidt dachte laut und dekorativ Ehmkes Gedanken, aber ganz ins Praktische gewendet, äußerst positiv.

»Gott, wie klug du bist«, sagte fast traurig Frida. »Ehmke ist doch nur dein schwacher Abklatsch.«

»Aber er kann meine Lehre nicht managen.«

Ehmke saß zusammengebückt. Er ging in die Stadt. Er hörte nicht Lärm, sah nicht Menschen; das Pflaster ein gepeitschtes Meer, die Häuser die leere Mauer der erlogenen Dinge.

Diese freche Stadt hinfortgeblasen.

Ehmke freute sich des Sieges der jenseitig andringenden Welt. Ein Griff warf ihn zu Boden, und der Autobus, der seine Hände quetschte, öffnete ihm die getöteten Ohren, die verschwemmten Augen.

Er sprang weg, man wollte ihn halten.

Die Angst vor Menschen jagte seine Füße.

Er nahm ein Auto: »Fahren Sie mich zum Wald.«

Der Chauffeur setzte ihn ab. Ehmke hatte nichts zu zahlen. Auch die Uhr war weg. Der Chauffeur verbimste den Fahrgast. Aber er ließ den sichtlich Irrsinnigen laufen, der sich nicht wehrte.

Ehmke besah die blutigen Hände. Er kam zum Sehen. Er suchte den Weg zum Hotel und war wieder ganz in der Banalität seines alten Menschen befangen. Er war noch ein wenig betrunken. Er wagte nicht, ohne Geld in das Hotel zurückzugehen, und setzte sich auf die Bank davor.

»Der große Platz«, sagte er. »Die runden Büsche, die bunten Anlagen.«

Man sah ihn vom Hotel aus. Der Liftboy schlich heran und legte rasch das Wickelkind neben ihn. Ehmke saß gebückt, damit man ihn nicht sehe, und nestelte die übriggebliebenen Knöpfe zu. Das Kind schrie. Ehmke sprang auf und wollte durchgehen. Er ging einige Male um die Bank herum. Der Hotelportier kam hinzu. Ehmke knirschte: »Ich kann und will es nicht ernähren.«

Er riß das schreiende Kind auf und ging.

Er blieb stehen und sah zu, wie es Abend wurde. Er mußte sich mühen, das zu begreifen. Das Tageslicht hatte ihn geschmerzt, gezwungen, den Arm vor die Augen zu halten.

Der Wechsel des Lichts, das Verschwinden der Menschen, das Verkriechen des Lärms bewegten ihn.

Er ging in dem erregten Abend umher. Die Kneipen, worin Menschen saßen, lockten ihn. Er konnte wegen Geldmangels in keiner bleiben. Um mit Menschen sprechen zu müssen, bettelte er an. Wenige gaben wenig.

Aber genug für ihn. Er stand auf den Treppen zu den Gasthäusern. Er streifte die Betrunkenen entzückt und trat auf sie zu.

Er ließ von alten Vetteln das Kind streicheln, küssen. Eine nahms in die finstere Ecke, säuberte und stillte es.

Am Morgen läutete er in Karas Wohnung.

»Sie wollen die Koffer holen. Warten sie. Die ist noch nicht heim«, öffnete die Wirtin die Tür.

Er saß auf dem gepackten Koffer.

»Ich muß dichten, um meine Augen zu gewinnen.« Er setzte sich an den Tisch.

Er warf das Fenster auf. Er dichtete.

»Ich bin zurück. Der Fluß fließt wieder. Der Himmel umleuchtet mich. Menschen gehen rasch auf den Straßen. Die Gedanken sind ganz fort. Ich bin klein geworden.« Er weinte über sich.

Der Himmel war trüb geworden, es regnete. Der Fluß war nicht da. Alles war ganz anders. Er log, nur er.

Er verklammerte sich diesem Himmel, nicht mehr wagend, sich in sich zu beziehen. Er suchte die Worte. Aus dem Leben des ihm gewordenen Kindes mußte ihm die Kraft zurückkommen, die weg war.

Das Kind lag blau da. Man weiß nicht, hat er es gemordet, oder war es vor Entkräftung gestorben.

Er wollte von dem toten Kinde weiterleben, und sicher ging er die Treppe hinunter.

»Ich greife die Dinge, sie bewegen sich mir, die Gewalt kam an mich zurück.«

Die Wirtin schrie an der Tür, an den Fenstern: »Mord!«

Man stürzte die Treppe hinauf.

Zerfetzt entwischte Laurenz. Er begegnete Kara im Laufen.

Das stoppte ihn. Er sah die Frau an. Man holte ihn ein, und die Fetzen der Hose flogen schreiend über den Köpfen hoch. Dann waren sie und ihr Besitzer ganz entzwei, beschädigt.

In erschreckter Eile zog Kara um. Kräftige Männer waren genug zur Stelle, die Kisten rasch wegzutragen.

CURT MORECK
DIE HÖLLE

Novelle

Eines Abends war er zu ihr ins Haus gekommen. Geradewegs, von seinen Büchern geholt, trat er ihr gegenüber.

Sie stand am Tisch unter der Lampe. »Ich danke Ihnen, Herr Doktor... Mein Mann ist erkrankt – sehr plötzlich... Ich glaube nicht, daß es etwas Ernstliches ist, aber zur Beruhigung habe ich Sie bitten lassen... Wollen Sie mir bitte folgen.«

Sie ging voraus. Im Schlafzimmer des Gatten ließ sie die beiden Männer allein.

Der Gatte sprach von seiner Frau und lächelte. Der Arzt untersuchte. Er hatte einen feinen, fraulichen Körper unter den Händen, weichliches, weißes Fleisch. Die Erkrankung war unbedeutend. Aber wie zerbrechlich war diese Natur. Richard empfand eine gewisse Verachtung gegen diese zärtlich gepflegten Hände. Mit festeren, härteren Griffen fuhren seine Finger an dem Patienten herum. Er umspannte sein Gesicht und schob die Liddeckel auseinander: ein glasiges, anämisches Weiß. Die Haut lag blauschattig um die Augen gesunken. Richard riß die Decke über den Körper und drückte sie dem Kranken um die Schultern. Dessen Bart legte sich blondseidig auf das Linnenweiß, umkroch das spitzgeformte Kinn und umrandete den feuchtrotlippigen Mund.

Richard stellte ein paar diskrete Fragen, die dem Arzt zukamen und notwendig waren. Der Kranke antwortete lächelnd. Ein paar Falten legten sich um seinen Mund. Er rieb die Handrücken an der Seidensteppdecke und strich sich die Schenkel.

Er bot Richard mit einer Handbewegung den Stuhl neben dem Bette. Der Arzt blieb stehen und schaute kalt in das Gesicht auf dem Kopfkissen.

Der andere fing wieder an von seiner Frau zu sprechen.

»Sie sind der Kranke... Sprechen wir von Ihnen!« sagte Richard scharf.

Der andere horchte auf. Seine Augen schauten erstaunt. Die Brauen krümmten sich wie Bogen. »Ist es denn etwas ... von Bedeutung?«

»Es gibt keinen noch so unbedeutenden Funktionsdefekt des Organismus, der nicht den Tod folgern könnte.« Er betonte es wie ein Urteil. »Ich werde wiederkommen.«

Er plätscherte mit Wasser und ging hinaus. Der Kranke hatte sein weißes Gesicht zur Türe gekehrt. Richard fühlte seinen Blick im Rücken. –

Im Wohnzimmer erhob sich die Frau und kam ihm zur Türe entgegen. Er stand mit dem Rücken gegen einen hohen Spiegel; sie lehnte ihm gegenüber am Tisch. Ihr Gesicht lag im Schatten. Ihn irritierte das Licht, das unter der Glocke her in seine Augen stach. »Nun, Herr Doktor?«

»Es ist keine Gefahr, gnädige Frau!«

Sie ging um den Tisch herum, zum Sofa. »Setzen Sie sich, Herr Doktor.«

Er stützte das Kinn in die Hand. Sie zog ein paar Kissen zu sich heran und legte sich in die Sofaecke zurück. Ihr Haar stand braun mit Glanzflecken gegen das schattierende Grundblau des Wandteppichs.

»Sie wollen etwas fragen, gnädige Frau?«

Sie legte die Hände zusammen, aufs Knie. »Kann es lange dauern?«

»Es ist unbestimmt. Etwas Sicheres läßt sich für den Augenblick gewiß nicht sagen.« Er betrachtete die Frau. »Vor allem braucht Ihr Gatte Schonung ...«

Sie hatte ihn nachdenklich angesehen. Plötzlich beugte sie sich nach vorne. Sie legte den Ellenbogen aufs Knie und rückte die Büste vor. »Hat es Sie nicht gewundert, daß ich gerade nach Ihnen schickte?« fragte sie, und als er erstaunt blickte: »Es gibt doch so viele Ärzte in unserer Nähe ...«

Er zuckte die Schultern. »Ich komme, wohin man mich ruft, gnädige Frau.« –

»Sie erkennen mich also nicht? – Aber ich kenne Sie, darum entschloß ich mich zu Ihnen.«

»Sie kennen mich?«

»Ja. Wundert es Sie? – Vom Sommer her ... Am Karersee sah ich Sie. Ich erkundigte mich nach Ihrem Namen.«

»Und Sie haben ihn behalten?«

Sie sah ihn dunkel an und schwieg. Sie stand auf und ging durch das Zimmer. Er erhob sich und blieb bei seinem Stuhl stehen. Er faßte sie ins Auge. Sie zog die Türe zu, die ins dunkle Nebenzimmer offengestanden hatte, und legte sich mit dem Rücken dagegen, die Handflächen auf den Rahmen gepreßt.

»Ja...«, sagte der Arzt, »und was Ihr Gatte vor allem braucht, ist Ruhe, absolute Ruhe...«

Die Frau lehnte unbewegt an der dunklen Türe. »Sie reisten so plötzlich ab... Einige Tage zuvor hörte ich noch, daß Sie eine Gebirgstour planten..., und dann waren Sie auf einmal fort...«

Er preßte die Polsterlehne mit seinen Fingern. »Erregungen müssen Sie von Ihrem Gatten fernhalten, wenn Sie die Genesung nicht ungünstig beeinflussen wollen. Er ist für äußerliche Einwirkungen und Stimmungen ungemein empfindlich in seinem Zustande...«

Er schaute an ihr vorbei in die blasse Spiegelfläche.

Sie machte ein paar Schritte an der Wand. »... Einen Tag, nachdem Ihre Tischnachbarin abgefahren war, reisten Sie...« Sie trat vor seinen Blick. Seine beiden Fäuste hingen weiß auf dem Gehrocktuch. »Und sollte er... unruhig schlafen..., geben Sie ihm eine Tablette in Oblate... Ich werde es aufschreiben...«

Er riß seinen Block aus der Brusttasche und warf, auf den Tisch gestützt, ein paar Zeilen auf das weiße Blatt. Die Frau betrachtete ihn, der über seinen Schatten gebeugt stand, aus großen Augen. Sie legte ihre Hand an den Spiegelrahmen. Er reichte ihr das Stück Papier hin. Sie starrten sich an. In der Pause wurde ihr Atem hörbar. Das Papier knisterte in seinen Fingern; es zuckte.

Sie streckte die Hand aus und nahm es, ohne ihn aus den Augen zu lassen. Er machte eine Bewegung, riß sich von ihren Blicken los.

»Bleiben Sie! – Bitte...«

Er legte seine Hände auf die Sessellehne und drückte das Kinn in den Kragen. »Wenn Sie mich noch etwas zu fragen haben sollten... wegen Ihres Gatten...« Halbabgewandt starrte er krampfhaft auf den Glühfaden der Lampe.

Sie trat mit ein paar langsamleisen Schritten zu ihm, stand hinter seinem Rücken. »Wie war Italien? – Sie reisten doch nach Italien, wenn ich nicht irre... War er schön dort, der Sommer? – Die heißen Tage?... Die hellen Nächte... Die weißgebrannte, trockene Erde? – Wie war der Sommer?«

»Lassen Sie das!« Brutal herrschte er sie an und warf sich herum. Als er aber ganz dicht vor ihrem weißen Gesichte stand und ihren Atem fühlte, wurde er schwach und widerstandslos.

Sie blieb mild und gütig. »Gehen Sie jetzt«, sagte sie, »ich wollte Sie nicht quälen ...« Und sie streckte ihm ihre kleine Hand hin.

Er rührte sich nicht. Er stützte sich auf den Ledersessel im Rücken. Jetzt lag das Licht auf ihrem Gesicht und behellte ihre Stirn. Trotzdem blieben die Augen im Schatten versunken.

Sie legte den Kopf auf die Seite. »Mir scheint, Sie fangen langsam an, sich zu erinnern ... Kennen Sie mich nicht?« –

Sein Gesicht verzerrte sich. »Ja, doch!«

Sie standen Blick in Blick, beide durchbebt und gespannt ...

Sie ging langsam an ihm vorbei – er blickte ihr nach –, um den Tisch herum, und setzte sich in ihre Sofaecke, die Hände an den Schläfen.

»Warum verstellen Sie sich? ... Die ganze Zeit über ...? Wie haben Sie das gekonnt?«

Er zupfte mit den Fingern an seiner Krawatte, als verschnüre sie ihm den Atem.

»Ich begreife Sie nicht. Es hat doch keinen Sinn!«

Mit großen Augen schaute sie auf ihn. »Nein ... Wir müssen ihm einen Sinn geben.« Sie brach leidenschaftlich aus. »Wir sind doch keine Kinder mehr, die darauf warten, daß etwas geschieht. Wir wissen doch, daß wir uns das Leben einrichten müssen, wie wir es haben wollen. Unsere Begehren bleiben fruchtlos, wenn wir sie nicht in Taten umsetzen. Es hat keinen Sinn zu warten. Überm Warten vergeht die beste Zeit, und wir versäumen alles ... Ja, fühlen Sie denn nicht, daß es erbärmlich ist, von Dingen zu reden, die uns fremd sind, während wir selbst innerlich verbrennen?«

»Ich bin es gewohnt, oft vor mir an andere zu denken.« Er ging auf und ab über den Teppich.

Sie erhob sich, wand sich hinter dem Tisch hervor und lehnte sich mit rückwärts aufgestützten Händen dagegen. »Glauben Sie, damit etwas Großes zu tun? ... Ich verachte das, weil es doch nur eine Lüge ist, ... eine geglaubte oder eine verleugnete Lüge ... Warum denn mit herumkriechen in diesem Wirrwarr von Leben, in diesem Ameisenhaufen, und sich den Zufälligkeiten aussetzen, die ein Ballspiel mit uns treiben! Warum sich nicht mit einer Tat, die in unserer Macht liegt, über all das hinausheben, irgendwo allein und fest stehen!? ... Ich erkenne eine Verpflichtung von Mensch gegen Mensch nicht an. Es gehört Mut dazu, aber denken Sie an sich selbst zuerst. Heute wenigstens; denn einmal haben Sie es schon versäumt.«

Er stand im Dunkel. »Ich bin Arzt...«

Den Kopf und die Schulter vorgedrängt, sprach sie zu ihm hinüber. »Soll das heißen, daß Sie sich deshalb nicht der brutalen Unsinnigkeit des Daseins zu entziehen wagen? Können Sie denn nicht einmal soviel gesunde Lebenskraft aufbringen, um mich zu bewundern..., zu bewundern, weil ich schamlos alles sage, um was es mir geht?... Ich bin eine Frau... Oh, ich hatte Sie mir anders gedacht. Ich glaubte, Sie würden Schranken brechen können. Ihre Augen, der Blick, Ihre Haltung, der Ton Ihrer Stimme..., soll mich das alles getäuscht haben?... Ich kann es nicht denken. Wir haben noch kaum ein Wort miteinander gesprochen, bis heute. Aber meine Sinne waren in Ihrer Nähe überwach. Alles belauerten sie an Ihnen und setzten die einzelnen Züge aneinander. Es gab ein Bild, das anders war, als Sie jetzt scheinen... Soll ich diese neue Strecke Wegs mit einer Enttäuschung anfangen?...«

Sie schwiegen beide. Da trat er plötzlich zu ihr und stand Blick in Blick mit ihr. Das Licht zog eine goldbraune Linie um ihre Büste.

»Lieben Sie mich denn?«

Sie fragte dunkel und ruhig: »Hatten Sie denn nicht damit gerechnet?«

Seine Hand faßte nach der Stirn. »Ich hatte nicht Besinnung genug, daran zu denken... Ich ließ mir an der Gewißheit genügen, daß ich Sie liebte.«

Sie schüttelte den Kopf. »Ich bewundere Sie doch,... als Schauspieler... Ich möchte nur wissen, was Sie dachten, als Sie in dies Haus kamen.«

»Ich habe vielleicht an das Spiel einer koketten Frau gedacht...« Er ließ die hochgezogenen Brauen zusammenfallen.

»Und kamen doch?« sagte sie langsam und mit einem Lächeln, das um den umdunkelten Mund huschte.

»Sie vergessen, daß ich Pflichten habe, die ich in jedem Falle achten muß.« Er ging ein paar Schritte zur Türe und blieb abgewandt stehen.

Sie schaute auf ihre Fußspitzen. »Und die ich verachte... Sie haben immer Pflichten gehabt. Und mit Pflichten zerstören Sie andere und mich... Es waren doch auch Pflichten, die Sie diesen Sommer dort am Karersee abriefen, nicht wahr?«

»Ich flüchtete...«

»Vor mir?«

»Ja, vor Ihnen.«

»Aber Sie kannten mich doch nicht. Wir begegneten uns ja so selten und sprachen nie miteinander. Erst auf der Gebirgstour hätten wir uns kennenlernen können.«

»Das fürchtete ich.«

»Wollten Sie sich nicht wenigstens vorerst überzeugen, daß ich Ihrer Flucht wert war?«

»Nein, denn dann wäre es zu spät gewesen. Ich kannte Sie gut genug..., und ich wartete bis zum letzten Augenblick.«

»Und hätten Sie länger gewartet, was wäre dann wohl geschehen? Denn geschehen wäre doch wohl etwas?!«

»Ja!... Ich weiß nicht, was.«

»Sie hätten warten sollen!«

»Wozu?«

»Damit geschehen wäre, was geschehen mußte... Sie durften so feig nicht sein.«

»Sie waren eine Frau.«

»Ich bin es noch...«

»Und ich war Ihrer nicht gewiß.«

»Dann haben Sie mich schlecht beobachtet..., oder Sie mißtrauten sich.«

»Ich liebte Sie, Gemma!«

»Das war nicht genug!«

»Gemma!«

»Sie wissen meinen Namen noch?«

»Ich wollte eben anfangen, ihn zu vergessen.«

»Über den Pflichten...?«

Er ging auf sie zu. »Warum sagten Sie vorhin das... von der Tischnachbarin?... Daß ich ihr nachgereist sei?«

Sie warf den Kopf zurück. »Hat es Sie gequält?... Die anderen glaubten es und sprachen davon.«

»Und Sie?«

»Ich wußte es anders... Aber ich schwieg... Ich wußte es anders, weil ich Sie liebte... Hätte ich Sie nicht geliebt, wäre ich der Wahrheit vielleicht näher gewesen.«

»Zweifeln Sie, Gemma, daß ich Sie liebe..., noch liebe?«

Die Hand auf der Brust: »Weiß ich es denn?«

Er ließ den Kopf sinken. »Nein... Sie haben recht. Es gibt für Liebe keine Beweise: nur den Glauben... Haben Sie kein Vertrauen?«

»Sie haben mir keins gegeben. Gewißheit habe ich nur über mich selbst. Sie flohen; und ohne daß Sie es wollten, betrogen Sie mich zum ersten Male ..., um die Liebe, die für mich in Ihnen war. Wie soll ich da glauben?... Ich bin unendliche Male um so vieles betrogen worden, daß ich kaum noch je ohne Bangigkeit zu glauben vermögen werde. Es gibt keinen Weg, auf dem man in das Herz des anderen dringen könnte. Wir bleiben einer für den anderen im Dunkel stehen... Glaube ist ein Behelf. Wer stark ist, verwirft ihn; stützt sich nicht auf ihn; er kann leicht zerbrechen... Ich fragte Sie ja auch nicht nach Ihrer Liebe. Vielleicht brauche ich Sie nicht; denn ich bin reich genug an mir selbst. Aber ich liebe Sie!... Ich liebte Sie, als ich Sie noch kaum kannte. Ich wartete auf den Augenblick, wo Sie sich mir anbieten würden. Das erwartete ich von Ihnen; aber Sie entzogen sich allem... Während ich auf den Augenblick wartete, eins mit Ihnen zu werden in unserem Liebesgefühl, flohen Sie davon und verraten Ihre Energien an der unnützen Mühe, eine Frau zu vergessen, die Sie entflammt hatte... Gab Ihr Gefühl Ihnen denn nicht die Sicherheit, über die Gesetze, mit denen die Menschen sich bändigen, sich fesseln, erhaben zu sein?!«

»Sie sind stark ..., furchtbar stark, Gemma... Aber die Voraussetzungen unserer Anschauungen scheinen mir zu verschieden, als daß wir uns irgendwo begegnen könnten.«

»Fühlen Sie nicht die Erbärmlichkeit dieser Ausflucht von Anschauungen? Halten Sie diese Krücken doch nicht so krampfhaft fest. Lassen Sie mich doch lieber sehen, daß Sie ein Mensch ..., was für ein Mensch Sie sind... Es soll mir als Liebesbeweis gelten, Richard... Wieviel Zärtlichkeit muß ich denn aufbringen, um Sie meiner Liebe gefügig zu machen! Was schreckt Sie denn?... Können Sie von einer Frau ein Geständnis verlangen, das ehrlicher und wahrhaftiger ist als dieses, meines? So schamlos kann und darf nur eine Frau sein, die liebt wie ich... Ich zweifle ja nicht an Ihnen. Sie wehren sich nur noch aus Gründen, die ich nicht anerkennen kann ..., gegen ein Gefühl, dem Sie doch nicht gewachsen sind... Vielleicht sind Sie größer in Ihrer Beherrschung, vielleicht ich in meiner Wahrhaftigkeit ..., so nenne ich es. Nennen Sie es anders?... Mag sein: unsere Gesellschaft formt die Begriffe nach ihrem Belieben, und die Werte sind schwankend ...«

»Ich hätte nicht kommen sollen... Sie haben mich in eine Falle gelockt, Gemma ...«

»Aus der Sie nicht mehr hinauskönnen?... Sie vergessen, daß ich Sie zu einem Kranken rief!«

»Das war ein Vorwand.«

»Nein! Sie wollen mich geliebt haben, noch lieben, Richard?!... Sie sinnen ja nur, wie Sie sich mir entziehen, wie sich dieser Leidenschaft entledigen können. Ist das eure Liebe? Flucht um Flucht... Ein Davonrennen vor der Handlung, in der die undeutlichen, schwankenden Gefühle kristallisieren...«

»Gemma, Sie wissen ja nichts von mir... Könnten es nicht Beweggründe anderer Art sein, die mir einen Entschluß, zu dem das Gefühl mich drängt, verbieten... Beweggründe, die Sie achten müssen?... Ich habe neunundzwanzig Jahre verlebt, die Sie nicht kennen...«

»Was tut das? Ich bin nicht so töricht, Ihnen eine Treue abzuverlangen, auf die ich kein Recht habe. Ich habe die Aufrichtigkeit, Sie so zu wollen, wie Sie sind... Die Liebe hat keine Vergangenheit; sie ist eine stets glühende Gegenwart... Kennen doch auch Sie mich kaum... Ah, Sie glauben sicher zu sein, weil ich eine Frau bin?... Oh, ich will Ihnen sagen, daß Sie sich täuschen könnten. Sie würden schaudern, sähen Sie in unserem Herzen manchmal die Wünsche... Was gelten die Stunden mit Frauen, zu denen die frühe Sehnsucht den Mann treibt, gegen das furchtbare Erleben des Mädchens, das grausam zum erstenmal zum Gefühl seines Geschlechts kommt?!... Ich habe manches erlebt. Alles hat seine Spuren in mir gelassen, wenn es auch weit hinter mir liegt und die Liebe den Abstand nur noch unermeßlicher macht. Das Leben verwickelt uns oft in Dinge, denen unser Herz taub ist. Ich war früh allein. Meine Kindheit währte nur ein paar knappe Jahre. Die Gesichter von Vater und Mutter sind mir ganz verwittert. Die Mädchenjahre verbrachte ich in Klöstern. Ich erlebte furchtbare Stunden unter diesen Mädchen, die meine Genossinnen waren. Den ganzen Tag mußte ich unter ihnen sein, und des Nachts schliefen wir zu vielen in einer Kammer. Manche waren nur dumm und eitel, und es befriedigte sie, das Haar aufzubinden und sich im Hemd auf dem Bette hinzusetzen und sich durch Fingerzeichen untereinander zu verständigen. Andere waren verdorben und lasterhaft. Sie quälten und peinigten die Genossinnen und taten andere Dinge. Ich war furchtbar einsam unter ihnen. Man haßte mich, glaube ich. Einmal hatte man mir Brennesseln ins Bett gelegt, und sie entzündeten meine Haut. Ich litt und schwieg. Ein gutes Geschöpf hatte Mitleid mit mir; in einer Spielstunde legte es seine Hand auf meinen Arm, als ich allein stand und finster vor mich hin starrte, und sprach mich an. Es war ein schönes Mädchen, ein wenig jünger als ich. Ich war glücklich, daß ich mir in meinem Trotz einen Menschen gewonnen hatte. Wir blieben zusammen. Wenn meine

Freundin mit anderen Mädchen sprach, wurde ich eifersüchtig. Ich liebte sie... Oft küßte ich sie wie eine Wahnsinnige. Jeden Abend schlich ich mich an ihr Bett und streichelte ihr Haar, ihren Körper. Vor den anderen verbarg ich meine Liebe. Auch unter ihnen waren welche, die zueinander ins Bett schlüpften und sich küßten: das wußte ich. Aber ich verheimlichte meine Liebe. Das Mitwissen anderer hätte sie mir entweiht, und man würde die Freundin und mich nur noch mehr gequält haben... Auch im Leben, als ich hinauskam, blieb ich einsam. Ich reiste, um die Einsamkeit nicht so zu fühlen...« Sie schloß die Augen und legte die Stirn in die Hand.

Er machte eine Bewegung.

Sie schrak auf. »Sie wollen gehen?!«

Er schloß seinen Rock. »Ja. Hätten wir nicht lieber einem Gespräch, das doch zu nichts führen kann, ein Ende gemacht, ehe es uns in solche Irrgänge geführt?«

Sie sah ihn an. Angstvoll: »Es führt zu nichts...?«

»Sie sind seine Frau..., die Frau eines anderen!«

Sie richtete sich auf und trat zu ihm. »Du und ich..., wir sind eine Welt... Es gibt keine anderen in ihr.«

»Gott, das sind Worte, die sich schön sagen, noch schöner anhören. Aber man kann keine Rechnung mit ihnen machen.«

»Wie wenig Glauben an die Liebe du hast!«

»Man kann einen Menschen, der da ist, nicht mit Wünschen, noch weniger mit Worten auslöschen...«

Sie ging langsam an ihm vorbei ins Dunkel des Zimmers hinein. Ohne ihn anzusehen, dumpf: »Wenn du mich doch verstehen möchtest...« Vor dem Spiegel blieb sie stehen und schaute hinein, das Kinn von der Brust gehoben, mit beiden Händen den Rahmen fassend. Sie fing seinen irrenden Blick im Spiegel auf und suchte ihn festzuhalten. Er entglitt ihr.

»Nein. Ich darf dich nicht verstehen... Und jetzt gehe ich.« Er stützte sich auf den Tisch.

Sie warf sich herum. Ihre Schultern zitterten, ihr Rücken bebte nach wie ein abgeschossener Bogen. »Geh nicht!... Ich liebe dich!«

Sie stand wie angebunden und hielt ihm ihr zuckendes Gesicht hin. »Du wußtest, daß dein Widerstand vergebens war, darum kamst du, Richard... Laß die Maske, die dich mir fremd machen soll! Meine Liebe sieht hindurch, und auch die deine wird hervorbrechen. Es nützt uns nichts... Sieh, du möchtest fortgehen und kannst es nicht. Quäle uns nicht ohne Sinn und Zweck. Es wird uns für unsere Liebe noch genug Schmerz aufgehoben sein. Wir brauchen unsere Kraft... Wer ist denn der Schatten, der dich schreckt?!... Du kennst das Tier nicht, dem du dich und mich, unsere Liebe opfern willst. Du kennst ihn nicht. Oh, er ist furchtbar. Er ist ekelhaft und widerwärtig in seinen Begierden. Jede seiner Umarmung tötet mich von neuem... Ich konnte ihn nie lieben. Aber ich floh zu ihm, als das Einsamsein mir unerträglich wurde und ich nahe am Wahnsinn war. Ich stand so allein, daß mir schwindelte, und er war derjenige, der mich in seinen Armen auffing. Mein Leben mit ihm war Bewußtlosigkeit, bis du mich wecktest und ich den Ekel meines Daseins unverhüllt zu schauen bekam; durch keinen Traum mehr verdämmert... Ich sah ihn einmal, wie er eine kleine, weiße Marmorstatue in seiner Hand hob und betrachtete, wie er ihre kühle, nackte Schlankheit keusch und behutsam betastete; und ich glaubte in dieser Minute, daß ich ihn würde lieben können; daß ich ihn zu lieben lernen würde. Aber die Umarmung, in die er mich riß in der nächsten Nacht, löschte jedes Gefühl in mir. So lebte ich...«

Er streckte die Hände aus. »Gemma...«

»Du rufst mich?... Nein, noch nicht. Wenn du mich rufst, muß ich kommen. Wir lieben uns ja. Liebe ist Schmerz. Wie wohl mir der Schmerz tut. Ich danke dir... Sag, glaubst du an Gott?... Ich möchte wissen, ob es einen Gott gibt... Aber du bist Arzt; du kannst an keinen glauben, sowenig als ich, die ich eine Frau bin, die liebt. Aber es ist doch unbestreitbar eine Macht, die größer ist als wir. Zu der will ich beten.« Sie ließ sich auf die Kniee fallen. Ihre Hände verkrampften sich. Inbrünstig, betend: »Laß ihn sterben! Erlöse mich! Ich war lebend und lebte nicht. Laß ihn sterben!«

Richard faßte nach ihr, deren Gesicht gegen ihn erhoben war und deren Augen weit offenstanden. »Gemma!« Er riß sie auf, sie fester umklammernd. Sie schluchzte. Ihre Gesichter lagen aneinander, von den Lippen zerwühlt.

Einen Augenblick hing sie in seinen Armen. Dann stieß sie ihn plötzlich von sich. Die Hände wehrend ausgestreckt, zurückgeworfen: »Du darfst mich nicht berühren, Geliebter... Ich bin unrein von ihm... Kannst du diesen Körper noch begehren?«

Er stürzte vor. Als sie sich in einen Sessel sinken ließ, fiel sein Gesicht in ihren Schoß. Sie faßte seinen Kopf und strich sein Haar. Herabgebogen, suchte sie seinen Mund...

Sie preßte die Hand auf ihre Brust. Atemlos ließ sie sich zurücksinken. Er wühlte, auf ihr Knie gestützt, den Mund zwischen Hals und Schulter in ihr Fleisch.

An ihrem Ohr: »Ich habe dich mir so ersehnt, Gemma!«

Sie schloß die Augen, und ein Lächeln flackerte um ihren Mund, irrte um die Augen.

Er griff nach ihren Händen und brachte sie an seine Lippen, drückte sie sich gegen Schläfen und Augen.

Er erhob sich, ging umher und starrte in den Spiegel. Gemma trat neben ihn. Seine Schulter stützte sie, ihr weißes Gesicht lag gegen seine Brust. »Wir waren füreinander bestimmt, Geliebter«, sagte sie. »Es hätte uns nichts geholfen, zu fliehen ... Nicht wahr, wir werden uns nie trennen?« Er schüttelte den Kopf und faßte nach ihrer hängenden Hand. »Weil wir nie aufhören wollen, uns zu lieben, Gemma.«

Sie ließ seinen Finger fahren und zog ihre Schultern an, als ob sie fröre. Sie traf im Spiegel seinen Blick, der zitterte.

»Aber ...«

»Laß das heute, Geliebte ... Es bleiben uns noch andere Stunden, daran zu denken. Laß uns diesen Gedanken nicht die, in der wir uns fanden, vergiften.«

»Aber er läßt mich nicht. Er nistet in meinem Hirn und quält mich. Er ist furchtbar. Meine Stirn ist dunkel von ihm. Er beschattet mir alle Dinge ... Hilf mir!«

Er nahm sie in seine Arme. Sie an sich pressend: »Komm, ich küsse ihn von dir ab ...«

Von Tag zu Tag kam er zu ihr. Sie begleitete ihn durch den langen Korridor. Vor der Tür im Schlafzimmer blieb sie stehen und ließ ihn eintreten. Einmal, als seine Hand schon aufklinkte, faßte sie seinen Kopf in die Hände und küßte ihn, während in einem Nebenflur eine Tür schlug und ein Dienstmädchen vorbeihuschte.

Jeden Tag bekam er den weißlichen Körper des Kranken zu sehen. Er schlug die rote Steppdecke bis zu den Knieen zurück. Seine Griffe zergruben das weiche Fleisch. Ein Gefühl von Ekel und Haß umkroch ihn, knebelte ihn. Schweigsam beendete er sein Geschäft.

Ein schleimiges Lächeln war dem Kranken um den Mund gewachsen. Es verzerrte sich in einen Ausdruck von Schmerz, wenn die Fäuste des Arztes ihn peinigten. Er forschte in versteckten Fragen. Es befriedigte den Arzt, seine Hoffnungen mit brutal offenen Äußerungen niederzuschlagen. Wenn der Kranke sich in langen Stunden des Daliegens

Erwartungen aufgebaut hatte, zerstießen sie an einer Feststellung dieses fremden Menschen, der in seinem Organismus besser Bescheid wußte als er selbst. Sein Lebensvermögen ermattete in dieser Untätigkeit. Seine Gedanken trugen ihn nicht mehr bis in den Kreis des Lebens zurück.

Einmal entzog der Arzt dem Kranken einige Tropfen Blut. Er schlug die Nadel ins Ohrläppchen ein und sog die rote Flüssigkeit in die Glasröhre. Die unter den Decken erwärmte Luft schlug dabei über sein Gesicht. Richard fühlte sich derart angewidert, daß er Schmerzen in den Kopf bekam.

Ein andermal fand er das Zimmermädchen in der Krankenstube beschäftigt. Es tat Dinge, die nicht sehr notwendig erschienen. Der Kranke lächelte in den Spiegel, vor dem es stand und die Brust die Bluse spannen ließ. Richard konnte sich nicht entschließen, den lebenden Kadaver des Kranken aufzudecken.

Er ließ das Wasser über seine Hände strömen, ehe er hinausging. Er trachtete mit wahrer Wut danach, sich zu reinigen von den Berührungen des Kranken.

Gemma erwartete ihn. »Wie lebt er?«

»Er existiert.«

»Wie lange noch?«

»Nicht lange mehr... Der Verfall schreitet fort.«

Sie versuchte, ihm die Hand zu küssen. Er schob seine Hände unter ihre Achseln und hielt sie, daß ihr Gesicht vor das seine kam.

Sie fragte: »Liebst du mich?«

Er legte die Fäuste auf den Tisch und schwieg mit gepreßten Lippen... Da wußte sie, wie sehr er sie liebte, und war still.

Sie saßen sich beide gegenüber. Ihre Füße berührten sich. Aber es war dunkel zwischen ihnen wie ein Abgrund. Über dem Tische glühte das Licht. In dem alten Gebetsteppich, der die Platte bedeckte, begann das Rot aufzuleuchten und frischfarbig zu bluten, während die anderen Farben edelsteinkalt lagen.

Gemma seufzte. »Könnten wir von hier fort... Gleich, an diesem Abend...«

Er sagte: »Sollten wir fliehen? Nach Amerika hinübergehen? Soll ich Stiefel putzen und Gläser spülen?... Willst du unsere Liebe den Gefahren des Elends aussetzen?«

»Dann ersinne einen Ausweg, Geliebter.«

»Habe Geduld. Wir müssen warten... Leidest du so?«

Sie beugte sich und griff nach seinen Händen. »Bedenke: der Tag hat vierundzwanzig Stunden..., und zweiundzwanzig bin ich ohne dich...«

Er küßte in ihr niedergehaltenes Haar. Sie hielt sich seine Hände an ihr Herz. »Und du schläfst die Nacht sowenig als ich... Was wollen wir tun, dagegen?«

Sein Kopf glühte; aber die Haut spannte trocken über seine Stirn und die Backenknochen. Die Haarwurzeln schmerzten wie heiße Asche. Es lief ein Zittern über seinen Rücken, das weh tat.

Er küßte Gemma wild, sog ihre Lippen in seinen Mund; das befeuerte ihn mehr.

Er sprang auf. Lächelnd ließ Gemma sich zurücksinken, aus Lidspalten ihm nachsehend. Den Hals angezogen, lehnte er sich an die Wand und legte die heißen Hände flach auf die Tapete. Das rettete ihn nicht. Entfernt von ihr, überkam ihn Sehnsucht nach Nähe, nach Berührung dieses Körpers.

Er trat hinter ihren Stuhl, die Hände auf dem Rücken verfingert. Sie legte den Kopf weiter zurück. Ihr Gesicht war mild, ein wenig unwirklich und lächelte. Von oben sah er ihren Mund, feuchtrot, und die weiße Spange der Zähne, über den Busen, in glatter, straffer Seide, in ihren Schoß.

Eine letzte Besonnenheit entwich ihm, als sich bei einer Bewegung der Ausschnitt ihres Kleides verschob und ihm die Körperwärme, vermischt mit dem süßlichen Duft ihrer Wäsche, übers Gesicht schlug. Es ergriff fiebernd sie beide...

Sie entwand sich ihm. Er fiel mit der Stirn in den Sessel, der heiß von ihr war. Ihr Schatten trat dunkel in das Helle des Spiegels. Sie betastete die Stirn nach einem Schleier, der ihr das Sehen trübte.

Als sie sich umwandte, stand er am Tisch, das Gesicht gesenkt und im Dunkeln. Auf seinen Händen war Lampenschein. Sie sah ihn an, dunkel, durchdringend. »Lieben wir uns denn wirklich so?... Es ist furchtbar, wie wir gegen uns kämpfen... Es hilft uns doch nicht über unsere Liebe hinweg!«

»Nein... Aber er...? Er ballte die Fäuste, seine Schläfen schwollen. Sie legte die Wange an seine Brust. »Er muß doch sterben...«

Vor dem dreiteiligen Toilettenspiegel saß Gemma im Korbsessel. Sie zog die Schnur, die die graue Seide unter der Büste raffte, durch die Hand.

Sie lauschte, stand auf und schlich zur Türe, das knisternde Kleid mit zwei Fingern gehoben. Die weiße Türe klaffte einen schmalen schwarzen Spalt breit. Unten hörte Gemma Richards Stimme mit dem Diener sprechen. Eine Türe ging. Sein Schritt kam die Treppe herauf. Allein.

Gemma schaltete die Deckenlampe ein. Das Licht schoß durch den Raum. Sie preßte die Schläfe an den Türrahmen und horchte hinaus, vorgebeugt, angespannt.

Jetzt war er im Korridor. Er hielt den Schritt an; er kam näher. Er ging ohne Licht. Sie hörte seine Hand die Tapete abtasten. Er stockte. Jetzt mußte er an ihrer Türe sein und das Lichtband sehen. Er war im Begriff vorüberzugehen. Sie riß die Türe auf und stand in vollem Lichte da. »Richard!«

Er trat auf die Schwelle. »Was willst du, Gemma... Du bist noch nicht zu Bett?«

Sie lag mit dem Rücken gegen eine weiße Kommode und starrte ihn an. »Nein. Hilf mir, das Kleid öffnen...«

Er kam einen Schritt näher und schaute sich um. Dann, mit einem Blick auf sie, sagte er: »Ist das Mädchen nicht da?«... Und sie: »Ich habe sie zu Bett gehen heißen... Du hast noch gelesen?«

»Es waren Briefe da, für mich.«

»Nichts, was mich angeht?«

»Nein, nichts...«

Plötzlich fühlte er die offenstehende Tür im Rücken und klinkte sie zu.

Gemma, vor ihm, wandte sich halb, das Kinn weich auf die Schulter legend. »Hake mir das Mieder auf.«

Wie er in die Seide faßte, ließ sie sich gegen ihn fallen, den Kopf hintenübergeworfen.

Er berührte sie sanft und hielt sie mit starken Händen von sich ab. »Bist du so müde, Gemma?«

Ihre Augen weiteten sich und waren leer, grundlos wie Spiegel. »Nein...«

»Doch, doch... Der Abend war anstrengend für dich... Du zitterst.«

»Ich habe deine Hand so lange nicht mehr auf meiner Haut gefühlt... Nein, nein, sag nichts. Vielleicht ist es wahr, daß ich müde bin. Aber ich fühle darum feiner und empfindsamer als sonst... Als ich vorhin hinter dir aus dem Wagen stieg, da fühlte ich, indem ich die

Augen schloß, die Nacht klar und kalt wie schwarzes Glas um mich und die Sterne lichtgefroren, steil in der Finsternis. Ich bin nervös, überreizt. Als ich herauf kam – das Mädchen schlief nicht –, um mich entkleiden zu lassen, da hatte ich Furcht vor den Spiegeln, in denen ich meinem Bilde begegnen würde. Wie die Finger des Mädchens mich im Rücken berührten, fuhr ich zusammen. Ich mußte es fortschicken; es war mir unerträglich, mich von seinen Händen anfassen zu lassen. Mein Körper schaudert vor Berührungen.« Er strich ihr das wilde Haar aus der Schläfe, von den Augen. Zu einem Sessel geleitet, ließ er sie sitzen und schob ihr ein Kissen in den Rücken. Sie küßte hastig über seine Hand, legte die Stirn darauf. Er wand seine Finger aus ihrer Umklammerung. »Du brauchst Ruhe, nichts als Ruhe.«

Sie schob ihm das Gesicht zu. Es zuckte darüber, und ihre Mienen sanken ein. »Dich brauche ich, Richard.«

Er lag mit den Schultern dunkel gegen einen weißen Schrank. »Gemma, was heißt das?... Deine Nerven befinden sich durch die Ereignisse in einer Spannung, die zeitweise gefährlich ist. Ich selbst, ich leugne es nicht, bin von einer seltenen, meiner Natur fremden Reizbarkeit. Aber unser Zustand ist begreiflich, allzu begreiflich, durch die Erlebnisse der letzten Monate. Der Tod eines Menschen, dessen Leben unsere Existenz so beherrschte, wirkt naturgemäß einschneidend in die Folge der Dinge. Es war vorauszusehen, daß dieser wahnsinnigen Kräfteanspannung eine Erschöpfung folgen würde. Ich riet dir damals, nach... dem Ereignis, diese Krise voraussehend, zu einer längeren Reise. Du weigertest dich.«

»Weil ich wußte, daß ich es nicht ertragen würde, allein zu sein. Verstandest du mich denn nicht?«

»Ob ich dich verstand, ob nicht: ich riet dir, was ich als Arzt für gut, ja, für unerläßlich befand. Du brauchtest eine Ausschaltung des Bildes, in dem deine Umwelt sich dir eingeprägt hatte. Zwischen Geschehnis und Szenerie knüpfen sich Beziehungen. Man befreit sich vom Eindrucke des einen nicht, wenn man das andere nicht wechselt. Diese Abspannung ist erforderlich, wenn wir uns der gefahrvollen Nachwirkung eines Erlebnisses entziehen wollen... Du beharrtest, eigensinnig wie ein Kind, auf deinem Willen, zu bleiben.«

»Du hättest mich nicht von dir fortgelassen, wenn du mich liebtest, wie ich dich, Richard.«

»Du mußtest fort, und ich konnte dich nicht begleiten. Ich mußte auf meinem Posten bleiben. Was hätte die Welt dazu gesagt, wenn der

Arzt, unter dessen Händen dein Gatte starb, die Witwe auf Reisen begleitete?... Man hätte uns beschuldigt. Gemma, du weißt nicht, wie die Welt richtet.«

»Hattest du sie zu fürchten?... Nein, du kümmertest dich selten um sie. Du lebtest in einer Abgewandtheit, die dich ihr fast entfremdete... War es nicht mehr die Absicht, eine Zeitlang von mir befreit zu sein? Warst du nicht meiner ein wenig müde geworden?... War es nicht, damit ich lernen sollte, ohne dich auszukommen, damit meine Liebe erlöschen, ich mich irgendwie an einen anderen verlieren sollte?«

Mit seinen weißen Händen wehrte er ab. »Gemma, was du da aussprichst, sind kranke Träume.«

Sie kam auf ihn zu, mit ausgestreckten Armen, berührte seine Schultern. Ihre Augen waren bang und dunkel. Gesicht bei Gesicht, schmerzlich, sehnsüchtig: »Liebst du mich?«

Er starrte gläsern über sie hinweg. »Gemma, das ist die einzige Frage, die man nie beantworten sollte.«

Ihre Hände fielen verzweifelt an ihm herab. Sie wandte sich, die Hand an der Stirn, dann ins Haar krallend, ab. Geschüttelt ließ sie sich in einen Sessel fallen.

Richard ging über den Teppich und faßte die Türklinke in die Hand. Aber es band ihn an dieses Zimmer. Und er ging wieder zurück, auf und ab.

»Richard...«

»Ja?«

»Bist du noch da?« Mit trockenen Augen schaute sie auf ihn. »Verzeih, wenn ich an dir zweifelte. Ich bin so oft enttäuscht worden... Und ich mußte auf deine Liebe lange warten... Wir haben so furchtbare Dinge hinter uns, daß wir auch heute noch nicht miteinander heiter sein können. Vielleicht lernen wir's noch, wenn die Erinnerungen ein wenig blasser geworden sind. – Habe Geduld mit mir..., und liebe mich...«

»Habe ich dich enttäuscht? Hattest du mehr von dieser Liebe erwartet?«

»Wir erleiden furchtbare, oft kühne Träume, Geliebter... Aber ich habe mich längst an die Maße gewöhnt, mit denen hier gemessen wird. Früher verstieg ich mich oft, daß mir schwindelte... Aber du, vielleicht bereust du es doch, daß du eine Frau geheiratet hast?«

»Ich wußte, was ich tat. Es war mir vollkommen bewußt, daß eine Frau eine weit gefährlichere Macht ist als ein Mädchen, das keine

Waffe hat als seine Jugend und vielleicht noch eine frühe Schönheit. Ich habe die gleichwertige Kraft in dem Menschen, den ich mir verband, gewollt. Ich brauche das Gleichgewicht, das der Frau durch Erfahrung wird, notwendig gegen mich. Sie ist etwas Reifes, etwas Vollendetes. Ich war zu weit voraus im Leben, um meine Kräfte daran verschwenden zu können, aus einem kaum entwachsenen Kinde das zu machen, was du bereits warst. Ich bedurfte des Widerstandes in dir, der meine Energien auslöste.«

»Wie du dich geliebt hast in mir! Es macht mich stolz, Lieber. Ich fühle mich deiner so sicher wie nie.«

»Dich habe ich geliebt, Gemma!«

»Ja, es ist dasselbe. Ich nenne es nur ein wenig anders. Glaubst du nicht, daß wir in diesen Dingen besser Bescheid wissen? Man läßt uns so viele Stunden, zu sinnen und träumen. Und wir denken körperlicher als ihr. Wir gehen sicherer, weil wir alles zweifach fühlen: mit den Sinnen und mit dem Körper.«

»Du sprichst, als hättest du eine Enttäuschung zu verwinden, Gemma...«

»Glaubst du?... Ein Mann, der seine Frau liebt, sollte so Bescheid in ihr wissen, daß nicht ein Gefühl in ihr ihm dunkel bleibt.«

»Ich denke, daß er aufhören müßte, sie zu lieben, wenn er sich erst auskennt in ihr. Aber es kennt sie keiner je. Das ist eins von den Gesetzen, die das Fortbestehen der Welt verbürgen... Ich möchte nur wissen, wie du dir das Zusammenleben von Mann und Frau vorgestellt hast.«

Sie erhob sich aus ihrem Sessel. Sie trat zu ihm und legte ihm mit einer zuckenden Bewegung die Arme um den Hals. An ihm hängend, dicht vor seinem Gesichte: »Warum wolltest du wieder an meiner Tür vorübergehen?... Abend um Abend habe ich auf deinen Schritt draußen gelauscht. Du schlichst vorüber, als wolltest du mich fliehen. Du gingst leise, damit ich dich nicht hören sollte. Du wagtest es nicht einmal, Licht zu machen, damit der Schein nicht durch die Türspalte fiele. Aber ich wußte es immer, wenn du draußen nach deinem Zimmer tastetest. Ich wartete... Warum bist du nicht gekommen?«

Er löste ihre Umarmung. Seine Schultern drückten den Schrank, an den er lehnte. »Ich wollte dich nicht stören, Gemma... Es wurde spät, in den letzten Tagen. Man nimmt uns mit Einladungen ein wenig zu sehr in Anspruch. Ich habe viel zu tun. Es warteten wichtige Briefe auf mich. Der Tag läßt mir keine Zeit. Ich stehe in der Vorarbeit einer wertvollen Entdeckung. Gedulde dich, Liebe. Die Tätigkeit erschöpft mich. Ich bin unendlich müde und brauche ein paar Stunden Alleinseins.«

Seine Hand fuhr flüchtig über ihr Haar. Sie senkte den Kopf unter seiner Berührung. Plötzlich warf sie ihn zurück, schüttelte das Haar aus dem Gesichte. Glühend, an ihn gedrängt: »Bleib! Bleib heute Richard!«

Ihr Körper lag still schauernd an ihm. Die Seide rieselte über seinem Beben.

Er stieß sie von sich. Sein Gesicht verzerrte sich; gewaltsam preßten sich die Lider herab über die Augen. Seine Hand fuhr an die Schläfe, über die Stirn.

Gemma schaute mit aufgerissenen Augen in seine Mienen. Ihre Lippen waren stumm, zum Schrei geformt. »Was hast du, Richard?!«

Er wehrte ab mit der Hand. Heiser über die Lippen: »Nichts, nichts... Die Nerven?... Das Licht?...«

Mit zwei Fingern in das schleppende Kleid packend, sprang Gemma zur Tür und schaltete die Deckenlampen aus. Nur die Lichter um den Spiegel brannten noch. Dann, wieder bei ihm stehend, legte sie ihm ängstlich die Finger auf die geschlossenen Augen.

Er legte den Kopf zurück: »Laß..., es ist gut. Ich brauche Schlaf.«

Sie sann ihm ins Gesicht. »Ich war einmal tief in der Nacht vor deiner Türe. Du lagst wach und wälztest dich.«

»Du..., in der Nacht?«

»Ja, ..., ich mußte dich atmen hören.« Sie seufzte. »Mach mir das Mieder auf, Lieber.«

Er hakte ihr das Kleid los, von unten nach oben. Dann löste er ihr das Schloß der Halskette. Als seine Finger ihre Haut berührten, vibrierte ihr ganzer Körper. Sie faßte seine Hände und zog sie sich über die Schultern auf ihre Brust pressend. Das Kleid war von den Schultern herabgerauscht.

Einen Augenblick starrte er krampfig auf den nackten Rücken vor seinem Gesichte, dessen Wärme er aufsog. Dann stieß er den Körper von sich, wild, roh, verzweifelt. Seine Zähne schlugen aufeinander, und er taumelte gegen den Tisch zurück.

Gemmas Füße verwickelten sich in dem Seidenbausch auf dem Boden. Mit vorgestreckten Händen fiel sie erschrocken gegen die weiße Kommode.

Beide starrten sich an, Gemma vorgebeugt, dunkel..., lauernd..., er, das Kinn auf der Brust hängend, mit gespreizten Fingern an der Tischplatte klammernd. Ein leises Röcheln brach aus seiner eingefallenen Brust.

»Richard, was war das?!... Du fährst zurück vor mir? Dir schaudert?... Du hast etwas, was ich nicht weiß!«

»Nicht, nichts... Es war ein Anfall...«

»Nein!... Vor meinem Körper schauderst du zurück. Du wagst es nicht, mich zu berühren. Du fliehst an meiner Tür vorbei und liegst schlaflos. Es sind Gedanken in dir, die ich nicht kenne. Du bist kalt und feindlich gegen mich, seit wir von unserer Reise zurück, wieder hier sind. Ich fange zuweilen Blicke von dir auf, die von einem Gefühl dunkel sind, das mir fremd ist an dir.«

Während er in einem Sessel kauerte und, die Stirn in die Hände gelegt, schwieg: »Unter Menschen beherrschest du dich; aber ich habe doch empfunden, wie schwer es dir wird, mir auch nur mit dem Schein von Liebe zu begegnen. Wir sind drei Monate verheiratet, und du meidest mich; meidest mich unter Vorwänden... Du vergißt, daß ich eine Frau bin, eine Frau, die dich liebt. Ich habe an eine Überempfindlichkeit deiner Nerven geglaubt, an eine Abspannung, ein Kranksein. Aber es ist etwas anderes, etwas Abgründiges, vor dem mir bangt... Habe ich dich verloren?... Laß mich nicht um die Wahrheit betteln müssen?«

»Es wird vorübergehen..., es muß. Ich bin krank, du bist krank.«

»Ja, krank sind wir beide... Noch sein Schatten vergiftet unser Zusammenleben, unsere Liebe. Der Lebende ist uns minder furchtbar gewesen als jetzt der Tote... Aber du hast noch etwas, außer dem... Erinnert mein Körper, wenn du ihn berührst, dich zu sehr an Umarmungen, die er hat erleiden müssen?... Sie sind ausgelöscht durch den ersten, einzigen deiner Küsse. Ich bin rein. Ich habe keine Erinnerung mitgebracht... Schon damals, auf unserer Reise, fühlte ich, daß ein leises Grauen in deine Liebkosungen gemischt war. Oft, wenn ich mich in deinem Rasen eben lächelnd verlieren wollte, riß mich ein Blick in dein Gesicht zurück. Ich zog dich an und stieß dich ab, ich versuchte zu glauben, es sei ein Spiel deiner Männlichkeit. Ich liebte dich zu sehr, um an deinen Verlust denken zu können... Aber bald wußte ich, daß deine Gedanken die Vergangenheit durchgruben. Ich suchte mit meinem Körper deine Sinne einzufangen; die Macht, die dich ablockte von mir ins Dunkle, zu bezwingen. Dein Begehren war erloschen. Vor meinem Körper schaudertest du. Ich wußte aus den Spiegeln, daß er schön war wie ehedem; schöner, da er es für dich war… Wir kamen zurück nach hier, in dein Haus. Du entwöhntest dich ganz meiner…«

Er hatte, die Stirn auf die Tischplatte gelegt, vornübergebeugt gesessen. Langsam hob er den Kopf und stellte das weiße Gesicht zwischen seine aufgestützten Fäuste. Er sprach, leise und dumpf, zwischen den Lippen hervor: »Mir schaudert vor deinem Fleische, weil es schön ist; weil ich es ihm nicht vergessen kann, daß ich darum zum Mörder geworden bin.«

Gemma griff sich an den Kopf. Mit einer Handbewegung warf sie das Haar von der Stirn. Schrill, hysterisch lachte sie auf, mit bloßen Zähnen, zerkrümmten Lippen. Ihre Brüste zitterten. »Du bist toll…, du!«

Er saß schwer, stumpf; seine Hände fielen auf den Tisch. »Nein… Ich habe ihn sterben lassen.«

Sie entgegnete geängstigt, heftig: »Ja. Du konntest den Tod nicht aufhalten. Du bist Arzt; aber das kannst du nicht.«

»Wenn ich gewollt hätte, lebte er…, Gemma.«

»Nein, du lügst. Du willst großtun. Du bist so ehrgeizig, daß du meinst, das Sterben wäre eine Blamage des Arztes. Ich glaube dir nicht… Glaube nichts davon…« Sie lachte trocken auf.

Er sprang hoch und warf sich über sie, die sich unter seinem Griff duckte und zusammenzog. Er packte sie bei den Armen und hielt sie. »Ich habe ihn getötet!…«

Wie ringend lagen ihre Körper einen Augenblick aneinander, und jeder sah nur das große dunkle Entsetzen im Auge des anderen. Seine Finger erschlafften, lösten sich. Sie taumelte zurück und lehnte an die Wand, während er an einem Stuhl Halt suchte. Aufgerichtet sah sie auf ihn. Mit einem Zucken um den Mund: »Du hast mich geliebt.« Sie schloß die Augen.

Er legte das Kinn in die Hand. Mit schwerem Atem: »Es gibt nach dem kein Zusammenleben mehr für uns…«

Sie zuckte zusammen. Nachdem sie stumm blieb, sagte er dumpf: »Ich werde reisen…«

Sie riß die Augen auf und starrte sinnend über ihn weg ins Leere.

Langsam tat sie einen Schritt zu ihm hin und berührte seine Schulter. Ohne ihn anzusehen: »Ich fühle, daß ich es gewußt habe… Er mußte sterben. Nicht du, ich habe ihn getötet…, mein Wunsch.«

Er wandte ihr sein Gesicht zu. »Du bist furchtbar, Gemma.«

Sie ergriff seinen Kopf mit beiden Händen, ihn in ihren Schoß pressend. »Wir lieben uns!... Vergiß das andere.«

»Vergessen?! Ich kann nicht vergessen; nie... Ich habe einen Menschen, der sich nicht wehren konnte, getötet. Er hatte Vertrauen zu mir, und ich zerstörte ihn mit dem Mittel, von dem er Heilung erhoffte. Es war ein Gift, das heilen und töten kann. Ich lenkte es nach meinem Willen. Es ist wahr, ich haßte ihn; aber mein Haß hörte mit ihm auf.«

»Willst du mich nicht teilhaben lassen an deiner Tat?... Ich war es, die deinen Willen beeinflußte. Um dir zu zeigen, wie unerträglich er mir war, betete ich um seinen Tod. Ich erzählte dir, wie er meinen Körper – den Körper, den zu begehren ich dich gelehrt hatte – mißbrauchte, schändete... und ließ dich dann zu ihm ans Bett treten, lieferte ihn deinem Hasse aus... Siehst du denn nicht, daß hinter allem, was du tatest, ich stehe?!... Du sagtest nichts; aber als er tot war, wußte ich, daß er an dir gestorben war, um unserer Liebe willen, die leben mußte... Als du mir eben die Wahrheit, die mir nicht fremd war, sagtest, erschrak ich nur, weil der Gedanke in mir eingeschlummert war. Du wecktest ihn zu jäh; dein Gesicht war furchtbar.«

Er wehrte ab. »Was ich tat, hat mit dir nichts zu schaffen. Du kranktest an Träumen. Deine Phantasie entartete, weil du Sehnsüchte hattest, die keine Befriedigung fanden. Das ließ dich die einfachsten Gefühle komplizieren. Ich hätte Besinnung genug gehabt, um mich deinen Wünschen entgegenzustemmen.«

»Ich tat noch mehr, Lieber. Ich setzte mich zu ihm ans Bett, lange, und hörte seinen Worten zu, während seine Augen mich beschmutzten. Es ekelte mich, aber ich ertrug's. Ich beschäftigte seine Gedanken, daß sie von mir nicht loskommen sollten. Wenn seine Gedanken ihn quälten, würde er sie aussprechen, und er sprach mit keinem als dir. Es mußte deinen Haß unersättlich machen, dachte ich, ihn von mir... so sprechen zu hören... Ein Mädchen nahm ich in Dienst, von dem ich schlimme Dinge wußte. Ich ließ es stundenlang allein in der Wohnung. Einmal, als ich heimlich kam, trat es mir überglüht, mit zerknitterten Kleidern und wüstem Haar aus seinem Zimmer entgegen. Es befriedigte mich, denn ich sah meinen Plan gelingen. Oh, ich ahnte, was für Dinge hinter diesen Türen geschahen. Aber ich ließ es zu, ich begünstigte es. Wirkte es doch gegen ihn, bereitete es ihn doch vor für deine Tat..., für die Tat, die ich von dir erwartete.«

Er kniete, sie anstarrend in seinem Sessel. Sich ins Haar fassend: »Gemma...«

Sie hob atmend ihre Brust und legte den Kopf in den Nacken zurück. »Ja, Geliebter, bewunderst du mich nun? Ist meine Tat der deinen nicht überlegen? Ist sie nicht kunstvoller, nicht bewunderungswürdiger? ... Ich glaubte manchmal, es würde nichts den Ekel in mir zu überwinden vermögen.«

Er wandte sich ab. Über die Schulter nach ihr: »Ich verabscheue dich ...«

»Du!? ... Nein, nein; ... du bist erschrocken vor mir. Du bist dir nicht klar. Ich darf deine Worte jetzt nicht wägen. Du willst die Tat für dich in Anspruch nehmen, weil du ein Mann bist. Aber wir teilen sie.«

Er lehnte an der weißen Türe, eine Hand um die Klinke gespannt. »Ich habe nichts mit dir zu schaffen. Mach mir meine Tat nicht gemein. Ich wollte dich retten ... Du bist eine Verbrecherin. Dich muß ich verachten!«

»Ich bewundere dich, Richard. Was hast du von mir verlangt? ... Sollte ich duldsam warten, bis alles vollzogen war, um dann dem Retter dankbar an die Brust zu sinken? Um dann den Mann in dir anzubeten, der mich meinem Peiniger entrissen? ... Du willst mich verachten dürfen, weil ich statt dessen nicht untätig blieb und seinen Tod um so gewisser und sicherer machte ...?!«

Er warf sich in die Brust. »Du erniedrigst, was ich tat. Der Gedanke an dich machte mich rücksichtslos.«

Sie kräuselte die Lippen. Über einen Stuhl weg, die Arme aufgestützt, zu ihm: »Wie du dich zu verteidigen bemühst ... Dachtest du denn nicht auch an dich? ... Stand er nicht deiner Leidenschaft, deinem Begehren im Wege? ... Sei doch ehrlich! Du stellst dich vor einen Spiegel und spielst den Helden und möchtest selber daran glauben können.« Sie stieß den Stuhl auf den Boden.

Er legte die Hand auf die Brust. »Wer nicht daran glaubt, beschuldigt mich ..., Gemma.«

»Nein, ich glaube nicht daran. Möchtest du dich doch auch ohne Lüge schuldlos fühlen können. Ich glaube an den Egoismus, der bis zur Liebe groß sein kann, ich glaube an eine Begierde bis zur Tat, an die Grausamkeit und Unentrinnbarkeit der Dinge; aber ich glaube nicht an Edelmut, nicht an Schuld ... Ich bedaure dich, denn du leidest unnütz an dem, was du getan.«

»Aber es hat unser Zusammenleben vernichtet ...«

»Geliebter, jetzt stehen wir gleich. Unser Vertrauen gegeneinander war grenzenlos. Ist es dir noch nicht denkbar, daß wir eins werden können?« Beim Tisch fiel er in einen Stuhl.

»Du hast recht. Wir sind einander wert. Es wird eine Hölle werden.«

»Du träumst... Es wird eine Liebe sein. Würde es dich befriedigt haben, wenn ich, nichts als die kleine schöne Frau, deren Körper dir zum Liebkosen da war, bei deinem Geständnisse aufgefahren wäre, dich des Verbrechens geziehen, mich mit Abscheu und Entsetzen abgewandt hätte... und dir dann, überwältigt von deinem Opfermut, deinem Heroismus, reuevoll dankbar zu Füßen gesunken und die Hände geküßt hätte, die Hände, die das für mich taten?... Wolltest du diesen Reiz auskosten? Enttäuschte ich dich?«

Er richtete sich auf. »Werden wir uns noch ohne furchtbaren Gedanken sehen können? Werden wir inmitten unserer Umarmungen nicht plötzlich von ihm geweckt werden, Gemma?«

Sie breitete die Arme aus, rückwärts vor dem Spiegel und seinen Lichtern stehend. »Ist mein Körper jetzt minder schön? Sind deine Begierden nicht ebenso stark?«

Er faßte mit den Händen hinter sich an die Tischkante. »Muß dir nicht grauen, wenn ich dich küsse?«

Sie bog den Hals aus den Schultern. »Sind deine Lippen denn andere?«

Es durchzitterte ihn. »Versuch's!«

Sie flog gegen ihn an, von seinen Händen erfaßt, und bog ihr Gesicht unter seinen Mund.

Er hielt sie von sich ab und sah ihr unter die Lider. »Ich habe deinen Gatten getötet!«

Sie schüttelte heftig den Kopf und lächelte mit den Lippen. »Es hat ihn getötet!... Nicht mein Wunsch..., – nicht deine Tat... Unsere Liebe!«

Er riß sie an sich; unter gierigen Küssen: »Eine Liebe, die tötet...«

Sie zitterte in der Umarmung. Erstickt: »Wenn sie nur auch lebt!«

Seine Hände verloren sich an ihr. Eine trockene Glut umflammte sein Gesicht. »Gemma!«

Sie gewährte sich lächelnd seinen Lippen. Flüsternd: »Es ist für ewig...«

Er über ihrem Gesichte: »Kennen wir uns denn?«

Sie warf den Kopf zurück: »Wir erraten uns...«

ERNST WEISS

DIE VERDORRTEN

I

Edgar und Esther kannten einander viele Jahre, bevor sie einander liebten. Sie änderte sich in diesen Jahren nicht viel: groß, blond, die Haare schwer um den schmalen Kopf, schiefgestellt die blauen Augen, ihr Mund groß oder klein, weich oder hart, kindlich oder verbittert, wie sie eben lebte, an Regentagen war er anders als an starken, sonnigen.

Er liebte an ihr den spitzigen gotischen Bogen ihres Kinnes, ihr Gesicht konnte er dann zwischen zwei Finger nehmen, leise hin und her bewegen, und es strömte wie Licht ohne Grenzen. Für Augenblicke wurde sie, war sie: wovon er träumte – ein Wesen ohne Wissen, ein Etwas, umschwungen von ewiger Sommerzeit, schwimmend in Duft wie in einer eigenen Welt! Ein Stern, allem Bekannten unbekannt, entfernt von Tier, von Pflanze, eine starke Gewalt, beide Hände triefend voll mit Wollust, etwas Tiefes zum Hineinversinken, dem Schlafe gleich und dem Tod, dem ersehnten, dem gefürchteten.

Das war sie nicht. Sie war ein Mensch aus bürgerlichen Kreisen, ein Herz, noch unberührt, in ihrer Blüte ein junges Mädchen. In ihrer Blöße eine zitternde Braut, das hatte Esther zu geben, das gab sie ihm.

II

Er wollte sie besitzen, immer zu ihr zurückkehren können. Aber auf die Dauer konnte er mit ihr nicht leben. Er konnte überhaupt nicht dauernd mit Menschen Wand an Wand, Mund an Mund, Brust an Brust leben. Es beengte ihn bis zur Angst des Erstickens, er haßte, er verfluchte, stampfte in die Erde Vater, Mutter. Die Samtmöbel im Zimmer, die Geliebte, den Hauch ihres Atems, den etwas vergilbten Einsatz ihres Hemdes, ihr Haar, das er am Tage nachher in seinem Kamm fand oder auf dem Grunde seines Waschbeckens, alles reizte ihn zum Erbrechen, als ziehe es sich durch seinen Hals die Kehle herab! Wie als Kind trieb er sich viel herum auf steinigen Bergen, sprach zu sich, sang stundenlang zu dem Takte seiner Schritte, zu dem Stampfen der Lokomotiven, zu dem Surren der Zentrifuge in seinem Laboratorium, während er umherging.

Er liebte die Freiheit über alle Worte, aber er liebte auch die Menschen, und zwischen beiden schwankte er. War die Geliebte verreist, dachte er an sie in allerinnigster Sehnsucht, schwoll an mit der schwersten Qual des gierigen Geschlechts. Wieder sah er, und die Wehmut jugendlicher Tage kam nie mehr, die rauschende Halle des Fernbahnhofes, Eisen und gebräuntes Glas, die überstickte Schwüle des Wartesaales, in Wehmut preßte sich der kleine Hügel ihrer unbewehrten Brust an seine Schulter beim Abschied des Abends, feucht und schwer machte der sich verdichtende Nebel ihr sanft fallendes Haar, rührend rauschte es an seinen Lippen vorbei, demütige Liebkosung! Wenn sie gerade entschwinden wollte, fühlte er sie ganz: die holden Brüste, die schräg gleitende Falte, von der Schulter abwärts, ihren kleinen Fuß, den er wie ein Stück warmes Elfenbein zwischen seinen Händen rollte, und ihr Duft, unvergeßlich war ihr Duft zu Anfang ihrer Liebeszeit, scharf und sommerlich zugleich, ein fremdes Gewürz, das sie mit ihrer Unschuld dahingab, das ihn dann nie mehr zu Tränen überwältigte. Aber wenn sie wiederkehrte, etwas blieb auf immer verloren.

So erlebte er, daß nicht nur das Sterbliche am Menschen verwesen konnte, sondern auch das Unsterbliche, die glühende Flamme, Duft von Seele zu Seele, die letzte, die einzige Wirklichkeit, wie ein Pfeilerbogen gespannt über zwei Säulen, unerschütterlich dem Blick, aber nicht der Zeit!

An manchen Tagen verblaßte auch das Stärkste bei ihnen beiden, das Letzte kam nicht, war nicht zu erreichen, mit den Spitzen der Zähne nicht zu erraffen.

Schon vorher hatte er sie nackt gesehen, in der schwankenden Kühle ihrer Gestalt am weißen Porzellanofen, schon früher hatte er ihre Hände in den seinen gehalten, während sie langsam erkalteten in der beginnenden Glut ihrer Begierde. Wußte er nicht um ihr Zittern, wie ein Mond wuchs auf der lichte Stern ihrer Augen, etwas schräg in dem Dunkel des weißwolkigen Gesichts, und überall war Licht. Unendliche Vereinigung, zweier Sterngebilde gleichmelodisch schwebender Tanz, Ehe der Ehen, das ersehnte er. Esther aber war das verführte Kind, der geschlagene Feind, der bestochene Besitzer, ärmer jetzt als der Bettler, in dessen Hut er seinen Heller hatte fallen lassen.

Sie waren beide jung, das war ihr letzter Besitz, und er schien unerschöpflich. Gesundheit lebten sie wie Unsterblichkeit.

Der Sommer war schön, schön war es, auf der Terrasse des Kaffeehauses zu sitzen nachts, ohne Bewußtsein der Zeit, hinter den verstaubten Oleanderbüschen gedeckt, Nacht schwebte um sie, sie saßen noch, als Licht verlöscht war, und im Dunkel, im Schweigen, glaubte der Mann zu sehen, wie die starren Spitzen ihrer eisenschweren Brüste durch den weißen Batist ihres Kleides stachen, das, wie bei einem Kinde hoch geschlossen, sich kräuselte um ihren wild pochenden Hals.

Das herrlichste war jetzt nicht mehr das allein mit ihr im dunklen Zimmer, im Widerschein des dunkelpurpurnen Seidenteppichs, sondern im Freien mit ihr zu leben, nie hatte er Tage, Nächte empfunden wie jetzt, der Mai, der Juni, immer wolkenlos, wolkenlos, weit ging er mit ihr, ohne zu reden, bis in die Nacht, in der Nacht schimmerte ihr weißes Kleid, ihr bloßer Nacken, wie zart stieg alles an ihr empor! Sie gingen schnell, sie liefen, die goldene Kette um ihren Hals klirrte, aus ihrer noch von der Nachmittagshitze erregten Brust schwamm Duft, bitter und süß, duftend ihr feuchter Mund nach Niewiederkehr, ganz war sie umwölkt von dem quellenden Safte vieler gepflückter Pflanzen.

Nie fühlte er Müdigkeit, alle Glut entzitterte ihm zu unbeschreiblichem Entzücken, er liebte sie wie ein hochgeschwungener Ton von der tiefsten Tiefe aufrührend ihr sommerfeuchtes Fleisch, und beide waren wie ein unhörbar hohes, durchdringendes Schwingen am Ende ihrer Liebe, am Ende der erreichbaren Welt. Sein Schweigen nachher eins mit dem Schweigen des Waldes, ihr Zittern, so mädchenhaft, eins mit dem Zittern der windgestreiften Birke. Immer neu, immer jungfräulich erwachte unter Bäumen der nächste Tag den Liebenden. Als sie nach der Reise wiederkehrte, war es nicht mehr die gleiche Luft, die gleiche Zeit. Sie fühlte tiefer, tiefer gruben sich ihre Frauenschritte in den Boden.

Ihn hatten diese Monate des Fernseins jünger gemacht um Jahre, er hatte Esther ersehnt, anders, als sie ihn verlassen hatte, leidenschaftlicher, dunkler, mit krallenden Wünschen, entflammenden Gebärden, wild alles emporreißend zu dem Unsagbaren, nicht einen nackten Körper bloß, eine nackte Seele. Sie aber war verwandelt in das Mädchen von einst, geschlossen zurück zur Knopse, stark im Schweigen. Jungfrau war sie nicht mehr, sondern einer Mutter Seele, eine mütterliche Zärtlichkeit. Sie war nicht mehr Esther, er war Edgar nicht mehr, sie lebten hintereinander, stets auf der Flucht einer vor dem anderen, stets beisammen in unselig verzaubertem Kreis. Soviel sie zusammen waren, soviel sie einander sagten, sie wurden einander fremd, und seine Treue zu Esther schien ihm Untreue zu sein gegen sich selbst.

Für kurze Zeit nur, dachte er, mußte er zu der alten Geliebten zurückkehren, dann erst begann eine neue Zeit, um soviel herrlicher als das Jetzt, als Esther in ihren schönsten Sommertagen herrlicher gewesen war als die »alleinige Zeit« vorher. Aber war es noch Esther? Nur eine Woche oder zwei hatte er sie gemieden, nun erkannte er sie kaum mehr wieder. Ganz grau wurde die alte Geliebte neben ihm. Jetzt war sie nichts als die Vernunft, der tägliche Tag, die kleine Entzauberung, die Wirklichkeit. Ihre Haare waren noch lastend und blond, aber Esther selbst in ihrem innersten Wesen schien ihm furchtbar ergraut.

III

Lange schon fühlten sie beide, daß sie einander nicht mehr mit Liebe von einst liebten, aber sie wußten zuviel voneinander, sie waren einander gewohnt.

Seine chemische Fabrik, die er in einem Vorort hatte, ging schlecht. Es kam eine gute Gelegenheit, sie teuer zu verkaufen und in dem in eine Aktiengesellschaft umgewandelten Unternehmen noch eine fast leitende Stellung zu erhalten. Aber war das ein glücklicher Zufall, so bewährte sich das Glück auf der Börse, wo er zu spielen begann, nicht so sehr. Er verlor die Hälfte seines Vermögens an drei aufeinanderfolgenden schrecklichen Tagen, das letzte ließ sich nur abwenden, weil er mit dem seine Geschäfte führenden Bankier seit Kindeszeiten befreundet war und der Bankier keine weitere Deckung verlangte, so daß das Engagement vielleicht bei einer Besserung der Konjunktur doch noch ohne großen Schaden abgewickelt werden konnte. Auf alle Fälle hatte er die fast leitende Stellung in der Fabrik, es war zwar sicheres, aber doch fremdes Brot und manchmal bitter für ihn. Es waren kleine Verhältnisse, in denen er lebte.

Die alte Geliebte war ihm auch jetzt treu. Sie hatte nie an besondere Glücksfälle geglaubt, sie war die Wirklichkeit, die Vernunft. Immer blieb die Sorge bei ihr, die Angst bewachte jede Umarmung. Das Keuscheste wurde schamlos, wenn sie, die Geliebte des Verarmten, daran dachte, daß sie ein Kind bekommen könnte.

Sie suchte und fand einen »Gelderwerb«. Leicht war es ihr nicht, die an fremden Türen zu klopfen nicht gewohnt war, aber es war leichter, als Edgar »zur Last zu fallen«. Das Böse der bösen Tage draußen trieb ihn und sie zu ihr und ihm.

Verzweiflung kam nach Jahren, kam nach lange geduldig getragenen Enttäusschungen. Er verzweifelte an ihr, sie am Leben.

Aber nach erbitterten Faustkämpfen mit Worten, denn zur Gewalt liebte er sie nicht genug, nach Hieben mit alten Beschuldigungen, längst verjährten Sünden gab es Umarmungen, es rauschten wortlose unbeschreibliche Nächte. Auch er erwachte aus ihrer Schwäche nicht mehr strahlend wie einst und herrlich verjüngt – beide entstiegen sie der Dunkelheit gealtert, verwüstet, entgöttert. Aus einer dieser Nächte wurde das Kind.

Sie dachten lange nicht daran, daß »es« möglich sein könne, aber dann kam eine Zeit, da sie einstimmig lachten, wenn sie davon sprachen, aber allein gelassen Gelübde ablegten für den Fall, daß das »Unglück« nicht einträfe. Es war mehr als Unglück, es erschien ihm als völlige Vernichtung seines Lebens, Erstickung jeder besseren Zukunft. Esther aber hatte sich endlich daran gewöhnt, die Schwefelsäure in ihrem Zusammenleben mit ihm zu ertragen.

Sie war reifer geworden, denn sie fürchtete nichts mehr. Anderen Männern, wie dem Bankier, trat sie mit Sicherheit entgegen, es war ihr trauriger Triumph, daß niemand von ihrer Verbindung mit Edgar wußte. Sie spielte mit den anderen, und so tränenselig sie bei Edgar war, so konnte sie doch in großer Gesellschaft verführerisch lächelnd am Klavier stehen, leicht über die Tafel des Instrumentes gebeugt, sehr schlank in der zarten Linie ihrer an den Flügel geschmiegten Hüften. Oft sprach man von Liebe und Ehe, und sie erzählte mit mädchenhafter Schwärmerei von einem edlen Jugendgeliebten, der nun in Afrika oder sonst an einem Ende der Welt als Elefantenjäger lebte.

Edgar konnte nicht jeden Tag mit der ungeliebten Geliebten zusammensein, aber auch Einsamkeit ertrug er nicht, sie machte ihn irr, wahnsinnig, jagte ihn in ewige Flucht durch die ewige Verfolgung des eigenen Ich, in Furcht vor dem Wahnsinn fieberte er wie in der Zeit vor Esther. Er konnte nicht ohne Bücher, Zeitungen leben. Mußte er einmal eine Stunde allein sein, dann las er, rechnete, schrieb, blieb lange über die Arbeitszeit in dem ganz verlassenen Laboratorium, zündete die Gashähne der Bunsenbrenner an, stellte sie wieder klein, nutzloses Werk, Werk des Nutzlosen, endlich warf er sich auf ein Sofa, zog den Rock über das Gesicht, tat sich Gewalt an, langsam zu atmen, irgendwie sich zu schützen vor der großen Angst, dem idiotischen Verhängnis, das an unrechter Stelle »Feuer gefangen hatte«. Gebrochen, zermalmt kam er abends zu Esther, die in seiner Wohnung auf ihn gewartet hatte. Auch da war es unerträglich. Sie hatte, rührend und unerträglich sanft wie immer, mit dem Abendbrot auf ihn gewartet, nun trieb er sie hungrig zu einem Spaziergang, rannte sich müde, schleppte sie durch unbekannte Gassen, durch Fabrikhöfe, über Schutt- und Schlackenhaufen, endlose Straßenbahngeleise entlang. Er sprach nun, redete hemmungslos ins Unmögliche, übertäubte alles, endlich war er müde genug, um sie zu küssen.

Endlich doch, und nachher, in einem befreiten Aufatmen gestanden sie einander ihre Sorgen ein, und als sie lange genug einander eingeredet hatten, daß »es« unmöglich sei, begannen sie Pläne zu schmieden. Jetzt, da er neben ihr lag und ihr mattes Haar schimmern sah im Licht der Laterne draußen, da seine Finger sich um ihre nackten, wie Pfirsiche zu tastende Knie spannten, jetzt lebte sie in ihm, unverlierbar.

Er mußte fort, die Stadt beengte ihn, jetzt hatte er eine brutale Arbeitslust, er mußte eine neue Freiheit haben. Er sprach nicht für sich, sondern doch für beide? Es war das beste, das einzige für sie, es handelte sich nur um Monate, um wenige Jahre, um wenige tragende Ideen, die Ideen waren einfach, das Geld lag auf der Straße, der Bankier glaubte auch daran, aber hier konnte er sie nicht zu Ende bringen, da er sich zu sehr um seinen Liebling, um Esther sorgen müsse. Vor allem mußte doch für sie gesorgt werden, er wollte viel Geld verdienen, »Brüsseler Spitzen handbreit um das da«, flüsterte er, während er mit falscher Schmeichelei ihr nacktes Knie umfaßte.

Nach einem langen Schweigen sagte er leise, wenn sie beide alt geworden wären und müde, dann könnten sie einander heiraten.

Für alles war ein Ausweg, ein guter Trost, nur diese unheimliche Möglichkeit mußte fort, dieses Gespenst einer Familie, einer Kinderschar bei einem Einkommen von 2800 für alle. Dieses Gespenst erst mußte fort, alles stand ja gut, morgen konnte man in Sicherheit sein, auch sie, die vielumsorgte Esther, morgen oder spätestens in einer Woche.

Aber es kam nicht zum Aufatmen, von neuem gab es Kämpfe, hartnäckigen Widerstand gegen das ungeborene Kind. Die mathematische Wahrscheinlichkeit, die klare Vernunft, der höhere Sinn des Lebens wurden dagegen zu Hilfe gerufen. Sah die Geliebte gut aus, dann sprach ja ihr rosiger Teint dagegen, hatte sie ein verfallenes Gesicht, dann war sie eben krank, und diese Krankheit täuschte das Kind vor, das nicht da war, weil es nicht dasein durfte.

Aber es war doch da. Er schickte sie zum Arzt, nur zur Beruhigung, um seine Sorgen loszuwerden. Sie kam sehr bald zurück, setzte sich still und ruhig zu ihm, so ruhig, daß er aufatmete. Waren sie befreit? Nein. Es war da. Es gab keinen Zweifel mehr.

Und warum weinte sie nicht?

Sie weinte, er hatte ihre Tränen nicht bemerkt. Seitdem sich ihre Liebe so sonderbar geändert hatte, hatte Edgar verlernt, sie zu trösten. Nur er konnte es, sagte sie. Einmal war sie von einem Wagen beinahe überfahren worden. Der Kutscher hatte sie in den Kot gestoßen und nachher noch gemein beschimpft. In zerrissenen, mit Straßenkot getränkten Kleidern war Esther zu ihm gekommen, ihr krampfhaftes Weinen war jammervoll. Er hatte sie wie ein Kind getröstet, in zehn Minuten hatte sie gelacht und in seinen Armen vor Lust sich gekrümmt, während die Kleider am Herd trockneten.

Auch jetzt tröstete er sie. Aber sie wollte nicht Lust. Sie war still, seit langem hatte sie »es« gefühlt, daß es kommen mußte, gewußt seit der ersten Nacht, vor so langer Zeit. Aber sie hatte sich nie mit Schmerzen an dieses »es« in Gedanken geklammert, vielleicht es immer gewollt, »es« allein. Aber sein Unglück war nicht zu ermessen. War es so schwer?

Sie liebte ihn jetzt mit einer so sublimen, außerirdischen Liebe, ganz ohne Grund, denn wenn Gründe gegolten hätten, wie hätten sich die Verstummten jetzt in die Augen sehen können?

Draußen regnete es im Gewitter. Es war ein später Apriltag und ungewöhnlich warm. Als sie auf die Straße kamen, hörte der Regen auf. Sie gingen in den Park. Langsam hoben sich die Blätter in der abendlichen Sonne, befreit von der Feuchtigkeit. Goldfarbene Regenwürmer schlängelten sich über ockerfarbigen Sand, die zart gestrichelten Glieder schienen sich neu aus dem Innern der Würmer zu gebären. Die Vögel sangen, am Abhang sah man einen Knaben einen weißen Reifen vor sich hertreiben, Liebespaare schwankten seitwärts in tiefen Schatten. Von überall kamen die Regenwürmer hervor, schwer war es, sie nicht zu zertreten. Während der Mann sein ganzes Wollen hinzwang, zu schonen die goldenen Windungen der schädellosen Tiere, fühlte er mit Entsetzen, daß etwas ebenso Wortloses, ebenso Lebendiges im Schoße Esthers lebe und nicht zertreten sein dürfe. Er wollte »es« also zertreten? Er wollte es, er wußte in seiner Seele, daß er dieses ungeborene Kind haßte. Er konnte nicht ertragen, dieses gegen seinen Willen Lebende lebend zu wissen. Es sprach nichts. Sie sah ihn von der Seite an, nicht anders als sonst, sie lehnte an seinem Arm, mit dergleichen unerträglichen sanften Wärme wie sonst.

Er führte sie zur Vorortbahn; noch war es Zeit, hinauszukommen, bevor es dunkel wurde. In schwebendem Entzücken hatte er sonst die rußbeschwerte Luft der Lokomotive eingeatmet. Wie wundervoll waren die schwarzen Berge, an den Konturen leicht gezähnt, wie herrlich weiße Blütenbäume zur Nacht, Wirtshäuser mit Blechmusik am Sonntagnachmittag, Wege, wie Wurzeln sich krümmend, in die Täler gezielt, Waldgründe, in Sommerfeuchtigkeit gewölkt, lichte Blumen, gestützt auf leichte Moose. In allem hatte er sich wiedergefunden. Daß anderes lebte, machte auch ihn aufs tiefste leben.

Alles war jung, blühend, glücklich um ihn, den Glücklichen. Bis auf den heutigen Tag. Nun war schon das Abteil wie ein Krankenzimmer. Alles war erfüllt von Berechnung, von Enge, von ewigem Absorgen. Endlich waren sie im Freien. Aber noch nicht frei genug. Er fragte sie, ob sie in ihrem Zustand gehen könne, ob ihr die Feuchtigkeit nicht schade, mußten sie langsam gehen oder noch nicht?

Die Nacht war tief. Verborgen die Lichter des Ortes hinter schwankenden Zweigen. Ein Vogel schrie, pickte auf dem schon trocken gewordenen Waldboden hin und her, Bäume traten über einem kleinen Weg zusammen, die Kronen verschlangen sich, der Himmel verschwand, der Pfad war ein Tunnel. Weit vorne, jenseits der Lichtung, führte die Landstraße, ein Wagen knarrte, wie Honig schimmerte das Licht der Laterne.

Sie hatten von der Schweiz gesprochen, wenn er angesichts der sicheren Sorgen auf alle großen Pläne verzichtete, gab es ja eine Möglichkeit. Er machte sich klein, er war im Augenblick der Mitleidwürdige, er wollte verzichten für sich, wenn es dann für Esther und das Kind reichte. Er stellte eine Bilanz auf, rechnete Ziffern zusammen auf seiner bloßen Hand, gut, ein ganzes Leben voll von Geldsorgen, eine elende Existenz auch für das Kind, aber es mußte ja sein? Kinder proletarischer Eltern, für die nicht vorgesorgt war, nicht einmal Wäsche war vorbereitet für Esthers Kind, hatten keine starken Lebensaussichten, aber ein Zufall konnte es doch am Leben erhalten? Sie ließ ihn reden, atmete schnell, sagte nichts.

Seit diesen drei Stunden sah ihr jeder die Schwangerschaft an.

Zusammengeklumpt ihr sonst so zartes Gesicht, schwer ihr Gang, nichts mehr von dem Mädchen Esther, dem knabenschlanken.

Frühere Tage! Einst verlebte Herbststunden, so kühl, Wintertage, klar belebt, schwarz der Himmel in seiner tiefsten Bläue! Erwachendes Frühjahr, die Zweige geschwellt, warme Luft und warme Blätter, Esther voraus am Wege, rechts und links zugleich, von überallher ihr zwitscherndes Lachen, von überallher die Überraschung ihrer herrlichen Jugend, immer auf der Flucht, bis es plötzlich neben ihm aufrauschte, lautlos aufschwellend neben ihn sich drängte, scheu, wollüstig, Esther.

Heute, am siebenundzwanzigsten April, im vierten Jahr ihrer Gemeinschaft war Esther die Unentrinnbare. Gegen seinen Willen zerrte ihn das unsinnigste Verhängnis zu der alten Geliebten, er mochte sich wie immer seine Zukunft vorstellen, irgendwo kroch doch dieses Kind umher. Er sah es immer im Alter von drei Jahren, ein halbes Tier, ohne Sprache, zudringlich, drohend, es zwang ihn, es zu hassen, wie es sich erzwungen hatte, auf der Welt zu sein. Aber die anderen, Esther und dieses Kind, wie fühlte er, daß diese anderen einander lieben würden ohne ihn! Er entschloß sich. Er zerstörte dieses Kind in seinen Gedanken, dann erst konnte es in Esthers Gedanken zerstört werden, und am Ende in Wirklichkeit.

IV

Edgar ging schnell, er lief, Esther begriff ihn noch nicht, sie eilte ihm nach, er rannte dahin, sprang über Wurzeln, die hoch bogenförmig sich spannten über kaum sichtbare Saumpfade. Winterlich schwere Gebüsche trat er herab, sie folgte ihm, schweigend, ihr Atem jagte, ihr Herz schlug.

Noch waren die Bäume feucht vom Regen, die Erde schwer am Fuße der hohen Bäume, wo kein Gras wuchs. Er lief weiter, beflügelte sie, verzweifelte Leidenschaft ließ sie jetzt dahinstürmen, Hand in Hand, er hielt die Zweige von ihren Augen ab, aber Esther riß er hoch, vor dem Abhang, der Dämmerung, der Tiefe.

Jetzt hatte sie wieder das alte Gesicht, wollüstig und scheu, Esther, aber war sie mit neuer Jungfräulichkeit geschwellt, »es« lebte noch, »es« würgte ihn wie ein Haar, in seiner Kehle tief. Aber Edgar und Esther, gemeinsam rasend in hingewölbtem Schwung, weiter Wiesen erstes Grün, unter den Füßen sinkender Hang, rollend in Geröll, fliehender Mond unter spiraligen Wolken, blasender Wind über der nächtlichen Waldblöße, der kalt versteinerten Ebene, von einem einzigen Trieb getrieben, schleuderten sie hin auf den Boden: Brust an Brust, Fleisch an Fleisch: in einer verzweifelten Umarmung umarmten sie ihre ganze Liebe noch einmal.

Tränen wurden. Überwältigung! Nun war Esther das Wesen ohne Wissen, die allem Bekannten unbekannte, ein nackter Schoß, eine Seele, nackt, nicht der mütterlich schützende Leib, sondern nur des Geliebten Geliebte, Braut.

Sie schämte sich, ihn anzusehen nachher. Von dem Kinde sprach sie nicht mehr. Sie zitterte in Schmerzen, war elend, ohne Mitleid grub der Geliebte seinen Blick in ihr gemartertes Gesicht. In Esthers Gedanken war »es« zerstört. Sie kam an dem nächsten Tage in ein Privathaus. Sie gab einen fremden Namen an. Er durfte ihr nicht schreiben, aber sie durfte es. Sie sagte ihm, er solle sich keine Sorgen machen, das war Hohn und Zärtlichkeit zugleich. Er ließ sie dort, lange ging er unter den Fenstern hin und her, Hunde bellten, Kinder schrien, eine Maschine, vielleicht in einer Druckerei, bewegte sich stöhnend. Ein sehr schönes, sehr junges Mädchen ging vorbei, so leichte zarte Hüfte, so feine Knöchel in glimmernden Seidenstrümpfen. Zum erstenmal ergriff Edgar Schmerz um die Geliebte, er wußte, über diesen Tag konnten sie weiterleben, aber nicht mehr so wie jetzt, eine Esther war auf ewig verloren, wenn auch eine Esther wiederkam.

Am nächsten Tage hatte er nur Angst. Angst vor dem notwendigen »Eingriff«, Angst, daß Esther im letzten Augenblick Angst vor dem Eingriff bekäme und »es« zu retten versuchte. Fremde Augen, fremde, robuste Hände, brutale Worte, ihre, der armen Esther kranke Nacktheit fühlte er als seine eigene Schande.

Am dritten Tage dachte er nur an ihren Tod. Tausendmal war solches geschehen, die blühendsten Menschen hatte »es« so hinweggerafft, warum sollte es nicht sie hinwegraffen, die er liebte? Er liebt sie? Alles, fühlte er tief erschüttert, tat sie seinetwegen, unauslöschlich war seine Schuld, ohne Grenzen ihre Liebe.

Was lag jetzt an der Freiheit, an dem ersehnten Alleinsein, an eines neues Lebens Beginn? Er konnte sich nicht betäuben, Wein wirkte nicht gegen Wirklichkeit, die Welt war zu klein für Flucht. Sie sprechen, ihr schreiben? Esther lag vielleicht schon in dieser Minute auf dem schmutzigen Seziertisch eines Vorstadtspitals, sie krümmte sich nicht unter der knochigen Hand eines betrunkenen Sezierdieners, der ihren zerstörten Leib mit groben Blindfaden zusammennähte. Aber nicht erst der Tod, schon er, Edgar, hatte diesen Körper aufgerissen, ihn mit einem Atom Lust gefüllt und mit einem Berg von Schmerz und Tod. In ihren Fenstern war es dunkel.

Gebrochen von Ekel und Wut, kam er nach Hause.

Schlaflos saß er die ganze Nacht, eingehüllt in graue Dumpfheit, mit der Hand ohne Aufhören ein Stück Kerze knetend, bis es, klebrig und grau geworden, an seinen Fingern hing. Am Morgen ging er zu ihr.

V

Esther, in verdunkeltem Zimmer, riß ohne Worte seine Hand in eine eiserne Klammer zwischen ihre Schulter und den seitwärts gesenkten Kopf.

»Vorbei?«

»Nein, laß es mir, laß es!«

»Habe ich dich je zu etwas gezwungen?«

»Willst du es?«

» – «

»Ein Tier, eine wilde Bestie läßt man austragen, wer läßt die Mutter leben, das Muttertier, und vertilgt das Kind?«

»Habe ich dich hergebracht? Wer kann dich zwingen?«

»Nein, nicht so. Du willst mich nicht, das verstehe ich so gut. Du, was war ich als Geliebte? Als Mutter werde ich leben!«

»Leben, wovon? Du und dein Kind, und ich, der letzte, aber doch auch ein Mensch.«

»Ich werde arbeiten.«

»Du hast doch bis jetzt gearbeitet, und doch muß ich es bezahlen, wenn du hier zu Bett liegst. Ist das gemein? Es ist so.«

»Im Bett? Ich erwarte ihn.«

»Wen?«

»Der es schlachten soll!«

»Schlachten! Worte! Kleide dich an, komm fort. Wie du willst.«

»Nicht so. Nicht so! Ist es nicht von dir? Ich habe dich doch geliebt, kannst du es nicht fassen, ich bin nicht mehr, was du bis jetzt bei dir gehabt hast, in mir ist jetzt etwas anderes, ja, ja, ja«, sie nahm seine Hand und führte sie an ihre eisenschwere Brust, die von Feuchtigkeit triefte, wie ein Baum im Mittagsgewitter August, »das fließt aus mir, seit der Hetzjagd im Wald, seit diesem Abend.«

»Meine Brust ist Mutter, ich soll es nicht sein?«

»Wer besteht darauf, ich bin der letzte ...«

»Der letzte! Der letzte!« Sie drückte auf einen Klingelknopf, ein stämmiges, dickes, kleines Weib, wie ein Insekt lackartig glänzend in spiegelnder Wachstuchschürze bis zu den Fersen, erschien: »Gnädige Frau?«

»Kann der Arzt kommen? Kann er augenblicklich kommen?«

»Wir werden telephonieren«, sie verschwand, entglitzerte.

»Ich gehe«, sagte Edgar.

»Nein! Soll ›es‹ vertilgt werden, dann unter deinen Augen!«

»Esther!«

»Nun?«

»Wie soll ich dir danken?«

Knirschend hervorgerollt: »Edgar!«

Das Weib: »Der Herr wird sofort kommen, zur Untersuchung.«

Edgar: »Untersuchung?«

»Oh, keine Angst. Dein Wille geschieht, es ist ernst, Liebling!« Zu dem Weib: »Kann ich meine Kleider anbehalten, muß ich nackt sein?«

»Aber Gnädigste, wie Sie wollen! Es ist höchstens, daß etwas schmutzig wird.«

»Dann kleide ich mich an.«

»Aber Gnädigste, der Herr...«

»Mein Bruder.«

Der Arzt: »Wir wollen also gleich uns umsehen. Aber hier, der Herr?«

»Der Bruder der Dame.«

»So, der Bruder der Dame. Sie können, verehrte Gnädige, das Tuch ohne Besorgnis vom Gesicht nehmen. Ich bin Arzt, sollten wir uns in Gesellschaft treffen, sind Sie mir fremd, ich Ihnen... selbstverständlich... unser Eid, übrigens, welche Bagatelle, eine Untersuchung, sonst nichts! Schmerzlos.«

Esther, ein Tuch um den Kopf, ihr Gesicht zu verbergen, wankte an Edgars Hand aus dem dunklen Zimmer, von ihrer Brust rann Mütterlichkeit. Nässe fast schwarz auf leicht vergilbten Spitzen. Halbblind erturnte sie den hohen Operationstisch. Sie sagte nichts, seufzte nicht. Ihre Hose, handbreite Stickerei um die Knie, so mädchenhaft, ihrer Schenkel edel geschwungenes Fleisch, alles goldgelb, elektrisch umgleißt vom blendenden Scheinwerfer. Sie stieß Edgars Hand von sich, er schlich in den Winkel, Metall klirrte, Wasser rauschte.

»Also? Es ist vorbei, meine Dame! Die Untersuchung hat nichts – Bedrohliches ergeben. Sollten aber doch, was nicht vorauszusehen und nicht beabsichtigt, gewisse Blutungen einsetzen, so bitte mich zu verständigen, auch zur Nacht! Sie! Sie«, er stieß Edgar an, »helfen Sie, machen Sie mit, tragen Sie mit mir Ihre Schwester in ihr Zimmer zurück!«

»Lassen Sie ihn!« Unter einem Schwall von Tränen schleuderte sie das Tuch, das ihr Gesicht verbarg, zur Erde, gebückt wie ein Tier, schwer schleifte sie durch das helle Zimmer in ihren Raum, wo im Dunkel Hitze brütete.

VI

Am nächsten Tag rief Edgar seine Geliebte an, es meldete sich die Wirtin, sagte, alles gehe gut, nach zwei Tagen hieß es, die Dame sei bereits auf dem Weg der Besserung, immer wurde Esther an den Apparat gerufen, sie kam nie. Er schrieb ihr. Seine Vermögensverhältnisse hatten sich gebessert, er konnte Esther eine unvergleichlich schönere Existenz verschaffen, sie sollte in den Beruf nicht mehr zurück. Er war erschüttert, besänftigt durch ihre Tat, daß »es« nicht mehr lebte, gab ihm ein neues Dasein, eine neue Gewalt, da sein Wille sich durchgesetzt hatte, Esthers Liebe zu ihm die Natur überwunden hatte. Aber sehr lang erfuhr er nicht von ihr, als daß sie lebte, dann schrieb sie auf einer bunten Karte mit unleserlichem Poststempel: »Bitte, mir jetzt nicht zu schreiben.« Drei Tage nachher las er in der Zeitung, daß sie sich mit dem Bankier Anschütz, seinem Freund, verlobt hatte, sechs Wochen nachher fand die Trauung statt ohne Fest, nur in Gegenwart der Zeugen.

Edgar verreiste, seine Aktien waren inzwischen von 700 auf 825 gestiegen. Kaum war er zurück, wurde er telephonisch angerufen, der Bankier meldete sich: Edgar sprach seine Glückwünsche aus, aber nicht darum handelte es sich, die Papiere wankten, sehr sicher war nichts, sollte man verkaufen? Der Bankier antwortete nicht, die Verbindung wurde wie durch Zufall unterbrochen. Edgar, der seine Ruhe und sein Kapital für eine Erfindung, einen neuen Farbstoff, brauchte, rief nochmals an, Anschütz antwortete etwas ungeduldig, er könne seinen Rat nicht mehr wie bisher »unter Freunden« geben, die Verantwortung sei zu groß. Schließlich riet er Edgar, entweder augenblicklich, wenn auch mit Verlust loszuschlagen oder zu warten, er selbst scheide aus, Edgar fühlte beim letzten Wort am Telephon, daß er einen Freund verloren hatte.

Nun lebte er, ganz wieder wie in der Zeit vor Esther, in seine Arbeit hineingezwungen, in seinem Laboratorium. Er hatte mit Unterstützung eines jüngeren Kollegen eine Erfindung gemacht, ein niedagewesenes Rot, eine wundervolle Farbe, säureecht, unzerstörbar.

Nach Wochen meldete sich der Bankier wieder, er rief nachts an. Am Telephon hörte man Summen, Musik, wie auf einen Gummifaden gespannt. Es sei Gesellschaft bei ihm, sagte er, dennoch riefe er an. Die Papiere zeigten Tendenz nach abwärts, sollte man abstoßen? Er entschuldigte sich mit keinem Worte, daß er den früheren Freund nicht zu sich einlade, ihm nur so im Vorübergehen am Telephon seine Entschlüsse abzwinge. Verantwortung übernehme er nicht, riete aber doch dazu zuzuwarten, die Deckung, für die er seit zehn Jahren aus Eigenem gebürgt, müsse freilich erhöht werden. Wie? Vielleicht einen Vorschuß auf den Gehalt Edgars als Chemiker, denn auch die Fabrik, in der Edgar arbeitete, gehörte der Bank Anschütz.

Drei Tage nachher war alles verloren, die Aktien standen so tief, daß Edgar dem Bankier einen Betrag schuldete, der nie abzuzahlen war. Aber Esther, zum erstenmal Esthers Stimme am Telephon, sagte, er solle sich keine Sorgen machen, Edgars Stellung in der Fabrik, fast leitend, blieb. Edgars Stellung in der Fabrik, fast leitend, war unhaltbar, denn sein Mitarbeiter, der um acht Jahre jüngere Mitarbeiter, wurde Chefchemiker, stand über Edgar. Die Erfindung, bei dem verpfändeten Gehalt die einzige Rettung, war beiden Chemikern bekannt. Trat Edgar aus, bleib dem Jüngeren alles, mit ihm zusammenzuarbeiten war trotz der Demütigung, die der alternde Edgar auf sich nehmen wollte, unmöglich. Der Direktor der Fabrik war machtlos. Anschütz war der Herr, Anschütz hatte es so verfügt. Aber die Erfindung, das neue Rot, wurde von Anschütz dem Assistenten zuerkannt. Edgar hätte doch nichts dabei getan, als die schmutzigen Probiergläser auszuwaschen und sich unaufhörlich die farbigen Hände mit Bimsstein zu reinigen. Das war Lüge? Dann sollte Edgar doch persönlich zu Anschütz und freundschaftlich alles aufklären. Edgar ging. Anschütz war stets unerreichbar. Man ließ ihn warten, niedersitzen in einem ungeheizten Zimmer, nebenan war Anschütz zu hören, wie er lachte, mit Esther sich unterhielt, seine Schritte schienen oft nahe der Tür, seine Hände drückten schon die Klinke, Edgar erhob sich, aber niemand kam, es wurde still. Edgar nahm sich zusammen, er trat ein, fand Esther allein. Sie war sehr elegant, mit Schmuck behängt, sehr verjüngt, ein junges Mädchen, ein glücklicher Mensch.

»Was willst du? Deine Stelle ist vergeben, nicht einem Besseren, einem anderen einfach. Warum hast du so lange gewartet? Die Stadt ist zu klein für Edgar und Esther. Die Welt ist groß. Man wird dich entschädigen. Du erhältst Nachricht. Kommen? Nein, man schreibt dir.«

Nach kurzer Zeit kam ein Angebot. Edgar reiste in den Ort, der frühere Chemiker war an Lungenbluten erkrankt, er lag in elendem Zustande in einem verlotterten Hotelzimmer. Die Tätigkeit, unaufhörlich in feuchten Salzsäuredämpfen, verätzte jede Lunge, auch sein Vorgänger sei erkrankt, erzählte er und warnte.

Edgar kehrte zu Esther zurück. »So, das ist schade«, immer lächelnd, »wozu es leugnen, ich will dich nicht hier.«

»Man wird mich nicht sehen.«

»Aber Edgar, wozu die Demütigung, vor ihm, meinem Mann. Du!«

»Denke doch, du zwingst mich zum Selbstmord, erinnere dich ...«

»Erinnern? Liebe ich dich nicht? Aber wir sprechen von Geschäften. Warum hast du deine Papiere nicht behalten, du wärest Millionär. Wozu es leugnen, es machte mir Spaß, und für ihn, meinen Mann, war es ein gutes Geschäft. Mein Rat ist: Gehe ruhig in die Fabrik, die neue Farbe gelingt dir, dann bist du dein eigener Herr. Das war doch stets dein Wunsch. Aber beeile dich, auch die Stelle dort könnte besetzt sein.«

Edgar reiste hin, arbeitete den ganzen Winter dort, schlief in dem Bett des erkrankten Vorgängers in dem verlotterten Hotel. Die Zeit war fürchterlich, er hatte alle Mühe für die Fabrik, dazu reichte kaum der Tag, die Nacht brauchte er für sein Rot.

In einer Märznacht schlief er bleiernen Schlaf, auf die Glasplatte des Tisches gesunken. Er träumte, er schwämme durch das Meer, im Munde alle salzige Bitternis des Meerwassers, und Esther, über den Bord eines Schiffes gelehnt, schütte neue Bitternis in seinen Schlund. Er erwachte. Es war Blut.

Er reiste zurück, zu dem einzigen Menschen, den er kannte, Esther: »Blut? Einfache Lungenblutungen, Tuberkulose ist es nicht.«

»Du bist gut unterrichtet.«

»Ich denke viel an dich, weil ich dich liebe. Du bist grau geworden. Mußt du das?«

Sie fuhr mit ihrer Hand in den Schlitz seines Hemdes, befühlte wie ein Liebender Edgars Brust, sein hart pochendes Herz, seine Haut, die schwamm in bitterer Feuchtigkeit.

»Ich will dir etwas sagen, aber nicht hier. Ich will dir etwas vorschlagen, nur ein Geschäft, aber nicht hier, willst du?«

»Komm zu mir?«

»Kommen? Wohin?«

»Hast du vergessen, wo ich wohne? Esther, hast du vergessen?...«

»Habe ich vergessen?« sagte sie und ein fürchterliches Lächeln ging um ihren Mund.

VII

Am nächsten Abend, Esther zu Edgar: »Was ich von dir will? Ein nacktes Geschäft. Ich bin zwei Jahre verheiratet, mein Mann ist jung, ist stark, jünger, stärker als du. Aber ich bin nicht mehr fruchtbar.

Meine Brust hat zu fließen nicht mehr aufgehört, in mir ist es Mutter, wie kann ich weiterleben? Steh jetzt nicht auf, rühre dich nicht, du wirst deine Kräfte noch brauchen, heute nacht, das ist mein Geschäft.

Du bist in Geldsorgen, so kann dir nur durch Geld geholfen werden. Dieses Geld erhältst du, wenn du mir meinen Willen tust und dann verschwindest, das wird auch deine Absicht sein, denn zu sagen haben wir uns sonst heute nichts. Nimm mich, aber nimm mich nicht als die Esther, die du gehabt hast. Jetzt will ich nur eins: fruchtbar sein. Ich bin ohne Kleider vor dir gelegen, nackt bin ich jetzt vor ihm, nachts wälze ich mich über ihn, meinen Mann, aber er ist eine unfruchtbare Quelle, wer konnte das vorher wissen? Aber jetzt genug Worte, ist es dir heute recht? Kann ich angezogen bleiben, soll ich nackt sein, mir ist es gleich. Wie alles, nur das eine nicht, ›es‹.«

Er tat es aus Not. Ohne Worte, wie sie es verlangte, umwand er die verwandelte Geliebte in einer kalten Umarmung.

»Liebe ich dich noch?« sagte sie, »zürne ich dir, du hast mich zum Menschen gemacht, du hast mich zum Tier gemacht. Und du, und du«, sie strich mit steinernem Finger eine tiefe Linie von der Halsgrube über das Brustbein den Leib hinab den schmerzlich aufatmenden Geliebten, »jetzt, wo du leidest, bist du Mann. Deine Lunge wund? Daß deine Wunde nicht außen liegt, Esther würde dich heilen.« Sie überbreitete sich ihm, Feuchtigkeit, lauwarme, streifte wie einer Weide regengetränkte Zweige seine hingestreckte Gestalt, ihre langen Augenwimpern, tränenumflossen, liebkosten sein vereistes Herz mit Liebkosungen, ungeahnt.

Er fühlte: Hätte ich doch einen Stachel, eisern, rostig, mit Widerhaken, damit ich ihn in sie bohren könnte!

Er sagte: »Mein Geld, wann?«

»Morgen, erwarte mich etwas früher.«

Am nächsten Tage war sie schon um fünf Uhr da, sie verdunkelte das Zimmer, entkleidete sich, erwartete ihn. War er roh, sie freute sich. Geld brachte sie nicht.

Am dritten Tage: »Es ist genug, ich will nicht mehr.«

»Was habe ich dir getan? Edgar?«

»Was noch? Du weißt alles. Mein Vermögen ...«

»Mein Kind ...«

»Meine Stellung, meine Zukunft, die Erfindung ...«

»Mein Kind ...«

Er riß Furchen in sein verstörtes Gesicht, er grub mit seinen von der Färberarbeit farbig gebeizten Finger Gruben zwischen Stirn und Mund: »Meine Gesundheit, mein Leben, mein Mund voll Blut?« Sie schwieg. »Bist das alles nicht du?«

»Es ist heute zum letztenmal, der Abschiedstag. Wobei soll ich schwören?« Auch am nächsten Tage brachte sie nur Zärtlichkeiten, Geld aber nicht. Er ergriff die im Zimmer lüstern Umhertaumelnde an den Fußknöcheln, stürzte sie von untenher krachend auf den Erdboden. »Hast du kein Erbarmen, was bin ich dir?«

»Liebling«, flötete Esther.

»Noch bin ich nicht wehrlos. Für mich habe ich nichts mehr zu hoffen, endlich sehe ich das Muß, aber du sollst nicht reine Freude haben.« Er fuhr mit beiden Händen unter ihr Beinkleid, mit den Händen es ausweitend, zerfetzte er es zischend, mit den Nägeln riß er Stücke heraus und ballte sie in einen Knäuel in seiner Faust. Sie hielt ihm ihr weißes Gesicht entgegen, voll Hohn: »Wie willst du mir drohen?«

»Ein Wort an deinen Mann ...«

»Und wenn er es weiß? Wenn er mich herschickt zu dir? Aber gleich. Es ist genug. Ich bin zu versöhnen. Ich bin es nicht, es ist meine Natur. Meine Natur will Befriedigung, ein Kind, lebendigen Samen. Was ist Esther als Geliebte? Du hast mich gehaßt, in dem, was aus mir kommen sollte. Was bin ich als Gattin?« Sie breitete die zerrissenen Stücke Spitze auf ihren Fingern aus und blies mit lautem Atem hindurch. »Als Mutter werde ich leben.«

Nach einer Woche kam sie, aber sie verdunkelte das Zimmer nicht, warf sich ihm nicht hin.

»Es wächst in mir.«

»Und ...«

»Hast du es nur des Geldes wegen getan? Ist das noch Edgar? Einerlei, morgen bringe ich dir das Geld. Um vier Uhr erwarte mich.«

Edgar verbrachte die Nacht schlaflos aus Haß.

Um vier Uahr übergab sie ihm einen Scheck, um Viertel fünf erschien Anschütz, von Edgar durch ein anonymes Telegramm bestellt. »Bin ich zugrunde gegangen«, sagte er zu Esther, während der Mann an der Tür pochte, »dann wenigstens nicht allein.«

»Warte ab«, sagte Esther, sie trat Anschütz mit Unbefangenheit entgegen. »Mein Jugendfreund«, sagte sie, wie sie vor Jahren zu dem dienenden Weib gesagte hatte: »Mein Bruder.« Anschütz ging scheinbar beruhigt mit Esther fort, Edgar wurde seiner Infamie nicht froh, das Geld wurde ihm nicht ausgezahlt. Esther hatte es gesperrt.

Edgar konnte ohne Geld die verhaßte Stadt nicht verlassen. Er bekam nach langem Suchen eine Stelle als Hilfschemiker in einer Anstalt, wo man Kot, Urin, Auswurf chemisch untersuchte, aber auch zu dieser Arbeit ließ man ihn nur widerwillig zu, da ältere Kräfte wie er als schwer behandelbar galten. Und dann, was konnte ein Mensch leisten, der es in Edgars Alter zu keiner Position gebracht hatte und sich in den Zeitungen anbot?

In der Mitte des Sommers traf Edgar Esther. »Du bist immer noch hier? Konntest nicht fort. Ich bin unschuldig. Anschütz hatte Verdacht, es durfte kein größerer Betrag auf geheimnisvolle Art ausgegeben werden, du verstehst.«

»Aber du hast doch den Scheck schon vorher gesperrt.«

»War es nicht gut für mich? Ich kannte dich.«

»Willst du mich jetzt gehen lassen?«

»Hast du keine Zeit für mich? Ich könnte dir manches erzählen, komm mit mir ins Freie, in den Wald, wo wir damals waren, erinnerst du dich?«

Während der Fahrt: »Wie lebst du? Du siehst nicht gut aus, bist du denn wirklich krank? Deine Erfindung? Dein tägliches Brot?«

»Ich untersuche, was die Menschen auswerfen, sie bringen Kot in kleinen Töpfen von Liebigs Fleischextrakt, eitrigen Speichel in Wassergläsern, die mit einem Taschentuch oben zugebunden sind, und anderes – aber genug, auch so kann man leben.«

Sie stiegen an der gleichen Stelle aus, wie an dem späten Abend im April, nach dem Gewitter, sie suchten die Gegend des stürmenden Laufes, die Waldblöße, den Winkel, wo sie sich endlich, einer hinstürzend über den andern in verzweifelter Umarmung berauscht hatten, aber sie fanden die Gegend nicht mehr.

»Wie sollten wir den Eingang zur Hölle finden, da wir doch mitten in ihr leben? Ich habe ›es‹ noch nicht, bin noch nicht gerettet, Anschütz hat Verdacht, er berührt mich seit dem Abend bei dir nicht mehr, er lauert mir auf, spioniert mir nach, sieh her«, sie streifte den Ärmel ihrer spitzenumflossenen Bluse von der Schulter, eine leicht verharschte Wunde wies sich. »Verstehst du das? Die Wunde gibt alle vier Wochen Blut. Dieses Blut soll Anschütz täuschen, mein Kind vor ihm schützen, inzwischen«, sie rauschte auf der Erde zusammen, und schwere Wolken starken Parfüms erhoben sich zu Edgar, »inzwischen locke ich ihn Nacht für Nacht, mit was man Menschen seiner Art lockt, bis es gelingt. ›Es‹ wird leben, ich lebe in zweifacher Welt, wachend hier, schlafend dort, ich fühle, wie es in mir aufgeht, ich habe etwas, das du nie gekannt hast, auch in meiner ersten Nacht nie, ich höre immer, wie es lebt in mir.«

Sie standen zwischen harzstrotzenden jungen Bäumen, in wehenden Wänden ohne Dach, in hoch flirrendem Mittag.

Alles an ihr starrte wie heißes Erz ihm entgegen, ihre gewaltige Brust mit blauschwarzem Hof in der Mitte, glühte. »Bist das nicht du, Edgar, jetzt erst du?« Adern in verknäuelten Strängen zogen von allen Seiten dieser Brust zu, vor seinen Augen sah Edgar diese Brust sich wie Wolken senken, die Brustwarzen sich abwärts, herzwärts neigen, einem Kinde entgegen, das geahnt war in diesem Augenblick aufzusteigen aus dem geschwellten Leibe zu der glühenden Quelle dieser mütterlichen Brust.

»Ich werde dich nicht vergessen, bald muß es sich entscheiden, wird das Kind gerettet, ich schwöre dir, dann bist du es auch!« So kehrten sie in die Stadt zurück.

VIII

Nach vier Wochen war abends Esther vor der Schwelle von Edgars Tür, dort hatte sie den ganzen Nachmittag gewartet. Auf das Fensterbrett des nächsten Stockwerks gehockt, da sie in ihrem Zustand nicht lange stehen konnte. Statt der Worte zeigte Esther, die sonst so knabenschlanke, ihre wie Säulen angeschwollenen Beine. Stumm spielte sie mit dem Geliebten von einst, griff ihm in die Hosentasche, holte loses Geld heraus, ließ es klingeln, »ist das alles?«, machte einen Zug in seine Brusttasche, entfaltete die gefundenen Banknoten wie Spielkarten zu einem Fächer in ihrer Hand, legte schließlich ihre Ohrgehänge dazu, Ringe, eine kleine Uhr. »Das ist unser Geld, ich kehre zu meinem Mann nicht mehr zurück. Für ihn spiele ich umsonst Komödie. Für mich, sagt er, die Wunde an der Schulter, wer könnte derartiges glauben, wenn dein Bauch den Leuten zum Gelächter dient, wenn deine Elefantenbeine jeden Strumpf zerreißen. Ich habe Liebe nie verlangt, sagt er, bloß Aufrichtigkeit, du warst nicht schön, bist mittellos, Edgars abgelegte Geliebte, ich liebte dich trotzdem, sagt er, aber das da, und er faßt an meinen Leib, wessen Frucht? Mein Kind ist das nicht. Du bist um zwanzig Jahre jünger als ich, dein Kind ist um dreißig Jahre jünger als du, ihr werdet mich beerben. Würdet, sagt er. Mord könnte ich verstehen, Diebstahl nicht, dein Kind bestiehlt mich und meine Nachkommen, an denen du nicht hättest verzweifeln müssen. Dienstboten traten ein. Schweige jetzt, sagte ich. Nein, sagte er, es mögen alle davon wissen, nur so entgeht man dem Gespött, ich lege keinen Wert mehr darauf, dich als Hausfrau hier zu sehen. Ich ging. Zu wem zurückkehren?

Nun sind wir eins, nicht mehr zwei, ich habe mich zugrunde gerichtet mit dir und mein Kind. Hätte ich dir deinen Sündenlohn gegeben, dann hätten alle drei Brot. Ist es vorbei? Was bist du, was hast du? Und vor allem eins: läßt du ›es‹ am Leben?«

Edgar ließ »es« am Leben. Er selbst kündigte, weil Esther es so riet, die Stellung am Untersuchungslaboratorium, sein früherer Assistent hatte die Erfindung jener Farbe nicht vollendet, es bestand noch die Möglichkeit für ihn, die Sache zum Gelingen zu bringen. Esther verkaufte alles, was sie an Schmuck hatte, man schaffte dafür eine chemische Waage, einen Arbeitstisch, Platintiegel an, eine große Anzahl von Flaschen kam, da schon die Ausdünstung von ganz unschuldigen Lösungen Edgars kranke Kehle reizte, in den Raum zwischen den Fenstern. Esther diente ihm wie eine Magd, so rettete sie durch die Sommermonate ein erbärmliches Dasein, die Arbeit ging ohne Glück vor sich.

Eines Nachts erwachte Edgar, Blut auf die von Esther frisch gewaschenen Kissen speiend. Esther, hochschwanger, flackernd im Kerzenlicht, riß ihm den Kopf aus dem Bereich der Kissen, tauchte ein Handtuch in Wasser, hielt es ihm unter den Mund. »Blut!« stammelte er.

»Nun, Blut! Mußt du die Kissen beschmutzen, wir müssen darauf liegen, wer wird sie waschen?« Schluchzend: »Nun erst ist ›es‹ verloren, wo es gebären, für wen zuerst sorgen, wohin es legen? Wenn er schon da liegt!« Sie faßte das Handtuch und preßte es aus, blutige Flüssigkeit tröpfelte zur Erde, mit ihren Tränen vereint; so verbrachte sie stöhnend die Nacht und ließ die Hand nicht von Edgars Stirn.

Am nächsten Morgen ging sie zu dem Weib, das sie in funkelnder Wachsschürze, glänzend wie ein Insekt, empfing, als wäre sie gestern eben dort fortgegangen. Der Arzt, höflich, gemein, alltäglich zugewandt, dem unerhörtesten Mord der Mutter an ihrer Mütterlichkeit, tat, was man von ihm erwartete, wofür sie ihn mit dem letzten Gelde bezahlte. Das Kind wurde vertilgt. Sie kehrte zu Edgar zurück, pflegte ihn, bis er sich wieder erheben konnte, um in das Untersuchungslaboratorium zurückzukehren, wo man ihn aus Mitleid wieder einstellte. Auch Esther verdiente ihr tägliches Brot.

Edgar und Esther lebten miteinander viele Jahre, nachdem sie einander geliebt hatten. Sie wehrten sich nicht gegen Kindersegen, als sich ihre Einkünfte gehoben hatten, aber es kam nichts mehr.

Sie wohnten am äußersten Ende der Stadt, liebten sich nicht und haßten sich nicht, der Spiegel in dem Glase Wasser zwischen ihnen bei den grauen Mahlzeiten trübte sich nicht; rührte sich nie, sie lebten ihre alternde Zeit, als wäre es Unsterblichkeit, sie erwarteten weder Gutes noch Böses. Er, der Irrsinn und menschenleere Einsamkeit gefürchtet hatte, war verflucht zu endlosem Alter, nie von Esther verlassen, sie, die Mutter ohne Samen, verdorrt, ein Strauch am Gestein.

NACHBEMERKUNGEN

Ach, ich möchte so gern einmal geliebt sein, einen Menschen haben, der mich bewundert.
Geliebt wurde ich ja, aber fragt mich nur nicht, von wem.
Georg Heym, Erstes Tagebuch, 14. Juni 1905

I

»Ihr Gefühl ist diesen Menschen alles, der Antrieb ihres Handelns, ihre Kraft und ihr Schicksal, der Fels, an dem sie sich halten und von dem sie nicht wanken, wenn auch Erd' und Himmel unter und über ihnen zu Grunde gingen...« Es läge nahe, das Zitat als ein Resümee unserer Sammlung zu verstehen, als eine Charakteristik, bezogen auf Hans oder Fifi, auf Fia, Buchenkamp und seine Tochter Marie, auf Salomea und Ulrike oder auf Edgar und Esther; doch es ist ein Urteil über Achilles und die Amazonenkönigin Penthesilea, über den Grafen Wetter vom Strahl und das Käthchen von Heilbronn. Gefällt hat es freilich – schon die emphatische Diktion verrät das – ein Expressionist: Ernst Stadler, Lyriker und habilitierter Philologe, unbestrittener Poeta doctus des Frühexpressionismus, 1909 in einer Rede über Heinrich von Kleists Trauerspiel *Penthesilea*, wo er dem Autor nachrühmte, er habe in dem Stück »nichts als ein leidenschaftliches schmerzvolles Selbstbekenntnis« abgelegt, insofern das heftige Wesen der Amazonenkönigin ein Abbild »von Kleist's innerstem Wesen« sei, »mit allen unversöhnbaren Gegensätzen, mit dem jähen Umschlag des Gefühls, das keine Mitte kennt, und in Freud' und Schmerz gleich zu Wahnsinn hinreißt, Grausamstes und Holdestes verbindet, Furie halb, halb Grazie«. Wie weit die poetische Deutung der Tragödie gerecht wird, sei dahingestellt; bemerkenswert bleibt, daß Stadler mit der *Penthesilea* ein Vorbild entdeckte, das das »verklärte Idealbild der Antike«, errichtet von der »klassische[n] Dichtung Goethes und Schillers«, verdrängen sollte, vor dem »jene bequeme Winckelmannsche Formel von der schlichten Einfalt und der stillen Größe« versagte, weil hier eine bis zur Sinnesverwirrung gesteigerte Ekstase, die »Maßlosigkeit« des Gefühls geradezu schamlos ausgestellt wird. Für spätere Leser, die die expressionistische Literatur – nicht zuletzt die Liebesgeschichten jener Jahre um den ersten Weltkrieg – kennen, klingt die nachempfindende Interpretation von 1909 wie eine literarische Vorhersage. Obwohl den in einer Straßburger Tageszeitung erschienenen Essay seinerzeit nur wenige Autoren unseres Bandes gelesen haben dürften, scheinen viele ihrer Figuren in der Tat auf die Kleistschen Charaktere, wie sie Stadler beschrieben hat, ausgerichtet; mit welchem Erfolg und in welcher Form wird noch zu erläutern sein. Immerhin, für diese wie jene gilt: »Wer ihnen das Gefühl verwirrt, raubt ihnen den Grund, auf dem sie stehen.«

Die euphorische Auslegung der damals gut hundert Jahre alten Tragödie offenbart eine generationstypische Unzufriedenheit, die in den nächsten zehn Jahren eine eigene Kunst, den Expressionismus, prägen würde. Bei Kleist fand der junge Dichter, was viele Intellektuelle seines Alters in ihrer Zeit so schmerzlich vermißten: große, überwältigende Gefühle, aufrüttelnde Leidenschaften. Die Bürgersöhne nämlich, deren Väter in der Regel Beamte, Ärzte, Kaufleute, Juristen, kurzum Mittelständler waren, sahen sich in eine ereignislose Zeit gestellt, in eine Welt, die die Väter eingerichtet hatten, damit die Söhne sie später in ihrem, in der Väter Sinn verwalteten. Alles schien den Nachkommen vorbestimmt, zuerst ein wenig Freude, danach viel Zucht und Ordnung: Gaudeamus igitur, schlagende Verbindung, Schmiß, Reservedienst, Stammtisch, gute Stube. Gefühle waren familiäre Sentimentalität und in der Öffentlichkeit eigentlich nur zu Kaisers Geburtstag erwünscht. »Und die deutschen Bürger«, kann man bei Johannes R. Becher lesen, »lagern sich immer ringsumher: sie paffen Ringe durch die Luft, spielen Billard, trinken aus hohen Gläsern Weißbier, tragen Namen wie Ziegler, Zacherl, Beermann, Rind, Küchler, haben breite Stiefel, Platt- und Schweißfüße, einen massiven Gang und lieben es, durch wiederholte Händedrücke sich zärtlich ihren Weibern gegenüber zu erweisen, die, vollgefressenen Spatzen auf Telegraphenstangen gleich, eng an ihre Männer geschmiegt, dahindösen: Schlagrahm weiß in den aufgedunsenen Gesichtern, große Torten verzehrend (fett, doppelkinnig, hängebusenhaft...). Ihrem Beruf nach Pferdehändler, Salzagenten, Buchhändler, Dichter, Maler: kropfig, dickbäuchig, oft aber auch sehr schön, sonnenhaft, langgebartet, goldblond...« – Kleine Verhältnisse von vornherein, eine schale Atmosphäre, kein Raum für große Gefühle. Georg Heym notierte am 15. September 1911 in seinem Tagebuch: »Mein Gott – ich ersticke noch mit meinem brachliegenden Enthousiasmus in dieser banalen Zeit. Denn ich bedarf gewaltiger äußerer Emotionen, um glücklich zu sein. Ich sehe mich in meinen wachen Phantasieen, immer als einen Danton, oder einen Mann auf der Barrikade, ohne meine Jakobinermütze kann ich mich eigentlich gar nicht denken.« Die Gegenwart, das deutsche Kaiserreich aber hatte nur Pickelhauben zu vergeben; und wer die wollte, war ohnehin eins mit sich und der Welt; die jungen Dichter waren's nicht. Denn sie fühlten »eine ganze jahrzehntealte bürgerliche Welt hinabsinken«, »unter deren kleinlicher Rute« sie aufgewachsen waren, wie Hermann Hesse 1918 in einem keineswegs unkritischen Aufsatz über den literarischen Expressionismus schrieb. Doch wo die Gesellschaft dem einzelnen die Möglichkeit zu mitreißender Begeisterung, zu emotionaler Beteiligung vorenthält, da ist er, bevor er gänzlich abstumpft, in besonderem Maße versucht, alle seine Emotionen im persönlichsten Bereich auszuleben, da wird die Liebe in der Literatur unversehens zum Weltereignis und die intime Leidenschaft zum Impuls historischer Entwicklung. Kein Wunder also, daß in der Dichtung einer erlebnishungrigen Jugend, die sich von den gesellschaftlichen Verhältnissen eingeengt, mehr noch: abgestoßen fühlte, die Liebe außergewöhnliche Bedeutung gewann, und zwar in allen Genres, in Walter Hasenclevers, Arnolt Bronnens oder Reinhard Sorges Dramen ebenso wie in Franz Werfels, Georg Trakls oder Walter Rheiners Gedichten und natürlich in den vorgestellten Erzählungen. Ob in der traurigen Geschichte des kleinen Jungen, die Georg Heym berichtet, ob in Gustav Sacks Erzählung einer Inzestverbindung oder in Carl Einsteins scheinbarer Verhöhnung allen Gefühls, stets erweist sich die Liebe als ein Versuch, endlich den emotionalen Zugang zu einer kalten, fühllosen Umgebung zu finden, sich ein wenig Geborgenheit in all der Fremde zu schaffen; ein verzweifeltes Bemühen, das immer mißlingt. Die Liebesgeschichten *zwischen Trauer und Ekstase* sind düster und alles andere als amüsante Erotika. Zwar sind sie überaus gefühlsbetont, empfindsam mitunter, öfter heftig, zuweilen sogar exzessiv, doch fehlt ihnen durchweg sowohl die sanfte Melancholie als auch die Pikanterie gehobener Unterhaltungsliteratur. Statt in süßen, bitteren oder aufreizenden Stimmungen zu schwelgen, bannen die Autoren von Georg Heym über Alfred Lemm bis zu Ernst Weiß Leidenschaften, versuchen sie die verwirrende Simultanität, die Widersprüchlichkeit der Emotionen zu erfassen, wobei sie von deren logischer, deren psychologischer Erklärung mehr oder weniger bewußt absehen, so daß ihren Texten auch die epische Eleganz der subtilen Geschichten eines Arthur Schnitzler oder

Robert Musil abgeht. Vielmehr kennzeichnet die expressionistischen Erzählungen eine Spontaneität im Handlungsablauf sowie in der Sprache, die den unbefangenen Leser vorerst verwundert, wenn nicht gar verwirrt, bis er sich auf den überwiegend lyrischen Charakter dieser Prosa eingestellt, sie gleichsam als Ausfluß des Affekts, als Gefühlsausdruck empfunden hat. Aber auch dann wird ihn kein einziger Erzähler unserer Sammlung zum Träumen verlocken, im Gegenteil. Denn ihre Liebenden scheinen allesamt gefährdet. Das dargestellte Erleben wirkt beklemmend, nicht weil die Umstände der jeweiligen Liebe entgegenstehen, sondern weil die Welt das Gefühl verdirbt.

II

Bevor wir uns den Liebesgeschichten jedoch eingehender zuwenden, scheint es geraten, einen kultur- und sittengeschichtlichen Zustand plastisch zu machen, den wir gemeinhin mit dem diffusen Schlagwort *bürgerliche Doppel- oder Scheinmoral* bezeichnen, ohne damit viel mehr zu verbinden als die Vorstellung der untreuen Gattin und ihres lüsternen Gemahls, der samstags heimlich ins Bordell schleicht, um danach am Sonntagnachmittag mit seinen Lieben bei Kaffee und Kuchen wieder trautes Heim zu spielen. Ein Klischee, das nicht einmal falsch, aber wenig zeittypisch ist, von dem Interieur des Bordells einmal abgesehen. Der Erlebnishintergrund solcher Erzählungen wie *Der Weg über den Berg, Das Meer, Der Rubin, Unzulängliche Opfer* oder *Die Hölle,* um nur an einige Texte zu erinnern, will jedenfalls schärfer gesehen sein.

Die expressionistische Generation, um 1890 geboren, erlebte die Doppelmoral vor allem als eine Gefühlsverarmung ohnegleichen, zumal sie ihre Zeit- und Moralerfahrungen überwiegend in den großen Städten, namentlich in Berlin, sammelte. Nicht, daß es an erotischen Verlockungen, an Möglichkeiten sinnlicher Befriedigung gefehlt hätte, keineswegs. Es herrschte unterschwellig sogar ein ausgesprochen aufreizendes Klima, eine durchaus schwüle Atmosphäre, weniger bieder und prüde, als wir heute glauben möchten. Der Sozialpolitiker und Publizist Victor Noack charakterisierte das Berlin des Jahres 1911 in einem Feuilleton beispielsweise als »die reizendste Kokotte der Welt«: »Die Jupons der Friedrichstraße, das Frou-Frou der Leipziger und Potsdamer Straße, die wispernde Chiffon-Welle der westlichen Boulevards! Der Duft geschmückter Frauen, der das Gewissen benebelt und die Leidenschaft aufwirbelt wie prickelnder Mousseux französischen

Champagners! Das süße Gift des Genusses im Umgang mit den koketten Dreizehn- und Vierzehnjährigen mit dem Schick und der Haltung erfahrener Weltdamen. Oh! Die ermattende bürgerliche Ehrbarkeit der anständigen Frauen von W. W.! Falter, die gegen das Licht taumeln und mit lädierten Flügelchen fallen. Und dann – für die besonders Gearteten, die heimliche Angst vor den Manövern bildhübscher Knaben, die man im Dunkeln küßt!« Das verführerische Laster, einst in konzessionierten Freudenhäusern, in dunklen Hinterzimmern berüchtigter Kneipen oder in verrufenen Ateliers versteckt, nun war es geradezu gesellschaftsfähig geworden; ihm verfallen zu sein gehörte beinahe schon zum guten Ton. Man blättere nur einmal in einigen Jahrgängen des *Simplicissimus*, zumeist sind es Herren und Damen der Gesellschaft, die dort in verfänglichen Situationen, sozusagen in flagranti karikiert werden.

Dirnen und Strichjungen verkehrten mit dezenter Selbstverständlichkeit in den vornehmsten Vierteln. Zuhälter entstammten nicht mehr ausschließlich dem asozialen Milieu. Grafen, Barone, Freiherren, Söhne angesehener Bürger, selbst Polizisten verdienten auf diese Weise ihr Geld. Ein Paar hingegen, das ohne Trauschein zusammen in einer Wohnung lebte, mußte jederzeit mit einer amtlichen Verfügung rechnen, die solche *Unzucht* im Interesse der öffentlichen Moral untersagte, bei Androhung einer dreitägigen Haftstrafe. In Schulen und Gymnasien kursierten Aktfotos, in zunehmendem Maße bereits pornographische Aufnahmen, während Staatsanwälte die Reproduktion einiger Gemälde von Regnault, Palma Vecchio, Tizian, Giorgione und anderen verboten, denn diese Bilder zeigten »dem Beschauer nackte, üppige Frauengestalten, vor allem die Büste und Geschlechtsteile des Weibes, deren Nachbildung geeignet« sei, »das in den gesitteten Kreisen des Volkes normal geltende Gefühl für Scham und Sittlichkeit in geschlechtlicher Beziehung zu verletzen«. Ungeachtet derartiger moralischer Sensibilität aber gab es bereits Klubs renommierter Bürger, die über eigene Räume und Säle verfügten, in denen sie regelmäßig Nacktbälle veranstalteten; Schauorgien waren keine so große Seltenheit. Und in orgiastischem Taumel endete mancher Maskenball ohnedies. Homosexuelle veranstalteten noch vor dem ersten Weltkrieg Transvestitenbälle, an denen in Berlin verschiedentlich bis zu 800 Personen teilnahmen. Tribaden gründeten eigene Vereine, berühmt wurden die Berliner Damenkegelklubs. 1910 erregte der aus Paris kommende Apachentanz die Gemüter, bis ihn die Gastwirte schließlich wegen seiner obszönen Dar-Stellungen untersagten. Zahlreiche Bordelle spezialisierten sich auf die sadistischen und masochistischen Gelüste ihrer prominenten Kundschaften. – Ehebruch indes galt nach wie vor als ein Vergehen, für das das Gesetz eine Strafe von mehreren Monaten Gefängnis vorsah. Schwangerschaftsunterbrechung, durchaus gang und gäbe, wurde natürlich strengstens geahndet: 1914 erschoß sich ein Fotograf zusammen mit seinen zwei verheirateten Töchtern und dem Enkelsohn, weil die beiden Frauen, 34 und 36 Jahre alt, »wegen Abtreibung der Leibesfrucht« vor Gericht gestellt und zu je sechs Monaten Gefängnis verurteilt worden waren; die Familie hatte ihre Ehre verloren. Einige Studentenverbindungen jedoch rechneten es sich unterdessen als besondere Ehre an, wenn ihre Mitglieder von einer Geschlechtskrankheit befallen waren. Es gab exklusive Offiziersklubs, wo eine nachgewiesene Syphilis Voraussetzung der Aufnahme war. Oder: Töchter aus »gutem Hause«, aus den Villen des Berliner Tiergartens etwa, kaum der Pubertät entwachsen, flanierten nachmittags, auf der Suche nach dem erotischen Abenteuer, in einer für die Zeit gewagten Toilette die einst mondäne Tauentzienstraße entlang, um ungeniert Männerbekanntschaften zu knüpfen, die sie dann in irgendein möbliertes Zimmer oder Atelier führten; den Tee nahm man freilich wieder daheim im eleganten Salon. Das *Tauentziengirl*, von Studenten spöttisch *Geheimratstochter* genannt, wurde ein europäischer Begriff.

Es war anscheinend jede Ausschweifung, wenn schon nicht erlaubt, so doch geduldet, solange sie nur Nervenkitzel versprach; allein echtes Gefühl schien überflüssig, von der Zeit überholt. In Paul Boldts sarkastischer Novelle *Der Versuch zu lieben* stellt die weibliche Hauptfigur Stefa Frühling nüchtern und resigniert fest: »Ich muß mich entschließen. Ich werde alt. Heiraten, das ist wenigstens etwas Neues. Das andere wäre freilich schöner, was ich nicht bekomme. Wir kriegen es ja nicht fertig.« Das andere aber wäre die Liebe gewesen, und die war längst durch ökonomische Vernunft einerseits und grobe Sexualität andererseits depraviert, mit der Ehe beinahe unvereinbar. Der Lyriker und Essayist Ludwig Bäumer bekannte 1914, im gleichen Jahr also, in dem Boldts Novelle erschien, in Franz Pfemferts berühmter Zeitschrift *Die Aktion,* daß er sich scheue, »das Wort Liebe auszusprechen«. Denn »die allgemeine Anwendung dieses Wortes auf ein, meist unbewußt, *fingiertes* Gefühl« stehe »in ihrer Häufigkeit in einem reziproken Verhältnis zum *wirklichen Da-Sein* der Liebe«. (Hervorhebung – Th. R.) Genauer noch ergründete Curt Moreck den inneren Verfall des

Bürgertums in seiner dreibändigen *Kultur- und Sittengeschichte der neuesten Zeit,* die *Geschlechtsleben und Erotik in der Gesellschaft der Gegenwart,* das heißt von der Jahrhundertwende bis Mitte der zwanziger Jahre, beschreibt. Das Kapitel *Liebe und Sexualität* beginnt mit folgendem Bild: »Auf steinernen Sockeln in verschwiegenen Parks, dem Vogelsingen in den Taxushecken lauschend und in blassen Weihern sich spiegelnd, stehen die Bilder jenes romantischen Eros, der noch Herzen mit sirrenden Pfeilen durchbohrte und fiebernde Leidenschaften entzündete, der aus der Brust schmachtender Knaben die Seufzer hervorlockte und in den Augen der Mädchen schwärmerische Blicke entfachte. Die Sachlichkeit des Jahrhunderts hat ihn getötet, ein kurzes Siechtum, und er war nicht mehr. Aber durch das Nachtgebüsch schleichen in seiner Nähe lüsterne Satyre, beutegierig und witternd, vom Übermaß des Triebes gepeitscht. Seit Eros tot ist, ist ihre Zeit gekommen, denn sie sind das verkörperte Geschlecht, der potenzierte Urtrieb.« Moreck fährt dann fort, das Bild bedürfe keiner Deutung, es allegorisiere den »erkennbaren Wandel der Liebe aus dem rein Gefühlsmäßigen und Gemüthaften zur Sexualität, zum Triebhaften«. Das Wort Liebe bezeichnete demnach nicht mehr die innere, die seelische Verbundenheit zweier Menschen, eher eine hygienische Notwendigkeit, die die Gesellschaft in zweifacher Form sanktionierte: zum einen als Prostitution, zum anderen als Ehe, meist ein sexueller, mehr aber noch ein ökonomischer Zweckverband. Verpönt war hingegen die »freie Liebe«, die äußere Zwänge, Zwecke und Normen mißachtende, allein dem Gefühl verpflichtete Bindung. Schon zu Beginn des Jahrhunderts hatte die schwedische Schriftstellerin Ellen Key in ihren Essays *Über Liebe und Ehe* festgestellt: »In unserer Zeit verrät sich die ethische Unfeinheit vor allem in der Verurteilung der jungen Liebespaare, die ihre Schicksale frei vereinen. Die Mehrzahl sieht nicht ein, welchen Fortschritt der Sittlichkeit dies bedeutet, verglichen mit dem Vorgehen der vielen Männer, die sich ohne Verantwortung – und scheinbar ohne Gefahr – die Ruhe der Sinne *erkaufen.*« (Hervorhebung – Th. R.) Franz Kafka, Zeitgenosse der Expressionisten, erinnerte sich in einem langen *Brief an den Vater* unter anderem daran, wie es ihn erschreckte, daß der Vater auf die Mitteilung des Sohnes, er wolle heiraten, verständnislos abweisend entgegnete: »›Ich begreife Dich nicht, Du bist doch ein erwachsener Mensch, bist in der Stadt, und weißt Dir keinen andern Rat, als gleich eine Beliebige zu heiraten. Gibt es da keine anderen Möglichkeiten? Wenn Du Dich davor fürchtest, werde ich selbst mit Dir hingehen.‹« Hier spricht nicht mehr der gütige Hausvater, der am Ende von Goethes Versepos *Hermann und Dorothea* die Schwiegertochter glücklich bewegt umarmt, weil er sieht, daß der Sohn sie herzlich liebt.

»Grundlage der modernen Familie«, schreibt Moreck, »ist vielfach nur das Prinzip der Besitzmehrung oder -erhaltung. [...] So wird aus einer innerlichen Lebensgemeinschaft zwischen Mann, Weib und Kindern eine formelle Übereinkunft zweier Kontrahenten, die nicht einmal immer in ihren Interessen konform gehen, sondern vielfach nur gegenseitig individuelle Vorteile voneinander erhoffen und bieten.« Die Folge davon: »Jeder innigere Kontakt zwischen den Familiengliedern« löst sich auf. »Der Begriff des einigenden häuslichen Herdes verblaßt, das rapide Tempo des Erwerbslebens bedingt einen Ausgleich in stärkeren Reizen, als sie die häusliche Behaglichkeit zu bieten vermag, und die Zerstreuungen und Vergnügungen, die man sucht, locken aus dem Kreise der Familie weg.« Darf man dem zeitgenössischen Zeugnis glauben – und was spräche dagegen? –, so war Gefühl, war Liebe am heimischen Herd nicht mehr gefragt als im Bordell. Hier wie dort kam es allein darauf an, »sich über die Leere und Banalität des inneren und äußeren Lebens hinwegzutäuschen«. 1913 definierten amerikanische Psychiater und Neurologen auf einem Kongreß in Chicago Liebe, wo sie zu seelischer Erregtheit führt, allen Ernstes als eine Form des Irrsinns.

Angesichts eines derartigen Emotionsverlustes stellte sich der heute vergessene Lyriker Hugo Hinz in einem kurzen Aufsatz mit dem beredten Titel *Vom reinen Gefühl* 1914 die provokante Frage: »Sind wir bei unserm Tempo mit zwanzig Jahren dahingekommen, wo Goethe einst mit siebzig war?«, um darauf zu antworten: »Der [Goethe] würde heute wirklich den Kopf schütteln. Überhaupt würde ihm unklar sein, daß wir in unserer Zeit bei den von uns geschaffenen und uns über den Kopf gewachsenen Zuständen noch von Gefühlen reden! Glatt umdrehen würde er sich angesichts des Mangels: Fliegen und Tunnels unter Meeren und unvernünftiges Kindermachen mit tragischen Anbammseln. Wir sollten uns wirklich nacheinander an die Bäume des Kurfürstendamms hängen, rasch! ehe der letzte fällt!« Daß solch deprimierende Aussagen tatsächlich eine weitverbreitete Stimmung ausdrückten, kann endlich ein Zitat des Großindustriellen und Diplomaten Walther Rathenau bestätigen, der, obwohl er zuweilen auch junge Künstler unterstützte, Walter Rheiner zum Beispiel, nun ganz gewiß kein Anhänger des Expressionismus gewesen ist. Umgang pflegte er, ein Bürger, der immer noch ein wenig an Thomas Buddenbrook denken läßt, mit den Mitgliedern der Preußischen Akademie der Künste, nicht mit Jung, Becher oder Sack; ganz abgesehen davon, daß er einer weitaus älteren Generation angehörte. Dennoch stimmt das Bild, das er von der modernen Großstadt zeichnet, auffällig mit den Beobachtungen der jungen Literaten überein: »Hier wird Arbeit«, schrieb er 1913, »zum Frondienst, Muße zum Rausch, Freude zur Ausschreitung, Kummer zur Verzweiflung, Glaube zum Fetischismus. Die Verlassenheit, die uns befällt inmitten gieriger Männer, getünchter Frauen, angerichteter Kinder und Jungfrauen, übernächtigter Jünglinge, untreuer Diener und ausgehöhlter Sklaven, diese angstvolle Verlassenheit entsteigt dem unbewußten Begreifen: hier leben keine Seelen.

Habsucht und Götzendienst des flachen Landes, Warenhunger, Blendwerk, Streberei, Üppigkeit, Neugier und Diebeslust der Städte: das sind die Inseln der Seelenlosigkeit in unserem Lande.«

Es waren die Zentren, die Ausgangspunkte expressionistischer Literatur. Sie wurzelte auf den »Inseln der Seelenlosigkeit«, nur in deren aufwühlendem und zugleich drückendem Klima konnte sie wachsen. Und wem es nicht gelingt, sich etwas in die Stimmung der Zeit zu versetzen, dem werden die Liebenden *zwischen Trauer und Ekstase* weitgehend fremd bleiben, der wird sich ihr verzweifeltes und dann wieder ungestümes Gebaren schwer erklären können; er wird die Angst kaum spüren, die sich hinter der Ekstase verbirgt, auch den Schmerz wird er nicht empfinden und selten die Sehnsucht fühlen, die die Liebenden Zuflucht im Rausch suchen läßt. Denn ihr Leiden in der Liebe ist ein Leiden an der Zeit, insofern sie die Liebe in Frage stellt.

III

Als Ernst Toller 1929 vor amerikanischen Studenten über die *Konflikte der Jugend in Deutschland* sprach, sagte er, rückblickend auf die Jahre vor dem ersten Weltkrieg: »Auch die Erotik der älteren Generation wurde als verlogen, als unecht, als unwürdig abgelehnt. Die einen forderten an Stelle des ›Flirtens‹, des ›Poussierens‹, an Stelle der ›Geldheirat‹ kameradschaftliches Miteinander der Geschlechter, unter Ausschaltung erotischer Beziehungen, die anderen forderten die sexuelle Freiheit auch für die Jugendlichen.« Die widersprüchlichen Erfahrungen, die täglich die Wertlosigkeit überkommener moralischer Wertvorstellungen offenbarten, hatten die Jugend in eine tiefe Gefühlsverwirrung gestürzt, die sich dann während des Krieges beängstigend steigerte und als deren unmittelbarsten literarischen Ausdruck wir sicher die Liebesgeschichten jener Jahre ansehen dürfen. Spiegeln sie doch die emotionale Verunsicherung des einzelnen in der spätbürgerlichen Gesellschaft in einer bis dahin nicht gekannten, mitunter schokkierenden Offenheit, wenn man von August Strindberg und Frank Wedekind, den großen Vorbildern der literarischen Avantgarde, einmal absieht. Die aufbegehrenden Expressionisten gestalteten schamlos und mit Vorliebe all das, worüber die bürgerliche Wohlanständigkeit geflissentlich den Mantel schamhaften Schweigens deckte.

Der kleine Junge, von dem Georg Heym erzählt, muß »an einem Tage den Becher der Seligkeit und den der Qual« trinken. Zu Anfang ist er, nachdem er einen Kuß bekommen hat, von dem »Gefühl eines starken brausenden Lebens« erfüllt, »als hätte er noch nie gelebt«. Doch bald wird ihm »das Herz aus der Brust gerissen«. Das Mädchen, auf das er sehnsüchtig wartet, sitzt auf dem Schoß eines anderen: Der »bog ihren Kopf herunter, gab ihr einen Kuß, dann ließ er ihn los. Seine Hand griff nach ihrem Bein, und fuhr langsam daran hinauf. Und sie lehnte sich an die Schulter des Jungen, weit zurück.« Der sinnliche Reiz wirkt stärker als das zarte Gefühl, das den kleinen Jungen für Stunden so »unermeßlich selig« gestimmt hat, um nach der Enttäuschung in tiefe Verzweiflung umzuschlagen, in den depressiven Wunsch, »sich zu verstecken«.

So verschieden die folgenden Geschichten auch sein mögen, die verhängnisvolle Verquickung von Glück und Leid, der leidvolle Ausgang ist allen eigen. Miramée, in der der Erzählende zunächst endlich jene Frau gefunden zu haben glaubt, die er »früher schon einmal gesehen, gehalten, geliebt – geliebt haben mußte«, ist von einer häßlichen, abstoßenden Krankheit befallen, so daß der namenlose Mann schließlich in panischer Angst von ihr flieht. Die Liebenden in Franz Jungs Erzählung *Der Weg über den Berg* trauen ihren Gefühlen so wenig, daß sie einander nur noch quälen können, was immer noch besser ist als das völlige Alleinsein. Wenig anders ergeht es Dorka und Hans in Bechers Novelle *Das kleine Leben*. Höchst selten verharren die Autoren bei der Beschreibung glücklicher Zustände. Nahezu immer folgt das Geschehen aus Streit, oder es gipfelt in zermürbender Zwietracht, bei Franz Jung und Kasimir Edschmid ebenso wie in Gustav Sacks Erzählung *Der Rubin:* Wahrhafte Zuneigung kann nicht bestehen, wenigstens nicht in dieser Welt. Liebe genießen die literarischen

Figuren allenfalls als sexuellen Rausch, verschiedentlich bis zur Perversität übertrieben, um persönliche Beziehungen jedoch ringen sie vergebens. Ihre Ekstase ist Affront der kalten Bürgerlichkeit und dient als schmerzlicher Glücksersatz. Indem sie sich in ein abnormes Verhalten hineinsteigern, außer sich geraten, eine ekstatische Rolle spielen, suchen sie die Sicherheit, die Identität mit sich zu erlangen, die sie in der Gesellschaft, in der Norm nicht finden konnten. Die Selbstentfremdung, an der alle leiden, trennt die »Liebenden« so sehr, daß oft purer Haß die Szene bestimmt. Sinn- oder gar liebevolles Zusammenleben scheint unmöglich, da die Brücken zueinander abgebrochen sind. Innere Vereinsamung bannt die Figuren. *Der Versuch zu lieben,* von dem nicht allein Paul Boldt erzählt, endet immer aussichtsloser. Felix etwa, der Mann aus Alfred Wolfensteins kurzer Geschichte *Die künstliche Liebe,* hofft seine Gefühllosigkeit in der Ehe durch erotisches »Talent« zu überwinden, doch er stirbt, denn »einsam zu sein, wie er war, solche grausame versteckte Ungeliebtheit einer Seele wird auf keinen Fall lange ertragen«. Auch Michael und Esther Finn, die sich in Max Krells Erzählung *Das Meer* (Hier nicht abgedruckt – Th. R.) begegnen, schrekken vor der Leidenschaft zurück. Alfred Lemms Berthold gar springt aus dem Fenster, als ihm die Geliebte in der Hochzeitsnacht nackt entgegenkommt; dabei ist er alles andere als prüde.

Da die Figuren Liebe, wie sie in der bürgerlichen Gesellschaft mehr oder weniger fühllos praktiziert wird, sei es als Ehe, Verhältnis oder Prostitution, einerseits radikal ablehnen, andererseits jedoch in ihrem Fühlen von den überkommenen Moral- und Sittengesetzen ebenjener Gesellschaft geprägt worden sind, erweist sich ihr bewußt antibürgerliches Gebaren als ein letztlich hilfloser Versuch, der »guten Kinderstube« zu entfliehen. Wenn einige Autoren ihre Paare auf der Suche nach Liebe beispielsweise ins Hurenmilieu führen, sie als Dirne und Zuhälter zusammenleben lassen, weil sie vermuten, daß es in solchen Verhältnissen allemal ehrlicher zugehe als in den amtlich bescheinigten Ehen ihrer Väter, so stolpern die Aussteiger stets über die anerzogenen Vorurteile. Geplagt von Eifersucht und familiären Besitzansprüchen, gelingt es den Männern eben nicht, sich in die Rolle des Zuhälters zu schicken. Statt, wie gewünscht, mit der Gesellschaft prallen sie mit sich zusammen. Sie möchten so gern verrucht sein und bleiben doch befangen in der unmoralischen Moral ihrer Zeit, der sie den Kampf angesagt haben.

Ein enger Freund des Schriftstellers Franz Jung, der Psychoanalytiker Otto Gross, der bei Sigmund Freud studiert hatte und 1913 auf Betreiben seines Vaters, eines angesehenen Grazer Professors, und zum Entsetzen vieler Expressionisten gewaltsam in eine Irrenanstalt eingewiesen wurde, nicht weil er etwa wahnsinnig gewesen wäre, sondern weil dem Vater die wissenschaftlichen Ansichten des Sohnes widerstrebten und er dessen Lebenswandel ablehnte, Otto Gross erklärte 1913 in der *Aktion:* »Die Sexualität ist das universelle Motiv für eine Unendlichkeit an inneren Konflikten, nicht an sich selbst, sondern als Objekt einer Sexualmoral, die in unlösbarem Konflikt mit allem steht, was Wert und Willen und Wirklichkeit ist.

Es zeigt sich, daß das eigentliche Wesen dieser Konflikte im tiefsten Grunde sich stets auf *ein* umfassendes Prinzip zurückführen läßt, auf den Konflikt des Eigenen und Fremden, des angeboren Individuellen und des Suggerierten, das ist des Anerzogenen und Aufgezwungenen.« Und es zählt zu den literarischen – bald möchte man sagen: psychologischen – Leistungen der Expressionisten, diesen Konflikt spontan aufgezeigt – nicht erklärt – zu haben. Ihre Werke vermitteln eindrucksvoll das Erlebnis der Unvereinbarkeit des ursprünglichen, des natürlichen Gefühls mit den Normen der christlich-europäischen Moral und Ethik, die den einzelnen über Generationen hin seiner emotionalen Freiheit beraubten, so daß er entweder abstumpft oder neurotisch reagiert. Die Autoren von Georg Heym bis zu Ernst Weiß beschönigten nichts, nur um dem guten Ton zu genügen. Sie gestalteten vielmehr die tatsächliche – durchaus stereotype – Ambivalenz: den Haß, der in jeder Liebe mitschwingt; das Böse, ohne das das Gute nicht besteht; Inzestwunsch und Ödipuskomplex, die das jugendliche Gemüt weit stärker beherrschen, als wahrzunehmen ihm der Anstand erlaubt; die archaischen Triebe, die die Zivilisation wohl unterdrücken, aber niemals auslöschen konnte und die gerade in Phasen allgemeiner Überreizung, während der Endzeit einer Gesellschaftsordnung verstärkt heraufdrängen.

Sucht man nach dem geistesgeschichtlichen, dem philosophischen Hintergrund der immanenten Zivilisationskritik, so stößt man in erster Linie auf Arthur Schopenhauer und Friedrich Nietzsche, obgleich die Mehrheit der Expressionisten, da sie es mit Schule und Studium im allgemeinen so genau nicht nahmen, anfangs sicher bloß Bruchstücke, Sentenzen der philosophischen Lehren gekannt haben dürften, und selbst die wohl mehr vom Hörensagen denn aus eigener Lektüre. Dennoch, die Beziehungen sind evident. Verwiesen sei nur auf Schopenhauers Kritik der christlichen Moral, die die »Lebenslust und ihre Befriedigung« öffentlich ausgetrieben habe, damit sie »im Verborgenen als Sünde« vollbringe, »was sie nicht mehr ohne Scheu offen vollbringen« dürfe. In Friedrich Nietzsches philosophischem Roman *Also sprach Zarathustra* finden sich bald auf jeder Seite Zeilen, die wie Motti expressionistischer Dichtung anmuten, so zum Beispiel in der Rede *Von Kind und Ehe* folgende Sätze: »Ach, diese Armut der Seele zu zweien! Ach, dieser Schmutz der Seele zu zweien! Ach, dies erbärmliche Behagen zu zweien!

Ehe nennen sie dies alles; und sie sagen, ihre Ehen seien im Himmel geschlossen.

Nun, ich mag ihn nicht, diesen Himmel der Überflüssigen! Nein, ich mag sie nicht, diese im himmlischen Netz verschlungenen Tiere!

Ferne bleibe mir auch der Gott, der heranhinkt, zu segnen, was er nicht zusammenfügte!

Lacht mir nicht über solche Ehen! *Welches Kind hätte nicht Grund, über seine Eltern zu weinen?«* (Hervorhebung – Th. R.) Die Expressionisten ihrerseits hielten den Generationskonflikt für eine, wenn nicht *die* Wurzel allen Übels. Erwähnt werden sollte in dem Zusammenhang nochmals die Schwedin Ellen Key, die mit dem pädagogischen Buch *Das Jahrhundert des Kindes* – die erste deutsche Auflage war 1902 erschienen – nachhaltig auf die moralphilosophischen Anschauungen der Jugend gewirkt hat, weil sie die geltenden Erziehungsgrundsätze als ein »pädagogisches Verbrechen« verurteilte, das darauf abziele, »das eigene Wesen des Kindes zu unterdrücken und es mit dem anderer zu überfüllen«.

Daß die Expressionisten, wenn sie in solche Kerben schlugen, sich öfter übertrieben ausfällig entrüsteten, daß das Aussprechen von Tabus gelegentlich zum Selbstzweck wurde, daß man sich hin und wieder darin gefiel, dem Bürger nur recht viele und möglichst ordinäre Gemeinheiten ins Gesicht zu schleudern, mag noch heute befremden. Zweifel an der Wahrhaftigkeit der ausgedrückten Empörung, wie sie in der Literaturgeschichtsschreibung immer wieder auftauchen, sind indessen unangebracht. Tief enttäuscht von einer Gegenwart, in der alle aufklärerischen Ideale zur Phrase erstarrten, waren die Autoren auf der Suche nach einer Welt *jenseits von Gut und Böse,* auf der Flucht vor der lähmenden Banalität der Alltäglichkeit – und hierbei konnte es freilich gar nicht exaltiert genug zugehen. Hinter den provokatorischen Übertreibungen steht aber stets die Sehnsucht nach unverstelltem, natürlichem Dasein. Eine Sehnsucht, die sich manchmal in der Natur, im Miterleben eines Orkans oder eines Gewitters erfüllt, nie in der Gesellschaft; dort wird sie im Gegenteil geradezu verhöhnt, was dann zwangsläufig zu satirischen Darstellungen, zu Sarkasmus, ja zu Zynismus führt. Erinnert sei nur an Karl Ottens Familienblatt-Novelle *Unzulängliche Opfer,* insbesondere an die Szene, da sich Vater und Sohn als Kunden im Wartezimmer eines Bordells begegnen und der Sohn dem Vater großzügig den Vortritt läßt: »›Ach, mein Herr‹, er verbeugte sich gegen seinen Vater, ›würden Sie vielleicht vorangehen, Sie haben sicher weniger Zeit.‹«

In Gustav Sacks Erzählung *Der Rubin* begeht der Rekrut Wiekannmannur Selbstmord, nachdem er erfahren hat, daß ihn seine Geliebte »notorisch betrügt«. Kein tragisches, eher ein lächerliches Ende! Wie-kann-man-nur! Denn der Freund, der den toten Kameraden an der schönen Madelon rächen wollte, steigt nach einigen tobsüchtigen Albernheiten selbst mit ihr ins Bett. Die edle Absicht ist vergessen. »Aber sie schüttelte mit lächelndem Unwillen ihr Haar, ein Sturm süßer Zärtlichkeit flog über ihr feines Gesicht, und während sie den behaglich Grunzenden fiebernd umklammerte, flüsterte sie in seine roten Eselsohren: ›Warum hab ich dich nur so lieb?‹« Unwillkürlich muß man an zwei berühmte Verse Gottfried Benns denken:

»Die Krone der Schöpfung, das Schwein, der Mensch –:
Geht doch mit anderen Tieren um!«

Allerdings häuften sich derart ernüchternde Blicke auf die Wirklichkeit erst nach 1914. Und da war ein weltgeschichtliches Ereignis eingetreten, das die menschliche Existenz ohnehin auf das rein Animalische zu reduzieren drohte: der Erste Weltkrieg. In drei Erzählungen unserer Auswahl greift er direkt ein, in Alfred Lemms Geschichte der *Hure Salomea,* die auch eine scharfe Zeitsatire ist, in Claire Studers Text *Die Schneiderin* sowie in Carl Sternheims Erzählung *Ulrike,* die übrigens ein halbes Jahr nach Erscheinen beschlagnahmt wurde und dem Autor eine Anklage »wegen Verbreitung unzüchtiger Schriften« eintrug. Die Geschichten berichten vom Schicksal dreier Frauen, deren Leben nun in der Tat nicht eben züchtig verläuft, obwohl es immer ganz gewöhnlich beginnt. Erst die Perversität des Krieges treibt sie zur »Unzucht«. Das Grauen hat alle Scham getilgt. »Keusch sind wir nicht. Wir zeigen unsre Wunden vor und halten unsre Schreie nicht zurück«, notierte Rudolf Leonhard 1917 in einem Lazarett.

Salomea, die bei Kriegsausbruch als Krankenschwester in ein Lazarett geht, vermag es nicht, den entstellten Krüppeln, den körperlichen Resten einstiger Männer »möglichst viel Güte zukommen zu lassen«, sie scheint kalt und ohne jedes Mitleid, ihr *angeborener weiblicher Liebesinstinkt,* an den der Arzt appelliert, versagt vor dem Elend. Erst als sie, wegen ihrer vermeintlichen Herzlosigkeit aus dem Lazarett ausgewiesen, auf einem Bahnsteig Soldaten sieht, die »mit unbekümmerten Gesichtern« lächelnd »in die Schlacht« ziehen, überstürzen sich »Leidenschaften, einander verdrängend«: »Es sollen keine Stücke aus euren weißen Bruststäben gebrochen werden! Ich werfe mich vor den Zug! Ich will mich hinhalten [...] Ich liebe euch!‹« Hingerissen von einer schier grenzenlosen Liebe zu den bedrohten Menschen, vergibt »sie sich tausendarmig«, um den Soldaten im »Elend des langen Sterbens« letzte Augenblicke des Glücks zu schaffen, Momente seligen Vergessens. Die Gerichtsbarkeit, der die Hure, die keine Hure ist, durch die Öffentlichkeit schließlich ausgeliefert wird, *kann* ihr Verhalten nicht begreifen: »Wir hätten«, lautet der Urteilsspruch, »ihr mildernde Umstände zugebilligt, wenn sie die *Unzucht aus Motiven des Erwerbs* geübt hätte. *Grundlos* aber, mit keinerlei Absichten, die immerhin verständlich wären, heute das ungezügeltste Triebleben zu führen, ist nicht nur unsittlich, sondern offenbart auch in Anbetracht, daß die Angeklagte weite Kreise des Volkes mit sich gezogen hat, eine im höchsten Grade feindliche Gesinnung gegen ihr und unser Vaterland –« (Hervorhebung – Th. R.) Angst um die Menschen, Liebe zu ihnen, das sind keine *immerhin verständlichen Absichten* mehr. Das Urteil fällt auf die Richter zurück. Die sterbenden Soldaten jedoch, denen sich Salomea zuletzt, selbst dem Tode nahe, in einem stinkenden Güterwagen, voll »von schwerverletzten Gefangenen und Verbündeten, Russen, Kroaten, Slowenen und ähnlichen Volksstämmen«, opfert, glauben in ihr »die Mutter Maria selbst«, »die Gebenedeite« zu erkennen, die sie von ihren Schmerzen erlöst.

Während Salomea zur »Hure« wird, weil sie den Tod aufhalten, die Qual abfangen will, verfällt Claire Studers Schneiderin auf die Prostitution, um eigenes Leid, den Verlust ihres Mannes, zu rächen, indem sie sich bewußt eine Geschlechtskrankheit zuzieht, mit der sie dann zahlreiche Offiziere infiziert: »Und sie rächte ihren Toten, rächte ihn an den Männern, in denen sie seine Henker sah.« Mit der ganzen Kraft ihrer Liebe, »die nichts gegen den Tod vermocht hatte«, beginnt sie zu hassen. »Jetzt wußte sie plötzlich, daß der Krieg ein schwarzer Rumpf war, ohne Arme und Beine, ohne Kopf, der nichts am Menschen ließ als einen verkohlten Leib ohne Herz...« Auch Ulrike lernt den Krieg in Form eines Rumpfes kennen, eines Mannes, der beide Beine sowie einen Arm verloren hat und christliche Nächstenliebe zynisch verspottet, ehe er stirbt. Ulrike verliert daraufhin die Freude an ihrem Samariterdienst. Sie merkt, die Welt ist aus den Fugen geraten, ein »Chaos«, aber »den Menschen der Epoche gemäßer als alles, was im Frieden gewesen« war. Der Satiriker Sternheim erweckt den Eindruck, die Zivilisation habe sich nun endgültig überlebt, und mit ihr die Liebe als seelische Bindung, geblieben sei allein der animalische Trieb, dem sich Ulrike am Ende hemmungslos ergibt. Denn auf einmal »erbrach ihrer Erziehung frommer Betrug«.

»Was noch an Wert galt«, erklärte Ernst Toller 1929 in seiner schon zitierten Rede vor amerikanischen Studenten, »war durch den Krieg zertrümmert«. An die zehn Millionen Gefallene, die wenigstens ebensoviel Witwen und Mütter hinterlassen hatten – wer sollte da auch noch an den melancholischen Glanz eines *Nachsommers* glauben. Liebe war zur Farce geworden, das Wort ein bloßes Synonym für Sexualität. Richard Huelsenbeck schrieb 1918 an einen Freund: »Sexualität, haben wir herausgefunden, ist eine spielerische Lebensform und dem Expressionismus sehr verwandt. Wir gehen zum Beispiel die Tauentzienstraße hinunter und schlenkern mit den Armen, und sofort kommen die gestiefelten Kater und fragen ›Na, Kleiner‹. Ist das nicht ein Zeichen des Fortschritts. Dazwischen läuten die Glocken der Tauentzienkirche, die Zeit zum Abendessen kommt, man muß sich entscheiden, entweder zu huren oder zu essen.« Man versinkt, wie in Carl Einsteins Romanfragment *Der unentwegte Platoniker,* »in die gänzliche Banalität körperlicher Ekstase«, Liebe wird verrichtet, »erotische[s] Kunstgewerbe« statt innerer Bindung, nur »keine seelischen Komplikationen«: »›Normal muß der Mensch sein, gesund.‹« Der Platoniker, jener also, dem sinnlicher Reiz allein nicht genügt, wird notwendig zur lächerlichen Figur, wiewohl die anderen auch nicht gerade glücklich sind. Kommt jetzt Leidenschaft auf, so ist es Begierde, und die hat allemal etwas Bedrohliches. Gemma und Richard schrecken nicht vor einem Mord zurück, um miteinander leben zu können; doch es wird *Die Hölle,* die sie nur in dauernder Ekstase werden ertragen können. »Den Eingang zur Hölle« finden schließlich auch Edgar und Esther, das Paar der letzten Geschichte unseres Bandes. Ihr anfangs so unbeschwertes Verhältnis scheitert, eben weil es unbeschwert bleiben soll, unbelastet von der zermürbend abstumpfenden Alltäglichkeit eines Familienlebens, weil Edgar »dieses Gespenst einer Familie« fürchtet, weil er »dieses ungeborene Kind« haßt, »dieses gegen seinen Willen lebende Leben«, das ihn in eine – angesichts der Gegenwart – unsinnige Verantwortung zwingen will. Aber Esther ist eine Frau, und sie will, sie muß Mutter werden. Nachdem Edgar sie zur Abtreibung gezwungen und sie dafür seine Existenz vernichtet hat, machen sie miteinander ein »Geschäft«. Esther bietet Geld und verlangt: »›Nimm mich, aber nimm mich nicht als die Esther, die du gehabt hast. Jetzt will ich nur eins: fruchtbar sein.‹« Naturtrieb und Gefühl gehen nicht mehr in eins. Doch Liebe ist kein Geschäft, Esther bleibt unfruchtbar. Und als sie das ersehnte Kind endlich erwartet, begeht sie zum zweiten Mal, jetzt aus freien Stücken den »unerhörtesten Mord der Mutter an ihrer Mütterlichkeit«. Die Liebenden, deren Geschichte so leicht begonnen hatte, waren Feinde geworden, um endlich als Fremde für immer aneinandergekettet zu sein. Indem sie sich die Freiheit ihrer Liebe bewahren wollten, haben sie sich zerstört, das Gefühl, das in einer Ehe nicht verkümmern sollte, in einer wahren Racheekstase abgetötet. Zum Schluß *verdorrt* sogar der Haß: »Sie wohnten am äußersten Ende der Stadt, liebten sich nicht und haßten sich nicht, der Spiegel in dem Glas Wasser zwischen ihnen bei den grauen Mahlzeiten trübte sich nicht; rührte sich nie, sie lebten ihre alternde Zeit, als wäre es Unsterblichkeit, sie erwarteten weder Gutes noch Böses. Er, der Irrsinn und menschliche Einsamkeit gefürchtet hatte, war verflucht zu endlosem Alter, nie von Esther verlassen, sie, die Mutter ohne Samen, verdorrt, ein Strauch am Gestein.« Dieses »äußerste Ende der Stadt« ist keine *offene Gegend,* »wo's im Gärtchen munter blüht«; Edgar und Esther sind nicht Philemon und Baucis, bei ihnen wird nie ein Wandrer einkehren. Sie sind verurteilt, ohne Liebe zu leben.

IV

Denken wir zurück an das Eingangszitat: »Ihr Gefühl ist diesen Menschen alles, der Antrieb ihres Handelns, ihre Kraft und ihr Schicksal, der Fels, an dem sie sich halten, von dem sie nicht wanken ...« Aber was nützt ein Fels, der selber wankt, wo ihn die Zeit nicht schon gesprengt hat. Die Liebenden *zwischen Trauer und Ekstase* klammern sich an Bruchstücke, doch selbst die entgleiten ihnen mit der Zeit, bis am Ende nur das quälende Gefühl der Sehnsucht nach dem Gefühl bleibt; und das ist nun beinahe schon absurd, nicht mehr lange, dreißig

Jahre nur in einem Jahrhundert der Weltkriege, dann beginnt das *Warten auf Godot*. Die erste Geschichte, die 1911 entstandene Erzählung *Ein Nachmittag*, schloß noch mit dem traurig zuversichtlichen Ausblick, daß der »kleine Junge« verurteilt sei, »noch oft von den *Extremen der tiefsten Qualen und des wildesten Glückes* erschüttert zu werden, wie ein kostbares Gefäß, das durch viele glühende Flammen gewandert sein muß, ohne zu zerspringen«. (Hervorhebung – Th. R.) Zehn Jahre später warten zwei *Verdorrte* stumpfsinnig auf den Tod. Das Gefäß war zu zart, die Flamme zu heiß, es ist gesprungen.

Günter de Bruyn schreibt im Nachwort zu seiner Nacherzählung der mittelalterlichen Liebestragödie von *Tristan und Isolde:* »Noch im Untergang triumphiert die Liebe. Glücklich werden konnten die Liebenden im Leben nicht, aber sie gaben ein Beispiel.« Der junge Bittner und Anna Zöpfel, Hans und Dorka, Franz und Fifi, Ulrike und Posinsky, Richard und Gemma, sie alle geben kein Beispiel mehr – oder allenfalls ein warnendes, ihre Geschichten klingen zusammen wie ein Abgesang auf die Liebe. Dabei haben viele Expressionisten davon geträumt, mit einer *Revolution der Liebe* die ganze Menschheit zu befreien. In zahllosen Pamphleten und von der Bühne herunter haben sie die allgemeine *Menschheitsverbrüderung* verkündet. »Masse soll Volk in Liebe sein«, heißt es in Ernst Tollers Drama *Masse Mensch*. Wie unvereinbar indessen solch große und schöne Ideale mit der Realität waren, wird gerade in den expressionistischen Liebesgeschichten deutlich: Immer dann, wenn die Autoren von einer wirklichen Liebesbeziehung erzählen wollen, suchen ihre Figuren die Geborgenheit, die sie weder in der Familie noch in der verabscheuten Öffentlichkeit finden, sogar in der Liebe vergebens. Gleichwohl sind die Erzählungen keine Tragödien – folgt doch das Unglück nicht vorrangig aus den äußeren Umständen –, sondern Skizzen der Leidenschaften, manchmal, von Sternheim, Lemm oder Einstein, ins Satirisch-Groteske gewendet. Auf jeden Erzähler unserer Auswahl trifft zu, was der Kunsthistoriker Arthur Roessler 1921 über die vielfach verleumdeten erotischen Bilder Egon Schieles sagte, daß es nämlich »die in ihm zeitweilig bis zum Entsetzen gesteigerte Angst vor der Einsamkeit« gewesen sei, die »ihn zuweilen in die Darstellung erotischer Szenen« hineingetrieben habe: »Das Gefühl der Einsamkeit, einer ihn schier vereisenden Einsamkeit, war in ihm von Kindheit an; trotz Familie, trotz weilchenweiser Heiterkeit im Kreise seiner Kameraden.«

Leipzig, Dezember 1983 Thomas Rietzschel

Quellenverzeichnis

Johannes R. Becher (1891–1958) *Das kleine Leben.* Aus: *Gesammelte Werke,* Bd. 9 (Kleine Prosa), Hg. vom Johannes-R.-Becher-Archiv der Akademie der Künste der DDR. © 1974 Aufbau-Verlag Berlin und Weimar. – Erstveröffentlichung: *Verfall und Triumph,* Bd. 2. Berlin: Hyperionverlag 1914. Zuvor war in der von Heinrich F. S. Bachmair herausgegebenen Zweimonatsschrift *Die neue Kunst* (1913/14, Bd. 1) eine leicht abweichende Fassung mit dem Titel *Das Verhältnis. Novelle* erschienen. Das Motto der Novelle entstammt Arthur Rimbauds Gedicht *Faim* (Hunger). Den letzten Vers hat Becher allerdings falsch zitiert, richtig muß es heißen: »De roc, de charbons, de fer.« Die Übersetzung der Strophe lautet: »Hab ich Eßlust, dann allein / Nach der Erde und dem Stein. / Luft muß ich zum Frühstück speisen, / Felsbrocken, Kohlen, Eisen.«

Paul Boldt (1885–1921) *Der Versuch zu lieben.* Aus: *Die weißen Blätter,* Jg. 1 (1913/14), Nr. 7 (März).

Kasimir Edschmid (1890–1966) *Fifis herbstliche Passion.* Aus: *Die sechs Mündungen. Novellen.* Leipzig: Kurt Wolff Verlag 1915. © Elisabeth Edschmid, Darmstadt.

Alfred Lemm, eigentlich Alfred Lehmann **(1889–1918)** *Fias Hochzeit.* Aus: *Mord,* Bd. 2 (Versuche). München: Roland-Verlag Dr. Albert Mundt 1918; die zweibändige Sammlung von Prosatexten erschien in der Schriftenfolge *Die neue Reihe,* Bd. 10/11. Entstehungsjahr: 1914.

Die Hure Salomea. Aus: *Mord,* Bd. 1 (Erzählungen), a. a. O. Entstehungsjahr: 1917.

Curt Moreck, d. i. Konrad Haemmerling **(1888–1957)** *Die Hölle.* Aus: *Die Hölle. Novelle.* Hannover: Paul Steegemann Verlag 1919; erschienen als Bd. 18 der Sammlung *Die Silbergäule.*

Karl Otten (1889–1963) *Unzulängliche Opfer.* Aus: *Die Aktion,* Jg. 7 (1917), Nr. 27/28. © Ellen Otten, Minusio

Carl Einstein (1885–1940) *Der unentwegte Platoniker*. Aus: *Der unentwegte Platoniker*. Leipzig: Kurt Wolff Verlag 1918. Mit freundlicher Genehmigung des Medusa Verlags, Wien. – Wir veröffentlichen hier nur das letzte der drei relativ selbständigen Kapitel des Romanfragments. Der gesamte Text ist dem Schriftsteller Franz Blei gewidmet.

Georg Heym (1887–1912) *Ein Nachmittag*. Aus: *Dichtungen und Schriften*. Gesamtausgabe, Bd. 2 (Prosa und Dramen). Hg. von Karl Ludwig Schneider. Hamburg und München: Verlag Heinrich Ellermann 1962. – Erstveröffentlichung: *Der Dieb. Ein Novellenbuch*. Leipzig: Ernst Rowohlt Verlag 1913.

Franz Jung (1888–1963) *Der Weg über den Berg*. Aus: *Das Trottelbuch,* 2. Aufl. Berlin-Wilmersdorf: Verlag der Wochenschrift *Die Aktion* (Franz Pfemfert) 1918. Die 1. Aufl. hatte der Verlag Theodor Gerstenberg 1912 in Leipzig herausgebracht. Zuvor waren zwei Kapitel aus der Erzählung *Der Weg über den Berg* als Vorabdruck erschienen: *Nächtliche Szene* in: *Die Aktion,* Jg. 2 (1912), Nr. 26; *Josef* in: *Der Sturm,* Jg. 3 (1912/13), Nr. 3. – WA in: Franz Jung, *Sprung aus der Welt. Expressionistische Prosa*. Werke 8. © 1986 by Edition Nautilus/ Verlag Lutz Schulenburg, Hamburg.

Walter Rheiner, eigentlich Walter Heinrich Schnorrenberg **(1895–1925)** *Miramée*. Aus: *Die Aktion,* Jg. 5 (1915), Nr. 20/21. – WA in: *Kokain*. Eine Novelle und andere Prosa mit sieben Zeichnungen von Conrad Felixmüller. 17. Druck der Erato-Presse im Agora Verlag Berlin – Darmstadt 1977. – Außerdem in: *Kokain. Lyrik, Prosa, Briefe*. Hg. von Thomas Rietzschel, Leipzig: Verlag Philipp Reclam jun. 1985. Die Übersetzung der französischen Verse am Ende der Erzählung lautet: »Das ist eine hübsche Göre, / aber schmuddelig und mit rotem Haar, / nie sollte man ihr zu nahe kommen. / O welche Qual / steht man aus / hat man das Pech, sie zu lieben.« – Die Erzählung entstand vermutlich 1912/13 in Paris oder Köln.

Gustav Sack (1885–1916) *Der Rubin*. Aus: *Gesammelte Werke in zwei Bänden,* Bd. 2. Hg. von Paula Sack. Berlin: S. Fischer Verlag 1920. – Erstveröffentlichung: *Kritische Rundschau,* Jg. 1 (1913/14), Nr. 20 (15. Juli 1914), außerdem erschien die Erzählung in der Zeitschrift *Die* *schöne Rarität,* Jg. 2 (1918/19), Nr. 2. Entstehungszeit: 1913/14.

Im Heu. Aus: *Gesammelte Werke in zwei Bänden,* a.a.O. Entstehungsjahr: 1915.

Carl Sternheim (1878–1942) *Ulrike.* Aus: *Ulrike. Eine Erzählung.* Leipzig: Kurt Wolff Verlag 1918; erschienen als Bd. 50 der *Bücherei »Der jüngste Tag«.* – WA in: *Gesamtwerk,* Bd. 4 (Prosa 1). Darmstadt: Hermann Luchterhand Verlag 1964. © Luchterhand Literaturverlag, Darmstadt. – Die Erzählung wurde ein halbes Jahr nach Erscheinen vorübergehend beschlagnahmt und der Autor »wegen Verbreitung unzüchtiger Schriften« angeklagt.

Claire Studer, später Claire Goll **(1891–1977)** *Die Schneiderin.* Aus: *Die Frauen erwachen. Novellen.* Frauenfeld: Verlag Huber & Co. 1918. © Fondation Goll, St. Dié.

Ernst Weiß (1882–1940) *Die Verdorrten.* Aus: *Die Entfaltung. Novellen an die Zeit* (Anthologie), Hg. von Max Krell. Berlin: Ernst Rowohlt Verlag 1921. – WA in: *Gesammelte Werke,* Bd. 15 (Die Erzählungen). Hg. von Peter Engel und Volker Michels. Frankfurt am Main: Suhrkamp Verlag 1982. © Liepmann AG (The estate of Ernst Weiß).

Alfred Wolfenstein (1883–1945) *Die künstliche Liebe.* Aus: *Die Aktion,* Jg. 4 (1914), Nr. 46/47. © Margarete Frankenschwerth, London.

Editorische Notiz

Die vorliegende Lizenzausgabe wurde um die Erzählungen von Walter Rheiner, *Wiedersehen,* Max Krell, *Das Meer,* Heinrich Mann, *Der Bruder* sowie Paul Leppin, *Das Paradies der Anderen* gekürzt.

Die Textgestalt der angegebenen Quellen wurde unverändert übernommen, alle syntaktischen und orthographischen Eigenheiten wurden im wesentlichen beibehalten. Korrigiert wurden offensichtliche Druckfehler.